Tod im Schatten der Burg

Trügerische Idylle

Jule Heck

edition winterwork

Bibliografische Informationen der Deutschen Nationalbibliothek: Die Deutsche Nationalbibliothek verzeichnet diese Publikation in der Deutschen Nationalbibliografie. Detaillierte bibliografische Daten im Internet über http://www.d-nb.de abrufbar.

Impressum

Jule Heck
»Tod im Schatten der Burg – Trügerische Idylle«
www.edition-winterwork.de

www.jule-heck.de

Satz: edition winterwork
Umschlaggestaltung: Wolf Becker, Atelier am Markt, Münzenberg
Umschlagbild: Original-Aquarell von Wolf Becker
Lektorat: Jens Willaschek, Münzenberg-Gambach
Druck und Bindung: winterwork Borsdorf

ISBN Print 978-3-98913-xxx-x

Tod im Schatten der Burg

Trügerische Idylle

Ein Krimi aus der Wetterau von Jule Heck

edition Winterwork

Vorwort

Für Simone, die mich zu diesem Roman inspiriert hat.

Dieses Buch ist ein Kriminalroman. Die Handlung ist frei erfunden. Ähnlichkeiten mit lebenden oder verstorbenen Personen wären rein zufällig und sind nicht beabsichtigt.

Bedanken möchte ich mich bei meiner Familie und bei meinen Freunden, die mich durch Anregungen, Hinweise, Tipps und kritische Anmerkungen unterstützen, mich zu meinen Lesungen begleiten, ganz besonders auch bei den Lesern, die mich immer wieder ermuntern, weiter zu schreiben.

Prolog

Sommer 1979

Seine Schläfen pochten. Schmerz breitete sich hämmernd in seinem Kopf aus.

„Lasst mich runter, ihr elendes Pack", schrie er mit letzter Kraft in die Nacht. Aber niemand hörte ihn, seine Rufe verhallten in der Dunkelheit. Die Männer waren verschwunden und hatten ihn sich selbst überlassen. Mit höhnischem Ton hatten sie zu ihm gesagt: „Wir kommen nach der Feier wieder und binden dich los. Bis dahin kannst du darüber nachdenken, ob dein Verhalten angebracht war."

Alle Versuche, sich zu befreien, waren gescheitert. Seine Fußgelenke waren wundgescheuert und schmerzten höllisch.

Das Blut war in seinen Kopf gelaufen. Als Mediziner wusste er, dass er das nicht lange überleben würde. Die venösen Gefäße im Kopf hatten keine Venenklappen, was den Rückfluss des Blutes aus dem Kopf erschwerte. Er konnte sich also denken, dass das viele Blut entweder eine Hirnblutung oder einen Schlaganfall auslösen würde.

Die Feier würde die ganze Nacht dauern. Im Morgengrauen könnten die Männer ihn tot vom Galgen schneiden. Aber warum taten sie ihm das an? Vor allem, wie waren sie hinter sein Geheimnis gekommen, das sie offenbar zu diesem schrecklichen Verbrechen trieb?

Kapitel 1

Sommer 1994

„Mist", Juliane fluchte. Jetzt war sie an der Abzweigung nach Dorff vorbeigefahren. Der Ortsvorsteher hatte ihr genau beschrieben, wie sie fahren sollte, hatte sie gewarnt, die Abfahrt nicht zu verpassen, die man leicht übersehen könnte. Da es auf der schmalen Straße keine Möglichkeit gab zu wenden, musste sie nun den 10 km langen Umweg in Kauf nehmen und an der nächsten Abbiegung die Landstraße verlassen, um durch den Wald von der anderen Seite nach Dorff zu gelangen.

Sie war abgelenkt. Ihre Gedanken hingen ständig an Sebastian und seinem fiesen Abgang. Er hatte sich während ihrer Abwesenheit ihres ganzen Hab und Guts bemächtigt, ihre Unerfahrenheit ausgenutzt und auch das Vertrauen missbraucht. Nun war sie mittellos, ohne Job, ohne einen Pfennig Geld in der Tasche auf dem Weg in eine ungewisse Zukunft.

Wie hatte ihre Großmutter immer gesagt, geht eine Tür zu, geht irgendwo eine Andere auf. Sie hoffte, dass das Angebot des Ortsvorstehers, eine Arztpraxis auf dem Land zu übernehmen, sich als etwas mit Zukunft erweisen würde. Dieser Job war ihre einzige Chance, aus dem Tief, in das sie sich zum Schluss selbst hineinmanövriert hatte, herauszukommen. Sie war bereit, diese Chance anzunehmen und ein neues Leben anzufangen.

Sie reduzierte die Geschwindigkeit. Die nächste Abbiegung wollte sie nicht wieder verpassen. Endlich sah sie eine Lücke in den hohen Hecken zu ihrer rechten Seite. Dort musste der Weg, der sie an ihr Ziel führte, sein.

Ihr Citröen neigte sich schwer zur Seite, als sie auf den schmalen, tiefer liegenden Weg abbog, der in den Wald führte. Nach der Umstellung der Uhr von der Sommer- auf die Winterzeit wurde es abends früh dunkel und die Kronen der hohen Bäume, die hier ein Dach über dem Weg bildeten, verschluckten das restliche Tageslicht. Im Wald war es bereits finstere Nacht.

Aus Angst, ein Tier könnte ihren Weg kreuzen, fuhr sie langsam. Der Wagen hoppelte über die Bodenunebenheiten. Die Stoßdämpfer ächzten. Hoffentlich gab die altersschwache Ente nicht ihren Geist auf. Sie war das Einzige, was ihr aus der Vergangenheit geblieben war.

Endlich sah sie in der Ferne ein Licht durch die Stämme der großen Laubbäume schimmern. Sie konzentrierte sich auf den Weg, der sich endlos zog. Plötzlich endete der Wald und sie hatte wieder eine feste Asphaltdecke unter sich, die zur Dorfstraße gehörte.

Langsam fuhr sie weiter. Entlang der Straße reihte sich ein Fachwerkhaus an das Andere. Etwas weiter vorne fiel ein Gebäude aus der Reihe. Es stand frei, war größer als die anderen, das Fachwerk war verputzt, nur der Sockel aus Basaltstein ließ erahnen, dass sich unter der grünen Farbe des abbröckelnden Putzes das typische Vogelsberger Gewerk befand. Ein großes Schild über der breiten Tür bewegte sich quietschend im

Wind. „Zum Fröhlichen Wanderer" konnte Juliane den verblassten Namen des Gasthauses erkennen.

Sie hielt am Straßenrand und stieg aus. Jeder einzelne ihrer Knochen schmerzte spürbar. Die Sitze in dem alten Citroen waren durchgesessen. Das Gefährt aus der Studentenzeit passte nicht mehr zu ihrem untrainierten Körper.

Sobald sie sich hier in dem Dorf und der Praxis eingelebt hatte, würde sie sich ein neues Auto zulegen.

Die Tür des Gasthauses öffnete sich. Ein stark angetrunkener Mann quetschte sich an ihr vorbei. Lallend grüßte er und verschwand. Juliane betrat den Gastraum. Lärm und Qualm schlugen ihr entgegen.

„Guten Abend", sagte Juliane laut in die Runde. Die Gespräche verstummten schlagartig, die Anwesenden starrten sie an. Unter den Gästen befand sich nicht eine Frau.

Hinter dem Tresen zapfte der Wirt Bier. Sein gewaltiger Bauch ließ vermuten, dass er selbst sein bester Kunde war. Auf seinem roten Gesicht glänzte Schweiß.

„Was kann ich für dich tun?", fragte er Juliane. Es hatte sie bisher nicht gestört, wenn man sie ungefragt duzte, aber in diesem Fall fühlte sie sich unangenehm berührt.

„Ich bin Juliane Herz, ihre neue Ärztin", ihren Doktortitel ließ sie unerwähnt. Obwohl der Titel rein rechtlich zum Namen gehörte, hatte sie sich noch nie viel daraus gemacht, mit Frau Doktor angesprochen zu werden.

Der Wirt wischte sich die Hände an der Schürze ab, die über seinen dicken Bauch spannte und kam hinter der Theke hervor. Ein stechender Schweißgeruch stieg Juliane in die Nase, als der Mann vor ihr stand und ihr seine fleischige Hand entgegenstreckte. Sie übersah die Geste geflissentlich.

„Erwin", rief er in die Gaststube. „Hier ist eine, die behauptet, sie sei die neue Ärztin. Weißt du was davon?"

Ein großer, kräftiger Mann erhob sich von einem runden Tisch und kam auf Juliane zu.

„Wir haben Sie erst in den nächsten Tagen erwartet", er scannte ihren Körper von oben bis unten.

„Sie wollten doch, dass ich so schnell wie möglich herkomme", antwortete Juliane.

„Ja, ja, das stimmt schon, aber so schnell hätte es ja auch nicht sein müssen", erwiderte er.

„Gut, jetzt bin ich hier, ich brauche nur noch die Schlüssel für das Haus. Dann lasse ich Sie auch schon wieder in Ruhe", ihre Stimme klang leicht gereizt.

„Das ist schlecht. Wir haben das Haus noch gar nicht in Ordnung gebracht. Wie gesagt, so früh haben wir Sie nicht erwartet."

Seine wasserblauen Augen verengten sich zu schmalen Schlitzen, die seinem Gesicht einen gefährlichen Ausdruck verliehen.

„Machen Sie sich keine Gedanken, das kann ich schon selbst in Ordnung bringen. Die Schlüssel bitte." Fordernd streckte sie ihm ihre offene Hand hin.

Er schaute über seine Schulter und rief laut: „Berta, komm bei. Die neue Ärztin ist da".

Mit schlurfenden Schritten näherte sich eine kleine, dicke Frau mit grauen Haaren, die zu einem Dutt aufgesteckt waren.

„Warum schreist du denn so?“, motzte sie ihren Mann an. Ihre schrille Stimme klang genauso unsympathisch, wie die rauchgeschwängerte Stimme ihres Mannes. Die dunklen Augen in ihrem breiten Gesicht saugten sich an Julianes Gesicht fest.

„Ich hab doch noch gar net geputzt. Das passt mir jetzt überhaupt net.“

„Das ist mir egal. Geben Sie mir bitte den Schlüssel des Hauses, alles weitere können wir morgen besprechen.“

Juliane trat ungewohnt energisch auf. Sie wollte gleich von Anfang zeigen, dass mit ihr nicht zu spaßen sei. Sebastian war mit ihr wie mit einem kleinen, unmündigen Kind umgesprungen. Das sollte ihr nicht wieder passieren.

„Die Schlüssel, bitte“, erneut streckte sie die Hand aus.

Kapitel 2

Frühjahr 2019

Alexander Henneberg starrte auf die Akte. Er hatte den Absatz schon dreimal gelesen, aber er begriff noch immer nicht, was da stand. Er konnte sich einfach nicht auf das Geschriebene konzentrieren. Nach einer schlaflosen Nacht, war er heute Morgen gerädert aus den Federn gekrochen.

Erdmann war einfach auf dem Bettvorleger liegen geblieben. Sein lautes Schnarchen verriet seinen tiefen, traumlosen Schlaf. Als der Kommissar das Haus verließ, blieb der Dackel zurück.

Elena, seine Haushälterin, wollte sich um Erdmann kümmern. Normalerweise lag er zu seinen Füßen unter dem Schreibtisch im K 10 im Grünen Weg von Friedberg. Seit einiger Zeit hatte Erdmann Probleme mit dem Rücken, was ihn daran hinderte, sein Herrchen zum Dienst zu begleiten.

Alexander machte sich große Sorgen um seinen kleinen Weggefährten, der ihm seit vielen Jahren treu zur Seite stand. Als Welpen hatte er ihn nach dem plötzlichen Tod seiner Mutter von ihr geerbt. Es war jedoch nicht zu leugnen, dass Erdmann deutlich älter wurde.

Stückchen steckte den Kopf zur Tür herein. „Alexander, was ist los mit dir? Warum gehst du nicht ans Telefon?“

Henneberg schreckte aus seinen Gedanken hoch. Jetzt erst drang der Klingelton an sein Ohr.

„Kannst du bitte abnehmen!“, forderte seine Sekretärin ihn auf.

„Wer ist denn dran?“, seine Stimme troff vor Müdigkeit.

„Er sagte, er sei ein ehemaliger Kollege von dir, nannte nur seinen Vornamen, Martin.“

Henneberg griff zum Hörer. „Martin, bist du das?“ Er winkte Stückchen zur Tür hinaus. Der Kommissar war gespannt, was sein ehemaliger Kollege von ihm wollte.

„Hallo Henne, ich bin es tatsächlich. Du wunderst dich wahrscheinlich, dass ich mich nach so langer Zeit mal wieder melde.“ Der Anrufer benutzte Hennebergs Spitznamen, den die Kollegen ihm einst gegeben hatten.

„Kann man wohl sagen. Wie geht es dir in Mittelhessen?“

„Am liebsten gut. Aber ich rufe nicht an, um mit dir über alte Zeiten zu plaudern“, entgegnete der Anrufer schnell.

„Schieß los, was gibt es alter Freund“, Henneberg erinnerte sich an die gemeinsame Zeit beim K 10. Martin war ein guter, vertrauenswürdiger Kollege gewesen. Er hatte gern mit ihm zusammengearbeitet und hatte es immer bedauert, dass Martin Anfang 2005 nach Alsfeld wechselte.

„Erinnerst du dich an unseren ersten Fall, der uns in dieses abgelegene Dorf in den Vogelsberg geführt hatte?“

„Du meinst die Sache mit dem Typ aus dem Osten, der spurlos verschwand?"

„Genau den. Vielleicht hast du von dem Großbrand letzte Woche in einem Ortsteil von Garbenheim gehört?"

„Ich habe es in der Hessenschau gesehen. Da ist eine Scheune abgebrannt."

„Das war aber nicht irgendeine Scheune. Du kennst sie."

„Spann mich nicht so auf die Folter."

„Diese Scheune gehörte zu der Gaststätte in Dorff. Dort haben wir hinter Strohballen ein Auto entdeckt. Und rate mal, was das für ein Wagen war."

Hennebergs Nackenhaare stellten sich auf. „Du meinst doch nicht etwa den Wagen von dem Arzt, dem Ehemann meiner ehemaligen Nachbarin Juliane Herz?"

„Genau den. Der war da 25 Jahre vor der Außenwelt unter Strohballen versteckt. Das Auto war total ausgebrannt, aber anhand der Fahrgestellnummer haben wir den Besitzer ermittelt."

„Der immer noch als vermisst gilt. Oder habt ihr den etwa unter den Trümmern gefunden?"

„Leider keine Spur", Martins Stimme klang enttäuscht.

„Habt ihr schon jemanden in dieser Sache verhört?"

„Nein, das ist dein Fall. Schließlich war der Mann aus Friedberg und das K 10 hatte damals die Ermittlungen geführt. Ich suche die Brandstifter."

„Dann sehen wir uns vor Ort!" Das war keine Frage, sondern eine Feststellung.

Kapitel 3

Henneberg pfiff durch die Finger. Sogleich stand seine Kollegin in der Tür.

„Ich bin doch kein Hund, den man durch Pfeifen zu sich ruft“, motzte Cosima von Mittelstedt den Kommissar an.

„Wieso, klappt doch. Du bist doch da“, grinste Henneberg.

„Was gibt es?“, wollte Cosima wissen.

„Wir fahren in den Vogelsberg.“

„Was machen wir da?“

„Da erwartet uns ein Cold Case. Hol deine Gummistiefel. Die wirst du brauchen.“

„Ich steige nicht in deinen MG. Da wird mir auf den kurvenreichen und engen Straßen schlecht. Wir fahren mit meinem SUV“, widersprach Cosima.

„Von mir aus“, Henneberg verdrehte die Augen.

„Wo ist eigentlich der Dicke?“

„Erdmann geht es nicht so gut. Er ist bei Elena. Seine Bandscheibe macht ihm zu schaffen.“ Traurigkeit lag in seiner Stimme.

„Kann man nichts dagegen tun?“

„Doch, operieren für 2000 Euro.“

„Auweia. Habt ihr es schon mal mit Physiotherapie versucht?“

„So was gibt es für Hunde?“, Henneberg schaute seine Kollegin ungläubig an.

„Na klar, dass gibt es nicht nur für Hunde, sogar für Pferde. Ich suche dir die Adresse eines Physiotherapeuten hier in der Nähe heraus. Das solltest du zumindest mal ausprobieren", klärte Cosima ihn auf. Sofort tippte sie auf ihrem Handy herum.

Kapitel 4

Judith, seine Lebensgefärtin, schloss die Tür auf und betrat die Diele. Sie vermisste das freudige Gebell von Erdmann, der ihr normalerweise entgegenlief. Seit Wochen hatte der Dackel große Schmerzen. Die Medikamente brachten nur wenig Linderung. Seine Schüssel mit Futter ignorierte er in den meisten Fällen.

Elena kam aus der Küche. „Wenn Sie Erdmann suchen, der liegt auf der Terrasse in der Sonne. Ich glaube, es geht ihm nicht gut“, sagte sie betrübt. Elena war ebenfalls besorgt um ihren kleinen Liebling. Seit Jahren führte sie dem Kommissar den Haushalt und war mit allem eng vertraut. Der Dackel war wie ein Kind für sie.

Judith zog ihren Mantel aus und ging nach draußen auf die Terrasse. „Erdmann, mein Schatz, was ist denn los?“ Sie kniete sich neben den Dackel, der sie traurig anblinzelte. Sanft strich sie ihm über sein raues Fell am Rücken. Erdmann brummte.

Judiths Handy vibrierte in der Hosentasche. Ein Blick auf das Display zeigte ihr eine Nachricht von Cosima an.

„Hier findest du einen Link zu einem Physiotherapeuten für Hunde in Butzbach. Probiere das doch mal mit Erdmann aus, vielleicht ist dann eine OP gar nicht mehr nötig. Gruß Cosima“

Eine Stunde später hob Judith den Dackel vorsichtig auf und setzte ihn ins Auto, um ihn nach Butzbach zur

Therapie zu bringen. Unterwegs sprach sie mit Erdmann, so als würde er alles verstehen. Erdmann ließ sich jedoch nicht stören. Er lag ruhig auf dem beheizten Beifahrersitz, die Augen geschlossen und ertrug geduldig Judiths Ausführungen. Ab und zu quittierte er diese mit einem tiefen Seufzer.

Kapitel 5

„Willst du mich mal aufklären, was wir im Vogelsberg machen? Das ist doch gar nicht unser Revier", Cosima schaute ihren Kollegen von der Seite an.

„Es geht um einen alten Fall aus 1994. Damals haben mein Partner Martin und ich nach einem Mann aus Friedberg gesucht, der dort oben in einem kleinen, abgelegenen Dorf das letzte Mal gesehen wurde. Seitdem ist er verschwunden. Letzte Woche ist in diesem Dorf eine Scheune abgebrannt. Unter den Trümmern hat man das Auto des Mannes entdeckt, das ebenfalls seit 1994 verschwunden war", erklärte Henneberg seiner Kollegin.

„Hat man den Mann auch gefunden?" Cosimas Neugierde war geweckt.

„Nein, das nicht. Aber es ist naheliegend, dass er dort umgebracht und irgendwo verscharrt wurde. Die Dorfbewohner müssen etwas wissen. Da bin ich mir ganz sicher. Die haben damals alle geblockt. Ein sonderbares Volk ist das dort oben", ergänzte der Kommissar seine Erklärungen.

„Warum glaubst du, dass ihr ihn jetzt findet, wenn ihr ihn damals nicht gefunden habt? Es könnte doch auch sein, dass der Mann gar nicht tot, sondern freiwillig verschwunden ist", mutmaßte Cosima.

„Nein, alles deutete damals auf ein Verbrechen hin, aber wir konnten nichts beweisen. Das war eine eingeschworene Gemeinschaft, die haben alle zusammengehalten."

„Was war das für ein Mann?"

„Sebastian Pinke, ein Arzt. Er war zu Besuch in dem Ort, um mit seiner Frau Juliane Herz zu sprechen. Sie lebten in Scheidung. Er benötigte eine Unterschrift von ihr. Es gab Streit und dann ist er plötzlich abgereist. Danach will ihn niemand mehr gesehen haben."

„Wurde seine Frau verdächtigt?"

„Sie wurde befragt, aber einen begründeten Verdacht gab es nicht. Einige der Dorfbewohner verhielten sich seltsam. Ihnen konnte jedoch nichts nachgewiesen werden."

„Wieso erinnerst du dich so genau daran? Immerhin ist das 25 Jahre her?"

„Sebastian Pinke war der Mann von Juliane Herz. Sie hat früher in meiner Straße gewohnt. Sie ist bei ihrer Großmutter aufgewachsen, nachdem ihre Eltern tödlich verunglückt waren. Wir sind zusammen aufs Burggymnasium gegangen, haben uns aber nach dem Abitur aus den Augen verloren. Sie hat in Frankfurt Medizin studiert. Während des Studiums hat sie diesen Sebastian kennengelernt. Ich habe sie erst 1994 in diesem Dorf wiedergesehen."

„Schon wieder eine Nachbarin? Die haben es dir wohl angetan, wie!" Cosima spielte auf Hennebergs ehemalige Nachbarin Regina Mutzke an, die den Kommissar vor vielen Jahren beinahe umgebracht hatte.

„Lebt Juliane Herz heute noch dort?"

„Nein, sie ist zwei Jahre später über Nacht dort ausgezogen, nachdem sie ihren Mann für tot hatte erklären lassen."

„Ist denn in diesem Fall nie wieder recherchiert

worden?“

„Es hat sich niemand mehr dafür interessiert, wo der Mann abgeblieben ist und neue Spuren gab es bis jetzt nicht.“

„Merkwürdige Sache“, murmelte Cosima. Ihr Navi, das sie ohne Umwege die 60 km von Friedberg in den 16. Stadtteil von Garbenheim mit dem sonderbaren Namen Dorff gelotst hatte, führte sie nun rechts von der Straße ab.

Cosima war überrascht, wie sauber und ordentlich sich der kleine Ort präsentierte. Gepflegte Fachwerkhäuser mit Blumenkästen vor den Fenstern reihten sich entlang der Straße dicht aneinander. Hier und da dampfte noch ein Misthaufen vor einer Hofreite, was aber nicht störte und irgendwie in das Bild passte, das sich Cosima von einem abgelegenen Dorf im Vogelsberg gemacht hatte. Als Cosima ausstieg, drang Brandgeruch, der immer noch über dem Ort lag, in ihre Nase.

„Das Kaff habe ich ganz anders in Erinnerung“, war das Erste, was Henneberg von sich gab, als er aus dem SUV ausstieg, „vor 25 Jahren sah hier alles total heruntergekommen aus. Da lag noch vor jedem Haus ein Misthaufen, der Asphalt war voller Löcher und die Fassaden gab es nur in braun oder grau.“

„Naja, in 25 Jahren hat sich vieles verändert. Warum nicht auch dieses Dorf“, gab Martin, Hennebergs ehemaliger Kollege, der plötzlich hinter dem SUV aufgetaucht war, zur Antwort.

„Mensch, Martin, gut siehst du aus“, Henneberg ging

auf seinen ehemaligen Kollegen zu und zog ihn an sich.

„Das ist Cosima von Mittelstedt, meine charmante Partnerin“, stellte Henneberg seine Kollegin vor.

„Lügner“, stichelte Cosima in Hennebergs Richtung und reichte Martin die Hand, „angenehm.“

„Martin Fehl“, stellte sich der Mann vor, „ebenfalls angenehm.“ Er betrachtete Cosima wohlwollend.

„Wisst ihr schon, wie der Brand entstanden ist?“, fragte Henneberg seinen ehemaligen Kollegen.

„Die Brandermittler haben den Brandherd gefunden und gehen von Brandstiftung aus. Aber wir haben noch keine Spur von dem Täter. Vielleicht waren es auch mehrere.“

„Wo ist der Brand entstanden?“, Henneberg stapfte in seinen Gummistiefeln über den Hof hinter dem Gasthaus. Er blieb vor den verkohlten Überresten der Scheune stehen. Nur die Brandmauern waren noch erhalten, das Dach war eingestürzt. Überall lagen zerbrochene Ziegel auf den Gerätschaften, die sich hier in der Scheune befanden. Im Vordergrund stand ein ausgebrannter Traktor samt Anhänger. Weiter hinten erkannte Henneberg das Gerippe des vermissten Wagens. Der Kofferraumdeckel stand auf.

„Hier auf dem Plumpsklo hat es gebrannt. Das Feuer hat auf das Scheunentor übergegriffen und von dort hat es sich auf die Balkenkonstruktion des Daches ausgebreitet. Es ging alles rasend schnell. Als man das Feuer entdeckte, war es schon zu spät. Die Feuerwehr konnte nur noch verhindern, dass das Feuer nicht auf die anderen Häuser übergriff. Man hat die

Scheune dann kontrolliert abbrennen lassen", berichtete Martin.

„Dass es das noch gibt", witzelte Cosima, „ein Plumpsklo. Wurde das denn noch benutzt?"

„Ja, wurde es." In diesem Moment schlurfte ein alter Mann in gebeugter Haltung heran. Er blieb neben den Kommissaren stehen und starrte auf die abgebrannte Scheune.

„Hallo", sagte Cosima zu ihm. Zunächst geschah nichts. Cosima sah ihre Kollegen an, zuckte mit den Schultern.

„Gehören Sie zur Familie?", versuchte sie erneut mit dem Mann Kontakt aufzunehmen. Jetzt drehte er sein Gesicht zu ihr. Es war nass. Tränen rannen unaufhörlich über seine Wangen. Er schüttelte den Kopf und schlurfte davon.

„Wer war das?", richtete sie sich an Martin.

„Das ist der alte Laban. Er spricht nicht viel, ein Eigenbrötler. Er hat z.B. noch das Plumpsklo benutzt, sich in der Scheune gewaschen und im Heu geschlafen", gab Martin sein Wissen preis.

„Wie bitte? Wo gibt es denn so was?", staunte Cosima.

„Die Wirtin vom Gasthaus hat mir seine traurige Geschichte erzählt. Er ist im Krieg mit seiner Mutter hierher nach Dorff gekommen. Sie wurden in Frankfurt ausgebombt. Seine beiden kleineren Brüder sind bei dem Angriff ums Leben gekommen. Seine Mutter und er sind immer hiergeblieben. Die Mutter hat eine Rente als Kriegswitwe bezogen und bei den Bauern auf dem Feld mitgeholfen. Laif, so heißt er richtig, war immer etwas zurückgeblieben. Er hatte keinen richtigen Anschluss. Als Jugendlicher wollte er gern bei der

Feuerwehr mitmachen, aber man hat ihn nicht gelassen. Dann hat es paarmal in Dorff gebrannt und man verdächtigte ihn. Er kam ins Jugendgefängnis nach Rockenberg. Nach seiner Entlassung kam er hierher zurück. Der Gastwirt hat ihn dann auf seinem Hof beschäftigt. Seitdem schläft Laban hier in der Scheune. Er kann die Enge eines Zimmers nicht ertragen."

„Aber wieso heißt er Laban?", Cosima war mal wieder nicht zu bremsen.

„Er konnte seinen Namen nie richtig aussprechen, weil er stotterte. Und so kam er zu diesem Spitznamen, den er bis heute hat."

„Kann er den Brand verursacht haben?", wollte Henneberg wissen.

„Ziemlich unwahrscheinlich. Er raucht nicht. Und warum sollte er seine Unterkunft abfackeln? Er hat ja sonst nichts und niemanden."

Die Glocken der Kirche begannen zu läuten. „Warum läuten denn jetzt die Glocken? Ist jemand gestorben?"

„Die stille Marta wird heute beerdigt. Mit 90 Jahren war sie eine der ältesten Dorfbewohnerinnen. Sie war die einzige, mit der sich Laban verstand. Marta hat sich nach dem Tod seiner Mutter um den Mann gekümmert."

„Was du alles weißt. Aber an die stille Marta kann ich mich auch noch erinnern", Henneberg nickte mit dem Kopf.

„Ich wohne ja auch schon ein paar Tage hier in dem Gasthof. Da kriegt man allerhand mit", erzählte Martin.

„Und du hast noch nicht herausbekommen, wieso das Auto von diesem Sebastian Pinke dort in der Scheune steht?", staunte Henneberg.

„Angeblich will davon keiner was gewusst haben. Ich finde das auch sehr merkwürdig. Die Strohballen sollten ja irgendwann aufgebraucht sein, bevor im nächsten Sommer wieder neue dort gelagert werden. Da müsste man das Auto doch in 25 Jahren irgendwann mal entdeckt haben", überlegte Martin laut.

„Oder aber, jemand wusste Bescheid und hat immer eine Reihe Ballen dort liegen lassen", vermutete Henneberg.

„Das könnte dann doch dieser Laban gewesen sein", mischte sich Cosima wieder ein.

„Dann war der vielleicht in die ganze Sache damals verwickelt. Den sollten wir uns mal vorknöpfen", Henneberg nahm Witterung auf.

„Wieso ist eigentlich der Kofferraum offen? Habt ihr was darin gefunden?", mischte sich nun Cosima ein.

„Der Deckel ist vermutlich durch die Hitze aufgesprungen, gefunden haben wir allerdings nichts, keine Leiche, keine persönlichen Gegenstände", gab Martin einen Bericht.

„Wo finden wir diesen Laban jetzt?", fragte Cosima.

„Vorerst auf dem Friedhof. Wie ich schon sagte, die stille Marta wird heute beerdigt. Das halbe Dorf wird auf dem Friedhof sein. Aber es kann nicht mehr lange dauern, dann sind alle hier im Gasthaus zum Leichenschmaus versammelt."

„Mist, dann wird das heute wohl nichts mit einer Befragung", Henneberg wandte sich an Martin, „ihr rührt mir das Auto nicht an. Ich lasse es morgen von der KTU abholen."

Kapitel 6

Schon von weitem war Stimmengewirr zu hören. Als Henneberg die Tür des Gasthauses öffnete, schlug den Kommissaren Lärm entgegen. Sowohl die Gaststube, als auch der dahinterliegende Saal waren voll besetzt.

„Ich sagte ja schon, das halbe Dorf ist auf der Beerdigung und jetzt beim Leichenschmaus. Sogar Neubürger sind gekommen“, klärte Martin seine Kollegen aus Friedberg auf.

Henneberg schaute sich um. Unter den Trauergästen sah er einige bekannte Gesichter, zwar 25 Jahre älter, aber unverkennbar dieselben Leute, die ihn damals so ablehnend behandelt hatten. Er entdeckte den Ortsvorsteher Erwin Feist und den Kartoffelbaron Bertram Bauer.

„Aber hier sitzen neben den Alten doch auch ganz viele Kinder und Jugendliche. Was haben die denn mit so einer alten Frau zu tun?“, wandte sich Henneberg nun an die Wirtin, die ihnen einen Platz zuwies.

„Die stille Marta war eine ganz besondere Frau. Die Kinder mochten sie. Sie setzten sich einfach zu ihr und verweilten neben ihr. Die Kinder genossen ihre Nähe und wurden seltsam ruhig. Es war so, als hätte Marta besondere Fähigkeiten“, erzählte ihnen Wirtin Rosi.

„Können wir was zum Essen kriegen?“, warf Cosima nun ein. „Ich habe einen irren Hunger.“

„Das klingt gefährlich. Wenn Cosima Hunger hat, gehen wir ihr besser aus dem Weg. Dann ist sie unberechenbar“, zog Henneberg seine Kollegin auf.

„Heute ist eigentlich geschlossene Gesellschaft wegen der Trauerfeier“, belehrte sie die Wirtin. „Aber wenn Sie möchten, kann ich Ihnen Beulches anbieten. Das hat Martas Tochter für die Trauergäste bestellt. Ihre Mutter wollte das wohl so.“

„Was ist denn Beulches?“, Henneberg schaute die Wirtin neugierig an.

„Das ist ein typisches Vogelsberger Gericht. Ich bringe Ihnen was. Lassen Sie sich einfach überraschen“, sprach die Frau und ging zur Theke. Wenig später kehrte sie mit einem Tablett mit Biergläsern zurück, die sie vor den Kommissaren abstellte. „Prost, geht aufs Haus.“

Cosima hieb Henneberg ihren Ellenbogen in die Rippen. „Eh, Henne, guck mal. Da drüben sitzt die Jule Heck.“

„Du meinst doch nicht etwa diese Autorin aus Münzenberg, die diese seichten Krimis schreibt?“ Hennebergs Stimme klang süffisant.

„Tatsächlich“, Martin war ganz aufgeregt, „ich habe alle ihre Romane gelesen. Ich finde die gut.“

„Ich habe auch schon einige gelesen. Man darf solche Krimis einfach nicht so ernst nehmen. Ist einfach gute Unterhaltung“, gab ihm Cosima recht.

„Ich frage mich nur, was die Frau Autorin hier macht?“, überlegte Henneberg laut.

„Fragen wir sie doch einfach“, schlug Cosima vor.

„Jetzt wird erst einmal gegessen“, die Wirtin stellte jedem der Kommissare einen Teller vor die Nase.

„Das schmeckt ja lecker. Was ist da drin?“, Cosima war total begeistert von den Beulches.

„Soweit ich weiß, geriebene Kartoffeln, Lauch und Pökelfleisch“, erzählte Martin. „Habe es schon vorher hier gegessen.“

Nach dem Essen stand Henneberg auf. „Ich geh mal raus, eine rauchen.“

Kapitel 7

Laban saß auf einer Holzbank neben der Wirtshaustür. Auf den Knien balancierte er einen Teller mit Essen. Er starrte vor sich hin.

Henneberg setzte sich neben ihn auf die Bank. „Hallo", sagte er.

Eine Antwort blieb aus. Laban starrte weiter vor sich hin.

„Kann ich mal mit Ihnen sprechen?", versuchte es Henneberg erneut.

„Hm", machte Laban und stopfte sich ein Stück von den Beulches in den Mund. Er kaute langsam. Seine Backenzähne mahlten. Henneberg nahm einen merkwürdigen Geruch wahr, nicht nach Schweiß oder einem ungewaschenen Körper. Er kannte den Geruch, wusste aber nicht ihn zuzuordnen.

„Wissen Sie etwas über das Auto, das hinter den verbrannten Strohballen gefunden wurde?", fragte Henneberg freundlich.

Laban schüttelte den Kopf und schob sich ein weiteres Stück in den Mund.

„Sie wissen also nicht, wie es dahin gekommen ist?"

Laban bewegte den Kopf von links nach rechts. Er stellte den Teller neben sich auf die Bank, wischte sich mit dem Handrücken über den Mund und starrte weiter geradeaus.

Die Tür des Gasthauses ging auf. Eine ältere Dame kam, auf einen Stock gestützt, die Treppe herab. Sie blieb vor dem alten Mann stehen. „Laban, komm bitte zu mir nach Hause. Du kannst bei uns bleiben und musst doch nicht im Kuhstall schlafen."

Laban schlief also im Kuhstall, dachte Henneberg. Das erklärte auch den seltsamen Geruch, der aus seinen Kleidern strömte.

„Wer sind Sie, wenn ich fragen darf?", richtete sich Henneberg an die alte Dame. Wieder ging die Wirtshaustür auf. Nach und nach trat die ganze Trauergesellschaft auf die Straße.

„Mama, kommst du nun mit?", fragte einer der Trauergäste.

„Geht ihr bitte schon. Ich kümmere mich noch um Laban und den Herrn Kriminalkommissar", antwortete die alte Dame mit dem Stock. Das Gesagte klang ironisch.

Die Trauergäste entfernten sich in verschiedene Richtungen.

„Sie kennen mich?", Henneberg sah die alte Dame interessiert an.

„Natürlich kenne ich Sie. Sie waren damals hier, als der Mann unserer Ärztin vermisst wurde. Sie haben doch damals die Dorfbewohner befragt, auch mich."

„Sie haben ein bemerkenswertes Gedächtnis", staunte Henneberg.

„Was wollen Sie denn von Laban?", fragte sie.

„Ich habe erfahren, dass er in der Scheune gewohnt hat. Deshalb habe ich ihn gefragt, ob er etwas über das Auto weiß."

„Laban weiß nichts. Lassen Sie ihn bitte in Ruhe", sagte sie ganz bestimmt zu dem Kommissar.

„Sind Sie mit Laban verwandt?", fragte Henneberg stattdessen.

„Nein, meine Mutter Marta hat sich immer um ihn gekümmert, nachdem seine Mutter gestorben war."

„Die stille Marta war Ihre Mutter?"

„Ja", kam es knapp zurück.

„Mein Beileid. Sie hat ein stolzes Alter erreicht", sagte Henneberg mitfühlend.

„Das kann man so sagen. Vor einer Woche haben wir noch ihren 90. Geburtstag gefeiert. Aber plötzlich wollte sie nicht mehr leben. Nach dem Brand hat sie gesagt, jetzt kann ich endlich sterben", erzählte die alte Dame ganz unbefangen. Henneberg schätzte ihr Alter auf ungefähr 70 Jahre.

„Darf ich Sie in den nächsten Tagen noch einmal aufsuchen?", fragte Henneberg. „Ich habe sicher noch ein paar Fragen an Sie."

Die Äußerung von Martas Tochter machte ihn stutzig. Aber am Tag der Beerdigung wollte er sie nicht befragen.

„Ich wüsste nicht, was ich Ihnen sagen könnte. Ich weiß nichts", sagte die alte Dame kurz angebunden. Laban hatte sich in der Zwischenzeit erhoben und ging in Richtung Kuhstall davon.

„Laban, komm doch mit zu uns!", rief sie hinter ihm her. Doch der alte Mann schlurfte mit gebeugtem Oberkörper davon.

Martas Tochter ging ebenfalls davon, ohne ein weiteres Wort an den Kommissar zu richten. Henneberg schaute ihr lange hinterher.

Es war wie damals, erinnerte er sich. 1994 war er, ein blutiger Anfänger in seinem Job, auf eine Mauer des Schweigens gestoßen. Er hatte das Gefühl, dass sich das gleiche Spiel wiederholen würde. Aber dieses Mal würde er sich nicht wieder an der Nase herumführen lassen. Er würde erst gehen, wenn er herausgefunden hatte, wie das Auto von Sebastian Pinke in die Scheune gekommen und vor allem, was dem Mann passiert war.

Kapitel 8

Cosima und Martin kamen endlich heraus. „Wo bleibt ihr denn?" Henneberg sah die beiden an.

„Wir haben ein interessantes Gespräch geführt", antwortete Cosima.

„Mit wem denn? Es sind doch schon alle weg."

„Mit Jule Heck. Sie wohnt seit 2010 im alten Ärztehaus. Sie konnte uns viel über den Ort sagen", klärte Cosima ihn auf.

„Ich will es gar nicht wissen", konterte der Kommissar. Henneberg raufte sich die Haare. Er fischte seine Zigarettenpackung aus der Brusttasche.

Ungeduldig zog er eine Kippe hervor und nahm sie zwischen die Lippen. Martin reagierte spontan und gab ihm Feuer.

„Genau das hat sie", lachte Cosima. Sie wusste, dass sie ihren Kollegen damit zur Weißglut bringen würde.

„Ich kann diese Hobbykriminalisten nicht leiden. Das fehlte noch, dass sie mit uns den Fall lösen will", knurrte Henneberg.

„Nein, das nicht. Aber ich glaube, sie weiß irgendetwas, dass euch weiterhelfen könnte", beruhigte ihn Martin. „Sprich doch mal mit ihr."

„Tse, ich denke ja gar nicht daran", wieder raufte der Kommissar seine Haare. „Cosima, hast du gefragt, ob wir hier im Gasthof zwei Zimmer kriegen können?" Er hatte keine Lust mehr, sich mit der Autorin zu befassen.

„Angeblich ist alles ausgebucht", berichtete Cosima.

„Ausgebucht ist es mit Sicherheit nicht, aber ihr

werdet keine Zimmer hier kriegen", sagte Martin.

„Wieso hast du dann ein Zimmer hier im Gasthof bekommen?", wunderte sich Cosima.

„Ich soll ja nur den Brand untersuchen. Dass das so lang verschwundene Auto eine Rolle spielen würde, konnte ja keiner wissen. Aber da nun klar ist, dass es mit einem Verbrechen in Verbindung steht, sperren sich die Dorfbewohner."

„Wow, du hast ja schnell durchschaut, was hier in Dorff los ist", stellte Henneberg fest.

„Nee, ich habe auf dem Klo zufällig zwei ältere Männer belauscht. Die haben nicht gemerkt, dass ich in einer Kabine sitze und haben sich ganz ungestört unterhalten. Durch einen Türspalt konnte ich sie aber erkennen."

„Ja und, was haben sie gesagt?" Ungeduld lag in Hennebergs Stimme.

„Der eine sagte, jetzt haben wir die Scheiße. Es musste ja irgendwann mal rauskommen. Und der andere sagte, wenn alle das Maul halten, können die uns gar nix."

„Was soll denn rauskommen?"

„Das haben sie nicht gesagt. Sie sind dann wieder rausgegangen."

„Mist. Weiß du, wer die Männer waren?"

„Die sitzen noch am Stammtisch. Ich kann sie dir zeigen. Aber ich sage dir jetzt schon, aus denen wirst du nichts rauskriegen."

„Ok, heute hat es eh keinen Zweck mehr, jemanden zu befragen. Aber wir kommen wieder und zwar so lange, bis wir wissen, was hier damals und heute passiert ist", Henneberg stampfte mit dem rechten Fuß auf, so wie ein kleines, ungehorsames Kind, das nicht hören will.

„Bitte sei so gut und kriege raus, wie die beiden Männer heißen. Aber kein Wort zu denen. Sonst sprechen die sich mit Sicherheit ab, wie sie uns hinters Licht führen können", bat Henneberg Martin.

Kapitel 10

Erdmann kam angerannt, blieb vor seinem Herrchen sitzen und bellte ihn freudig an. „Hallo Erdmann, was ist denn mit dir los?“ Erdmann kratzte ihn mit seinen Pfoten am Fuß.

„Hallo, mein Lieber“, Judith küsste Alexander auf den Mund.

„Ich war mit Erdmann beim Physiotherapeuten. Seit der ihn behandelt hat, geht es dem Dicken besser. Wir gehen jetzt einmal die Woche hin.“

„Ich wusste gar nicht, dass es so etwas gibt.“ Alexander beugte sich zu Erdmann herab und kraulte ihn am Kopf. „Das freut mich.“

„Wasch dir die Hände. Dann können wir essen“, forderte Judith ihren Partner auf.

„Hier riecht es gut. Was gibt es denn Leckeres?“, Alexander schnupperte.

„Rouladen mit Kartoffelklößen und Kopfsalat“, klärte Judith ihn auf.

„Ok, komme gleich.“ Ihm lief das Wasser im Mund zusammen. Judith war eine ausgezeichnete Köchin und die Mahlzeit war genau das, was er jetzt brauchte. Die Beulches hatten ihm gar nicht so schlecht geschmeckt, aber er mochte es lieber, wenn er alles getrennt auf seinem Teller vorfand, anstelle einer einzigen Masse.

Während des Essens erzählte Alexander von dem Fall, der 1994 seinen Anfang genommen hatte. „Es ist doch seltsam, dass die alte Dame, die angeblich nichts weiß, ausgerechnet mir erzählt, dass ihre Mutter

Marta nach dem Brand der Scheune gesagt hat, jetzt könne sie endlich sterben."

„Das ist seltsam und auch wieder nicht", überlegte Judith. „Martas Tochter darf wahrscheinlich nichts sagen. Aber ihre Mutter hat mit der Aussage, dass sie jetzt endlich sterben kann, etwas angedeutet."

„Das heißt", konstatierte Alexander, „dass die stille Marta von dem Auto wusste, konnte aber nichts sagen, weil sie sonst in Gefahr geraten wäre."

„So sehe ich das auch", bestätigte Judith.

„Genauso merkwürdig finde ich, dass ich diesen Laban zuvor nie gesehen habe."

„Vielleicht haben sie ihn damals vor euch versteckt", mutmaßte Judith.

„Die ganze Sache stinkt zum Himmel", knurrte Alexander.

„Ich bin schon sehr gespannt auf das Kaff."

„Du bleibst bitte hier. Cosima und ich werden alleine ermitteln. Es ist nicht gut, wenn wir beide immer zusammen an Tatorten auftreten", erwiderte er barsch.

„Seit wann das denn?", Judith sah ihn verständnislos an.

„Ich habe dir schon mehrfach gesagt, dass es nicht gut ist, wenn wir beide in einem Team arbeiten. Konzentriere du dich auf den Raubüberfall auf das alte Ehepaar in Butzbach."

„Na gut", Judith sprang auf und brachte ihren Teller in die Küche.

„Jüngling und Eberstädter bleiben auch hier", versuchte Alexander seine Partnerin zu beschwichtigen.

„Und was ist mit Erdmann?“ Der Dackel kam normalerweise immer mit zu den Tatorten. Seit einiger Zeit war er allerdings wegen seiner Rückenschmerzen tagsüber bei der Haushälterin geblieben.

„Cosima und ich bleiben vor Ort. Ich habe keine Lust, jeden Tag 120 km hin und her zu fahren. Da kann ich Erdmann nicht mitnehmen.“ Unter dem Tisch war ein tiefes Brummen zu vernehmen.

„Erdmann, merkst du was? Wir werden aufs Abstellgleis geschoben,“ schmollte Judith.

„Quatsch, das würde ich niemals tun. Aber in diesem Fall ist es besser, wenn ihr beide in Friedberg bleibt, vor allem für Erdmann. In seinem Alter und mit seinen Rückenproblemen ist es besser, wenn er seine Zeit nicht dauernd im Auto verbringen muss“, versuchte Alexander eine Erklärung zu finden.“

„Wie sollen wir denn nur ohne dich auskommen?“

„Dann habt ihr doch mehr Platz im Bett, wenn ich nicht da bin.“ Alexander zwinkerte Judith zu.

Sein Handy klingelte. „Kann man nicht einmal in Ruhe essen“, fluchte er, sprang auf und rannte in die Diele, holte das Gerät aus seiner Jackentasche. „Henneberg“, meldete er sich knapp.

„Alexander, mein Freund, Martin hier.“

„Martin, ich hoffe, du hast einen guten Grund, mich zu stören?“

„Den habe ich, allerdings. Ich weiß jetzt, wer die Scheune angezündet hat.“ Stolz lag in Martins Stimme.

„Wow, erzähl“, forderte Alexander seinen Kollegen auf.

„Es waren zwei Jugendliche aus Dorff. Sie wollten die Toilette abfackeln, um es bei Tik Tok als Challenge zu zeigen."

„Was um Himmels Willen ist Tik Tok?" Alexander stand total auf dem Schlauch.

„Das ist eine App, die Jugendliche ab dem 13. Lebensjahr nutzen können. Da stellen sie irgendwelche Sachen von sich ein, die sie für wichtig halten. Seit einiger Zeit ist es in, Schultoiletten abzufackeln und das in der App zu präsentieren. Sie nennen das eine Challenge."

„Aber das Plumpsklo ist ja keine Schultoilette. Warum also haben die Kids das Ding angesteckt?"

„Na ja, als Challenge eben. Aber rate mal, wer die Jugendlichen sind?"

„Sind wir hier in einer Quizshow?", motzte Alexander seinen Kollegen an.

„Es sind die Urenkel der stillen Marta. Und der Brand ist genau an dem Tag entstanden, als die alte Dame ihren 90. Geburtstag im Gasthaus „Zum Fröhlichen Wanderer" gefeiert hat."

„Wie bist du darauf gekommen?"

„Durch Zufall. Die Jungs haben bei Tik Tok veröffentlicht, wie sie das Toilettenpapier angezündet haben. Dann ist das Ganze außer Kontrolle geraten und schließlich ist die ganze Scheune abgebrannt. Ich schaue mir gelegentlich diese Videos an. Du glaubst nicht, was man da alles erfährt."

„Das gibt Ärger. Wissen es die Eltern schon?"

„Ganz Dorff weiß es schon. Hier ist die Hölle los."

„Was die Leute hier allerdings nicht wissen, was mir die beiden erzählt haben."

„Was denn?", Alexander platzte vor Neugierde.

„Sie haben mir folgendes erzählt: Uroma Marta hat zu unserer Mama gesagt, jetzt kommt alles ans Tageslicht. Jetzt können sie es nicht mehr geheim halten, diese Scheusale."

„Was denn geheim halten?"

„Naja, das wussten sie nicht. Die Mutter von den beiden will angeblich nicht wissen, was ihre Großmutter damit gemeint hat."

Kapitel 11

„Vergiss es, in die Kiste steige ich nicht ein. Das habe ich dir schon mal gesagt. Aber du probierst es immer wieder. Du willst wohl, dass ich dir die Sitze vollkotze“, begrüßte Cosima ihren Kollegen vor der alten Mühle in Ober-Hörgern, als er mit seinem MG vorfuhr. „Wir fahren mit meinem SUV.“

„Aber warum denn, man kann doch das Schöne mit dem Nützlichen verbinden. In den Kurven liegt der Wagen wie eine Flunder“, erklärte Alexander stolz.

„Aber nicht, wenn mir auf den Serpentinen da oben im Vogelsberg schlecht wird. Du kannst deinen Oldtimer in meine Garage stellen“, sprach sie und stieg in ihren RAV 4, um Platz für Alexanders Sportwagen zu machen.

„Ok, du hast gewonnen. Dann kann ich mich noch mal mit Stückchen in Verbindung setzen“, seufzte er.

„Weiber“, setzte er hinterher. Dafür erhielt er einen bösen Seitenblick von seiner Kollegin.

Cosima gab die Adresse von Dorff in ihr Navi ein und setzte ihren SUV in Bewegung. Als hätte sie nie etwas anderes gemacht, fuhr sie selbstsicher über die kurvenreichen Straßen des Vogelsbergs, vorbei an Wiesen und Feldern, die wie auf einem Schachbrett angeordnet in der Sonne lagen. Je näher sie an ihr Ziel kamen, umso mehr bewaldete Fläche erwartete sie.

„Stückchen“, endlich hatte Henneberg Funkkontakt zu der Sekretärin im Kommissariat im Grünen Weg von Friedberg.

„Kannst du bitte mal rauskriegen, wo diese Ärztin, Juliane Herz, heute arbeitet und wo sie hingezogen ist?"

Cosimas Navi meldete sich in dem Moment, als Hennebergs Mobiltelefon klingelte. Die Ansage, rechts die Umgehungsstraße zu verlassen, überhörte sie deshalb.

„Mist, jetzt habe ich die Abzweigung verpasst", fluchte sie.

„Du bist die Beste. Ich danke dir", hörte sie den Kommissar zu der Sekretärin sagen.

„Du hast die Abfahrt verpasst. Kannst du nicht wenden?"

„Hier gibt es keine Möglichkeit. Mein Navi sagt mir, dass ich weiter bis zur nächsten Abzweigung fahren muss."

„Die führt uns auf die alte Straße durch den Wald. Dann hat es ja doch noch etwas Gutes, dass wir mit deinem SUV gefahren sind."

Wenig später wusste sie, was Alexander damit gemeint hatte.

Die alte Landstraße, die durch ein dichtes Waldstück führte, erwies sich als eng und holprig.

„Was ist das denn für eine Schlaglochpiste", fluchte Cosima.

„Nicht umsonst, habe ich dich gefragt, ob du wenden kannst", erwiderte Alexander besserwisserisch. Diese Piste war schon 1994 höchst gefährlich."

Der SUV schaukelte in einer Tour über den unebenen Waldboden. Mehrfach musste Cosima herabgefallenen Ästen ausweichen. Endlich lichtete sich der Wald und die Straße, die ins Dorf führte lag vor ihnen. Sie fuhr so konzentriert, dass sie total vergaß, ihren Kollegen zu fragen, was Stückchen herausgefunden hatte. Als sie vor dem Gasthof der Familie Feist hielt, wollte sie ihre Neugierde befriedigen.

„Was hat Stückchen eigentlich herausgefunden?“

„Stückchen war fleißig. Sie hat schon herausgefunden, dass die Ärztin seit 1997 im Bürgerhospital in Friedberg arbeitet und im Hattsteiner Hof in Münzenberg wohnt, was immer das für eine Adresse ist.“

„Das ist ein stattliches Gut unterhalb der Burg Münzenberg und war früher das Herrenhaus des Statthalters der Burg, Kuno von Hagen. Ein tolles Gebäude. Das wollte ich mir schon immer mal anschauen.“

„Dazu hast du morgen Gelegenheit. Ich werde Juliane Herz morgen aufsuchen.“

„Morgen ist doch Samstag.“

„Eben, da werde ich die Dame wohl am ehesten zu Hause antreffen. Ich habe wenig Lust, mich ins Bürgerhospital zu begeben.“

Alexander erinnerte sich nur ungern an das Krankenhaus in der Ockstädter Straße von Friedberg. Vor Jahren hatte er hier eine Zeit lang auf der Intensivstation gelegen, nachdem man ihm aus seinem Gefängnis im Altstädter Feld von Gambach befreit hatte. Seine Entführerin hatte ihn dort mehrere Tage in einem kalten Loch gefangen gehalten, bis man ihn endlich entdeckt und befreit hatte.

„Ich wollte morgen endlich mal einiges erledigen.“

„Du musst wissen, was dir wichtiger ist.“

„Ich überlege es mir“, maulte Cosima, die so viele Dinge daheim zu tun hatte. Ihre Putzfrau war bei ihrer Familie in Polen und fiel schon seit Wochen aus.

Putzen, Wäsche waschen und Bügeln sowie Einkaufen blieb nun wieder alles an ihr hängen. Sie hatte sich in den letzten Jahren an den Luxus einer Haushaltshilfe gewöhnt. Die Bügelwäsche stapelte sich schon, der dreckige Fußboden knirschte unter ihren Füßen und der Staub verursachte ihr Hustenreiz. Sie hatte sich vorgenommen, am Wochenende klar Schiff zu machen und sich dafür am Abend mit einer leckeren Pizza von ihrer Lieblingspizzeria in Gambach zu belohnen.

Schlecht gelaunt stieg sie aus dem SUV und folgte ihrem Kollegen in die Gaststätte, wo sie ihre erste Befragung durchführen wollten.

Kapitel 12

Die Wirtshaustür ließ sich nicht öffnen. Cosima drückte dagegen.

„Co, versuch es mal anders herum. Gasthaustüren gehen immer nach außen auf. Drücken nützt hier gar nichts“, schmunzelte Alexander.

Cosima tat wie ihr geheißen. Die Tür ließ sich problemlos aufziehen.

„Warum sagst du das nicht gleich, Henne“, motzte Cosima ihren Kollegen an. Sie nahm die vier Treppenstufen, die zur Gaststube führten mit zwei langen Sätzen. Alexander folgte ihr kopfschüttelnd. Er betrat hinter ihr den Raum.

„Guten Tag“, sagte er laut und deutlich. Die Blicke der Anwesenden richteten sich auf ihn. Die Stimmen verstummten. Niemand erwiderte seinen Gruß. Auch Cosimas Begrüßung blieb unerwidert.

Martin, der Kollege aus Alsfeld saß an der Theke. Er nickte dem Kommissar unmerklich zu. Der Wirt hinter der Theke erstarrte, hörte auf das Glas, das er in der Hand hielt, zu polieren. Man sah buchstäblich, dass ihm die Anwesenheit der Kommissare unangenehm war. Die Bedienung blieb einfach stehen. Die Szene erinnerte an ein Stillleben.

Henneberg stellte erneut fest, dass sich in der Gaststube in den letzten 25 Jahren nichts geändert hatte. Die tiefe Decke mit den schweren Eichenbalken, die holzgetäfelten Wände und die kleinen Sprossenfenster verliehen der Gaststube immer noch eine gemütliche

Atmosphäre, die so ganz und gar nicht zu dem unfreundlichen Benehmen der Gäste passen wollte.

Am Stammtisch saßen zwei alte Männer. Martin bedeutete seinem Kollegen, dass es sich um die Personen handelte, mit denen seine Kollegen vom

K 10 aus Friedberg sprechen wollten. Henneberg trat auf den runden Tisch zu, zog einen Stuhl zu sich heran und setzte sich.

„Das ist unser Stammtisch. Da haben Fremde nichts verloren", kommentierte einer der älteren Herren Hennebergs Auftritt, in dem der Kommissar den um 25 Jahre gealterten Kartoffelbaron Bertram Bauer, BB genannt, erkannte.

„Soll mir recht sein. Wir können gern nach nebenan gehen", antwortete der Kommissar. Er erinnerte sich an den kleinen, ebenfalls gemütlich eingerichteten Raum, in dem sich die Männer vom Ort zum Kartenspielen trafen. „Da lässt es sich ohnehin besser reden."

„Ich wüsste nicht, was wir zu bereden hätten", antwortete der andere Alte. Das war eindeutig Erwin Feist, der langjährige Ortsvorsteher. Er war in die Jahre gekommen, aber mit seinen 90 Jahren immer noch ein stattlicher Mann. Sein Gesicht war rund und fast faltenfrei, feist wie sein Nachname eben.

„Wir schon", sagte Cosima mit ernster Stimme.

„Was wollen Sie denn von uns?", sagte der Kartoffelbaron etwas entgegenkommender.

„Sie haben sich gestern auf der Toilette miteinander unterhalten", begann Henneberg erneut.

„Ist das jetzt verboten?", kam es süffisant von Feist.

„Das nicht, aber es geht um das, was gesagt wurde", Henneberg klang gereizt. Die beiden Männer hatte er noch in schlechter Erinnerung von damals.

Martin trat an den Tisch. „Ich habe gehört, wie Sie gestern zueinander gesagt haben, dass ihnen nichts passieren kann, wenn sie nur das Maul halten."

Erwin Feist blickte zu seinem Kumpel. „Kann ich mich nicht daran erinnern. Du?"

„Nee, kann ich mich auch nicht erinnern", Bertram Bauer zuckte mit den Schultern.

„Das ist ja merkwürdig", konterte Martin.

„Wir hatten gestern viel getrunken. Da war doch die Beerdigung von der stillen Marta. Wer weiß, was wir da alles geredet haben", verteidigte sich Erwin Feist.

„Vielleicht haben Sie sich auch verhört", wandte sich BB an Martin.

„Ich weiß, was ich gehört habe. Was also haben Sie damit gemeint?", mischte sich Martin erneut in die Befragung ein.

Rosi, die Wirtin erschien und stellte Bierkrüge vor den Kommissaren auf den Tisch. „Hier, bitte, aus unserer Hausbrauerei."

„Die gibt es noch?", wunderte sich der Kommissar. Er konnte sich noch an das wohlschmeckende, ungefilterte Kellerbier erinnern.

„Und ob es die noch gibt. Seitdem die Wanderer alle bei uns einkehren, floriert das Geschäft", klärte ihn die Frau auf. „Aber mir wäre es lieber, wenn Sie jetzt mit meinem Großvater und Bertram nach nebenan gehen, um sie zu verhören. Gleich kommen die ersten Gäste.

Dann macht das keinen so guten Eindruck, wenn die Polizei im Haus ist."

„Bisher stellen wir nur einige Fragen. Wenn Ihr Großvater sich aber weiterhin weigert, müssen wir ihn tatsächlich zum Verhör einbestellen. Das liegt ganz bei ihm", antwortete Cosima keck.

„Komm, Bertram, dann gehen wir halt mit den Kommissaren nach nebenan."

Erwin führte seine ungebetenen Gäste ins Kaminzimmer. In der Luft lag Zigarettenrauch. Damals hatten Martin und Alexander die Zeugen auch in diesem Raum befragt.

Erwin zog einen Stuhl unter dem Tisch hervor und ließ sich darauf fallen. Bertram tat es ihm nach. Mit der Hand forderte Erwin die Kommissare auf, sich zu setzen.

Henneberg schwieg, schaute abwechselnd von Erwin zu Bertram. Auch Cosima und Martin verhielten sich still und sahen die beiden Männer an. Gemächlich kramte Henneberg eine Schachtel John Players Special aus seiner Brusttasche hervor, entnahm ihr eine Kippe und zündete sie in aller Ruhe an. Er zog den in der Mitte des Tisches stehenden Aschenbecher zu sich heran. Cosima sah ihren Kollegen missbilligend an, sprang auf und öffnete das Fenster. Henneberg schob Martin die Packung über den Tisch zu. „Nimm dir", sagte er provokant mit Blick auf die beiden Männer, die langsam unruhig wurden und auf ihren Stühlen hin und her rutschten. Ihre sonst so selbstsichere Art fing langsam an zu schwinden. Abwechselnd blickte Erwin zu Bertram und den Kommissaren.

Als Henneberg die heruntergerauchte Zigarette im Aschenbecher ausdrückte, fragte Erwin ungeduldig: „Was ist denn nun? Sie wollten doch mit uns sprechen."

Henneberg schmunzelte. Seine Taktik war aufgegangen. „Sie wollten doch nicht mit uns sprechen", konterte er. „Wenn Sie nun endlich bereit sind, uns ehrliche Antworten zu liefern, setzen wir die Befragung gern fort."

„Was wollen Sie also wissen?", Erwin schaute listig aus zusammengekniffenen Augen.

„Wie das Auto in Ihre Scheune kommt. Ganz einfach", antwortete Henneberg.

„Das kann ich mir nicht erklären. Ich habe Ihnen doch damals gesagt, dass alles im Umbruch ist und ich mich aufs Altenteil zurückziehe. Mein Sohn wollte den Hof und die Gastwirtschaft mit seiner Frau übernehmen."

„Damals war es noch Ihre Scheune. Sie haben uns 1994 erzählt, dass Sie alles Ihrem Sohn übergeben wollen. Merkwürdigerweise ist Ihr Sohn ganz überraschend ein paar Tage nach dem Verschwinden von Sebastian verunglückt", erinnerte sich Martin.

„Mein Sohn hat bis zu seinem Tod mit mir auf dem Hof gearbeitet und abends an der Theke Bier gezapft. Wer weiß, was der da alles getrieben hat", kam es gereizt von Erwin.

„Wollen Sie uns jetzt weißmachen, dass Ihr verstorbener Sohn etwas mit dem Verschwinden von Sebastian Pinke und seinem Auto zu tun hat?", antwortete Henneberg genauso gereizt.

„Das kann ich nicht ausschließen. Ich hatte auf jeden Fall nichts damit zu tun. Der Mann hat sich bei uns verabschiedet, danach habe ich ihn nicht mehr gesehen. Basta", keifte der feiste Erwin.

„Und Sie haben natürlich auch nichts gesehen?", wandte sich Henneberg nun an Bertram Bauer.

„Nein, natürlich nicht. Wie Erwin schon sagte, hat der Mann sich verabschiedet und das war es", bestätigte Bertram die Aussage seines Freundes.

„Wo war denn Ihr Sohn zu diesem Zeitpunkt?", hakte Cosima nach.

„Er stand hinter der Theke und hat Bier gezapft."

„Ihr Sohn hatte uns damals gesagt, er hätte nicht mehr auf den Mann geachtet, weil er so viel zu tun hatte", sagte Martin.

„Dann wird es wohl so gewesen sein. Das ist alles so lange her. Meinen Sie etwa, da könnte ich mich heute noch so genau daran erinnern, was geschehen ist", motzte Erwin.

„Ich glaube Ihnen nicht", Henneberg tippte mit dem rechten Zeigefinger auf die Tischplatte, „ich habe Ihnen damals nicht geglaubt und ich glaube Ihnen heute auch nicht."

„Das ist doch Ihr Problem, guter Mann", antwortet Erwin süffisant und grinste über das ganze Gesicht.

„Ok, dann müssen wir Sie beide bitten, am Montag aufs Präsidium nach Friedberg zu kommen und eine eidesstattliche Aussage zu machen. Ich gehe davon aus, dass der Staatsanwalt sich Ihre Version auch nochmal anhören möchte", sagte Henneberg in einem strengen Ton, der eigentlich keine Widerrede duldete.

Doch der feiste Erwin war damit nicht einverstanden. „Am Montag spielen wir Skat, da geht es nicht."

„Das ist mir scheißegal, was Sie da spielen. Wenn Sie nicht auf der Dienststelle im Grünen Weg in Friedberg erscheinen, lasse ich Sie vorführen. Ist das klar?“ Henneberg hieb mit der flachen Hand auf den Tisch.

Martin stand auf. „Wir werden uns jetzt erstmal mit den Anderen, die damals mit Ihnen am Tisch saßen, als sich Sebastian Pinke verabschiedet hat, unterhalten.“

„Viel Erfolg“, lachte Erwin gehässig, „die liegen alle auf dem Friedhof. Berti und ich sind die einzigen, die von unserem Verein übrig sind.“

„Wo ist Ihre Frau Berta?“, fragte Henneberg ganz spontan.

„Die liegt oben im Bett. Die macht es nicht mehr lange“, kam es gelangweilt von Erwin.

Henneberg schaute genervt zu seinem Kollegen und schüttelte den Kopf.

Er stand auf. „Die Herren, wir empfehlen uns. Sind Sie bitte am Montag um 10.00 Uhr in Friedberg. Und nur noch mal zur Klarstellung, das ist keine Bitte, sondern eine amtliche Vorladung. Meine Sekretärin wird Ihnen das per Fax schriftlich zukommen lassen.“

„Das Fax geht nicht“, antwortete Erwin.

„Dann halt per Mail“, entgegnete Henneberg.

„Haben wir nicht“, bedauerte Erwin.

„Dann werden wir es Ihnen persönlich zustellen.“ Henneberg verlor allmählich die Geduld.

„Ich bin aber ab heute Mittag nicht zu Hause“, Erwin schien es Spaß zu machen, den Kommissar an der Nase herumzuführen.

Doch der gab nicht auf. „Aha, wo sind Sie denn?“

„Bei meiner Schwiegertochter.“

„Und wo wohnt die?“

„In Garbenheim“, war die kurze Antwort.

„Wir sind hier auch in Garbenheim. In welchem Stadtteil also?“

„In der Kernstadt. Wie die Straße heißt, weiß ich allerdings nicht. Meine Enkelin bringt mich immer dorthin.“

Henneberg gab Cosima mit einem Blick und einem Kopfnicken in Richtung Tür zu verstehen, dass sie die Wirtin befragen sollte. Cosima stand auf und verließ den Raum.

„Sind Sie am Wochenende zu Hause?“, wandte er sich nun an Bertram Bauer. Ein kurzer Seitenblick von Erwin ließ Bertram, der schon zum Sprechen angesetzt hatte, verstummen. Henneberg schäumte vor Wut. Es war genau wie damals. Erwin Feist war damals Gastwirt, Landwirt und Ortsvorsteher des 16. und kleinsten Stadtteils von Garbenheim gewesen und bestimmte, wer was zu sagen und zu tun hatte. Anscheinend war das auch noch heute so.

Cosima kam zurück und grinste. „Die Enkelin von Herrn Feist weiß nichts davon, dass ihr Opa zu seiner Schwiegertochter will. Die beiden haben gar keinen Kontakt.“

Henneberg holte sein Handy aus der Jackentasche und drückte die Kurzwahltaste des Präsidiums. „Stückchen, schick mal eine Streife zu mir. Hier sind zwei Herren, die Widerstand gegen die Staatsgewalt leisten. Außerdem benötige ich die Verhörprotokolle, die zum Fall Sebastian Pinke gehören.“

„Wir gehen jetzt zum Essen. Sie beide bleiben hier, bis die Streife Sie abholt. Ich will keinen Mucks von Ihnen hören."

Die Kommissare verließen den Raum. Henneberg drehte den Schlüssel um.

Der Gastraum war bereits gut besucht. Der Geräuschpegel war dementsprechend hoch. Die Kommissare setzten sich an den letzten freien Tisch am Fenster. Martin gab der Wirtin ein Zeichen.

„Das werden die sich nicht gefallen lassen", gab Cosima zu bedenken.

„Was wollen sie denn machen?", gab Alexander bissig zurück. „Nochmal lasse ich mich von denen nicht verarschen. Die wissen genau, wie der Wagen in die Scheune kam und die wissen auch, was mit diesem Sebastian geschehen ist."

„Wieso habt ihr den Wagen denn damals nicht in der Scheune gefunden?", wollte Cosima wissen.

„Das Auto war wie vom Erdboden verschluckt, genau wie sein Besitzer. In der Scheune war es auf jeden Fall nicht. Damals wurde das ganze Dorf auf den Kopf gestellt, der Wald nach dem Auto und dem Mann abgesucht. Alle Polizeidienststellen in der näheren Umgebung waren informiert. Die Fahndung nach dem Mann hatte absolut nichts ergeben", berichtete Martin.

„Vielleicht hat er sich ins Ausland abgesetzt", gab Cosima zu bedenken.

„Wenn, dann nicht auf legalem Wege. Wir haben die Passagierlisten an sämtlichen Flughäfen kontrolliert.

Die Bahnhöfe wurden überprüft, sogar die Busgesellschaften hier in der Umgebung“, vervollständigte Alexander den Bericht des Kollegen. „Sein Bild hing in allen Polizeidienststellen. Irgendjemand hätte ihn doch erkennen müssen.“

„Es stellt sich sowieso die Frage, warum der Mann, auf welchem Weg auch immer abhauen sollte. Seine Freundin war schwanger, ihn erwartete ein toller Job. Er hätte in eine wohlhabende Familie eingeheiratet. Das einzige Hindernis stellte die noch gültige Ehe mit Juliane dar. Es gab absolut keinen Grund, warum er das Weite hätte suchen sollen“, fuhr Martin fort.

„Und wenn ihm das einfach alles zu viel wurde und er Panik bekommen hat? So was soll es ja geben“, insistierte Cosima. „Außerdem kann man sein Aussehen verändern und sich einen gefälschten Pass besorgen.“

„Was du nicht sagst. Da wären wir nie draufgekommen“, erwiderte Alexander ironisch.

Martin drehte sich um und suchte den Raum nach der Wirtin ab. Die anderen Gäste waren bereits am Essen. Von der Mitvierzigerin, die ihnen am Anfang so bereitwillig ein Bier hingestellt hatte, war nichts zu sehen.

„Hallo“, rief er laut in Richtung Küche, „Bedienung.“ Nichts geschah. Die Wirtin tauchte nicht auf. Er wartete noch eine Weile, dann sprang er auf. „Jetzt reichts“, knurrte er und ging um den Tresen herum in die Küche. Sein Geschrei war bis in den Gastraum zu hören. „Hoffentlich kommt jetzt bald mal jemand und bedient uns.“

Mit hochrotem Kopf kehrte er an den Tisch zurück. „Die lassen uns hier am ausgestreckten Arm verhungern. Eine Frechheit ist das.“

„Es wiederholt sich alles. Man gibt uns kein Zimmer, man bedient uns nicht und vor allem, man sagt uns nichts. Es ist, als würden sie eine Mauer gegen uns errichten“, sagte Alexander lauter als beabsichtigt. Die Gäste hörten auf zu essen und drehten sich nach den Kommissaren um. Neugierig schauten sie in ihre Richtung.

„Lass uns gehen. Wir warten draußen auf den Streifenwagen“, forderte Alexander die Kollegen auf. Er sprang auf. Sein Stuhl fiel polternd um. Cosima knallte vor lauter Wut die Tür hinter sich zu.

Alexander trat die Kippe aus und kickte sie in den Gully. „Henne, bist du verrückt? Du kannst doch nicht den Zigarettenstummel im Abwassersystem entsorgen. Es ist schon schlimm genug, dass du überall deine Kippen liegenlässt. Das ist eine Sauerei“, schimpfte Cosima ganz unerwartet.

„Bist du jetzt bei den Grünen oder warum führst du dich so auf?“, fragte Alexander gereizt.

„Was hat das denn damit zu tun? Das macht man einfach nicht. Weißt du nicht, wie schädlich diese Filter sind“, setzte Cosima hinterher. „Bitte hebe in Zukunft deine Kippen auf und entsorge sie in einem Mülleimer.“

Alexander schüttelte genervt den Kopf. „Das Dorf macht irgendetwas mit den Menschen hier. Kaum ist man hier, kriegt man schlechte Laune.“

Ein Streifenwagen näherte sich und hielt vor den drei Beamten, die mit knurrendem Magen auf der Bank vor dem Gasthaus saßen.

Henneberg betrat erneut das Gasthaus, querte den Gastraum und ging zu dem Kaminzimmer, drehte den Schlüssel und öffnete die Tür. Der Raum war leer. Erwin Feist und Bertram Bauer waren verschwunden. Das Fenster zum Hof stand offen.

Die Wirtin behauptete nicht zu wissen, wie ihr Großvater und sein Freund das Kaminzimmer verlassen hatten und wohin sie gegangen waren. Die Schutzbeamten suchten den Hof und die Umgebung ab. Die Männer fanden sie nicht.

Henneberg fluchte, stampfte mit den Füßen auf und raufte sich die Haare. Sein Benehmen erinnerte an Rumpelstilzchen, eine Märchenfigur frei nach den Gebrüder Grimm. Cosima und Martin versuchten erst gar nicht, ihn zu beruhigen. Sie waren genauso wütend. Zudem hatte Cosima einen Bärenhunger und wenn sie Hunger hatte, war sie sowieso schlecht gelaunt.

Martin ging erneut in die Küche. Dort fand er die Wirtin und die Köchin vor, die sich offensichtlich amüsierten.

„Sie machen uns jetzt auf der Stelle etwas zu essen, sonst sorge ich dafür, dass die Lebensmittelkontrolleure hier alles auseinandernehmen und das Gesundheitsamt Ihren Gasthof schließt. Haben wir uns verstanden?“, fauchte er.

„Ist ja schon gut. Ich habe noch Beulches von gestern. Das kann ich Ihnen aufwärmen“, antwortete die Wirtin unfreundlich.

„Den Teufel werden Sie tun. Wir setzen uns jetzt wieder an den Tisch und dann bringen Sie uns etwas von der Speisekarte, genau wie den anderen Gästen.“

Alexander hatte die Schutzbeamten gebeten, das alte Dorf weiterhin abzusuchen und bei den Bewohnern zu klingeln. Außerdem hatte er Stückchen angerufen und ihr den Auftrag erteilt, die Adresse von Erwin Feists Schwiegertochter herauszufinden. Auf die Auskunft der Familie Feist wollte er sich nicht mehr verlassen. Die logen, wenn sie nur den Mund aufmachten.

Kapitel 13

Nach dem Essen, das wider Erwarten recht gut schmeckte, begaben sich die Kommissare auf den Weg zur Tochter der stillen Marta. Wenn die Angelegenheit nicht so ernst gewesen wäre, hätten die Kommissare den Rundgang durch das kleine Vogelsberger Dorf genießen können. Die Fachwerkhäuser waren in den vergangenen Jahren saniert und regelrecht herausgeputzt worden. Vor den Fenstern hingen Kästen mit Geranien und Efeu, in den Höfen, deren Tore weit offenstanden, reihten sich Töpfe mit wunderschön blühenden Blumen aneinander. Große Misthaufen dampften in der warmen Sonne und bilderbuchgleich stolzierte ein großer Hahn darauf, der die nahenden Fremden mit einem ausgedehnten Kikeriki begrüßte.

„Kräht der Hahn erst auf dem Mist, ändert sich das Wetter oder es bleibt wie es ist", fiel Cosima dazu ein und erntete ein Kopfschütteln von Alexander.

„Kräht der Hahn im Mai, ist der April vorbei", gab Martin nun zum Besten.

„Tanzt die Mückenbrut, bleibt das Wetter gut", gab Cosima preis.

„Ist der April feucht und nass, füllt es dem Bauern sein Fass", kam schon der nächste Spruch von Martin.

„Ist ja schon gut", fiel Alexander seinen Kollegen nun ins Wort, „ich glaube euch auch so, dass ihr euch auf dem Land auskennt."

„Ich kenne noch mehr solcher Sprüche. Meine Oma hat immer gesagt, dass man sich auf diese alten

Bauernweisheiten verlassen kann“, erwiderte Cosima, deren Laune sich nach dem Essen gebessert hatte.

„Können wir jetzt bitte wieder den Ernst reinlassen, wir sind nämlich da“, forderte Alexander seine Kollegen mit seinem Lieblingsspruch auf. Er deutete auf ein Klingelschild, das aus Salzteig gebrannt war und die Namen der Bewohner des Hauses anzeigte.

Eine Klingel gab es nicht, stattdessen betätigte Martin den schmiedeeisernen Klopfer, der die Mitte der schweren Eichentür zierte. Als hätte man auf die Ankunft der Kommissare gewartet, wurde die Tür umgehend geöffnet.

„Guten Tag, Frau Diegelmann, wir haben uns gestern nach der Trauerfeier Ihrer Mutter kurz gesprochen. Wir sind die Kommissare aus Friedberg Alexander Henneberg und Cosima von Mittelstedt, sowie Martin Fehl aus Alsfeld, der die Brandermittlung geführt hat. Dürfen wir Ihnen bitte noch ein paar Fragen stellen?“, Henneberg ließ wieder seinen Charme spielen, der gerade bei älteren Damen immer zum Vorschein kam. Zu seiner Überraschung öffnete die Frau die Tür weit und ließ die Kommissare eintreten. Henneberg hatte befürchtet, dass sie ihn und seine Kollegen nach ihrem Auftritt vor dem Gasthaus abweisen würde. Stattdessen führte sie die Kommissare durch eine geräumige Diele in das Wohnzimmer. Der niedrige Raum war gemütlich eingerichtet und erinnerte an die sogenannte gute Stube, wie man sie noch aus einem anderen Jahrhundert kennt.

„Bitte, nehmen Sie doch Platz“, forderte sie die Kommissare auf. Henneberg und Cosima setzten sich auf das Canape. Martin ließ sich auf einem Stuhl aus Korbgeflecht nieder, der unter seinem Gewicht knarzte.

„Wie kann ich Ihnen behilflich sein?“ Ihre Aussprache passte zu ihrem gepflegten Äußeren und dem eleganten Outfit.

„Frau Diegelmann, Sie haben gestern erwähnt, dass Ihre Mutter Marta gesagt habe, jetzt könne sie endlich sterben“, begann Henneberg. „Was hat sie damit gemeint?“

„Das weiß ich leider auch nicht. Ich vermute aber, dass es etwas mit dem Brand zu tun hat“, antwortete die Frau auf Hennebergs Frage.

„Ihre Enkel haben mir erzählt, dass ihre Uroma, also Marta, ihnen gesagt hätte, dass nun alles ans Tageslicht kommt und die Scheusale endlich überführt werden“, fuhr Martin fort, der wegen der Brandermittlung mit den beiden Schülern gesprochen hatte.

„Ach die Zwillinge“, Frau Diegelmann schüttelte den Kopf, „die haben eine blühende Phantasie und haben nur Flausen im Kopf. Sie sehen ja, was sie mit ihrer Zündelei angerichtet haben.“

„Ich halte das nicht für Quatsch. Wo sind die beiden jetzt? Könnten wir sie mal sprechen?“, fragte Martin rundheraus.

„Die sind in der Musikschule. Freitags um die Mittagszeit haben sie immer Klavierunterricht.“

„Wann kommen sie denn wieder?“, Hennebergs Ungeduld machte sich langsam bemerkbar.

„Vor fünf Uhr sicher nicht. Meine Tochter bringt sie mit, wenn sie von der Arbeit kommt.“

„Sie haben hier mit Ihrer Mutter zusammengewohnt?“, wollte Cosima nun wissen.

„Ja, ich bin nach dem Tod meines Mannes von Fulda hierhergezogen und habe mich um meine Mutter gekümmert. Letztes Jahr ist auch noch meine Tochter nach ihrer Scheidung mit den Zwillingen hier eingezogen.“

„Wann kamen Sie aus Fulda hierher?“

„Das war Anfang 1994. Mein Mann war zwanzig Jahre älter als ich. Ist aber dennoch unerwartet plötzlich viel zu früh gestorben.“

„Sie haben also damals mitbekommen, dass der Mann der Hausärztin Dr. Herz hier aufgetaucht ist?“, bohrte Juliane weiter. Henneberg ließ sie gewähren. Er vertraute Cosima.

„Ja, das habe ich doch damals alles schon erzählt.“

„Erzählen Sie es mir bitte auch nochmal. Ich war ja zu diesem Zeitpunkt noch nicht mit diesem Fall betraut“, brachte Cosima zu ihrer Entschuldigung hervor.

„Das ist schnell erklärt. Es war Kirmes. Wir haben alle im Gasthaus zusammengesessen, als der Mann unserer Ärztin hereinkam, um mit ihr zu sprechen. Frau Herz wollte eigentlich nicht mit ihm reden, aber er ließ nicht locker. Er benötigte eine Unterschrift von ihr, die sie ihm aber verweigerte. Ich wusste damals nicht um was es ging. Später, als ich sie als Patientin in ihrer Praxis aufsuchte, hat sie mir von ihrer kurzen Ehe mit diesem Sebastian Pinke erzählt und wie er sie ausgenommen hat.“

„Haben Sie mitbekommen, wie dieser Pinke das Gasthaus verlassen hat?“

„Nein, nicht wirklich. Ich habe mit meiner Mutter und einigen Verwandten zusammengesessen. Ich war abgelenkt und habe nichts gesehen."

„Wer hat denn noch mit Ihnen am Tisch gesessen? Könnte von diesen Personen jemand etwas gesehen haben?"

„Das waren meine Schwester und ihr Mann und die Cousine meiner Mutter. Aber die sind schon alle gestorben."

„Irgendjemand muss doch etwas mitbekommen haben. Es war doch wohl eine laute Auseinandersetzung."

„Da fragen Sie mal am besten unseren Dorfsheriff, den feisten Erwin oder meinen Onkel, Bertram Bauer. Die wissen bestimmt über alles Bescheid. So, wie sie immer alles erfahren und wissen", sagte Frau Diegelmann geringschätzig.

„Die würden wir ja gern fragen, aber die beiden sind ausgebüxt und nicht auffindbar. Haben Sie eine Idee, wo sie sein könnten?"

„Das wundert mich gar nicht. Vielleicht sind sie oben im Wald in der Hütte vom Erwin."

„Die gibt es noch?", wunderte sich Henneberg. „Die war doch damals schon ziemlich baufällig."

„Die ist 1994 mal abgebrannt. Erwin hat dann eine neue, noch größere Hütte gebaut. Da haben die Männer immer nach der Jagd zusammengesessen oder wenn sie mal wieder etwas Geheimes zu besprechen hatten."

Martin griff zu seinem Handy und verließ den Raum. Er telefonierte in der Diele. Seine Stimme war im Wohnzimmer zu hören, aber verstehen konnte man nichts.

Kapitel 14

Erwin und Bertram saßen vor der Hütte und amüsierten sich köstlich. Vor ihnen stand eine Flasche Schnaps aus der Schlitzer Destillerie und zwei Gläser. „Prost Bertram, die haben wir wieder schön an der Nase herumgeführt."

„Du kannst von Glück sagen, dass der Hubert uns geholfen hat. Ohne die Leiter wären wir da nicht rausgekommen. Wieso hat der uns überhaupt geholfen? Ich denke, ihr habt Streit", erwiderte Bertram.

„Ich habe ihm halt versprochen, dass er im nächsten Jahr die Ferienwohnungen bauen darf. Den Streit haben wir begraben."

„Na, da ist der Brand ja gerade rechtzeitig entstanden", bemerkte Bertram spitz. „Du hast nicht zufällig etwas damit zu tun?"

„Natürlich nicht. Ich schwöre", erwiderte Erwin und hob die rechte Hand zum Schwur.

„Ich kenne dich lange genug Erwin, auf deinen Schwur gebe ich nichts."

„Beweis mir doch das Gegenteil, Bertram", sagte Erwin süffisant und leerte sein Glas."

„Wir müssen uns langsam mal was einfallen lassen, wie wir die Kommissare wieder loswerden. Ich habe keine Lust, in meinem Alter noch in den Knast zu gehen", meckerte Bertram.

„Bleib ganz ruhig. Die können uns gar nix", winkte Erwin mit der Hand ab.

„Hörst du das", Bertram fuhr hoch, „da kommt ein Auto." Durch die Bäume war ein Fahrzeug zu erkennen, das sich der Hütte näherte. „Das sind die Bullen. Was machen wir denn jetzt?"

Erwin stand auf, griff sich die Flasche und die zwei Gläser. „Komm mit, wir gehen in die Hütte."

„Die können uns durch die Fenster sehen. Wir haben doch gar keine Zeit mehr, die Läden zu schließen."

„Quatsch nicht. Komm einfach mit und schließ die Tür hinter dir ab."

„Wie sind die denn bloß auf die Hütte gekommen?", fragte Bertram.

„Keine Ahnung, da muss wohl jemand gepetzt haben. Aber wenn ich den erwische, gibt es Ärger", schimpfte Erwin.

Kapitel 15

„Frau Diegelmann“, meldete sich Henneberg nun wieder zu Wort, „ich muss Sie jetzt aber auch noch etwas fragen. Den Mann, den alle Laban nennen, haben mein Kollege Martin und ich damals nicht gesehen. Wo war er denn zu diesem Zeitpunkt?“

„Oben im Wald. Seine Mutter war kurz vorher gestorben und er hat sich dort verkrochen wie ein waidwundes Tier.“

„Das ist allerdings merkwürdig. Wir haben damals den ganzen Wald nach diesem Sebastian Pinke abgesucht, aber ihn haben wir dort nirgends gesehen“, entgegnete Henneberg.

„Laban ist seinen Mitmenschen schon immer aus dem Weg gegangen. Er ist scheu, will mit niemandem etwas zu tun haben und sehr geschickt darin, sich unsichtbar zu machen.“

„Wir müssten aber mal mit ihm reden. Wie können wir ihn erreichen?“

„Laban wird nicht mit Ihnen reden“, sagte Frau Diegelmann streng. „Lassen Sie ihn einfach in Ruhe.“

Martin betrat wieder das Zimmer. „Entschuldigung, ich habe nur die beiden Polizisten angewiesen, zur Hütte zu fahren, um dort nach den Abgängigen zu suchen.“ Er setzte sich wieder und hörte zu.

„Hier wird ziemlich viel gestorben, muss ich feststellen“, bemerkte Cosima.

„Das Leben hier oben war früher hart. Die Menschen hatten nichts zu lachen. Ich kann mich noch an meine Kindheit erinnern. Damals gab es nur bei Erwin im Gasthaus ein Telefon. Die Menschen hier lebten von der Landwirtschaft, versorgten sich selbst. Bis Ende der 90iger gab es hier noch einen Metzger, einen Bäcker und einen Tante-Emma-Laden, nicht zu vergessen den Schreiner, der auch die Bestattungen vorgenommen hat. Sogar eine kleine Tankstelle hatten wir und eine Schule, die alle Kinder bis zur 4. Klasse besuchten. Ab dem fünften Schuljahr fuhren sie dann mit dem Bus in die Kernstadt. Jeden Sonntag mussten wir mit den Eltern in die Kirche gehen. Als wir 1972 im Zuge der Gebietsreform als 16.Stadtteil in Garbenheim eingemeindet wurden, kam das für die Leute hier einer Kriegserklärung gleich. Die Dorffler wollten mit den anderen Stadtteilen nichts zu haben. Fremde wurden hier nicht geduldet und wer sich von den Dorfbewohnern nicht fügte, bekam Ärger."

„Aber Sie hatten einen Arzt bzw. dann eine Ärztin. Das ist doch ungewöhnlich für so ein kleines, abgelegenes Dorf", meinte Henneberg.

„Der erste Arzt in Dorff war Dr. Henn. Er kehrte nach dem Krieg aus russischer Gefangenschaft in seinen Heimatort zurück. Er war einer der letzten Kriegsgefangenen, die 1955 durch Adenauers Beharrlichkeit befreit wurden. Eigentlich war er Tierarzt, hat aber alles behandelt, was zwei und vier Beine hatte. Nach seinem Tod 1979 kam wie aus heiterem Himmel dann Dr. Medika. Damals suchten viele Leute aus der Umgebung den Arzt hier in Dorff auf. Meine Mutter hat bei ihm den Haushalt geführt. Sie hat sich immer über die vielen Fremden gewundert, die ihn aufsuchten, zumal Dorff ja erst im Jahr 2000 richtig an das Straßennetz angebunden wurde. Vorher musste man immer durch den Wald fahren, was wahrlich kein Vergnügen war."

Henneberg kratzte sich am Kopf. Sie schweiften vom eigentlichen Thema ab, aber er hörte geduldig zu. Mitunter konnte man in solch einem unverfänglichen Gespräch mehr erfahren, als durch eine direkte Befragung. Und Frau Diegelmann taute gerade richtig auf, also ließ er Cosima gewähren.

„Es wundert mich, dass sie 1994 nochmal eine Ärztin von der Kassenärztlichen Vereinigung zugewiesen bekamen", sagte Cosima.

„Das haben wir dem feisten Erwin zu verdanken. Er und seine Familie haben schon immer alles hier in Dorff geregelt. Die Männer aus seiner Familie stellten stets den Bürgermeister. Das wurde quasi von einer Generation in die Nächste vererbt, bis dann 1972 bei der Gebietsreform das Dorf einen Ortsvorsteher bekam. Der Bürgermeister der Großgemeinde saß fortan in Garbenheim selbst. Und wer anders als einer der Feists konnte denn Ortsvorsteher sein."

„Wer ist denn jetzt Ortsvorsteher?", wollte Cosima wissen.

„Na der Erwin Feist. Der ist das seit 1972. Eigentlich sollte sein Sohn Fritz ihn beerben, aber der ist ja so plötzlich gestorben und deshalb ist das immer noch der feiste Erwin. Der gibt das Amt auch nicht ab so lange er lebt." Wieder klang ihre Stimme geringschätzig.

„Genau wie die Queen", schmunzelte Martin.

„Sehr viel scheinen Sie von Erwin Feist nicht zu halten“, stellte Cosima fest.

„Das ist noch freundlich ausgedrückt. Ich hasse diesen Mann“, sagte Frau Diegelmann voller Inbrunst.

„Warum?“, wollte Cosima nun wissen.

„Er ist ein Ungeheuer, ein Scheusal, ein Despot. Er sieht alles, weiß alles, bestimmt alles. Er hätte gut in die Nazi-Zeit gepasst. Genau wie sein Vater. Der war ja nicht umsonst Ortsgruppenleiter.“

„Warum sind Sie dann wieder hierher zurückgekehrt? Sie hätten Ihre Mutter doch auch zu sich nach Fulda nehmen können“, wunderte sich Cosima.

„Meine Mutter wäre niemals von hier weggegangen. Sie hätte das Grab meines Vaters nicht zurückgelassen.“

„Wann ist denn Ihr Vater gestorben?“ Cosima war nicht zu bremsen.

„Ich war gerade mal 22 Jahre alt und ging seit einigen Jahren auf die Uni nach Gießen. Ich studierte auf Lehramt und war kurz vor dem Abschlussexamen. Mein Vater hat mich manchmal mit dem Moped nach Hartmannshain zum Bahnhof gebracht, wenn der Bus mal wieder nicht pünktlich kam. 1970 ist er auf dem Heimweg von der Arbeit im Wald tödlich verunglückt. Ein Tier ist ihm in den Weg gelaufen und hat ihn zu Fall gebracht. So hat man es uns zumindest erzählt.“

„Und das Grab Ihres Vaters besteht noch immer?“, wunderte sich Cosima erneut. „Die Gräber werden doch normalerweise nach 30 Jahren geräumt.“

„Hier können Sie noch uralte Gräber aus dem 18. Jahrhundert finden. Erwin akzeptiert die Friedhofssatzung der Stadt Garbenheim nicht, ebenso wie viele andere Dinge auch.“

„Dann frage ich mich aber, wieso es hier seit 2000 ein Neubaugebiet gibt?“

„Das hat der Erwin ausgehandelt. Wenn wir eine bessere Straßenanbindung nach Dorff haben wollen, müssen wir ein Neubaugebiet akzeptieren, hat die Stadtverwaltung gesagt. Seitdem wird auf der anderen Seite des Bachs gebaut, was das Zeug hält.“

„Obwohl es hier keine Geschäfte gibt?“, wunderte sich Cosima.

„Zweimal in der Woche kommt der Bäckerwagen und am Freitag immer ein Metzger. Die jungen Leute kaufen in Garbenheim ein. Dort gibt es alles, was man braucht. Die älteren Bewohner versorgen sich zum großen Teil noch selbst. Die haben alle einen Gemüsegarten, Fleisch holen sie sich von Bertram Bauer Junior, der mehrmals im Jahr schlachtet, genauso wie Eier und Milch. Hier wird noch Brot selbst gebacken. Wir haben noch ein funktionierendes Backhaus und eine Gefrieranlage. Wie ich schon sagte, die Dorffler regeln alles selbst“, erzählte Frau Diegelmann bereitwillig.

„Wie kommen denn die Neubürger mit den Leuten aus dem alten Dorf zurecht?“

„Gar nicht. Sie bleiben unter sich. Am Anfang haben sie schon Interesse gezeigt. Sie sind sogar zu Ortsbeiratssitzungen und Vereinsfesten gekommen. Aber alles, was sie an Verbesserungen vorgeschlagen haben, wurde von Erwin abgelehnt. Jetzt machen die da oben am Hang ihr eigenes Ding. Feiern Straßenfeste und so einiges anderes.“

„Aber ich habe doch gesehen, dass auf der Trauerfeier für Ihre Mutter viele junge Leute anwesend waren. Ich nahm an, dass das Neubürger seien.“

„Das waren auch Zugereiste, wie der Erwin immer abschätzig sagt. Das kommt daher, dass ich den Kindern Nachhilfe gebe und alle meine Mutter mochten. Sie hatte eine besondere Ausstrahlung und zog die Kinder wie die Motten das Licht an. Sie kamen gern zu uns, besonders wenn meine Mutter Streuselkuchen gebacken hatte. Außerdem spielen sie mit den Zwillingen. Die Kinder kennen sich ja von der Schule.“

„Ihre Mutter hat aber doch nie viel geredet“, meldete sich jetzt Martin zu Wort, der die ganze Zeit zugehört hatte. „Warum eigentlich nicht?“

„Nach dem Tod meines Vaters wurde sie immer ruhiger. Mit den anderen Dorfbewohnern hat sie so gut wie gar nicht gesprochen, Laban und seine Mutter sowie die nächsten Anverwandten bildeten allerdings eine Ausnahme. Die waren ihr immer willkommen, bis auf ihren Bruder Bertram und die dicke Berta.“

Die Haustür knallte, aus der Diele war Gepolter zu hören. „Oma“, rief eine Stimme, „wir sind wieder da.“

„Das sind die Zwillinge, meine Enkel oder wenn Sie so wollen, die Brandstifter“, Frau Diegelmann lächelte gütig.

Die Tür flog auf und zwei Jungs, die sich wie ein Ei dem anderen glichen, stürmten herein. „Hallo“, sagten sie ganz ungezwungen zu den Kommissaren.

„Hallo ihr beiden, wieso seid ihr denn schon da? Ist heute kein Klavierunterricht?“, fragte die Oma.

„Fällt bis auf weiteres aus“, maulten sie.

„Und wo ist eure Mutter?“

„Die steht draußen und quatscht mit zwei Cops.“ Beide grinsten über das ganze Gesicht.

Martin stand auf und verließ erneut den Raum.

„Ich sagte ja bereits, dass ich gern mit den beiden Jungs sprechen würde. Ist das in Ordnung für Sie?“, meldete sich nun wieder Henneberg.

„Da sprechen Sie bitte vorher mit meiner Tochter. Sie kommt sicher gleich herein. Ich koche in der Zwischenzeit mal Kaffee und hole jedem ein Stück Kuchen.“

„Wir wollen Ihnen keine Umstände machen“, Cosima erhob sich und folgte der alten Dame in die Küche. „Ich helfe Ihnen.“

Cosima gefiel die Küche. Sie war groß mit einer Kochfläche in der Mitte, über der Pfannen und Töpfe von der Decke hingen. Die Schränke hatten viele Schubladen. Frau Diegelmann nahm einen Porzellanfilter zur Hand, setzte eine Filtertüte ein und füllte diese mit Kaffee aus einer Blechdose. Sie nahm einen Topf mit heißem Wasser vom Herd und brühte den Kaffee auf. Cosima beobachtete die Frau. Bei ihrem Anblick musste sie an ihre Großmutter denken, die immer ein Schiffchen mit heißem Wasser im Holzofen bereithielt.

„Frau Diegelmann“, begann Cosima behutsam, „ich werde das Gefühl nicht los, dass Sie uns nicht alles sagen.“ Sie wartete auf eine Reaktion der alten Dame. Doch die reagierte gar nicht.

Cosima versuchte es erneut. „Frau Diegelmann, gibt es irgendetwas, dass Sie uns nicht sagen wollen oder können?“

Nun drehte sich die Frau um und sah die Kommissarin mit traurigen Augen an. „Ich möchte keinen Ärger kriegen."

„Wer sollte Ihnen denn Ärger bereiten?"

„Wer schon? Der feiste Erwin."

„Aber der muss doch von unserem Gespräch gar nichts erfahren."

„Das wird er aber, wenn ich Ihnen so einiges erzähle. Dann müssen Sie ihn nämlich befragen und dann weiß er genau, woher Sie diese Erkenntnisse haben."

„Ich versichere Ihnen, dass wir ganz behutsam vorgehen. Außerdem, was sollte dieser alte Mann Ihnen denn tun? Warum haben Sie denn so eine Angst vor ihm?"

„Sie haben keine Ahnung, wie mächtig der ist. Der hat überall seine Gefolgsleute, hat beste Verbindungen zu wichtigen Persönlichkeiten. Der zieht im Hintergrund immer noch die Fäden, so wie er das immer getan hat. Die Leute hier hat er immer klein gehalten."

„Aber wie ist das denn möglich? Wir leben im 21.Jahrhundert."

„Erwin ist nicht nur Ortsvorsteher, er war auch viele Jahre der Vorsitzende der Feuerwehr und des Turnvereins. Er hat allen seinen Verwandten Posten bei der Polizei, bei der Stadtverwaltung und bei einigen anderen wichtigen Stellen besorgt. Er hat ein richtiges Netzwerk aufgebaut. Wer ihm nicht gefolgt ist, den hat er niedergemacht. Gegen den kommt keiner an."

„Mit anderen Worten, bist du nicht für mich, bist du gegen mich."

„Genauso", nickte Frau Diegelmann.

„Aber damit kommt er doch heute nicht mehr durch", Cosima schaute die Frau ungläubig an.

„Die Alten hier im Dorf hören immer noch auf ihn. Da wagt sich keiner, etwas gegen ihn zu sagen."

„Und die Jüngeren?"

„Nehmen Sie zum Beispiel seinen Enkel Hubert, der jetzt die Landwirtschaft betreibt. Der wollte die alte Scheune schon lange abreisen und Ferienwohnungen an der Stelle errichten. Das hat Erwin immer abgelehnt. Er bestand darauf, dass die Scheune erhalten bleibt, obwohl das Ding total baufällig war."

„Das ist ja sehr merkwürdig", bemerkte Cosima.

„Allerdings."

Frau Diegelmann schnitt den Blechkuchen in Stücke und legte sie auf einen Teller. „Nehmen Sie bitte die Kaffeekanne. Wir gehen wieder ins Wohnzimmer. Tassen und Teller finden wir dort."

Bevor sie das Wohnzimmer betraten, sagte Frau Diegelmann zu Cosima: „Vielleicht kann ich Ihnen doch noch helfen. Ich muss nachdenken. Geben Sie mir noch etwas Zeit."

Kapitel 16

Henneberg sprach in der Zwischenzeit mit Frau Marquart, der Tochter von Frau Diegelmann und Mutter der Zwillinge, und ihren Söhnen.

„Sagt mal, ihr wolltet die Scheune ja sicher nicht abfackeln? Warum habt ihr denn niemanden zu Hilfe geholt, als sich das Feuer ausbreitete?“, begann Henneberg mit der Befragung.

Die Zwillinge wechselten einen Blick und zuckten mit den Schultern.

„Das muss doch jemandem aufgefallen sein, dass es brennt“, insistierte er, „es waren ja wohl viele Leute auf dem 90. Geburtstag eurer Urgroßmutter.“ Doch die Zwillinge schwiegen.

„Der Hubert kann doch froh sein, dass das baufällige Teil abgebrannt ist. Jetzt kann er endlich seine Ferienwohnungen bauen“, nahm sich die Mutter das Wort.

„Und ihr habt da nicht zufällig ein bisschen nachgeholfen?“ Wieder wechselten die Jungs einen Blick und schüttelten verneinend den Kopf.

„Der Hubert wollte also Ferienwohnungen dort bauen. Wieso hat er denn dann die Scheune nicht einfach abgerissen und seine Idee umgesetzt?“

„Weil die ihm nicht gehört. Der Alte hat ihm nur die Landwirtschaft abgetreten. Das Gasthaus und alles was dazu gehört, ist noch im Besitz von Erwin. Das gibt er nicht her. Und hat gesagt, so lange er lebt, bleibt die Scheune stehen“, trug die Mutter der Jungs zur Aufklärung bei.

„Wieso sollte er denn jetzt dem Bau von Ferienwohnungen zustimmen?“

„Der Hubert hat mir ein paar Tage nach dem Brand gesagt, dass seinem Großvater jetzt gar nix anderes übrigbleibt.“ Henneberg hob die Augenbrauen, sagte aber nichts mehr dazu.

„Aber jetzt nochmal zu euch beiden“, wandte sich Henneberg an die Zwillinge. „Ihr habt dem Herrn Fehl erzählt, dass eure Uroma zu eurer Mama gesagt hat, jetzt könne sie endlich sterben, jetzt können es die Scheusale nicht mehr geheimhalten.“

Die Zwillinge nickten. „Und Sie, Frau Marquart, wollen angeblich nichts davon gewusst haben?“, wandte er sich nun wieder an die Mutter.

„Ja, doch“, stammelte sie, „das stimmt schon. Meine Großmutter hat das so zu mir gesagt. Aber ich weiß nicht, was sie damit gemeint hat.“

Die Tür ging auf und Frau Diegelmann betrat mit dem Kuchenteller das Wohnzimmer. Cosima folgte ihr mit der Kaffeekanne. Auch Martin kam zurück. „Die Hütte ist leer. Da sind die beiden nicht.“

„Haben Sie eine Ahnung, wo die sich verstecken?“

Mutter und Tochter tauschten einen Blick. „Nein“, sagten sie gleichzeitig.

Es kam kein richtiges Gespräch mehr zustande. Alle Fragen, die die heruntergebrannte Scheune betrafen, wurden abgeblockt.

Nach dem Kaffeetrinken verabschiedeten sich die Kommissare.

„Wir kommen wieder und zwar so lange, bis Sie uns sagen, was Marta gemeint hat. Ich nehme Ihnen beiden nicht ab, dass Sie nichts wissen.

Sie waren so eng mit Ihrer Mutter und Großmutter. Sie müssen etwas wissen“, sagte Henneberg, bevor er das Haus verließ.

Vor der Tür steckte er sich eine Zigarette an und las eine WhatsApp von Stückchen. Cosima betrachtete ihn ärgerlich. Martin verabschiedete sich von den beiden.

„Wir beiden Hübschen fahren jetzt zu der Schwiegertochter von Erwin Feist. Stückchen hat mir ihre Adresse in Garbenheim mitgeteilt.“

Kapitel 17

Cosima folgte den Anweisungen ihres Navis. Vor einem Wohnblock älteren Datums fand sie einen Parkplatz. Auf den verblassten Schildern stand der Name von Elisabeth Feist ganz oben. Sie drückte energisch auf den Klingelknopf. Kurz darauf ertönte der Türsummer.

Cosima und Alexander betraten das Treppenhaus. Hier roch es nach Essen und Schweiß. Einen Aufzug gab es nicht. Sie stiegen die Treppen bis in den fünften Stock hinauf. Eine ältere Frau erwartete sie bereits in der offenstehenden Tür. Sie war einfach gekleidet. Obwohl Henneberg sie 1994 im Zuge der Ermittlungen ebenfalls befragt hatte, kam ihm die Frau vollkommen unbekannt vor.

„Frau Elisabeth Feist?“, fragte Cosima freundlich.

„Ja, wer sind Sie?“ Die Frau schaute die Kommissare neugierig an.

Cosima hielt ihr den Dienstausweis vor das Gesicht. „Ich bin Cosima von Mittelstedt und das ist mein Kollege Alexander Henneberg. Wir kommen vom Polizeipräsidium in Friedberg und ermitteln im Vermisstenfall von Sebastian Pinke. Dürfen wir einen Moment hereinkommen?“

„Kommen Sie herein“, sagte sie freundlich, „aber ich glaube nicht, dass ich Ihnen da helfen kann.“ Sie trat einen Schritt zurück und ließ sie eintreten.

Die Kommissare folgten ihr durch einen schmalen Flur ins Wohnzimmer. Alles machte einen sauberen und freundlichen Eindruck, wenn auch die Ausstattung schon etwas älter und abgenutzt war.

„Bitte nehmen Sie doch Platz. Kann ich Ihnen etwas zu trinken anbieten?"

„Danke nein. Wir wollen Sie nicht lange aufhalten." Die Kommissare nahmen auf dem Sofa Platz.

„Was wollen Sie von mir wissen?"

„Frau Feist", begann Henneberg, „Sie haben 1994 mit Ihrem Mann Fritz und Ihren Kindern Hubert und Rosi im Haus Ihrer Schwiegereltern in Dorff gewohnt. Damals ist Sebastian Pinke am Abend nach der Kirmes spurlos verschwunden. Jetzt ist sein Auto in der niedergebrannten Scheune Ihres Schwiegervaters gefunden worden. Fällt Ihnen noch irgendetwas zu der Sache von damals ein?"

„Ich habe Ihnen ja schon damals gesagt, dass ich nichts weiß und auch nichts gesehen habe. Ich war in der Küche beschäftigt. Bin überhaupt nicht im Gastraum gewesen. Diesen Mann habe ich auch gar nicht zu Gesicht bekommen. Meine Schwiegermutter Berta hat mir nur erzählt, dass ein Gast Stunk mache. Das muss wohl dieser Mann gewesen sein."

„Ihr Mann ist ja kurz darauf leider tödlich verunglückt. Hatte er etwas bemerkt, dass er Ihnen vielleicht vor seinem Tod erzählt hat?"

„Fritz hat hinter der Theke die Biergläser gefüllt. Auf der Kirmes wurde immer viel getrunken. Mein Schwiegervater Erwin hatte Bier spendiert. Da haben natürlich alle zugelangt."

„Sie haben meine Frage nicht beantwortet", sagte Henneberg geduldig, „hat Ihr Mann Ihnen, vor seinem

Tod, irgendetwas über den Stunk, wie Sie es nennen, berichtet."

Frau Feist schaute verlegen unter sich. Nach einer Weile sagte sie kleinlaut: „Fritz hat mir am Tag vor seinem Tod gesagt, dass Hubert ihm etwas anvertraut habe. Unser Sohn wäre vollkommen durcheinander gewesen. Was er ihm anvertraut hat, hat mir Fritz aber nicht gesagt. Darüber wollte er erst mit seinem Vater Erwin sprechen. Das hat er auch am Abend getan. Ich habe aber nie erfahren, um was es ging. An diesem Tag ist mein Mann im Wald tödlich verunglückt." Ihre Augen wurden feucht. Offensichtlich nahm sie der Tod ihres Mannes immer noch mit.

„Haben Sie denn mal Ihren Schwiegervater darauf angesprochen?", hakte Henneberg nach.

„Natürlich habe ich ihn gefragt, aber angeblich wusste er von nichts."

„Und was ist mit Ihrem Sohn Hubert? Haben Sie ihn nach der Sache gefragt?"

„Auch das habe ich gemacht", nickte sie, „aber er hat so getan, als hätte mein Mann dummes Zeug geredet."

„Finden Sie es in diesem Zusammenhang nicht merkwürdig, dass Ihr Mann so plötzlich tödlich verunglückt ist?", fragte nun Cosima.

„Die ganze Sache stank zum Himmel", antwortete Elisabeth Feist erzürnt.

„Fritz ist zum jagen in den Wald gefahren. Er wollte in der Dämmerung ein Wildschwein schießen. Unsere Gaststätte war ja bekannt für Wildgerichte. Aber er kam nicht zurück. Am Morgen habe ich dann Erwin informiert. Er ist mit Bertram Bauer, seinem Schwager und besten Freund in den Wald gefahren. Dort haben sie meinen Fritz tot vorgefunden. Angeblich war er mit dem Moped gestürzt."

„Was hat denn die Polizei zu dem Unfallhergang festgestellt?", meldete sich nun wieder Henneberg.

„Wieso Polizei? Die haben keine Polizei gerufen. Diese Ärztin hat den Tod festgestellt und dann hat ihn der Schreiner eingesargt. Zwei Tage später wurde Fritz beerdigt. Das war`s." Jetzt begann Frau Feist zu schluchzen.

„Das haben Sie einfach so hingenommen?", Cosima konnte das Gesagte gar nicht glauben.

„Was hätte ich denn sonst tun sollen? Ich durfte meinen Mann ja nicht einmal mehr sehen. Erwin hat das abgelehnt. Er meinte, Fritz sehe fürchterlich aus und ich solle ihn so in Erinnerung behalten, wie ich ihn zuletzt gesehen habe."

„Aber wenn er ein Wildschwein schießen wollte, wieso ist er dann mit dem Moped gefahren und nicht mit einem Auto? Das verstehe ich nicht", sagte nun Henneberg.

„Fritz ist immer mit dem Moped gefahren. Am nächsten Tag hat er das erlegte Wild mit Erwin oder mit Hubert abgeholt. Sie haben es dann an Ort und Stelle aufgebrochen und die Innereien im Wald gelassen."

„Sie glauben also, dass an dem Unfallhergang etwas faul war?", wollte Henneberg wissen.

„Ja, das glaube ich. Aber ich konnte ja nicht das Gegenteil beweisen. Ich habe dann die Ärztin gefragt. Sie hat gesagt, dass Fritz wohl unglücklich gestürzt und mit dem Kopf auf einem Stein aufgekommen sei."

„Haben Sie ihr das geglaubt?"

„Das musste ich ja. Fritz ist auch gestürzt. Das glaube ich schon, aber ich bin sicher, dass da nachgeholfen wurde."

„Wer könnte da nachgeholfen haben?" Die Geschichte wurde Henneberg immer unheimlicher.

„Na Erwin. Wer sonst? Ich bin sicher, es hatte etwas damit zu tun, was Hubert meinem Fritz anvertraut hatte. Da sollte irgendetwas unter den Teppich gekehrt werden. So wie das immer in diesem verfluchten Dorf gemacht wurde." Frau Feist war jetzt richtig wütend.

„Wann haben Sie denn das Dorf verlassen und sind nach Garbenheim gezogen?" Cosima stellte Fragen über Fragen.

„Im Winter bin ich ausgezogen. Erwin und Berta haben mich wie den letzten Dreck behandelt. Ich war ihnen ja sowieso nie gut genug für ihren Fritz. Sie haben Hubert und Rosi gegen mich aufgehetzt. Es war einfach unerträglich für mich." Die Frau schniefte.

„Sehen Sie denn ihre Kinder ab und zu?"

Jetzt begann die Frau zu weinen. Unter Tränen antwortete sie: „Nein, ich habe keinen Kontakt zu den beiden. Erwin und Berta haben das verhindert. Ich denke, sie hätten nur Schwierigkeiten gehabt, wenn sie mich besucht hätten."

„Das tut mir sehr leid", sagte Cosima mitfühlend. „Wann haben Sie die beiden denn das letzte Mal gesehen?"

„Das ist schon länger her. Und das war auch nur zufällig. Ich habe sie mal beim Einkaufen im Supermarkt getroffen, aber sie sind einfach weitergegangen, haben nicht einmal gegrüßt."

Cosima sah ihren Kollegen an, so als wollte sie sagen, lass uns gehen.

Sie erhoben sich und verabschiedeten sich von der Frau. Sie konnte einem leidtun.

Kapitel 18

Frau Diegelmann und ihre Tochter saßen noch lange am Esstisch. Die Teller waren leer. Die Zwillinge hatten sich abgemeldet.

„Mama“, sagte ihre Tochter, „was könnte Oma denn damit gemeint haben, dass sie nun endlich sterben könne? Du musst doch etwas wissen.“

„Auf meine Frage, was sie damit sagen will, hat sie mir nicht geantwortet. Sie hat nur den Kopf geschüttelt. Ich bin genauso ratlos wie du. Aber ich glaube ganz fest, dass es etwas mit diesem Auto zu tun hat und sie wusste, was damals geschehen ist. Mutter hat immer alles gewusst, sie hat nur nichts gesagt. Ich denke, man hat ihr mal gedroht, so richtig Angst gemacht und deshalb hat sie immer geschwiegen, damit sie sich nicht unabsichtlich verrät.“

„Oma hat doch immer etwas in ein Heft geschrieben. Hat sie vielleicht so eine Art Tagebuch geführt? Könnten wir dort die Lösung finden?“

„Du hast recht, sie hat immer etwas aufgeschrieben. Die Hefte müssten oben in ihrem Zimmer sein. Ich habe mal in eines hineingeschaut. Aber ich konnte die Schrift nicht lesen. Sie hat ja noch in Sütterlin geschrieben.“

„Was ist denn Sütterlin?“, fragte die Tochter neugierig.

„Diese Schrift wurde früher für das Erlernen von Schreibschrift angewandt. Sie ist nach dem preußischen Kultur- und Schulminister Ludwig Sütterlin benannt. Ich glaube, Anfang 1940 wurde sie verboten.

Damals wurde die deutsche Schrift eingeführt, so wie wir sie heute anwenden."

„Komm, wir suchen mal in Omas Zimmer nach den Heften. Das müssen ja mehrere gewesen sein", forderte Frau Marquart ihre Mutter auf.

Kapitel 19

Alexander schloss die Haustür auf. Er fühlte sich völlig müde, regelrecht erschöpft. Er hängte seine Jacke an die Garderobe, legte sein Handy auf die Truhe und folgte dem Geruch nach Essen in die Küche. „Hallo, Alexander", Judith kam auf ihn zu und küsste ihn. Normalerweise erwiderte er den Kuss und drückte seine Partnerin an sich. Doch heute blieb dieser Beweis der Zuneigung aus.

„Oh je, da ist ja einer ganz schön fertig. So schlimm?", Judith hatte sofort die schlechte Laune ihres Partners erkannt.

„Schlimmer. Frag nicht. Ich bin stinksauer." Er öffnete die Terrassentür und schaute in den Garten. Erdmann spielte Nachlauf um den Kirschbaum, der in voller Blüte stand. Das Nachbarskind Julia ließ sich von ihm jagen.

Alexander drehte sich zu Judith um. „Erdmann geht es ja wieder richtig gut. So munter habe ich ihn ja schon lange nicht mehr gesehen."

„Die Physiotherapie scheint anzuschlagen. Außerdem kriegt er eine Arznei auf pflanzlicher Basis, die eine Apothekerin hier aus Friedberg angerührt hat. Der Physiotherapeut schwört darauf. Ich hoffe nur, dass der Dackel sich nicht gleich wieder übernimmt", sagte Judith besorgt.

Nach dem Essen saß Alexander auf der bequemen Couch im Wohnzimmer. Er hatte den Kamin angezündet und eine Flasche Chardonnay aus Chile geöffnet, seiner bevorzugten Weinregion. Judith hatte den Kopf in seinen Schoß gelegt und hörte ihm aufmerksam zu. Erdmann lag auf dem Fell vor dem Kamin und schnarchte. Das friedliche Bild wurde nur von dem, was Alexander seiner Lebensgefährtin berichtete, gestört.

„Da oben im Vogelsberg ist was ganz oberfaul. Die wissen alle mehr, als sie bereit sind zuzugeben. Du musst dir das nur mal vorstellen, da weigern sich zwei uralte Männer, etwas preiszugeben und verschwinden dann durchs Fenster, sind nicht auffindbar. Das stinkt doch zum Himmel."

„Sind das dieser Erwin Feist und der Bertram Bauer?"

„Woher weißt du das?", fragte Alexander erstaunt.

„Ich habe mir mal die Akte aufgerufen. Die ist schon digitalisiert."

„Judith, du hast mit dem Fall nichts zu tun. Ermittle nicht auf eigene Faust", sagte Alexander streng.

„Wieso denn, da gibt es endlich mal einen interessanten Fall und ich darf nicht ermitteln", moserte Judith.

„Du würdest dir auch nur verarscht vorkommen. Außerdem habe ich dir schon zigmal erklärt, dass es nicht gut ist, wenn zwei Personen, die liiert sind, gemeinsam ermitteln. Sieh das doch endlich mal ein."

„Wie wollt ihr jetzt weiter vorgehen?" Eigentlich hatten sie eine Abmachung, dass nach Feierabend nicht über die Ereignisse im Dienst gesprochen wird, doch Judith konnte ihre Neugier nicht zügeln. Außerdem merkte sie, dass Alexander sich seinen Frust von der Seele reden musste.

„Wir werden alle befragen, die damals vor Ort waren und noch leben. Zudem müssten wir mit diesem Laban sprechen. Das ist ein alter, etwas merkwürdiger Mann, der angeblich zum damaligen Zeitpunkt nicht vor Ort war. Aber der hat in der jetzt abgebrannten Scheune geschlafen, hat für den Bauern Feist gearbeitet. Ich bin sicher, dass er etwas über das Auto weiß. Aber der getraut sich wahrscheinlich ebenso wenig etwas zu sagen, wie all die anderen auch. Cosima hat mir auf dem Heimweg erzählt, dass Frau Diegelmann, die Tochter der stillen Marta, ihr anvertraut habe, Angst vor Erwin zu haben. Deshalb könne sie nicht so viel sagen. Das musst du dir mal vorstellen, der Mann ist 90 Jahre alt und trotzdem haben alle noch Angst vor dem. Das ist doch unglaublich."

„Nachdem was ich in der Akte gelesen habe, ist die ganze Geschichte ohnehin sehr merkwürdig. Wenn ich nicht wüsste, dass das damals wirklich so passiert ist, müsste ich annehmen, es sei ein fiktiver Krimi von Jule Heck."

Alexander fuhr hoch. „Wie kommst du denn jetzt ausgerechnet auf die?"

„Die hat doch ein Haus in Dorff. Habe ich gelesen."

„Das stimmt. Die wohnt wirklich da. Die fehlt mir gerade noch", sagte Alexander sauer. „Auf jeden Fall wird da oben genauso viel gestorben, wie in den Krimis dieser Autorin."

„Ach, das ist ja interessant. Woher willst du das denn wissen? Ich denke, du liest die Bücher nicht."

„Ich habe schon mal in das Eine oder Andere reingeschaut", gab Alexander reumütig zu.

„Aber wieso wird da so viel gestorben? In dem Bericht ist doch gar nicht von Toten die Rede. Da wird doch nur dieser Sebastian Pinke vermisst“, gab Judith weiteres Wissen preis.

„Nachdem, was mir heute Frau Diegelmann und Frau Feist erzählt haben, sterben da die Leute wie die Fliegen und mein Bauchgefühl sagt mir, dass da überall nachgeholfen wurde.“

Kapitel 20

Cosima setzte sich auf ihr Fahrrad und fuhr durchs Feld nach Münzenberg immer die Burg im Blick hoch zum Hattsteiner Hof. Heute Morgen war sie bereits um sechs Uhr aufgestanden, um einmal gründlich sauber zu machen. Einkaufen wollte sie später noch in Gambach. Nun konnte sie sich der vor ihr liegenden Befragung von Juliane Herz widmen.

Alexander wartete bereits vor dem schmiedeeisernen Tor, hinter dem das eindrucksvolle Gebäude, das in seinem heutigen Erscheinungsbild aus den Anfängen des 19. Jahrhunderts stammt, im Burgweg lag. Die ersten Gebäude des Hofes, die am Fuß der gewaltigen Stauferburg liegen, so hatte Cosima im Internet gelesen, entstanden vermutlich Mitte des 12. Jahrhunderts, als auch die Burg Münzenberg errichtet wurde.

Cosima hatte schon immer mal den Park und das Gebäude, in dem mehrere Wohnungen untergebracht waren, besichtigen wollen. Doch leider konnte man das Gut nur von außen anschauen. Nun hatte sie endlich die Gelegenheit, das Anwesen aus nächster Nähe kennenzulernen.

Alexander öffnete das Tor und ging auf das Gebäude zu. Cosima folgte ihm langsam, betrachtete den wunderschön angelegten Park, in dem es herrlich duftete. In mehreren Rosenbeeten, die auf der weitflächigen Rasenfläche angeordnet waren, wuchsen Rosen in vielen verschiedenen Farben. Ein wunderschönes Arrangement, wie Cosima fand.

Ein älterer Herr war damit beschäftigt ein Rondell vor dem Eingang einer Wohnung zu bearbeiten. Er rupfte Unkraut und harkte den trockenen Boden. Es hatte schon länger nicht geregnet und die Erde war regelrecht ausgetrocknet.

Er bemerkte die beiden Kommissare. „Guten Morgen“, sagte er freundlich. „Möchten Sie zu uns?“

„Nein, wir wollen zu Frau Herz. Sie wohnt doch hier?“, erwiderte Alexander ebenso freundlich.

„Da haben Sie Pech. Frau Herz ist gerade zu einer Radtour aufgebrochen.“

„Haben Sie eine Idee, wann sie wiederkommt?“, hakte Cosima nach.

„Das kann dauern. Sie nutzt bestimmt das schöne Wetter aus und kehrt erst gegen Abend zurück.“

Das schmiedeeiserne Tor quietschte. Alle drei drehten sich in die Richtung, aus der das nervige Geräusch kam. Eine kleine, füllige Person schob wenig damenhaft fluchend ein Rad durch das Tor. Der Vorderreifen war ganz offensichtlich platt gefahren.

„Da ist sie ja wieder“, sagte der ältere Herr und widmete sich wieder seiner Arbeit.

Alexander ging auf die Radfahrerin zu. „Guten Morgen“, begrüßte er die Frau. „Pech gehabt, wie?“, schmunzelte er.

„Alexander“, rief sie erstaunt aus und schaute ihn mit großen Augen an.

„Was machst du denn hier? Gibt es etwa neue Erkenntnisse? Habt ihr Sebastian gefunden?“, ihre Worte überschlugen sich regelrecht.

„Hallo Juliane, schön dich zu sehen“, er verkniff sich zu sagen, dass er sie nicht gleich wieder erkannt hatte. Sie war schon immer etwas mollig gewesen, doch jetzt glich ihre Figur eher einem Barockengel mit ausladenden Hüften und praller Oberweite.

„Das ist meine Kollegin, Cosima von Mittelstedt und nein,“ fuhr er fort, „wir haben Sebastian nicht gefunden. Aber sein Auto ist aufgetaucht.“

Juliane Herz lehnte ihr Rad an die Garagenwand. „Wollt ihr reinkommen? Es gibt sicher viel zu bereden.“ Sie führte ihre ungewöhnlichen Gäste über eine gewundene Steintreppe ins Obergeschoss. Cosima war gespannt, was sie dort erwarten würde und wurde nicht enttäuscht. Die Räume, die sich ihr hinter einer Flügeltür erschlossen, entsprachen ganz ihren Erwartungen.

In einem großen Raum mit einer hohen Stuckdecke bot ihnen die Ärztin einen Platz in schweren Ledersesseln, die auf flauschigen Teppichen standen, an. Drei Kassettenfenster sorgten für ausreichend Helligkeit in dem mit warmen Rot- und Brauntönen angelegten Wohnraum. Ein Frankfurter Wellenschrank dominierte eine Wand des Raumes.

„Was kann ich jetzt für dich tun?“, richtete sie ihre Frage an den Kommissar. Sie strich sich eine Strähne aus der Stirn. An ihrem Handgelenk schimmerte ein silberner Reif.

„Wir haben das Auto von Sebastian in einer ausgebrannten Scheune in dem Vogelsberger Dorf entdeckt, wo du damals als Ärztin tätig warst“, kam Kommissar Henneberg gleich zur Sache.

„Von einem Scheunenbrand im Vogelsberg habe ich gelesen. Mir war aber nicht bewusst, dass es sich um eine Scheune in Dorff handelt.“ Juliane nickte.

„Die Scheune gehört zum Gasthof „Zum Fröhlichen Wanderer“, gab Alexander sein Wissen weiter. „Sie ist vollständig niedergebrannt. Zwei Jugendliche haben sich einen Spaß gemacht und das Toilettenpapier auf dem Plumpsklo angezündet. Das Feuer ist dann außer Kontrolle geraten.“

„Also ist Sebastian in der Nacht damals gar nicht weggefahren“, sinnierte Juliane, „aber wo ist er bloß abgeblieben?“

„Wir sind genauso schlau wie damals.“ Alexanders Stimme klang ärgerlich.

„Die Dorfbewohner schweigen, angeblich will keiner gewusst haben, wie das Auto in die Scheune hinter die Strohballen gekommen ist.“

„Also hat man es dort versteckt. Dann haben sie auch Sebastian auf dem Gewissen. Da bin ich mir ganz sicher“, sagte Juliane wütend.

„Das vermuten wir auch. Kannst du dich noch an die stille Marta erinnern?“

„Ja, lebt die etwa noch? Die muss doch schon uralt sein.“

„Sie ist letzte Woche mit 90 Jahren gestorben.“

„An die kann ich mich noch gut erinnern, genauso wie an die dicke Berta, ihren Mann, den feisten Erwin und den Kartoffelbaron Bertram Bauer. Leben die noch?“

„Die leben alle noch. Und obwohl sie alle uralt sind, sind sie noch genauso stur wie damals“, stellte Alexander fest.

„Kannst du dich noch an einen Mann namens Laban erinnern?“, fuhr er mit seiner Befragung fort.

„War das nicht der Mann, der immer in der Scheune schlief? Ist ihm etwas bei dem Brand passiert?“ Erschrocken blickte sie Alexander an.

„Nein, nein, passiert ist ihm nichts, aber ich vermute, dass er mehr weiß, als er bereit ist zu sagen“, äußerte der Kommissar seinen Verdacht.

„Der arme Kerl. Der wurde immer von dem feisten Erwin schikaniert.“

„Das ist Herr Feist, der ehemalige Wirt des Gasthauses „Zum Fröhlichen Wanderer“ und damaliger Ortsvorsteher. Eigentlich heißt er Erwin Feist. Er hat damals eine zentrale Rolle in dem Ort gespielt“, erklärte sie an die Kommissarin gewandt.

„Diesen Herrn habe ich schon kennengelernt“, sagte Cosima spitz.

„Der feiste Erwin war schon immer ein guter Schauspieler. Dem würde ich nichts glauben“, Juliane schüttelte den Kopf.

„Da muss ich Ihnen Recht geben, Frau Herz“, warf Cosima ein, „ich hatte bei der Befragung das Gefühl, dass er uns etwas vormacht. Seine Körpersprache hat ihn verraten. Ich bin sicher, der weiß mehr, als er zugibt.“

„Sag mal, Juliane, erinnerst du dich noch an den Unfall von Fritz, dem Sohn von Erwin Feist?“

„Ja, der ist doch im Wald verunglückt. Feist hat mich damals zur Unfallstelle geholt um den Tod seines Sohnes zu bestätigen und natürlich wegen des Totenscheines“, Julian nickte.

„Könnte es sein, dass er nicht an den Unfallfolgen gestorben ist? Ich meine, könnte sein Tod auch eine andere Ursache gehabt haben?“

„Ich ahne, was du meinst. Das könnte möglich sein. Aber ich bin keine Rechtsmedizinerin. Wenn man die Leiche in die Rechtsmedizin gebracht hätte, wie ich es vorgeschlagen hatte, wäre man vielleicht unter Umständen auf eine andere Todesursache gestoßen. Aber Feist lehnte das kategorisch ab. Er war der felsenfesten Überzeugung, dass sein Sohn mit dem Moped gestürzt ist. Außerdem stand ja schon der Schreiner mit dem Sarg bereit.“

„Das ist unglaublich.“ Alexander schüttelte den Kopf.

„Die Enkelin der stillen Marta hat etwas Interessantes zu mir gesagt. Ihre Großmutter habe ihr nach dem Brand der Scheune anvertraut, dass sie nun endlich sterben könne, denn jetzt würde alles rauskommen“, erzählte Alexander.

„Dann wusste sie sicher auch Bescheid über Sebastian. Sie wusste schon immer, was in Dorff passiert, hat aber aus Angst geschwiegen. Da bin ich mir ganz sicher. Jetzt wird mir einiges klar“, sie schlug sich mit der flachen Hand vor die Stirn.

„Was meinst du damit, sie wusste schon immer, was passiert?“, wunderte sich nun Alexander.

„Diese Marta war ja nicht schon immer still gewesen bzw., dass sie nicht geredet hat. Ihre Tochter hat mir ebenfalls etwas anvertraut. In den Siebzigern muss irgendetwas Schreckliches in Dorff passiert sein. Es hatte wohl mit dem damaligen Arzt und dem Pfarrer zu tun. Was da genau los war, wollte sie mir nicht sagen.

Dann ist ja auch noch ihr Mann ganz plötzlich gestorben. Ab diesem Zeitpunkt hat ihre Mutter meistens geschwiegen", erzählt nun die Ärztin.

„Vielleicht hat sie irgendetwas beobachtet und man hat ihr gedroht, ihr oder ihrer Familie etwas anzutun, wenn sie nicht den Mund hält. So etwas kann durchaus zu einer solchen Reaktion führen", mutmaßte Cosima.

„Das wird ja immer mysteriöser", murmelte Alexander.

„Wann bist du eigentlich aus Dorff weggegangen und warum? Du warst doch damals froh, dass du so schnell eine neue Stelle gefunden hattest, nachdem Sebastian dich so reingelegt hatte", wollte Alexander wissen.

„Das hatte mehrere Gründe, aber der Auslöser für meinen plötzlichen Aufbruch war der nächtliche Besuch der stillen Marta. Sie stand eines Abends, es war bereits 22.00 Uhr, vor der Hintertür meines Hauses. Die führt vom Gemüsegarten in die Küche. Den Weg dorthin kannten nur Eingeweihte."

Sie überlegte einen Moment. „Ich war schon bettfertig, hatte es mir vor dem Kamin mit einem Glas Rotwein gemütlich gemacht, als jemand gegen die Tür polterte. Ich war total erschrocken. Ich wollte erst gar nicht aufmachen, weil ich befürchtete, dass mich jemand ausrauben oder schlimmeres antun wollte." Wieder hielt sie inne. Alexander und Cosima sahen sie gespannt an. „Dann stand plötzlich Marta in meinem Wohnzimmer. Sie hatte ja einen Schlüssel für alle Türen, weil sie bei mir sauber gemacht hat."

„Das ist ja gruselig", meinte Cosima.

„Das können Sie laut sagen", bestätigte die Ärztin Cosimas Einwurf.

„Aber ich war ihr nicht böse. Ich fragte sie, ob sie krank sei und ärztliche Hilfe benötige. Ich war noch mehr erschrocken, als sie zu mir sprach. Ich hatte sie bis dahin noch nie einen Ton sagen hören."

„Wie, sie hatte vorher noch nie mit Ihnen gesprochen?", wunderte sich Cosima.

„Zu mir auf jeden Fall nicht. Ich denke, mit ihrer Familie wird sie sicherlich gesprochen haben, aber gegenüber allen anderen Dorfbewohnern hat sie geschwiegen."

„Aber ich denke, Marta hat sich auch um Laban gekümmert", sagte Cosima.

„Ja, schon", beschied die Ärztin.

„Das ist doch jetzt nebensächlich", rügte Alexander seine Kollegin, „ich will jetzt wissen, was diese Marta zu dir gesagt hat." Ungeduldig schaute er seine ehemalige Nachbarin an.

Juliane fuhr mit ihrem Bericht fort. „Sie sagte in einem gehetzten Ton zu mir, Frau Doktor, Sie müssen so schnell wie möglich von hier verschwinden. Sie sind in Gefahr. Dabei sah sie mich an als wäre ich ein verletztes Reh."

„Hat sie das begründet?", wollte Cosima wissen.

„Auf meine Frage, weshalb ich aus Dorff verschwinden soll, antwortete sie nur, ich müsse ihr vertrauen. Dann drehte sie sich um und verschwand genauso schnell, wie sie aufgetaucht war."

„Nur weil eine alte Frau, die offensichtlich gestört ist, so etwas sagt, verlässt man doch nicht Knall auf Fall eine sichere Stellung. Ich verstehe das nicht", sprach Alexander seine Bedenken aus. „Da muss doch noch irgendwas anderes passiert sein."

„Martas nächtlicher Besuch war nur der Auslöser. In den zwei Jahren, in denen ich als Ärztin tätig war, hat man mir nur Steine in den Weg gelegt und das Leben schwer gemacht."

„Wie muss ich mir das vorstellen?", Cosima sah die Befragte gespannt an.

„Die dicke Berta, die Frau von Erwin, war ja meine Sprechstundenhilfe. Eigentlich wollte ich die gar nicht beschäftigen. Die hätte ja auch auf Grund ihres Alters in Rente gehen können. Aber sie dachte gar nicht daran aufzuhören und außerdem bestand ihr Mann darauf, dass sie bei mir arbeitet. Die hat mir ständig Vorschriften gemacht. Hat die Patienten abgefangen, einfach Rezepte für Beruhigungs- und Schlafmittel, Psychopharmaka, sogar Krankmeldungen ohne Rücksprache mit mir herausgegeben."

„Das geht doch gar nicht", mokierte sich Cosima.

„Und ob das ging. In Dorff ging damals alles. Die dicke Berta hat einfach meine Unterschrift gefälscht und zwar ziemlich perfekt. Da wurden Unterlagen manipuliert, damit Leute in Rente gehen konnten oder eine Behinderung anerkannt bekamen."

„Warum hast du dich denn nicht gewehrt?"

„Da kennst du die Berta aber schlecht. Die war so durchtrieben, die hat sogar die Patientenakten von meinem Vorgänger Doktor Medika vernichtet."

„Aber man muss doch die Unterlagen der Patienten mindestens zehn Jahre aufbewahren. Man darf die doch nicht einfach vernichten", empörte sich Cosima.

„Hat Berta aber gemacht. Die wurden immer im Keller aufbewahrt. Als Berta bemerkte, dass ich mir die

Unterlagen und es waren viele, ansah, waren sie auf einmal verschwunden. Als ich nach einem Wochenendtrip nach Hause kam, war der Keller geräumt", erzählte Juliane.

„Warum hast du dich nicht an die Ärztekammer gewandt?", fragte Henneberg.

„Das wollte ich ja, aber der feiste Erwin, der mir ja damals die Stelle angeboten hat, war dagegen. Er hat mir sogar gedroht."

„Wie hat er dir gedroht?", hakte Alexander nach.

„Ich hatte ihn nach einer Ortsbeiratssitzung auf Bertas Übergriffigkeiten angesprochen. Die Sitzung fand im Gasthaus „Zum Fröhlichen Wanderer" statt. Er zog mich mit nach draußen zur Güllegrube und sagte nur, uffm Dorff regeln mir alles unner uns."

„Aber wieso zur Güllegrube und wie hat er das gemeint?", Cosima sah sie verständnislos an.

„Das habe ich mich auch gefragt. Aber mal ehrlich, ich wollte es gar nicht so genau wissen. Mir war allerdings klar, dass ich nicht viel erreichen würde. Ich sollte einfach den Mund halten, so habe ich die Botschaft verstanden. Als dann noch die stille Marta bei mir auftauchte, bin ich noch in der gleichen Nacht abgehauen."

„Das ist echt unglaublich", schüttelte Cosima den Kopf. „Aber ich muss Sie nochmal etwas fragen. Ich bin ja mit dem Fall nicht so vertraut."

„Fragen Sie nur. Ich sage Ihnen alles, an das ich mich erinnern kann."

„Könnte es nicht sein, dass Ihr Mann einfach verschwunden ist?", Cosima schnipste mit den Fingern. Das tat sie immer, wenn sie eine Idee hatte. „Vielleicht hat er einen Komplizen gehabt, der ihn dort abgeholt hat. Er könnte doch sein Aussehen verändert und sich falsche Papiere besorgt haben."

„Aber wieso sollte er das tun, er hätte nach der Scheidung in eine wohlhabende und sehr angesehene Familie eingeheiratet. Seine neue Stelle hätte ihm eine Menge Chancen eröffnet. Warum sollte er dann auf Nimmerwiedersehen verschwinden?" Juliane schüttelte energisch den Kopf.

„Vielleicht wurde ihm alles zu viel. Oder sein zukünftiger Schwiegervater hat ihm Geld geboten, damit er verschwindet", beharrte Cosima.

„Und hat gleich noch eine Gesichtsoperation vorgenommen", sagte Juliane ironisch.

„Ja, warum denn nicht", Cosima war voller Eifer, „so könnte es doch gewesen sein. Den Wagen hat er extra dort stehen lassen, um den Eindruck zu vermitteln, dass ihm dort etwas geschehen ist."

„Aber warum sollten die dann das Auto in der Scheune verstecken? Das macht doch gar keinen Sinn", Alexander schüttelte den Kopf.

„Ist doch klar. Dieser Erwin und sein Freund Bertram waren eingeweiht. Deshalb haben sie das Auto versteckt."

Alexander sprang auf. „Cosima, komm mit." Er war schon an der Tür, als er sich noch einmal umdrehte. „Entschuldige, Juliane, aber wir müssen gehen. Vielen Dank für deine Offenheit. Mach`s gut."

„Gerne, wenn ihr noch Fragen habt, meldet euch."

Kapitel 21

„Was ist denn los? Warum gehst du denn einfach?“, motzte Cosima ihren Kollegen an, der in Richtung Tor eilte. Eine langhaarige Katze schlich über den Kiesweg. Cosima beeilte sich, den Abstand zwischen dem Tier und sich zu vergrößern. Sie reagierte hochgradig allergisch auf Katzen.

Alexander erwartete sie schon ungeduldig an seinem Auto.

„Wir fahren nach Bad Nauheim“, erklärte Alexander seinen plötzlichen Aufbruch.

„Was willst du denn da?“

„Wir besuchen den Vater von Sebastians Freundin, der Frau, die damals mit ihm liiert war und ein Kind von ihm erwartete.“

„Was willst du denn jetzt von dem?“

„Steig einfach ein. Ich erkläre es dir unterwegs.“ Alexander deutete auf seinen grünen MG, der vor dem Tor parkte.

„Nee, in dem Ding fahre ich nicht mit. Das habe ich dir schon hundertmal gesagt“, protestierte Cosima.

„Was hast du denn nur immer gegen meinen Oldtimer?“, lachte Alexander sie an.

„Der ist mir zu flach und zu offen. Das ist mir zu gefährlich. Außerdem kann man darin keine Musik von Elvis Presley hören. Wenn du mich mit dem BMW abholst, fahre ich mit“, konterte Cosima.

„Du bist vielleicht ein Angsthase.“

„Wenn dann schon Angsthäsin“, korrigierte ihn Cosima.

„Fängst du jetzt auch noch zu Gendern an“, fauchte Alexander sie an.

„Nee, ich will nur einmal ein ruhiges Wochenende haben und sehe nicht ein, dass wir jetzt auch noch nach Bad Nauheim fahren sollen. Was willst du denn da?“, wiederholte sie ihre Frage.

„Du selbst hast mich auf die Idee gebracht“, antwortete er gereizt.

„Wieso, was habe ich denn gesagt?“ Cosima stand auf dem Schlauch.

„Setz dich einfach auf deinen Drahtesel und fahr heim. Ich komme schon allein zurecht“, sprach er, setzte sich in sein Auto und ließ seine verblüffte Kollegin stehen.

Kapitel 22

Das Tor zu dem Anwesen stand offen. Henneberg fuhr einfach über den Rundweg direkt vor den Eingang. Auf sein Klingeln wurde alsbald geöffnet. Eine elegant gekleidete Frau öffnete ihm die Tür. Es war die Frau des Professors, 25 Jahre älter, aber nicht wirklich gealtert. Da hat ihr Mann wohl mit Botox und Hyaluron, vielleicht sogar mit einem Gesichtslifting ordentlich nachgeholfen, dachte er.

„Sie wünschen", sagte sie arrogant.

„Guten Tag, ich bin Kriminalhauptkommissar Alexander Henneberg vom K 10 in Friedberg. Ich hätte gern Herrn Professor Ehrenreich gesprochen", stellte sich der Kommissar vor.

„Das ist ungünstig. Mein Mann ruht gerade", antwortete die Elegante kühl.

„Dann wecken Sie ihn bitte, Frau Ehrenreich", sagte er ebenso kühl.

„Für Sie Frau Professor Ehrenreich." Die Frau blickte ihn an, als wolle sie ihn erdolchen.

„Gern doch Frau Professor Ehrenreich. Dann wecken Sie bitte Herrn Professor Ehrenreich", sagte Henneberg anmaßend.

„Ich denke ja gar nicht daran. Wir haben heute Abend Gäste. Mein Mann braucht seinen Schlaf."

„Das ist mir ziemlich egal. Ich bestehe darauf, Ihren Herrn Gemahl zu sprechen. Sollten Sie ihn nicht sofort wecken, lasse ich ihn von einer Polizeistreife abholen", antwortete Henneberg energisch. Normalerweise war er Frauen gegenüber immer sehr höflich, ließ seinen Charme spielen, flirtete mitunter sogar ein bisschen. Doch bei den Damen der besseren Gesellschaft, die sich oftmals arrogant präsentierten, vergaß er gern sein gutes Benehmen.

Frau Ehrenreich schloss die Tür und verschwand. Henneberg trat von einem Fuß auf den anderen, blickte immer wieder auf die Uhr. Er wollte gerade einen Streifenwagen bestellen, als der Professor endlich an der Tür erschien.

„Herr Kommissar, was verschafft mir die Ehre?", ganz im Gegensatz zu seiner Frau verhielt sich der Professor ausnehmend freundlich. „Möchten Sie hereinkommen?"

Ehrenreich führte den Kommissar durch eine geschmackvolle Wohnhalle in einen Wintergarten, der seinem Namen alle Ehre machte. Ein Meer von Blumen fühlte sich in der warmen Luft dort ganz offensichtlich wohl. Nicht nur Palmen, sondern auch viele Orchideen boten einen herrlichen Anblick. Dazu passte die Voliere mit zwei bunten Papageien, die den Professor mit „Grüß Gott" begrüßten. „Das hat ihnen meine Tochter beigebracht", lachte der Arzt. „Ich hoffe, Sie haben einen guten Grund, mich beim Mittagsschlaf zu stören."

„Erinnern Sie sich noch an Sebastian Pinke, den Freund Ihrer Tochter Charlotte?", kam Henneberg gleich zur Sache.

„Nur ungern. Was ist mit ihm? Ist er etwa wieder aufgetaucht?"

„Er nicht, aber sein Wagen. Wir haben ihn nach einem Brand in einer Scheune entdeckt. Dort war er wohl die letzten 25 Jahre versteckt. Aber von ihm fehlt nach wie vor jede Spur."

„Und warum kommen Sie nun zu mir?"

Henneberg sah den Professor lange an, bevor er weitersprach. „Herr Professor, angeblich will niemand wissen, wo der Mann in dieser Nacht hingegangen oder was mit ihm passiert ist. Natürlich scheint es naheliegend, dass er dort oben im Vogelsberg umgekommen ist. Nur, warum sollte ihn dort jemand umbringen. Das ergibt irgendwie keinen Sinn."

„Was ist mit seiner Frau? Die hätte doch Grund genug gehabt."

„Das ist wahr. Immerhin hat Sebastian sie um ihr Haus und ihr Erspartes gebracht. Aber dennoch können wir das ausschließen", stimmte ihm Henneberg zu. „Sie hat ein wasserdichtes Alibi."

„Meine Tochter können Sie auch ausschließen."

„Sie stand nie im Verdacht. Aber wäre es nicht möglich, dass

Sie dem Mann Geld angeboten haben, damit er auf Nimmerwiedersehen verschwindet. Vielleicht haben Sie ja sein Äußeres durch eine OP verändert, ihm einen falschen Pass besorgt, vielleicht sogar einen neuen Job?", mutmaßte Henneberg.

Ehrenreich lachte. „Sie haben eine blühende Phantasie, lieber Herr Henneberg. Und ich muss zugeben, die Idee, ihn äußerlich zu verändern ist nicht schlecht. Aber um bei der Wahrheit zu bleiben, ich habe ihm tatsächlich Geld angeboten. 100.000 DM wollte ich ihm geben, damit er geht und zwar für immer. Aber er hat mich nur ausgelacht. Er hat wortwörtlich gesagt, ich bin doch nicht käuflich und hat mich einfach stehen lassen. Glauben Sie mir, die Liaison zwischen ihm und meiner Tochter hat mir nicht gefallen. Aber sie war ganz versessen auf ihn und er offensichtlich auch auf sie. Ich war machtlos."

„Sie bleiben also dabei, dass Sie mit seinem Verschwinden nichts zu tun haben?", insistierte Henneberg erneut.

„Ich gebe zu, ich bin froh, dass er verschwunden ist, aber ich habe nichts damit zu tun", versicherte ihm der Professor.

„Was macht eigentlich Ihre Tochter? Sie war doch damals schwanger. Was ist denn aus dem Kind geworden?"

„Charlotte hat ein Jahr später einen Arzt aus meiner Klinik geheiratet. Er ist heute mein Stellvertreter und wird demnächst die Klinikleitung übernehmen. Ich werde mich aus Altersgründen zurückziehen. Was meinen Enkel betrifft, Ben ist ein toller Junge. Er hat gerade sein Medizinstudium beendet und wird in meine Fußstapfen treten. Er will ebenfalls Schönheitschirurg werden und ist aktuell bei einem der berühmtesten Chirurgen am Bodensee in Ausbildung."

„Weiß er, wer sein Vater ist?"

„Nein, er war ja noch so klein, als Charlotte geheiratet hat. Und mein Schwiegersohn hat den Jungen aufgenommen, als wäre es sein eigenes Kind." Ehrenreich sah den Kommissar streng an. „Und ich möchte, dass das auch so bleibt."

„Ich habe nicht vor, es ihm zu sagen", konterte Henneberg.

„Wissen Sie, manchmal fügt sich alles von alleine. Denn mal ganz ehrlich, dieser junge Mann aus dem Osten, hätte nicht zu unserer Familie gepasst. Sein Vater war zwar auch Arzt, aber er hat ja seine Familie im Stich gelassen und ist in den Westen geflohen. Und Sebastian hat sich ja auch nicht gerade als sehr ehrenhaft erwiesen, als er seine Frau um ihr Haus und ihr Erspartes gebracht hat. So jemanden hätte ich nicht in meiner Familie geduldet", sagte er bestimmt.

„Was hätten Sie denn gemacht, wenn Sebastian nicht verschwunden wäre?"

„Nun, meine Tochter hatte die Wahl, er oder unsere Familie."

„Kannte Ihre Tochter Ihre Meinung?"

„Bis zum Verschwinden von Sebastian nicht. Und später war es nicht nötig, es ihr zu sagen", kam die Antwort leicht verärgert.

„Was glauben Sie, wie hätte sich Charlotte entschieden, für Sebastian oder für die Familie?"

„Das ist doch jetzt nicht mehr wichtig. Wie ich schon sagte, manchmal regeln sich die Dinge von ganz alleine. Und wenn Sie jetzt keine Fragen mehr haben, dann würde ich Sie jetzt bitten zu gehen. Wir erwarten heute Abend Besuch. Ich möchte mich noch etwas ausruhen."

Die anfängliche Freundlichkeit des Professors war verflogen. Er stand auf und bat Henneberg mit Handzeichen, es ihm nachzutun. In diesem Moment klingelte es. Der Professor zuckte erschrocken zusammen.

Kapitel 23

Die Frau des Professors ignorierte den Kommissar, als dieser die Diele betrat. Sie öffnete die Tür und ließ ihre Tochter Charlotte und ihren Enkel Ben eintreten. „Papa ist im Wintergarten. Geht nur vor. Ich komme gleich nach."

Charlotte grüßte den Kommissar. Ihr Blick verriet nicht, ob sie ihn erkannte. Henneberg grüßte zurück.

„Entschuldigen Sie, Charlotte, dürfte ich Sie einen Moment sprechen?", fragte er die Tochter des Hauses.

„Herr Kommissar, ich muss Sie bitten jetzt zu gehen und meine Tochter in Ruhe zu lassen", forderte Frau Ehrenreich den Kommissar auf und wies auf die immer noch offenstehende Haustür.

„Sie sind Kommissar Henneberg", stellte Charlotte überrascht fest. „Ich habe Sie gar nicht erkannt."

„Ich hätte Sie auf der Straße auch nicht erkannt. Sie haben sich verändert." Henneberg reagierte mit dieser Aussage auf ihr ebenmäßiges Gesicht mit den vollen, ganz offensichtlich unterspritzten Lippen. Sie müsste jetzt Ende 40 sein, überlegte der Kommissar, sie sah aber nicht einen Tag älter aus als Anfang 30. Ihr Schönheitschirurg hatte ganze Arbeit geleistet. Ihr Sohn Ben hätte dem Aussehen nach ihr Bruder sein können. Sein Gesicht erinnerte ihn an Sebastian Pinke, den leiblichen Vater des jungen Mannes.

„Mutter, gehe du doch mit Ben schon mal zu Vater in den Wintergarten. Ich spreche kurz mit dem

Kommissar“, sagte sie freundlich aber bestimmt und schloss die Haustür.

„Das ist mir gar nicht recht. Auch dein Vater und dein Mann würden das nicht gutheißen“, sagte ihre Mutter streng, so als ob sie zu einem kleinen Mädchen sprechen würde.

„Was ist denn hier eigentlich los?“, wollte Ben nun wissen. Charlottes Mutter schob ihren Enkelsohn vor sich her in den Wintergarten, ohne auf seine Frage einzugehen. Die Tür wurde mit einem Knall geschlossen, ein Signal an die Tochter, nicht zu viel zu sagen.

Henneberg schüttelte amüsiert den Kopf. „Entschuldigen Sie Charlotte, ich weiß nicht, wie Sie jetzt mit Nachnamen heißen. Deshalb meine unhöfliche Anrede.“

„Das ist doch kein Problem. Aber um Ihre Neugier zu stillen, ich habe meinen Mädchennamen behalten. Ich heiße immer noch Ehrenreich.“

„Das ist ja interessant. Und Ihr Sohn Ben, hat er den Namen Ihres Ehemannes angenommen?“ Schließlich war der Ehemann ja nicht der Vater des Kindes.

„Mein Sohn heißt ebenfalls Ehrenreich, genau wie mein Ehemann. Er hat unseren Namen angenommen. Mein Vater wollte das so“, antwortete sie aufrichtig.

„Er hat mir auch berichtet, dass Ben nicht weiß, dass Ihr Mann nicht sein leiblicher Vater ist.“ Henneberg war auf die Antwort gespannt.

„Das stimmt. Mein Vater wollte das so“, wiederholte sie ihre Wortwahl, „und meinem Mann war es recht. Aber darf ich jetzt mal erfahren, warum Sie überhaupt hier sind? Haben Sie Sebastian endlich gefunden?“

Charlotte sah ihn mit einem angestrengten Gesichtsausdruck an.

„Nein, das nicht. Aber wir haben seinen Wagen gefunden", beantwortete der Kommissar ihre Frage. Er berichtete ihr, was vorgefallen war und, dass die Kripo nun erneut die Suche nach Sebastian aufgenommen hätte.

„Aber warum kommen Sie nun zu uns? Wir haben doch damals alles gesagt, was wir wussten."

„Zum einen wollte ich Ihnen nur mitteilen, dass wir den Fall wieder aufgegriffen haben, bevor Sie es aus den Medien erfahren und zum anderen können nach so langer Zeit Erinnerungen an Begebenheiten auftauchen, die man damals nicht für so wichtig befunden hat. Auch das kleinste Detail kann uns unter Umständen weiterhelfen."

„Es tut mir leid, aber ich kann mich kaum noch an die Umstände von damals erinnern. Und ganz ehrlich, ich will es auch gar nicht mehr. Mein Leben hat eine ganz andere Richtung genommen."

„Sind Sie denn mit Ihrem jetzigen Leben zufrieden?" Das hätte Henneberg zu gern erfahren, doch in diesem Moment wurde die Haustür mit einem Schlüssel von außen geöffnet und seine Frage blieb unbeantwortet. Ein gutaussehender Mann, Anfang 50, trat ein, sah überrascht von Charlotte zu Henneberg. „Guten Tag", sagte er laut. Ihm war die Anwesenheit des Fremden unangenehm. Das war ganz deutlich zu spüren. Der Kommissar taxierte den Neuankömmling, weißhaarig, braungebrannt, athletische Figur, teuer gekleidet. Er hatte etwas aristokratisches an sich.

„Wer sind Sie und was wollen Sie von meiner Gattin?“ Sein Ton war unfreundlich, fast anmaßend.

„Mein Name ist Alexander Henneberg, Kriminalhauptkommissar Henneberg vom K 10 in Friedberg. Ich ermittele in einem alten Fall und hatte ein paar Fragen an die Familie Ihrer Frau“, antwortete der Kommissar ganz ruhig. „Aber ich wollte gerade gehen. Auf Wiedersehen, Frau Ehrenreich“, wandte er sich an Charlotte. Er musste einsehen, dass er jetzt nichts mehr erfahren würde. Charlottes Ehemann ließ er links liegen.

„Herr Kommissar, bitte informieren Sie mich, wenn Sie etwas über Sebastian herausgefunden haben. Auch wenn ich nichts mehr mit der Sache zu tun haben möchte, interessiert es mich doch, was damals geschehen ist.“

Henneberg nickte. „Ich melde mich, falls ich etwas in Erfahrung bringe.“

Kapitel 24

„Wo sollen denn die Hefte sein?", fragte Jeanette Marquart erneut ihre Mutter. „Die können doch nicht einfach so verschwinden."

„Ich kann mir das auch nicht erklären, Kind", ihre Mutter nannte sie immer noch ihr Kind, „aber ich bin sicher, dass wir da einiges erfahren hätten, was uns bisher verborgen geblieben ist."

Der Türklopfer wurde betätigt. „Erwartest du Besuch?", richtete Jeanette die Frage an ihre Mutter.

„Eigentlich nicht. Vielleicht ist es ein Freund der Zwillinge, der sie zum Spielen abholen will. Ich schau mal nach." Frau Diegelmann wollte aufstehen.

Jeanette kam ihr zuvor. „Lass nur, ich mach schon auf." Sie ging zur Haustür und öffnete. Mit diesem Besuch hätte sie allerdings nicht gerechnet.

„Frau Heck, das ist ja eine Überraschung", begrüßte sie die Autorin. Ein Strahlen ging über ihr Gesicht. Sie mochte die quirlige Frau.

„Ich hatte Ihrer Mutter doch angekündigt, dass ich sie in den nächsten Tagen mal aufsuche. Ich muss dringend etwas mit ihr besprechen."

„Das hat sie mir gar nicht gesagt. In dem Trubel um die Beerdigung ist das wahrscheinlich untergegangen. Aber kommen Sie doch herein. Mutter wird sich freuen, Sie zu sehen."

Jule Heck folgte der Einladung und betrat die geflieste Bauerndiele. Sie bewunderte den alten Eichenschrank und die große Runddeckeltruhe.

„Schön haben Sie es hier“, bemerkte sie.

„Ja, meine Mutter hat ein Händchen für die Einrichtung.“

Jeanette öffnete die Wohnzimmertür. „Mutter, schau mal wer hier ist.“ Die Autorin trat in das gemütliche Wohnzimmer. Frau Diegelmann saß noch am Kaffeetisch.

„Frau Heck, Sie habe ich ja ganz vergessen. Kommen Sie, setzen Sie sich und trinken Sie eine Tasse Kaffee mit uns. Es ist auch noch Kuchen da. Jeanette, sei so lieb und hole ein Gedeck aus dem Schrank.“

Die Autorin nahm Platz. „Zunächst möchte ich Ihnen noch mal persönlich mein Beileid aussprechen. Der Pfarrer hat sehr schöne Worte für Ihre Mutter gefunden. Ich fand er hat sie sehr passend beschrieben. Ich gehe ja selten in die Kirche, meide vor allem Beerdigungen, aber es war mir wichtig, Ihrer Mutter die letzte Ehre zu erweisen.“

„Ich war auch überrascht, wie nett er über sie gesprochen hat. Und ich war freudig überrascht, wie viele Leute zu ihrer Beerdigung gekommen sind. Besonders habe ich mich über Ihre Teilnahme gefreut. Meine Mutter war schon ein besonderer Mensch.“ Tränen schimmerten in ihren Augen.

„Da stimme ich Ihnen zu, sie war wirklich etwas Besonderes. Ihre Mutter hat mich in den letzten Jahren ja öfter besucht“.

„Das wusste ich gar nicht“, sagte Frau Diegelmann erstaunt. „Ich dachte immer, sie ist mit Laban im Wald, wenn sie das Haus verlassen hat.“

„Das war sie auch, aber bevor sie in den Wald ging, kam sie immer auf ein halbes Stündchen bei mir vorbei", klärte die Autorin die staunenden Frauen auf.

„Hat sie etwa auch mit Ihnen gesprochen?", fragte Jeanette ungläubig.

„Das hat sie. Ich weiß, das muss sie überraschen, aber Ihre Mutter sagte, dass sie nur deshalb mit mir über alles sprechen könne, weil ich eine Fremde sei."

„Das ist ja seltsam, ich glaube, ich habe meine Mutter nicht wirklich gekannt", gab Frau Diegelmann zu bedenken.

„Ihre Mutter hat Sie alle beide sehr geschätzt. Ihre Urenkel hat sie vergöttert. Das kann ich Ihnen versichern. Aber wissen Sie, das ist mir schon immer so gegangen, dass sich fremde Menschen mir anvertraut haben. Ich kann Ihnen auch nicht erklären, woran das liegt."

„Sie müssen sich nicht entschuldigen", beteuerte Frau Marquart.

„Meine Mutter war eine außergewöhnliche Frau. Dieses Verhalten passte irgendwie zu ihr", erwiderte Frau Diegelmann.

„Ich denke, Ihre Mutter wollte Sie vor allem schützen. Deshalb hat sie mir das erzählt, was sie all die Jahre beschäftigt hat."

„Dürfen Sie uns denn sagen, was sie Ihnen anvertraut hat?", Jeanette sah die Besucherin herausfordernd an.

„Ja, das darf ich", Jule Heck sah von der einen zur anderen. „Aber glauben Sie mir, es fällt mir nicht leicht. Es ist mir sogar unangenehm. Ich wollte das auch nicht. Das können Sie mir glauben."

„Raus mit der Sprache“, forderte Frau Diegelmann sie auf, „wir sind Kummer gewohnt.“

Heck nahm einen Schluck Kaffee, bevor sie endlich zu sprechen ansetzte. „Ihre Mutter war kurz nach ihrem 90. Geburtstag bei mir und hat mir etwas gebracht.“ Sie machte eine Pause, überlegte genau ihre nächsten Worte. Frau Diegelmann sah sie aufmerksam an.

Kapitel 25

Alexander genoss die kurvenreiche Fahrt mit seinem MG. Es machte ihm Spaß mit dem Oldtimer durch die wunderschöne Landschaft des Vogelsbergs zu fahren. Judith allerdings ermahnte ihn öfter, die Kurven nicht zu schneiden und die Geschwindigkeit etwas zu drosseln.

Sie hatte ihr Haar mit einem Kopftuch bedeckt und schützte ihre Augen vor dem Sonnenlicht mit einer großen getönten Brille. Erdmann saß auf ihrem Schoß. Judith hatte ihm eine Fliegerhaube genäht, das an die Kopfbedeckung eines Piloten aus früheren Zeiten erinnerte. Auch seine Sonnenbrille, die mit einem Band am Hinterkopf gehalten wurde, glich einer Fliegerbrille. Der Dackel hatte sich alles ohne Protest überstülpen lassen und genoss ganz offensichtlich die Fahrt durch das Mittelgebirge.

Judith hatte Alexander zu einem Ausflug nach Dorff überredet. Sie wollte wissen, wo ihr Partner ermittelt. Alexander war allerdings nur bereit dazu, wenn sie zu einer Fahrt mit dem MG einwilligt. Zähneknirschend hatte sie zugestimmt. Sie fuhr nicht gern offen.

Sie hatte einen Korb mit belegten Brötchen, selbstgemachter Limonade, Kaffee und Kuchen eingepackt. Bei dem schönen Wetter konnte man ohne Weiteres irgendwo anhalten und picknicken. Das hatten sie ohnehin schon lange nicht mehr gemacht.

Alexander verließ die Landstraße und befuhr die im Jahr 2000 komplett erneuerte Zufahrt in Richtung

Dorff. Der Ort lag wie ausgestorben in der Mittagssonne. Weder Dorfbewohner noch Touristen waren zu sehen. Die Türen des Gasthauses „Zum Fröhlichen Wanderer“ waren geöffnet. Aus dem Inneren drangen laute Stimmen.

Alexander ließ den Wagen langsam durch die stillen Straßen gleiten. „Schön ist es hier“, bemerkte Judith.

„Es wäre noch schöner, wenn es die Bewohner nicht gäbe«, meckerte Alexander.

„Jetzt müssen wir zudem jeden Tag den langen Weg von Friedberg hierher zurücklegen, um die Leute zu befragen, weil die uns hier keine Unterkunft geben wollen.“

„Bestell die Zeugen doch ein“, meinte Judith.

„Du siehst ja, was dabei herauskommt, wenn ich das anordne. Die Leute verschwinden einfach. Aber denen habe ich den Zahn gezogen. Jüngling hat die Vorladung gestern der Familie im Gasthaus überbracht. Diesem Erwin und seinem Kumpel Bertram bleibt gar nichts anderes übrig, als morgen im Präsidium zu erscheinen. Wenn sie das nicht tun, lasse ich sie vorführen. Darauf kannst du deinen süßen Hintern verwetten“, sagte der Kommissar grimmig.

„Ist ja wirklich unglaublich, dass die einfach so verschwinden und bis jetzt nicht wieder aufgetaucht sind.“

„Hundertprozentig sind die hier irgendwo ganz in der Nähe. Ebenso bin ich mir sicher, dass Feist und Bauer der Schlüssel zu allem sind. Aber die sind schwer zu knacken, die beiden.“

Alexander fuhr schweigend weiter, die Dorfstraße hoch und runter, drehte dann um und querte eine

Steinbrücke, die über einen kleinen Bach führte und bog dann rechts in die Neubausiedlung ein. Er stieß auf eine rot-weiße Bake, die ihm die Weiterfahrt versperrte. Dahinter waren Tische und Bänke zu erkennen. Mehrere kleine Jungs kamen angelaufen, umringten neugierig den Oldtimer. Erdmann begrüßte die kleine Schar mit freudigem Gebell.

„Was ist denn hier los?", fragte Judith freundlich die Jungs.

„Wir feiern ein Straßenfest", rief einer keck. Unter der Jungenschar entdeckte Alexander die Urenkel der stillen Marta. Er stieg aus, als ein Mann sich auf der anderen Seite der Bake näherte.

„Gibt es ein Problem?", fragte er freundlich.

„Eigentlich nicht", antwortete Alexander ebenso freundlich. „Ich wollte mir nur mal das Neubaugebiet anschauen. Ich wusste ja nicht, dass hier wegen einem Straßenfest gesperrt ist."

„Lassen Sie einfach Ihr Auto stehen und kommen Sie mit. Ich führe Sie herum und zeige Ihnen alles. Sie können auch gern etwas mit uns essen und trinken. Es ist genug da", bot er an.

Alexander und Judith folgten dem Mann. Einer der Jungs bat darum, Erdmann an der Leine zu führen. Doch der Dackel sträubte sich und setzte sich auf seinen Hintern. Judith nahm ihn von der Leine, schon lief Erdmann den Jungs hinterher. Alle sahen sich nach dem lustigen Vierbeiner um, der noch immer seine Fliegerhaube und die Sonnenbrille aufhatte.

Der freundliche Mann führte die drei durch die Straßen des Neubaugebietes und erklärte, wer dort alles eingezogen war. Er kannte jede Familie und eine dazu passende Geschichte. Judith bewunderte die schönen Häuser und gepflegten Vorgärten. In den Einfahrten standen Cabriolets und SUV`s der Luxusklasse.

„Unsere Siedlung wird nicht umsonst unter vorgehaltener Hand – Bonzenberg - genannt“, erklärte der Mann. „Hier wohnen Leute mit hohem Einkommen, die Ruhe in der Abgeschiedenheit des Vogelsbergs suchen, viele Ärzte, Banker und Versicherungsmakler.“

„Illustres Völkchen“, schmunzelte Judith. „Wie kommen Sie denn mit den Bewohnern des alten Dorfes aus?“

„Die Älteren beäugen uns argwöhnisch, aber die Jüngeren sind uns gegenüber sehr aufgeschlossen. Der Enkel des Ortsvorstehers ist auch auf dem Fest.“

„Wie heißt der?“, staunte Alexander.

„Hubert Feist“, kam prompt die Antwort.

„Ist ja ein Ding“, entfuhr es Alexander.

„Die Feists hatten schon immer das Sagen hier im Dorf, waren schon immer Bürgermeister und nach der Gebietsreform Ortsvorsteher. Die geben das Heft nicht aus der Hand. Hubert wird wohl der nächste Ortsvorsteher. So will es auf jeden Fall sein Großvater.“

„Können Sie mir den Mann mal zeigen?“, bat Alexander.

„Bitte setzen Sie sich doch, Herr Kommissar“, mit ausgestreckter Hand wies Hubert Feist auf die freien Plätze ihm gegenüber.

„Wieso sitzen Sie hier in aller Seelenruhe, wo doch Ihr Großvater und sein Freund verschwunden sind?“, provozierte Alexander den Mann.

„Meinem Großvater geht es gut. Der sitzt sicher, wie der Fuchs in seinem Bau“, grinste Feist höhnisch.

„Ihnen ist schon klar, dass Ihr Großvater morgen in Friedberg auf dem Präsidium erscheinen muss“, antwortete Alexander giftig.

„Wir sprechen uns ein anderes Mal. Das ist hier der falsche Ort“, antwortete Feist.

„Ich verspreche Ihnen, ich kriege Sie alle dran.“ Alexander deutete mit dem Zeigefinger auf den Mann. So einfach wollte er ihn nicht vom Haken lassen.

Kapitel 26

Alexander und Judith verabschiedeten sich von den Partygästen. Die Leute winkten den beiden zu. Der Kommissar wendete den MG und fuhr über die steinerne Brücke zurück in den alten Ortskern. Die Fahrt führte ihn auf der alten Dorfstraße zum Wald. Langsam fuhr er ein kleines Stück einen holprigen Waldweg entlang. Ungefähr 1 km vor dem Standort der Hütte hielt er an.

Judith hatte ihren Partner auf die Idee gebracht, dass die beiden Alten immer noch in der Hütte im Wald sein könnten.

„Feist hat gesagt, die sitzen sicher wie ein Fuchs in seinem Bau. Es könnte doch sein, dass unter der Hütte noch ein Raum ist, dessen Zugang man nicht ohne Weiteres erkennen kann. Das würde auch erklären, warum die Schutzpolizisten die Männer dort nicht vorgefunden haben."

„Du bist ein schlaues Kind, liebe Judith. Deshalb gehen wir zwei Hübschen jetzt auch den Rest des Weges zu Fuß. Nur so können wir die Zwei überraschen."

„Hoffentlich verrät uns Erdmann nicht", befürchtete Judith.

„Der ist mit Zeitunglesen beschäftigt. Hier gibt es so viele neue Gerüche. Das gefällt ihm und lenkt ihn ab", erklärte ihr Alexander.

Leise gingen sie den Waldweg bergauf in Richtung der Hütte. Hier und da knackte es im Unterholz. Dann blieb Erdmann stehen, reckte die Nase in die Luft und schnupperte, blieb aber ruhig. Die Bäume bewegten sich leicht im Wind. Die Nachmittagssonne reichte nicht durch das dichte Blätterdach. Es war angenehm kühl.

Plötzlich blieb Alexander stehen. Er hielt eine Hand ans Ohr und lauschte konzentriert. „Hörst du die Männer? Die sitzen vor der Hütte und unterhalten sich. Es kann nicht mehr lange dauern, bis sie uns wahrnehmen. Dann müssen wir uns beeilen, bevor sie wieder verschwinden."

„Ich habe eine Idee", stoppte ihn Judith. „Ich schlage mich jetzt hier durch das Unterholz. Du gehst weiter auf dem Weg. Wenn die sich dann mit dir befassen, bemerken sie mich nicht. Dann kann ich mich vielleicht ins Haus schleichen."

„Die Idee ist nicht schlecht, aber ich bin mir nicht sicher, ob du von hinten in die Hütte reinkommst."

„Dann machen wir es eben anders. Verlass dich auf mich. Ich komme da rein, das verspreche ich dir", sagte Judith in einem überzeugenden Ton.

Leise, wie ein Indianer schlich Judith durch das Unterholz. Alexander blieb auf dem Weg. Der Überraschungseffekt war ihnen gelungen. Sie trafen die völlig verdutzten Männer zur gleichen Zeit auf der Bank vor der Hütte an. Eine Flucht ins Haus war aussichtslos.

„Hallo, die Herren, schön Sie zu sehen", grüßte Henneberg sie süffisant.

„Tach", antwortete der feiste Erwin barsch, „was wollen Sie denn hier? Kann man nicht mal in Ruhe seinen Sonntag verbringen, ohne dass einem die Staatsgewalt auf die Pelle rückt?"

„Wieso, wir machen nur einen Sonntagsspaziergang und sind durch Zufall hier vorbeigekommen. Das Sie hier sind, konnten wir ja nicht ahnen." Henneberg grinste frech.

„Wer`s glaubt." Feist schüttelte sichtlich genervt den Kopf.

„Also bevor ihr nun hier anfangt zu streiten, dürfte ich bitte mal Ihre Toilette benutzen?" Judith trippelte auf der Stelle. „Ich muss mal ganz dringend."

„Was hätten Sie denn jetzt gemacht, wenn wir hier nicht sitzen würden, he? Dann hätten Sie in den Wald geschissen. Das können Sie jetzt auch machen", schrie Feist völlig unbeherrscht.

„Jetzt beherrsch dich mal, Erwin", mischte sich nun sein Freund Bertram ein. „Lass doch die junge Frau auf die Toilette gehen", er nickte mit dem Kopf in Richtung Tür. „Gehen Sie schon. Es ist die Tür hinten links."

Judith verschwand im Eingang. Es dauerte eine ganze Weile, bis sie wieder auftauchte. In der Zwischenzeit hatte Erwin Feist sich geweigert, mit dem Kommissar zu sprechen. Seinem Freund Bertram verbot er es. Doch Bertram dachte nicht daran, unterhielt sich stattdessen mit Henneberg über das Wetter und den Wald.

„Wo bleibt denn Ihre Partnerin?", fragte Feist nach einiger Zeit, „so lange kann man doch nicht auf der Toilette sitzen."

„Stimmt", Judith erschien just in der Tür. „Alexander, du ahnst nicht, was ich entdeckt habe."

Kapitel 27

Erdmann bellte freudig, als er Judith erblickte. Er rannte auf sie zu und sprang an ihr hoch. „Ist ja schon gut, mein Dicker“, sie streichelte den Kopf des Vierbeiners, wandte sich dann an die beiden alten Herren auf der Bank.

„Sie sind Prepper“, sprach sie zu den beiden.

„Was sind wir?“, kam es sogleich von Feist zurück.

„Na, Prepper“, wiederholte Judith.

„Kenne ich nicht“, lachte Feist.

„Was bitte schön ist das?“, fragte Bertram Bauer vorsichtig.

„Das sind Personen, die sich mit individuellen Maßnahmen auf verschiedene Arten von Katastrophen oder Krisen vorbereiten“, erklärte ihm Judith.

„Und auf welche Katastrophe bereiten Sie sich vor, meine Herren?“, wollte Henneberg wissen.

„Man weiß ja nie, was kommt. Da muss man halt vorbereitet sein. Aber dass wir Prep... oder wie heißt das? Dass wir so was sind, wussten wir nicht“, antwortete Feist. „Wer hat Ihnen außerdem erlaubt, in unseren Keller zu gehen? Sie wollten doch auf die Toilette.“

„Ich habe mich in der Tür geirrt und da bin ich auf die Treppe in den Bunker gestoßen“ sie zuckte mit den Schultern.

„Das ist eine Unverschämtheit“, donnerte Feist. Bertram Bauer sah verunsichert von einem zum anderen.

„Das ist ja noch nicht alles, was die beiden Herren da bunkern“, setzte Judith nun fort. „Du solltest schnellstens den Kampfmittelräumdienst informieren, Alexander."

Henneberg schaute seine Partnerin ungläubig an. „Können wir mal unter vier Augen sprechen, Judith?" Er nahm sie am Arm und zog sie zur Seite. „Erdmann, du bleibst hier und passt auf diese Ganoven auf", befahl Henneberg dem Dackel.

„Hehe, wir sind keine Ganoven. Das verbitten wir uns", protestierte Feist.

„Jaja, schon gut", Henneberg drehte sich um. „Judith, was hast du noch gefunden?"

„Unter der Hütte befindet sich ein Bunker. So was hast du noch nicht gesehen. Da sind nicht nur Lebensmittel und Medikamente für einen längeren Zeitraum gelagert, da liegen Waffen, Kriegswaffen, Gewehre, Pistolen, Munition, Granaten, Minen, also alles was zur Kriegsführung bestimmt und von militärischer Herkunft ist. Ich kenne mich zwar nicht so gut aus, aber ich bin sicher, dass die Gegenstände unter das Kriegswaffenkontrollgesetz fallen", erklärte Judith ausführlich.

„Ach du schöne Scheiße. Da muss der Kampfmittelräumdienst verständigt werden. Aber das können wir nicht in die Wege leiten. Das läuft über das Innenministerium", klärte Alexander seine Partnerin auf.

„Wir müssen die Staatsanwaltschaft in Alsfeld informieren. Diese Sache fällt in deren Zuständigkeitsbereich. Da haben wir Friedberger nix zu suchen", sagte Judith.

„Da hast du recht, Fräulein Naseweis", Alexander grinste seine Partnerin an. „Ich rufe Martin an. Der kennt die doch besser als ich."

„Warum jault denn Erdmann“, rief Judith erschrocken. „Ich schau mal nach. Die zwei Alten können wir auch nicht sich selbst überlassen“, sprachs und verschwand um die Ecke.

Kapitel 28

„Was machen wir jetzt?“, Bertram sah seinen Freund verunsichert an.

„Gar nix. Wir halten das Maul, wie immer“, Feist schürzte die Lippen.

„Dieses Mal kriegen sie uns dran, Erwin“, er senkte die Stimme. Er wollte nicht, dass die Kommissare ihn hörten.

„Die können uns gar nix. Wir verhalten uns still. Dann kann uns nix passieren. Das hat bisher immer geklappt.“

„Nachdem diese Judith unser Versteck gefunden hat lassen die uns nicht mehr vom Haken, glaube mir“, beschwor Bertram seinen Freund.

„Quatsch, du glaubst doch nicht im Ernst, dass die uns alte Männer noch in den Knast schicken. Wir haben doch auch gar nix Schlimmes gemacht“, versicherte ihm Erwin.

„Das sehen die aber anders. Wir hätten den Fund der Waffen damals melden müssen“, erwiderte Bertram.

„Du bist immer so pessimistisch“, warf ihm Erwin vor.

„Ich bin nicht pessimistisch, sondern realistisch“, gab Bertram nicht auf.

Erwin stand auf und ging auf Erdmann zu, stieß ihn mit der Fußspitze an. „Verschwinde du Drecksköter. Los, lauf weg.“ Er machte eine Handbewegung, die Erdmann erschrecken sollte. Der Dackel knurrte wütend, stürzte sich auf Feists Füße. Erwin ließ sich nicht aufhalten. Er trat dem Vierbeiner in die Flanke. Erdmann jaulte auf, drehte sich um und lief weg.

„Bist du verrückt, du kannst doch den Hund nicht treten", Bertram hatte seine Stimme erhoben, „jetzt gehst du eindeutig zu weit. Da mache ich nicht mehr mit." Er erhob sich von der Bank und war im Begriff hinter das Haus zu seinem Wagen zu gehen.

„Sie bleiben hier, Herr Bauer" rief Judith dem Mann zu. „Die Staatsanwaltschaft aus Alsfeld wird entscheiden, was mit Ihnen beiden passiert." Sie sah sich suchend um. „Wo ist Erdmann?"

„Erwin hat ihn getreten. Der Hund ist da runtergelaufen." Bertram wies mit der Rechten auf den Waldweg."

„Was ist hier los?", Alexander kam um die Ecke.

„Feist hat Erdmann getreten. Der Dackel ist weggelaufen. Ich muss ihn suchen", Judith war den Tränen nahe. Erdmann war für sie wie ein Kind. Außerdem hatte er Rückenprobleme und sollte nicht so viel laufen, schon gar nicht über holprige Waldwege. Das würde sein Zustand wieder verschlechtern.

„Kommen Sie, ich fahre Sie. Vielleicht finden wir ja Ihren Hund", bot Bauer an. „Ich verspreche Ihnen, dass ich nicht abhauen werde. Wenn Sie mich dann nach Hause gehen lassen, bleibe ich dort und erzähle Ihnen morgen früh alles, was ich weiß", versprach er.

Feist schnaubte, sagte aber kein Wort zu seinem Kumpel, blieb einfach auf der Bank sitzen.

„Ok, ihr könnt gehen. Ich warte hier mit diesem feinen Herrn, bis die Alsfelder kommen. Die sollen entscheiden, wie es weitergeht. Wir haben uns nur mit dem Verbleib von diesem Pinke zu beschäftigen."

Kapitel 29

Es wurde spät an dem Abend. Um 20 Uhr schloss Alexander endlich die Haustür in der Mainzer Toranlage auf. Judith trug Erdmann auf ihren Armen zu seinem Körbchen. „Bleib schön liegen, mein Dicker. Morgen bringe ich dich zum Physiotherapeuten. Da wird dir geholfen."

Traurig strich sie ihm über den Kopf. Erdmann seufzte und schloss müde die Augen. Sie hatte ihn vor dem MG auf dem Boden liegend vorgefunden, als Bertram sie in seinem Mercedes den Weg hinabgefahren hatte.

Der Dackel hatte Schmerzen. Das war ganz deutlich zu sehen. Er weigerte sich, noch einen Schritt zu tun. Bertram fuhr sie mit ihm zurück zur Hütte und verabschiedete sich dann, versprach aber, zu Hause auf die Kommissare zu warten. Man ließ ihn ziehen.

„Ich gehe duschen", teilte Alexander mit, „ich muss mir diesen ganzen Dreck abwaschen." Er war stinkwütend. Bis zum Abend hatten er und Judith an der Hütte im Wald verbracht, um auf die Polizei und die Staatsanwaltschaft aus Alsfeld zu warten.

Feist hatte kein Wort mehr mit ihm gesprochen, ihn mit seinen wasserblauen Augen fixiert. Die Schutzbeamten brachten den Mann heim und bezogen auf Anordnung des Staatsanwaltes Stellung vor seinem Haus. Zwei weitere Beamte bewachten die Hütte. Der Kampfmittelräumdienst würde am nächsten Morgen anrücken.

Henneberg hatte erreicht, dass er und Cosima ab dem nächsten Tag Zimmer in dem Gasthaus „Zum

Fröhlichen Wanderer“ beziehen konnten, bis der Fall Sebastian Pinke aufgeklärt wäre. Die Enkelin von Feist, die mit ihrem Cousin Bernhard das Gasthaus führte, konnte den Bezug der beiden Kommissare nicht länger verhindern.

Henneberg sah mit Genugtuung, wie der Einfluss von Feist dahinschmolz. Mit der Entdeckung des Waffenlagers im Wald hatte sich seine Situation grundlegend geändert.

Nachdem er sich versichert hatte, dass Bertram in seinem Haus in der Nachbarschaft vor dem Fernseher saß, war er mit Judith und Erdmann in der zunehmenden Dunkelheit im offenen Wagen nach Friedberg zurückgekehrt und hatten den Rest der Alsfelder Polizei überlassen.

Judith hantierte in der Küche, belegte ein paar Brote mit Wurst und Käse und stellte alles mit zwei Flaschen Bier auf den Esstisch. Ab Morgen würde sie voraussichtlich für längere Zeit mit Erdmann allein in der Villa sein. Alexander hatte seine Meinung, dass Judith in Friedberg bleiben und in dem Fall des ausgeraubten Ehepaares in Butzbach weiter ermitteln sollte, nicht geändert.

Er hatte Cosima bereits informiert, dass sie für ein paar Tage Kleidung einpacken sollte. Sie würden so lange in dem Vogelsberger Dorf bleiben, bis sie den Fall Sebastian Pinke aufgeklärt hätten. Er hatte sich an dem Fall festgebissen. Er würde nicht eher aufgeben, bis klar ist, wie die beiden in den Fall verwickelt sind.

Kapitel 30

Bertram war unglaublich müde. Nach dem Essen in der Gaststätte war er in sein Schlafzimmer gegangen und hatte sich hingelegt. Er hörte, wie sich die Tür seines Zimmers öffnete. Er ließ die Augen geschlossen, stellte sich schlafend.

Zunächst wehrte er sich nicht, als man ihm ein Kissen auf das Gesicht drückte. Er nahm es hin, so wie er immer alles hingenommen hatte. Selbst wenn er sich hätte wehren wollen, hätte es ihm nichts genutzt.

Erwin war viel stärker als er, das war er schon immer gewesen, schon als kleiner Junge. Jeden, der sich ihm in den Weg stellte, hatte er niedergemacht. Deshalb hatte es Bertram immer vorgezogen, sich Erwin unterzuordnen, ihm zu folgen, zu gehorchen. Das tat er auch jetzt. Dafür hatte Erwin ihn sein ganzes Leben lang beschützt, ihm geholfen. Doch jetzt konnte er das nicht mehr. Die Polizei war ihnen auf die Spur gekommen. Alles Leugnen würde ihnen nichts mehr nützen. Die Kommissare würden die letzten Hinweise finden und sie ins Gefängnis bringen. Das würde er nicht überstehen. Den Aufenthalt in einer engen Gefängniszelle, ohne seine Familie, die vertraute Umgebung des Dorfes konnte er sich nicht vorstellen.

Jetzt war der Zeitpunkt gekommen, Abschied zu nehmen, sich seinem Freund zu überlassen, auch wenn es kein schöner Tod war. Deshalb wollte er, dass es so schnell wie möglich vorbei sein würde und deshalb wehrte er sich nicht, blieb einfach still liegen, die Arme seitlich am Körper.

Das weiche Kissen presste sich schwer auf sein Gesicht. Bertram spürte Erwins Hände auf dem Stoff. Der Druck auf seinem Gesicht nahm zu. Das letzte bisschen Luft war aus seinen Lungen gewichen. Schmerzen machten sich in seiner Brust breit. Instinktiv wollte er Luft holen. Der Stoff des Kissens verschloss seine Nasenlöcher. Seine Lippen öffneten sich. Der Stoff drang in seine Mundhöhle. Bertram bekam Panik. Er versuchte den Kopf zur Seite zu drehen. Erwin verstärkte den Druck. Bertrams letzter Gedanke galt seinem alten Freund. Wenn er gewusst hätte, dass nicht Erwin für seinen Tod verantwortlich war, sondern ein anderer, hätte er sich sicher vehement zur Wehr gesetzt.

Es hatte länger gedauert, als er angenommen hatte. Die Tat hatte ihn viel Kraft gekostet. Leise schloss er die Tür hinter sich und schlich die Treppe hinab. Ganz selbstverständlich setzte er sich wieder an den Tisch und trank sein Bier aus.

Sein Auftraggeber konnte mit ihm zufrieden sein. Der Lohn für den Mord ließ ihn vergessen, was er dem alten Mann und seiner Familie angetan hatte. Obwohl Bertram Bauer ihm nie etwas getan hatte, verspürte der Mann kein schlechtes Gewissen.

Um halb elf verließ er die Gaststätte. „Gute Nacht, Bernhard“, sagte er zum Abschied.

Kapitel 31

Alexander hatte Cosima mit seinem Dienstwagen abgeholt. Unterwegs informierte er seine Kollegin, was am Vortag passiert war. Aus den Lautsprechern erklang leise Musik von Elvis Presley. Alexander liebte die Musik des King of Rock`n Roll. Beim Aufräumen in der Villa, die er von seinen Eltern in der Mainzer Toranlage in Friedberg geerbt hatte, fand er alte Schellackplatten des Sängers. Seitdem hörte er auf dem Weg zu einem Tatort oder auf dem Weg nach Hause die Musik von Elvis.

Seine Kollegen, die ihn anfänglich wegen seiner Leidenschaft verhöhnten, hatten sich mittlerweile daran gewöhnt, kannten fast alle Liedtexte und sangen mitunter auch mit, wenn sie einen Fall abgeschlossen und zufrieden nach Hause fuhren. Dieses Mal würde es aber wohl länger dauern, bis sie nach Hause zurückkehren konnten. Das hatte Alexander im Gefühl.

Um zehn Uhr klingelten sie an der Tür von Bertram Bauer. Sein Enkel Bernhard öffnete ihnen die Tür. „Sie kommen zu spät. Mein Vater ist heute Nacht gestorben", sagte er traurig.

„Das kann doch nicht sein. Er war doch gestern noch ganz in Ordnung", erwiderte Henneberg irritiert.

„Er hat sich wahrscheinlich zu sehr aufgeregt", sagte Bernhard sauer.

„In diese Situation hat sich Ihr Großvater schließlich selbst manövriert", sagte der Kommissar. „Ich würde Ihren Großvater gern sehen."

„Das geht nicht. Der Bestatter hat ihn schon abgeholt“, in seinem Gesicht war ein Ausdruck von Überheblichkeit zu erkennen.

„Wer ist der Bestatter? Wo hat er Ihren Großvater hingebracht?“, wollte Henneberg wissen. Bernhard beantwortete die Frage nicht.

„Wer hat denn den Totenschein ausgestellt?“, hakte Cosima nun nach. „Das geht mir alles ein bisschen zu schnell.“

„Was wollen Sie denn damit sagen? Mein Großvater war ein alter Mann. Mit 90 Jahren kann man doch sterben, ohne dass man gleich ein Verbrechen dahinter vermutet“, sagte Bernhard aufgebracht.

„Halten Sie hier keine Reden. Ich will jetzt wissen, wer Ihren Großvater abgeholt hat“, Henneberg war stinkwütend.

Schreiner Fröhlich, der bereits in der dritten Generation die Toten aus dem Dorf bestattete, war bereits auf dem Weg ins Krematorium, als der Kommissar ihn auf dem Handy erreichte. Henneberg untersagte ihm, den Leichnam dort abzuliefern und forderte ihn auf, den Toten nach Gießen in die Gerichtsmedizin zu bringen. „Wir haben den dringenden Verdacht, dass Herr Bertram keines natürlichen Todes gestorben ist“, erklärte ihm Henneberg. Den Gerichtsbeschluss würde er besorgen.

Kapitel 32

„Wir gehen jetzt zu Erwin Feist rüber“, befahl Henneberg.

„Der ist fix und fertig. Mein Großvater war sein bester Freund. Und sein einziger dazu. Alle anderen sind ja schon tot“, bedauerte Bernhard.

„Uns wäre es auch lieber, wenn er noch leben würde. Er wollte uns heute etwas anvertrauen. Wissen Sie was das war?“, fragten sie Bernhard, der mit seinem voluminösen Bierbauch an ein Walross erinnerte.

„Nein, mir hat er nichts gesagt.“

„Irgendwie kann ich das nicht glauben. Als Wirt hört man doch so einiges. Die beiden Alten saßen doch immer am Stammtisch. Da müssen Sie doch was mitgekriegt haben“, versuchte es Cosima aufs Neue.

„Ich sage dazu nichts. Ich unterliege hier so etwas wie einer ärztlichen Schweigepflicht. Als Wirt ist man ganz schnell geliefert, wenn man das, was man im Gastraum erfährt, weitererzählt. Es ist sozusagen ein ungeschriebenes Gesetz.“

„Also wissen Sie etwas“, monierte Henneberg. „Ist Ihnen eigentlich klar, dass Sie sich strafbar machen, wenn Sie ein Verbrechen verschweigen bzw. einen Verbrecher decken“, versuchte Henneberg ihn doch noch zu einer Aussage zu bewegen.

„Keine Chance. Ich will nicht in diesen ganzen Mist mit hineingezogen werden“, Bernhard hob abwehrend die Hände. „Ich will Sie jetzt auch nicht weiter aufhalten. Ich muss mich jetzt um die Beerdigung meines Großvaters kümmern.“

„Sie müssen gar nichts. Der Leichnam Ihres Großvaters ist beschlagnahmt. Er befindet sich auf dem Weg in die Gerichtsmedizin."

„Aber wieso denn? Sie wollen meinen Großvater doch nicht aufschneiden?", Bernhard sah den Kommissar ängstlich an.

„Wir sowieso nicht. Wenn, dann macht das unsere Rechtsmedizinerin. Die schaut nach, ob Ihr Großvater tatsächlich eines natürlichen Todes gestorben ist. Sein Zimmer bleibt zu. Ist das klar."

Kapitel 33

Vor dem Gasthaus stand ein Streifenwagen. „Gab es irgendetwas Auffälliges?“, wollte Henneberg von den Beamten wissen. Beide schüttelten den Kopf. Keiner der Herren habe das Haus verlassen, sagten sie.

Die Kommissare betraten den Gastraum. Die Wirtin bediente gerade Frühstücksgäste an einem Tisch am Fenster. Hinter dem Tresen stand zu ihrem Erstaunen ihr Cousin Bernhard.

„Wo kommen Sie denn her? Sie waren doch eben noch drüben“, wunderte sich Henneberg.

„Sie haben doch gesagt, mein Großvater ist in der Gerichtsmedizin. Also kann ich noch nichts unternehmen.“

„Das meine ich nicht. Wir sind vor Ihnen gegangen, aber Sie sind vor uns hier. Sie sind doch gar nicht an uns vorbeigekommen.“

„Ich bin durch den Keller gekommen. Die Häuser meines Großvaters und das von Erwin sind unter der Erde miteinander verbunden. So einfach ist das.“

„Aha“, die Kommissare staunten nicht schlecht.

„Wo finden wir jetzt Herrn Feist? Wir müssen ihn dringend sprechen“, fuhr Henneberg fort. Er wollte nur endlich seine Arbeit machen.

„Mein Großvater ist oben“, die Wirtin bewegte ihren Kopf in Richtung Decke. „Erste Tür links.“

„Danke, wir sind dann mal oben. Wir möchten jetzt nicht gestört werden.“

Die Kommissare verließen den Gastraum und stiegen die Treppe ins Obergeschoss hoch.

Kapitel 34

Vor ihnen lag ein langer, breiter Gang, von dem beiderseits schön geschnitzte Türen abgingen. Wäscheschränke und Runddeckeltruhen standen vor den lindgrün gestrichenen Wänden. Die Bodendielen knarrten unter ihren Füßen. Zwei der Gästezimmer würden Alexander und Cosima heute Abend beziehen.

Auf sein Klopfen ertönte ein lautes Herein. Henneberg drückte die Klinke nieder und stieß die Tür von sich weg. Vorsichtig setzte er einen Fuß über die Schwelle. Er hatte mit diesem Feist schon so viele Abscheulichkeiten erlebt, dass er ihm auch jetzt nicht traute. Er schaute in den Raum. Feist saß mit dem Rücken zur Tür in einem hohen Lehnsessel und schaute zu einem der drei Kassettenfenster auf die Straße hinaus. „Kommen Sie näher", sagte er zu den Kommissaren.

Cosima folgte Henneberg ins Zimmer. Auch hier knarrten die Bodendielen. Sie sah sich um. Ein großer Berberteppich bedeckte die größte Fläche des Bodens. Auf dem breiten Himmelbrett lagen zerknüllte Decken. An dem Frankfurter Wellenschrank auf der gegenüberliegenden Seite standen die Türen offen. So viel Gemütlichkeit hätte sie in den Privaträumen dieses Scheusals nicht erwartet. Die wohnliche Atmosphäre konnte jedoch nicht über die muffige Luft und die Unordnung hinwegtäuschen. Hier müsste mal dringend ein Fenster geöffnet werden, dachte sie.

Henneberg hatte sich vor Feist positioniert. „Guten Morgen, Herr Feist", sagte er anzüglich. „Wie geht es

Ihnen?“ Eigentlich interessierte ihn das nicht wirklich.

„Was soll an dem Morgen gut sein?“, Feist sah ihn mürrisch an.

„Mein Beileid zum Tod Ihres Freundes“, ließ sich Henneberg herab. „Kommt ein bisschen überraschend. Finden Sie nicht? Gestern ging es ihm doch noch ganz gut.“

„Ihm ging es schon die ganze letzte Zeit nicht gut. Er hat sich wahrscheinlich fürchterlich aufgeregt. Ist ja auch kein Wunder. Warum müssen Sie auch überall rumschnüffeln?“ Er vermied es den Kommissar anzusehen, starrte stattdessen weiter durchs Fenster.

„Sie sind gut, sollen wir das abgebrannte Auto hinter den Strohballen und das Waffenlager im Wald einfach so übersehen? Das sind alles Straftaten“, Zorn lag in der Stimme des Kommissars.

„Wollen Sie nicht endlich reinen Tisch machen und Ihr Gewissen erleichtern?“, mischte sich nun Cosima ein.

„Ich sage gar nichts mehr. Ich verweigere die Aussage“, Feist blickte weiter stur aus dem Fenster.

„Wir sind zwar nicht wegen der Waffen hier, aber es würde mich schon mal interessieren, wo Sie die herhaben?“, wollte der Kommissar wissen.

„Wenn es nicht Ihre Baustelle ist, warum fragen Sie dann?“ Feist antwortete mit einer Gegenfrage.

„Jetzt reicht es mir. Sie sind nach wie vor nicht bereit, uns zu helfen. Ich lasse Sie jetzt ins Untersuchungsgefängnis nach Gießen bringen. Da haben Sie Zeit genug, sich Gedanken zu machen, ob Sie ein Geständnis ablegen wollen“, polterte Henneberg.

„Was werfen Sie mir denn vor? Sie dürfen mich gar nicht so einfach festnehmen“, sagte Feist süffisant.

„Behinderung der Staatsgewalt, unerlaubter Besitz von Waffen. Und wenn ich so nachdenke, fällt mir noch so einiges ein“, erklärte ihm der Kommissar.

Kapitel 35

„Wir hätten gern Ihren Bruder gesprochen", sprach Cosima zu der Wirtin des „Fröhlichen Wanderers".

„Der ist auf dem Feld. Der kommt erst am Nachmittag wieder", antwortete sie und ging mit gefüllten Tellern in der Hand auf eine Wandergruppe zu.

„Jetzt reicht es mir", wiederholte sich Henneberg. „Sie rufen jetzt Ihren Bruder an und sagen ihm, dass er auf der Stelle hierherkommen soll", befahl ihr der Ermittler.

„Der hat kein Handy dabei. Hat er hier vergessen", sagte sie gelangweilt.

„So meine Herren, Sie verlassen jetzt auf der Stelle das Lokal", Henneberg klatschte in die Hände. „Es ist ab sofort geschlossen und bleibt es so lange, bis die Ermittlungen abgeschlossen sind", rief er in die Runde.

„Das können Sie doch nicht machen", die Wirtin stemmte die Hände in die Hüfte, „ich habe den Leuten gerade ihr Essen gebracht."

„Das Gasthaus ist beschlagnahmt. Wir führen ab sofort von hier aus unsere Ermittlungen durch. Also verschwinden Sie bitte", Henneberg wedelte mit den Armen. Die Männer an den Tischen murrten, erhoben sich widerwillig.

„Und Sie rufen jetzt Ihren Bruder an. Den Quatsch mit dem vergessenen Handy können Sie sich sonst wo hinschieben", richtete er seine Worte an die Wirtin. Sie schnaufte empört und räumte die Tische ab.

„Sie lassen jetzt alles stehen und liegen und bedienen Ihr Handy", Cosima riss jetzt der Geduldsfaden.

Kapitel 36

Polizeiobermeister Klingl von der Alsfelder Dienststelle holte Erwin Feist aus seinem Zimmer.

„Wollen Sie mir keine Handschellen anlegen?“, fragte Feist den Schutzbeamten süffisant und hielt ihm seine Hände hin.

„Ich denke, dass ist nicht nötig“, bekam er zur Antwort. „Kommen Sie bitte mit.“

Feist verließ das Zimmer und öffnete die gegenüberliegende Tür.

„Halt, Herr Feist, da geht es runter“, wies ihn Klingl zurecht und deutete auf die Treppe, die ins Untergeschoss führte.

Feist ließ sich nicht aufhalten und trat in das Zimmer. In einem Bett lag eine alte, abgemagerte Frau. Neben dem Bett saß eine Jüngere, die dem Aussehen nach nicht aus Deutschland kam. Feist nickte ihr zu.

Feist beugte sich zu der Pflegebedürftigen herunter. „Berta, ich muss mal für ein paar Stunden das Haus verlassen. Svetlana ist ja da und kümmert sich um dich.“

Er strich Berta über die dünnen Haare. Nur ein leises Stöhnen war die Reaktion, ihre Augen blieben geschlossen.

„Herr Feist, kommen Sie jetzt bitte“, forderte ihn der Polizist auf. „Mein Kollege wartet auf uns.“

Feist stieg hocherhobenen Hauptes die Treppe herunter, durchquerte den Gastraum und verließ das Haus. Der zweite Schutzbeamte hielt ihm die hintere Tür des

Streifenwagens auf. Feist stieg ohne zu zögern ein. Die Tür schloss sich hinter ihm. Er warf einen letzten Blick auf das Gasthaus „Zum Fröhlichen Wanderer“, das in der vierten Generation seiner Familie gehörte.

Kapitel 37

„Herr Dr. Müller“, sprach Cosima ins Telefon, „Sie haben den Totenschein für Herrn Bauer ausgestellt?“

„Ja, gestern Abend. Sein Sohn hat mich gegen 22.00 Uhr angerufen und mitgeteilt, dass sein Vater tot im Bett liege. Ich bin dann sofort hingefahren.“

„Wie lautet denn die Todesursache?“, hakte Cosima nach.

„Herzstillstand“, kam prompt die Antwort.

„Hatte Herr Bauer Herzprobleme?“

„Nein, der alte Mann war erstaunlich gesund. Aber es ist nicht ungewöhnlich, dass mit 90 Jahren das Herz plötzlich versagt.“

„Sonst ist Ihnen nichts aufgefallen?“, fragte Cosima.

„Nein, was sollte mir denn auffallen?“, wunderte sich der Hausarzt von Bertram Bauer.

„Der Mann hat laut Aussage meines Kollegen Kriminalhauptkommissar Henneberg gestern Nachmittag noch einen total fitten Eindruck gemacht. Keine Anzeichen von Schwäche.“

„Auch das ist nicht ungewöhnlich. Es kommt öfter vor, dass Menschen kurz vor ihrem Tod noch einmal richtig aufblühen“, erklärte der Arzt der Kommissarin.

„Wann war denn Herr Bauer zuletzt bei Ihnen in der Sprechstunde bzw. ist mal richtig durchgecheckt worden?“, wollte Cosima nun noch wissen.

„Herr Bauer war schon länger nicht mehr bei mir. Er kam sowieso nur höchst selten in die Praxis. Aber wieso wollen Sie das eigentlich alles wissen? Der Mann war alt. Auch wenn es auf den ersten Blick vielleicht nicht so aussah, war sein Körper wahrscheinlich einfach verbraucht.

Kapitel 38

Hubert Feist sah dem Streifenwagen hinterher in dem sein Großvater auf der Rückbank saß. Erwin hatte ihm zugenickt und ihn angegrinst, so als wollte er sagen, die können mir gar nix.

Hubert ging in den Gastraum. Dort wartete Kommissar Henneberg ungeduldig auf ihn.

„Sieh da, der Herr Feist Junior gibt sich auch schon die Ehre“, begrüßte der Kommissar den Eintretenden gereizt. Hubert Feist stand mit seinen dreckigen Gummistiefeln und seinem fleckigen Arbeitsoverall mitten im Gastraum. Von ihm ging ein merkwürdiger Geruch aus.

„Mensch Hubert, kannst du dich nicht umziehen, bevor du hier reinschneist, du versaust mir ja den ganzen Boden“, schimpfte die Wirtin mit ihrem Bruder.

„Was ist denn eigentlich los, Rosi? Wieso holt ihr mich denn vom Acker? Ich hoffe, das hat einen wichtigen Grund“, motzte Hubert.

„Allerdings, den haben wir“, antwortete ihm der Kommissar. „Können wir uns irgendwo ungestört unterhalten?“

„Wenn es denn sein muss, dann gehen wir ins Raucherzimmer“, er schlurfte in seinen Gummistiefeln davon. Henneberg folgte ihm. „Mach uns mal eine Brotzeit“, rief Hubert im Hinausgehen seiner Schwester zu.

„Kommt gleich. Dafür machst du nachher den Boden sauber.“

„Ja, ja, ist schon gut. Immer musst du das letzte Wort haben."

„Sie verbindet ja eine herzliche Geschwisterliebe", Henneberg grinste.

Kapitel 39

Feist zog die Knie an. Seine Sitzposition war auf Grund seiner langen Beine im Fond des Streifenwagens ungünstig. Er konnte sie nicht ausstrecken, was ihm Schmerzen in den Knien verursachte.

Der Wagen fuhr zum Dorf hinaus und folgte der Straße, die vor vielen Jahren durch sein Zutun gebaut wurde. Bis dahin war das Dorf nahezu von der Außenwelt abgeschnitten und nur durch die mittlerweile baufällige Straße durch den Wald zu erreichen gewesen. Den Dorfbewohnern hatte ihre selbstgewählte Einsamkeit gefallen. Niemand hatte sie hier oben gestört. Sie hatten alles unter sich geregelt, brauchten keine Einmischung von außen. Erwin hatte immer die Hand über die Bewohner des Dorfes gehalten.

Er sah zum Fenster hinaus. Ein strahlendblauer Himmel wölbte sich über den Feldern, die links und rechts der Straße lagen. Alles sah so geordnet aus. In den Blühstreifen an den Straßenrändern wimmelte es von Bienen.

Fremde sahen in dieser wunderschönen Landschaft eine Idylle, die ihnen Abwechslung von ihren engen Stadtwohnungen versprach. Nach einem Tag im Vogelsberg kehrten sie in die Stadt zurück und hielten die ganze Woche an der Erinnerung fest.

Erwin blickte mit Wehmut auf das friedliche Bild, das sich ihm bot. Doch er wusste, dass es nicht das Paradies war, was die Touristen hier oben vermuteten.

Die Idylle war trügerisch. In Wirklichkeit verbarg sich hinter ihr das Grauen. Doch Fremde konnten das nicht sehen. Nur er wusste, wie es hier wirklich war.

Es war seine Heimat, die er liebte, die ihm Zeit seines Lebens lang Sicherheit und Geborgenheit gegeben, über die er geherrscht hatte. Alle hatten ihm gehorcht, sich ihm gefügt, sein Freund Bertram bis zum Schluss.

Bertram hatte sich seltsam ruhig verhalten, als Erwin sein Zimmer betrat. Er schlief bereits tief und fest. Es war für Erwin ein Leichtes gewesen, seinem Freund ein Kissen auf das Gesicht zu drücken und ihn zu ersticken. Bertram hatte widerstandslos den Tod akzeptiert.

Dass schon vor ihm jemand im Zimmer gewesen war und den Tod von Bertram herbeigeführt hatte, ahnte er nicht.

Kapitel 40

Im Kaminzimmer war es kühl. Es roch nach abgestandenem Rauch. Die Fenster standen weit auf. Der Kommissar schloss die Tür hinter sich und setzte sich. Hubert klappte die Fenster zu und begab sich zum Tisch.

„Was wollen Sie denn von mir? Ich habe zu tun“, Hubert sah den Kommissar feindlich an.

„Wir können das Ganze abkürzen, so dass Sie schnell auf Ihren Acker zurückkehren können, vorausgesetzt, Sie sagen mir alles was Sie wissen“, erklärte Henneberg dem Mann.

„Erzählen Sie mir doch einfach, wie das Auto von diesem Sebastian Pinke hinter das Stroh in die Scheune gekommen ist.“

„Das weiß ich nicht. Ich war genauso überrascht wie die Polizei, als das Auto in der Scheune entdeckt wurde“, sagte Hubert voller Überzeugung.

„Als Landwirt nutzen Sie doch die Scheune und wenn das Stroh aufgebraucht ist, wird es durch Neues ersetzt. Es wird doch sicherlich kein altes Stroh in der Scheune liegen bleiben. Das Auto hätte doch schon längst auffallen müssen“, meinte Henneberg.

„Das ist richtig, aber ich habe mich nie um die Scheune gekümmert. Das war die Aufgabe von Laban. Ich habe das Stroh geholt und den Traktor abgestellt. Laban hat dann den Traktor entladen und das Stroh aufgesetzt“, erzählte Hubert.

„Ich kann mir nicht vorstellen, dass dieser Laban das Auto dort versteckt haben soll“, Henneberg sah Hubert aufmerksam an.

„Das glaube ich auch nicht. Er kann ja nicht mal Auto fahren“, versicherte Hubert.

„Wem hat denn die Scheune im Jahr 1994 gehört?“

„Mein Großvater ist damals aufs Altenteil gegangen und hat meinem Vater die Landwirtschaft übergeben. Allerdings sind die Gebäude alle im Besitz meines Großvaters geblieben. Aber dann ist mein Vater ganz plötzlich gestorben und ich musste früher, als ich es vor hatte, die Landwirtschaft übernehmen. Aber mein Großvater hielt nach wie vor das Zepter in der Hand und bestimmte, was gemacht wird. Ich hatte zu tun, was er mir sagte. So ist das eigentlich bis heute geblieben. Ständig hieß es, Hubert mach dies, Hubert mach das“, sprach er in einem zornigen Ton.

„Das mit Ihrem Großvater glaube ich Ihnen sogar“, Henneberg nickte.

„Wenn überhaupt, hat mein Großvater etwas mit der Sache zu tun. Er hat hier im Dorf immer alle Fäden in der Hand gehalten und bestimmt, was hier gemacht wird.“

„Ihr Vater ist im Wald mit dem Moped verunglückt, nachdem Sie ihm etwas anvertraut haben. Was war das?“

Hubert sah ihn fassungslos an. „Woher wissen Sie das?“

„Von Ihrer Mutter. Wir haben sie in Garbenheim besucht. Sie hat uns von dem Unfall Ihres Vaters erzählt.“

„Hier gibt es viele tödliche Unfälle. Der Weg durch den Wald ist nicht ungefährlich, er ist schmal und eng und Wild kreuzt ständig den Weg. Mein Vater hatte halt Pech."

„Hatte er nur Pech oder sollte er beseitigt werden, weil er etwas wusste? Etwas, dass Sie ihm anvertraut haben und vielleicht Ihrem Großvater nicht passte."

„Das ist doch Blödsinn. Meine Mutter hat sich da etwas eingebildet", lehnte er die Aussage von Henneberg rundweg ab.

„Können Sie sich daran erinnern, was an diesem Abend auf der Kirmes geschah? Wann dieser Pinke gegangen und was davor geschehen ist?"

„Das habe ich doch damals alles schon zu Protokoll gegeben. Sie sollten besser Ihre Akten lesen. Ich kann mich nämlich nicht mehr so genau daran erinnern", Hubert zog wie zur Entschuldigung die Schultern hoch.

Es klopfte. „Herein", riefen beide gleichzeitig. Huberts Schwester kam mit einem Tablett herein und stellte es mitten auf dem Tisch ab. „Lasst es euch schmecken."

Der Duft von frischen Brötchen, Rühreiern und Kaffee erfüllte das Kaminzimmer. Henneberg konnte nicht widerstehen und langte ganz unprofessionell kräftig zu. Kurzzeitig vergaß er seinen Auftrag.

Kapitel 41

Cosima stürmte in den Raum. Sie war total aufgeregt. „Alexander, wir müssen reden“, brachte sie nur heraus.

„Was ist los? Brennt es schon wieder?“, fragte Henneberg mit vollem Mund. Es schmeckte ihm ganz offensichtlich.

„Komm mit raus“, sie machte eine Kopfbewegung in Richtung Tür.

Der Kommissar erhob sich und folgte Cosima nach draußen. „Sie warten hier“, befahl er Hubert.

„Ich habe mit der Füchsin telefoniert“, begann Cosima hastig.

„Die ganze Zeit?“, unterbrach der Kommissar sie. „Was habt ihr denn so lange zu schwätzen gehabt?“

„Entschuldige mal, ich war zwischendurch auch noch im Wald und habe mit den Leuten vom Kampfmittelräumdienst gesprochen“, entrüstete sich die Kommissarin.

„Ist ja schon gut. Willst du dein Wissen nun mit mir teilen?“

„Der Wald ist abgesperrt, da kommt nicht mal mehr eine Maus raus“, fing Cosima an, „die Männer vom KMRD informieren mich, sobald sie etwas Auffälliges finden.“

„Das ist gut“, lachte der Kommissar. „Da ist doch alles auffällig.“

Cosima ignorierte Alexanders Kommentar.

„Dann habe ich mit unserer Rechtsmedizinerin gesprochen. Der gute Bertram Bauer ist keineswegs eines natürlichen Todes gestorben, wie mir sein Hausarzt sagte."

„Sondern?" Henneberg war wie elektrisiert.

„Er wurde erstickt. Vermutlich mit einem Kissen", offenbarte Cosima ihr Wissen.

Alexander kratzte sich am Kopf. „Das ist ja ein Ding. Die Füchsin hat die Leiche doch gerade erst gekriegt. Wie kann die das so schnell wissen?" Es war ja bekannt, dass die Rechtsmedizinerin Frau Dr. Auf der Heide sehr fleißig war, dennoch war er erstaunt, wie schnell sie einen Obduktionsbericht lieferte.

„Unsere Füchsin ist halt die Beste", beantwortete sie die Frage des Kollegen. „Alles Weitere erfahren wir in Kürze."

„Du gehst jetzt sofort in das Schlafzimmer von Bertram Bauer und bleibst da. Ruf die Spusi an und warte dort auf die Männer", wies Henneberg Cosima an.

Kapitel 42

Das Geräusch eines Staubsaugers drang an Cosimas Ohren. Sie eilte die Treppe hoch. Die Zimmertür von Bertram Bauer stand offen. Eine junge Frau zog einen Vorwerk-Staubsauger hinter sich her. Mit der Bodendüse fuhr sie gerade unter das Bett.

„Was machen Sie denn da? Sind Sie verrückt? Hören Sie sofort auf", rief Cosima. Doch ihr Ruf ging in dem Krach unter. Cosima drückte die Austaste des Gerätes.

Die junge Frau drehte sich erschrocken um. „Wer sind Sie? Wieso machen Sie einfach den Staubsauger aus?"

„Der bleibt vorerst auch aus", Cosima zückte ihren Dienstausweis und hielt ihn der Fragenstellerin vor die Nase. „Mein Name ist Cosima von Mittelstedt. Ich bin Kriminalhauptkommissarin aus Friedberg. Und wer sind Sie?"

„Ich bin Lissy Bauer. Bertram war mein Urgroßvater. Ich mache hier sauber", erklärte sie Cosima freundlich.

„Wer hat Ihnen das gesagt?", Cosima war wütend.

„Niemand hat mir das gesagt. Ich mache montags immer hier oben sauber", kam es unschuldig zurück.

„Sie hören sofort damit auf. Was haben Sie schon alles gemacht?", fragte Cosima ungeduldig.

„Ich habe das Bett abgezogen und Staub gewischt. Jetzt wollte ich noch saugen und den Boden putzen."

Cosima blickte sich in dem Zimmer um. „Wo ist die Bettwäsche?"

„Die habe ich zur Waschmaschine im Keller gebracht."

„Sonst noch etwas?"

„Die Kissenbezüge von der Couch."

„Haben Sie schon etwas gewaschen?"

„Nein, ich habe alles nur in den Keller gebracht. Meine Mutter kümmert sich um die Wäsche."

„Kommen Sie mit. Zeigen Sie mir sofort wo das ist", forderte Cosima die Urenkelin auf.

Cosima folgte Lissy die Treppe hinunter ins Erdgeschoss. Über eine ausgetretene Steintreppe gelangten sie von dort in das Kellergewölbe. Hier unten war es kalt. Die Wände waren rau und unverputzt. Eine Glühbirne an der gewölbten Decke lieferte nur wenig Licht. „Mutter, bist du hier unten?", rief die Urenkelin.

„In der Waschküche", kam prompt die Antwort. Ein schepperndes Geräusch war zu hören. Cosima vermutete, dass die Tür einer Waschmaschine geschlossen wurde. Hinter einer Holztür kam die Waschküche zum Vorschein. Lissys Mutter war gerade im Begriff, einen Waschgang zu starten.

„Halt", schrie Cosima, „nicht einschalten."

Lissys Mutter zog wie elektrisiert ihre Hand zurück. „Was ist denn los?" Sie schaute Cosima irritiert an.

„Was ist in der Waschmaschine?"

„Die Bettwäsche vom Großvater. Warum denn?"

„Holen Sie die wieder raus", befahl sie der Frau mit barschem Ton. „Und wo sind die Kissenbezüge?"

„Die sind dort im Waschbecken. Die wollte ich gleich einweichen. Der Stoff der Bezüge darf nur mit der Hand gewaschen werden. Warum denn?"

„Ich brauche alles, was heute aus dem Zimmer Ihres Großvaters geholt wurde, für die Spurensicherung. Hier wird vorläufig nichts gewaschen."

„Aber was ist denn los?", wollte die Frau wissen.

„Das erfahren Sie schon noch. Das Zimmer des Großvaters wird nicht mehr betreten. Ich unterrichte jetzt die Spurensicherung."

Lissy und ihre Mutter sahen sich erschrocken an.

„Bitte verlassen Sie den Raum und gehen Sie nach oben. Warten Sie dort auf mich."

Cosima begab sich wieder in den ersten Stock. Dort holte sie ihr Handy aus der Tasche und rief die Kollegen von der Spusi an. Sie sah sich in dem Zimmer aufmerksam um, zog Handschuhe an und begann nach einem Hinweis zu suchen, was dem alten Mann so plötzlich widerfahren war.

Im Schrank fand sie zwischen Handtüchern einen großen braunen Umschlag.

Kapitel 43

Alexander traf Cosima vor dem Haus an. Sie saß auf der Bank mit ausgestreckten Beinen und hielt ihr Gesicht in die Sonne. Neben ihr lag ein brauner Umschlag auf der Bank.

„Hast du nichts zu tun?“, raunzte er sie an. Er holte seine Zigaretten hervor und zündete sich eine an.

„Nee, ich warte auf die Spusi. Und du?“ Cosima sah ihn erwartungsvoll an.

„Ich werde noch verrückt“, er zog den Rauch tief in seine Lunge und blies ihn stoßweise wieder aus. „Ich komme hier einfach nicht weiter. Dieser Hubert weiß angeblich nichts. Bauer ist tot und Feist wird uns auch nichts verraten. Und keiner weiß, wo dieser Laban steckt.“ Alexanders Laune war auf dem Tiefpunkt.

„Dafür habe ich etwas Interessantes in Bauers Zimmer gefunden“, berichtete Cosima und deutete auf den Umschlag.

„Was ist da drin?“

Sein Handy vibrierte in seiner Jackentasche. Er stoppte Cosima mit erhobener Hand und nahm einen weiteren Zug von der Zigarette, bevor er sein Mobiltelefon hervorholte und ans Ohr hielt.

„Henneberg“, blaffte er. Er lauschte gespannt und zog mehrfach hektisch an seiner Zigarette. „Ich glaub`s ja nicht“, stieß er hervor, als er das Telefonat beendete. „Die Jungs im Wald haben nicht nur Waffen gefunden.“ Er lachte nervös.

„Sondern?“, fragte Cosima. Sie sah ihren Kollegen neugierig an. Doch der lachte nur und schüttelte den Kopf. Aber sein Lachen klang nicht lustig.

„Jetzt sag schon“, forderte Cosima ihn auf.

„Die haben Zyankali-Kapseln gefunden.“

Cosima starrte ihn entsetzt an. „Weißt du, was das bedeutet?“

Alexander warf seine Kippe in den Rinnstein. Die Ermahnung seiner Kollegin, die Filter nicht auf die Straße zu werfen, hatte er in der Aufregung vergessen. Der kleine Taschenaschenbecher lag in der Mittelkonsole seines Autos.

„Dass wir sofort nach Gießen ins Gefängnis fahren müssen.“

Cosima sprang auf, nahm den Umschlag an sich und folgte Alexander zu seinem Wagen.

Sie telefonierte während der Fahrt mit der JVA Gießen und meldete ihre Ankunft in einer Stunde dort an. Sie bat den wachhabenden Beamten, den Untersuchungsgefangenen Feist nicht aus dem Auge zu lassen. Sie befürchtete, dass der Mann selbstmordgefährdet sein könnte.

„Was ist denn nun in dem Umschlag?“, Alexander sah seine Kollegin von der Seite an.

„Konzentrier dich lieber auf die Straße. Du fährst schon wieder wie eine gesengte Sau“, ermahnte ihn Cosima stattdessen.

„Ist ja schon gut. Nun sag endlich, was ist in dem Umschlag?“, Alexander betonte jedes einzelne Wort.

„Die Papiere von Sebastian Pinke“, Cosima winkte mit dem Kuvert.

Alexander sah seine Kollegin erneut an, als hätte ihn der Schlag getroffen. „Mann“, schrie Cosima, „schau auf die Straße.“

Alexander sah erschrocken vor sich. Ein Wagen kam direkt auf ihn zu. Sofort wechselte er auf seine Spur zurück. Haarscharf entkam er dem entgegenkommenden Fahrzeug. Er spürte seinen Herzschlag.

Es dauerte eine Weile, bis er sich beruhigt hatte.

„Und die Papiere liegen da einfach so in seinem Zimmer rum? Da ist doch was faul.“

„Ich denke, die hat da jemand deponiert, damit wir sie finden“, vermutete Cosima. Sie schürzte die Lippen.

Alexander nickte. „Ich weiß auch wer.“ Er schlug mit der flachen Hand aufs Lenkrad.

„Der Gleiche, der durch den Keller in Bauers Zimmer geschlichen ist, und ihn mit einem Kissen erstickt hat? Meinst du den?“ Cosima sah ihren Kollegen fragend an.

„Genau den meine ich“, bestätigte Alexander die Vermutung seiner Kollegin.

„Na, dann sitzt dieser Feist ja wenigstens nicht zu Unrecht in Untersuchungshaft“, stellte Cosima erleichtert fest. Der Staatsanwalt hatte den Haftbefehl für Feist nur widerwillig ausgestellt.

Kapitel 44

Henneberg jagte den BMW über die kurvenreichen Straßen des Vogelsbergs. Die wunderschöne Landschaft links und rechts ließ er unbeachtet. An der Auffahrt Grünberg fuhr er auf die A 5 in Richtung Gießen. Das Navi schickte ihn am Reiskirchener Dreieck auf die A 480 und dann auf den Gießener Ring, den er an der Ausfahrt Ursulum verließ. Hier setzte er das Blaulicht auf das Autodach, was ihm eine schnelle und freie Fahrt durch die Stadt verschaffte. Die vor ihm fahrenden Autos hielten sofort auf der Seite an und ließen ihn passieren. In der Gutfleischstraße stoppte er abrupt vor dem großen Stahltor. Cosima und er wurden in die Gurte gepresst. Ein rotes Licht an der Kamera über dem Eingang verriet ihnen, dass ihre Ankunft bemerkt worden war. Langsam schob sich das große Tor zur Seite.

Henneberg parkte den BMW gegenüber des Einganges. Ein Summen bedeutete den Kommissaren, dass sie gegen die schwere Stahltür drücken mussten. „Wir sind angemeldet“, informierte Henneberg den Justizbeamten hinter der gepanzerten Glasscheibe. Beide zeigten dem Mann ihre Ausweise und legten sie dann in eine Rollschublade. Auch ihre Handys und Dienstwaffen platzierten sie in der Schublade, die der Justizbeamte sofort zuzog und den Inhalt entnahm.

„Ich weiß Bescheid. Sie werden gleich von einem Kollegen abgeholt“, teilte der Justizbeamte den Kommissaren mit.

Fünf Minuten später folgten sie einem Bediensteten mit dem Namen Heller in das Innere der Haftanstalt, die Platz für Strafgefangene in drei Abteilungen bietet: Strafhaft und Untersuchungshaft sowie offener Vollzug. Die Kommissare hatten schon mehrfach mit diesem Beamten zu tun gehabt, z.B. wenn sie einen Gefangenen während ihrer Ermittlungsarbeit in der JVA aufsuchen mussten.

Heute fiel Alexander allerdings zum ersten Mal auf, dass der Mann Dialekt sprach. Die Sprachmelodie glich der, die die Menschen in Dorff pflegten.

„Wieso ist der Mann schon in einer Zelle? Wurde er denn nicht vorher untersucht?“, Henneberg war über die Vorgehensweise irritiert. Normalerweise mussten sich die Gefangenen vor dem Einschluss in den Haftraum komplett ausziehen. Der Anstaltsarzt untersucht sie anschließend auf Drogen und stellt zudem die Haftfähigkeit fest. Anscheinend wurde das bei Erwin Feist versäumt.

„Das war gar nicht möglich. Kurz bevor er eingeliefert wurde, haben wir vier Männer zugestellt bekommen. Es war eine rumänische Bande, die mehrere Bankautomaten in der Wetterau und im Landkreis Gießen in die Luft gesprengt haben. Wir sind mitten im Aufnahmeverfahren. Deshalb wurde Erwin vorübergehend in den besonders gesicherten Haftraum verbracht. Außerdem haben wir ihm seinen Gürtel und die Schnürsenkel abgenommen. Natürlich haben wir ihn auch auf Waffen untersucht. Da war nix.“

„Na ja, da kann er ja nicht viel anstellen.“ Henneberg wusste, dass man Gefangene, die für sich selbst eine Gefahr darstellen könnten, vorübergehend dort unterbrachte.

„Was soll denn auch ein 90jähriger groß anstellen?", sagte Heller.

„Wieso sprechen Sie von Erwin? Und wieso wissen Sie, wie alt er ist?", Cosima äußerte ihr Befremden über diese Vertraulichkeit.

„Ich kenne Erwin. Ich bin auch aus Dorff, wohne in der Nachbarschaft", klärte Heller die Kommissare auf.

„Dürfen Sie dann überhaupt den Untersuchungshäftling in Gewahrsam nehmen?", hakte Cosima nach.

„Was sollen wir denn machen?", erwiderte Heller. „Wir haben Personalmangel und zudem sind wir total überbelegt", klärte er die Kommissare auf.

„Normalerweise werden die U-Häftlinge aus dem Vogelsberg doch in die JVA Kassel gebracht. Wieso wurde Erwin denn nach Gießen überstellt?", wollte Heller wissen.

„Wir ermitteln in einem Altfall aus dem Wetteraukreis", gab Cosima zur Antwort.

„Was wird ihm denn vorgeworfen?", wollte Heller noch wissen.

„Behinderung von Ermittlungen, Verschleierung einer Straftat, Besitz von unerlaubten Kampfmitteln und Mord", erklärte ihm der Kommissar.

„Mord? Wen soll er denn ermordet haben?", fragte Erwins Nachbar erstaunt.

„Sie werden es ja ohnehin erfahren", mischte sich nun Cosima ein. „Seinen Freund Bertram Bauer."

„Was, Bertram ist tot? Das kann ich nicht glauben. Wann ist das denn passiert?“ Heller zeigte sich fassungslos. Er blieb am Ende des Ganges vor einer Stahltür stehen. Die Kommissare schüttelten beide den Kopf. Sie hatten schon zu viel gesagt.

Cosima hasste das Geräusch der rasselnden Schlüsselbunde und zuschlagenden Stahltüren. Heller schaute durch das Klappfenster in die Zelle. Der Gefangene lag auf der nackten Matratze des Bettes.

„Schnell, schließen Sie auf“, forderte ihn Henneberg auf. Er befürchtete, dass Feist bereits Zyankali genommen hatte.

Heller steckte den Schlüssel ins Schloss und bewegte ihn nach links. Mit einem Klacken öffnete sich die schwere Stahltür. Alexander schob den Beamten zur Seite und eilte zu Feist. Der große Mann lag auf der Seite und hatte die Augen geschlossen. Henneberg berührte ihn an der Schulter.

„Herr Feist“, rief er. Zunächst geschah nichts. Er konnte aber Erwins gleichmäßigen Atem spüren.

Feist schlug die Augen auf. „Was ist denn los? Was wollen Sie denn schon wieder?“, blaffte er den Kommissar an.

Henneberg war gleichermaßen erleichtert und stinksauer. Der Kerl hatte ihn schon wieder reingelegt.

„Stehen Sie auf“, herrschte er Feist an. Erwin erhob sich für sein Alter erstaunlich schnell. Er überragte den Kommissar um einen halben Kopf. Er sah mit einem arroganten Blick auf den Kommissar herab.

„Wo ist das Zyankali?“, herrschte ihn der Kommissar an.

„Welches Zyankali?“, stellte sich Feist ahnungslos.

„Stellen Sie sich nicht dumm. Der Kampfmittelräumdienst hat Kapseln mit Zyankali in Ihrer Hütte gefunden.

„Und deswegen sperren Sie mich ein?“ Feists Stimme klang spöttisch.

„Sie wissen genau, was wir Ihnen vorwerfen“, sagte Cosima anklagend. „Sie sind u.a. für das Verschwinden von Sebastian Pinke verantwortlich.“ Henneberg sah Feist in die Augen. Die blickten ihn zornig an.

„Das können Sie nicht beweisen“, lachte Feist zynisch.

„Das werden wir noch. Aber einen weiteren Mord werden wir Ihnen mit Sicherheit nachweisen“, Henneberg tippte Feist auf die Brust.

„Na, da bin ich aber mal gespannt.“ Feist kratzte sich demonstrativ am Hintern.

„Wir brauchen Ihre DNA“, Cosima holte eine Plastiktüte aus ihrer Jackentasche, der sie ein Teststäbchen entnahm.

„Geben Sie uns die freiwillig oder müssen wir erst einen richterlichen Beschluss vorlegen?“, fragte Cosima süffisant.

„Bedienen Sie sich, Frau Kommissarin.“ Feist öffnete widerstandslos den Mund.

„Schließen Sie den Drecksack wieder ein. Aber lassen Sie ihn nicht aus den Augen, bis er vom Arzt untersucht wird“, befahl Henneberg dem Beamten. „Wir melden uns wieder.“

Kapitel 45

Alexander bog rechts in die Ringallee ab. An der Technischen Hochschule Mittelhessen fuhr er in die Wiesenstraße und von dort hinter der Kreuzung die Ostanlage bis zur Südanlage entlang, vorbei am Rathaus, der Kongresshalle, dem Stadttheater und der Johanniskirche bis zum Elefantenklo. Er folgte der linken Spur in die Frankfurter Straße. Die Schranken am Bahnübergang waren geschlossen. Er stoppte den Wagen vor der Einmündung in die rechtsabbiegende Straße und wartete geduldig.

„Das die immer noch keine Unterführung gebaut haben", Alexander schüttelte den Kopf. Er mochte die Universitätsstadt nicht. Er fand sie hässlich. Dennoch konnte er nicht verhindern, dass er auf Grund seiner Ermittlertätigkeit immer wieder hierherkommen musste. Ab und zu wurde er auch zu Gerichtsverhandlungen eingeladen, um eine Zeugenaussage zu machen.

Ein Zug rauschte vorbei. Die Erde bebte. Eine Weile später öffneten sich die Schranken und der Verkehr floss wieder.

In der Frankfurter Straße 52 trafen sie Frau Dr. Auf der Heide an ihrem Arbeitsplatz in der Gerichtsmedizin der Universität Gießen an. Hier roch es stark nach Ethanol, vermischt mit dem süßlichen Geruch von Tod und Verwesung. Alexander und Cosima hielten sich ein Taschentuch vor die Nase und versuchten nur noch durch den Mund zu atmen. Die Rechtsmedizinerin hatte die Kommissare auf diese Möglichkeit, den fürchterlichen Geruch zu mildern, aufmerksam gemacht.

Auf einem Metalltisch lag Bertram Bauer. Der Leichnam war nackt. Sein Körper war sonderbar weiß. Der Y-Schnitt vom Hals bis zum Nabel zierte seine Brust und den monströsen Bauch. Die Füchsin hatte ihn bereits aufgeschnitten und die Innereien entnommen. Sie lagen unweit davon entfernt in mehreren Metallschalen auf einem Tisch.

„Hallo, ihr beiden", die Füchsin betrat den Raum. Sie steckte in einem grünen Kittel, der Blutspuren aufwies. Ihr Haar war unter einer Haube versteckt, die Hände in weißen Latexhandschuhen.

„Hallo, Füchsin", grüßte Alexander die Frau. Wenn die Kommissare unter sich waren, nannte er sie bei dem Spitznamen, den sie vor einigen Jahren von ihm verpasst bekommen hatte. Ihr Vorname Fähe stammte aus dem Tierreich und bezeichnete eine junge Füchsin.

„Hallo, Henne", erwiderte die Rechtsmedizinerin den Gruß.

Cosima schwieg, sie nickte nur. Der Geruch setzte ihr zu. Sie befürchtete, dass der Inhalt ihres Magens ins Freie drängte.

„Du warst ja schon fleißig", lobte der Kommissar die Füchsin, „was hast du also für uns. Du hast es so eilig gemacht." Er sah die Frau aufmerksam an.

„Du hattest den richtigen Riecher. Bertram Bauer ist keines natürlichen Todes gestorben. Der Mann wurde erstickt und zwar mit einem Kissen. Er hat Daunen bis in seine Lunge eingeatmet", erklärte sie.

„Er sieht so friedlich aus", bemerkte nun Cosima.

„Du kannst ja sprechen“, zog Alexander seine Kollegin auf. Er wusste, dass Cosima mit dem Geruch in dem Seziersaal Probleme hatte.

„Cosima hat recht, er sieht friedlich aus. Er hat sich anscheinend nicht gewehrt. Ich habe keine Abwehrspuren an der Leiche entdeckt.“

„Das würde ja bedeuten, dass er sich seinem Schicksal einfach ergeben hat“, formulierte Alexander seine Vermutung.

„Genauso ist es. Gut, dass ihr so schnell reagiert und einen richterlichen Beschluss erwirkt habt“, bemerkte sie anerkennend.

„Das haben wir Cosimas Hartnäckigkeit und Familiensinn zu verdanken“, lobte Alexander nun seine Kollegin.

„Wieso Familiensinn?“, die Füchsin sah zu Cosima, die zunehmend blasser wurde.

„Das stinkt doch zum Himmel, wenn der Leichnam so schnell abgeholt wird, um ihn ins Krematorium zu bringen. Normalerweise gibt es doch eine Aussegnung. Da wird der Leichnam im Sarg aufgebahrt und die Verwandten nehmen Abschied von ihm, der Pfarrer spricht das Vater unser, bevor der Bestatter ihn abholt“, meldete sich nun Cosima wieder,

„das hat sogar der Richter eingesehen. Er ist streng katholisch und konnte die Eile, mit der man den Toten abgeholt hat, auch nicht nachvollziehen.“

„Habt ihr schon eine Vermutung, wer das diesem alten Mann angetan hat?“

„Der Verdacht liegt nahe, dass ein Mann namens Erwin Feist, sein bester Freund, hinter dieser Attacke steckt“, gab der Kommissar seine Gedanken preis.

„Oha, sein bester Freund. Wie alt ist der denn?", wollte die Füchsin wissen.

„Genauso alt wie der da", Alexander zeigte auf den Toten.

„Entweder ist er dann für sein Alter noch ungewöhnlich kräftig oder der Tote hat sich ihm tatsächlich freiwillig ergeben", stellte die Rechtsmedizinerin fest.

„Beides ist der Fall. Dieser Feist ist für sein Alter noch ziemlich fit, groß und kräftig und er hat seinen Freund beherrscht."

Cosima nickte zustimmend. „So wie er das ganze Dorf beherrscht hat."

Kapitel 46

„Wir fahren jetzt erstmal zu dem Arzt, dann befragen wir noch Bauers Enkel Bernhard“, sagte Alexander zu Cosima. Sie waren kurz vor einem weiteren Stadtteil von Garbenheim. Dort befand sich die Praxis des Hausarztes von Bertram Bauer, den sie befragen wollten. Dass der Mann angeblich bei der Leichenschau nicht bemerkt haben wollte, was mit Bertram Bauer passiert war, konnten sie nicht glauben.

„Eigentlich habe ich gar keine Lust, in Dorff zu übernachten“, seufzte Cosima. „Ich möchte lieber nach Hause fahren. Mir ist es in Dorff und erst recht in diesem Gasthof zu unheimlich.“

Alexander sah zum Fenster hinaus und betrachtete die bewaldeten Hügel. Ihm gefiel, was er sah. Wie konnte es sein, dass diese Idylle so viel Boshaftigkeit hervorbrachte.

„Von mir aus können wir nach Friedberg zurückkehren. Ich habe auch keine Lust, dort zu übernachten.“

„Was ist eigentlich mit dieser Autorin? Sollten wir die nicht auch mal aufsuchen? Vielleicht weiß sie tatsächlich etwas“, versuchte Cosima ihren Kollegen positiv zu stimmen.

„Was soll die schon wissen?“ Bevor Cosima antworten konnte, klingelte Alexanders Handy. Unwillig drückte er auf „Antworten“.

„Ja“, schnauzte er ins Telefon.

„JVA Gießen, Anstaltsleitung“, hörte er den Anrufer sagen, „Herr Henneberg, es gibt schlechte Nachrichten.“

Alexander betätigte den Lautsprecher seines Mobiltelefons, damit Cosima mithören konnte.

„Reden Sie, Mann“, forderte er den Anrufer auf. Er ahnte Schlimmes.

Kapitel 47

Die Straßen um die Bankfiliale der Wetterauer Sparkasse waren großräumig abgesperrt. Streifenwagen blockierten die Zufahrt von der Kreuzung Mainzer Toranlage/Kaiserstraße sowie an der Kreuzung Lindenstraße/Ockstädter Straße. Mehrere Kranken- und ein Notarztwagen standen bereit. Der Polizeihubschrauber stand auf dem Parkplatz an der Stadthalle in Bereitschaft. Die Feuerwehr war ebenfalls mit mehreren Einsatzwagen vor Ort. Ein Sondereinsatzkommando wartete an einem Nebeneingang auf seinen Einsatz. Die Männer in ihren schusssicheren Westen waren mit Maschinenpistolen bewaffnet.

Wortmann, der Leiter des Präsidiums im Grünen Weg und ein Polizeipsychologe hatten zunächst versucht, die Bankräuber zum Aufgeben zu bringen. Mit einem Megaphon hatten sie zu ihnen gesprochen. Leider vergeblich. Bürgermeister Antkowiak versprach der Polizei jede Unterstützung, die sie benötigten.

Vor den Absperrungen hatten sich viele Neugierige eingefunden. Die Einsatzkräfte hatten alle Hände voll zu tun,um die Leute zurückzuhalten. Die ganze Stadt war in Aufruhr. Alle warteten darauf, dass etwas passierte.

Im Schalterraum befanden sich noch mehrere Angestellte sowie zwei Kundinnen, die in der Gewalt von zwei maskierten Männern waren. Der Filialleiter hatte den Notrufknopf gedrückt, als die beiden Maskierten den Schalterraum betraten. Er hatte sofort deren

Absicht erkannt, Geld zu erbeuten. Er hatte seine Angestellten aufgefordert, sich auf den Boden zu werfen. Er selbst war den Bankräubern aufrecht entgegengetreten und hatte sie aufgefordert die Waffen niederzulegen und sich zu ergeben.

Doch die beiden Gangster dachten nicht daran, so schnell ihr Vorhaben aufzugeben. Jeder schnappte sich eine der Kundinnen und hielt ihnen eine Waffe an den Kopf. Auf diese Weise versuchten sie Geld zu erpressen.

Mit der Betätigung des Notrufs wurden die Drehtür und die beidseitigen Glastüren verriegelt. Die Bankangestellten und die Täter mit ihren Geiseln saßen fest. Die Aufforderung der Polizei, sich zu ergeben und die Geiseln frei zu lassen, hatte bisher keinen Erfolg gezeigt.

Mittlerweile war über eine Stunde vergangen, ohne dass sich irgendetwas an der Situation geändert hätte.

„Wortmann, ich biete mich an, im Tausch gegen die Geiseln, ins Gebäude zu gehen“, Judith war zu ihrem Chef getreten.

„Kommt überhaupt nicht in Frage. Du bleibst hier draußen“, widersprach Wortmann der jungen Kollegin. „Sobald wir die Pläne von dem Gebäude vorliegen haben, stürmen wir es.“

Kapitel 48

„Erwin Feist ist tot“, sagte der Anstaltsleiter der JVA Gießen.

„Was ist passiert?“ Henneberg war wütend.

„Er hat Zyankali genommen.“

„Wie konnte das passieren?“, schrie der Kommissar ins Telefon.

„Das konnte keiner ahnen“, verteidigte sich der Anstaltsleiter. „Heller hat ihn die ganze Zeit beobachtet. Feist lag auf dem Bett. Der Beamte dachte, dass der Mann schläft. Als er ihn abholen wollte, um ihn zum Arzt zu bringen, bemerkte er, dass er tot ist.“

„Wieso wissen Sie, dass er Zyankali genommen hat?“

„Er hatte Schaum vor dem Mund und es roch nach Bittermandel. Das war ganz eindeutig. Unser Anstaltsarzt hat meine Vermutung bestätigt.“

„Wo verdammt nochmal hatte er die Kapsel versteckt? Meine Kollegin hat ihm DNA aus der Mundhöhle entnommen. Da hat er die Kapsel also schon mal nicht versteckt. In der Kleidung hätten sie es finden müssen. Kann der Kerl zaubern?“

„Das ist wirklich komisch. Da gebe ich Ihnen recht. Aber wir haben hier schon die dollsten Dinger erlebt. Und wenn man Heller glauben darf, war dieser alte Herr ein ziemliches Schlitzohr.“

Die Aussage des Anstaltsleiters beruhigte Henneberg zwar nicht, aber vorerst konnte er dem nichts entgegenhalten.

„Ok, wir besorgen einen richterlichen Beschluss und lassen ihn abholen und in die Rechtsmedizin bringen. Bis dahin lassen Sie die Zelle verschlossen."

„Sie machen uns jetzt aber keinen Ärger", meldete sich der Mann nochmal.

„Nein, tun wir nicht. Sie trifft keine Schuld. Sie hätten ihn nicht daran hindern können. Es ist nur erstaunlich, dass es so lange gedauert hat", beruhigte ihn Henneberg.

„Wer informiert die Angehörigen?", wollte der JVA-Beamte wissen.

„Können Sie das machen?", bat Alexander.

„Wenn es Ihnen recht ist, beauftrage ich Heller damit. Sein Dienst endet gleich. Er ist ja ein Nachbar der Familie Feist."

„Das wäre super. Wir reden dann morgen mit den Angehörigen, wenn wir den Bericht aus der Rechtsmedizin haben."

Kapitel 49

Cosima fuhr in eine Parkbucht vor der Arztpraxis und stellte den Motor ab.

„Wo hat er diese Kapsel denn gehabt? Heller hat doch gesagt, dass sie ihn abgetastet hätten“, wollte Cosima wissen.

„Wenn er das Teil in seiner Kleidung hatte, hätten sie es finden müssen“, antwortete Alexander.

„Du glaubst doch nicht ernsthaft, dass er die Kapsel da versteckt hatte, wo normalerweise die Drogen zu finden sind“, Cosima sah ihren Kollegen angewidert an.

Alexander nickte. „Ich befürchte, dass es genauso war.“

„Wenn sie Feist gleich zu Beginn seiner Einlieferung untersucht hätten, hätten sie das Ding finden müssen. Das ist doch ein seltsamer Zufall, dass sie ihm nicht in alle Körperöffnungen geguckt haben“, überlegte Cosima laut.

„Irgendwas ist da faul. Ich verstehe auch nicht, warum er sich nicht schon auf dem Weg ins Gefängnis umgebracht hat.“

„Der wollte, dass wir nochmal in den Knast kommen. Er hat uns vorgeführt. Er wollte uns ein letztes Mal verarschen, uns zeigen, dass er uns überlegen ist. Das hat ihm den Abschied erleichtert“, erklärte Cosima ihrem Kollegen.

„Da kommt wieder die Psychologin zum Vorschein. Aber er konnte doch nicht wissen, dass er nicht durchsucht wird und er das Ding behalten kann. Wie erklärst du dir das?“, Alexander gab nicht auf.

„Er hat es gewusst, aber ich habe keine Ahnung wieso." Sie betätigte den Türgriff und stieg aus.

Kapitel 50

Die Sonne begann bereits im Südwesten zu sinken. Henneberg telefonierte mit seiner Sekretärin. „Stückchen, meine Gute. Wir benötigen dringend einen richterlichen Beschluss. Erwin Feist liegt tot in der JVA Gießen. Er muss dort abgeholt und in die Gerichtsmedizin gebracht werden. Bitte kümmere dich darum."

„Was ist denn passiert?"

„Der Idiot hat sich mit Zyankali ins Jenseits befördert."

„Kommt ihr auch mal wieder ins Präsidium oder zieht ihr jetzt ganz in den Vogelsberg?"

„Witzig, ich gebe dir später eine Liste mit Namen von Personen, die du bitte einbestellst. Ich habe nämlich genug von den Leuten aus Dorff und werde die in Friedberg verhören."

„Erdmann und Judith würden sich bestimmt auch freuen. Der Dicke liegt unter meinem Tisch. Judith ist mit Jüngling in der Stadt unterwegs."

„Was ist denn da los?"

„Banküberfall auf der Kaiserstraße mit Geiselnahme."

„Ach du Scheiße", entfuhr es dem Kommissar. „Judith soll sich sofort bei mir melden, wenn sie zurück ist." Alexander sorgte sich um seine Lebensgefährtin.

„Richte ich ihr aus."

„Grüß mir den Dicken. Ich hoffe, es geht ihm gut."

„Er ist frech wie immer. Hat die Straßenschuhe des Staatsanwaltes angeknabbert."

Alexander lachte. „Wie das denn?"

„Also“, begann Stückchen in ihrer typischen Sprechweise, „der zieht doch immer seine Schuhe aus und sitzt in selbstgestrickten Socken am Schreibtisch. Der Dicke hat das ausgenutzt. Aber jetzt ist die Tür zu und er muss den Rest der Woche bei mir bleiben.“ Erdmann brummte.

Bevor Alexander noch etwas sagen konnte, legte Stückchen nach dem kurzen Hinweis: „Ich glaube, jetzt ist etwas passiert“, auf.

Kapitel 51

Die Praxis war groß und umfasste viele Räume, die von einem Rundgang abgingen. Die Wände zierten bunte Gemälde. Für eine Landarztpraxis war die Ausstattung ziemlich aufwendig. Die Arzthelferin am Empfangstresen begrüßte die Kommissarin außergewöhnlich freundlich. Cosima brachte ihr Anliegen vor. Ohne Zögern führte die junge Frau die Kommissarin in ein großes Büro. Es war elegant eingerichtet.

Cosima kam aus dem Staunen nicht heraus, als der Arzt, Dr. Faber eintrat und sie mit den Worten begrüßte: „Herzlich Willkommen."

So etwas hatte sie noch nie von einem Arzt gehört. Schon gar nicht von einer Person, die sie als Zeugen befragen wollte. Etwas befremdet erwiderte sie den Gruß. „Guten Tag, Herr Dr. Faber. Schön, dass Sie mich empfangen."

„Was kann ich denn für Sie tun, Frau Kommissarin? Ich dachte, wir hätten schon alles am Telefon geklärt", kam er direkt zum Thema.

„Herr Dr. Faber, Sie hatten mir heute Morgen mitgeteilt, dass Sie nichts Auffälliges an dem Leichnam von Bertram Bauer entdeckt hätten. Bleiben Sie bei dieser Auffassung?"

„Aber ja, Frau Kommissarin", antwortete er freundlich. „Ich verstehe nicht ganz."

„Sein Tod war keineswegs natürlich", Cosima hielt einen Moment inne und beobachtete ihr Gegenüber.

„Herr Bauer wurde erstickt."

„Das ist sonderbar“, das klang ernsthaft. Der Arzt schaute Cosima direkt in die Augen, kein Zeichen von Verlegenheit oder Verunsicherung lag in seinem Blick.

„Sie haben ziemlich schnell reagiert. Der Enkel von Herrn Bauer hat Sie gegen 22.00 Uhr über den Tod seines Großvaters informiert. Bereits um 22.30 Uhr wurde der Totenschein von Ihnen ausgefüllt und unterschrieben. Sie benötigen von hier bis nach Dorff alleine 20 Minuten. Ihnen blieben also zehn Minuten um auszusteigen, ins Haus zu gehen, mit seinen Verwandten zu sprechen und den Toten zu untersuchen. Das geht mir, ehrlich gesagt, etwas zu schnell. Was sagen Sie dazu?“ Fabers Blick blieb standhaft. „Das mag Ihnen ungewöhnlich erscheinen, ist es aber nicht. Die Straßen waren um diese Uhrzeit frei. Mein Tesla ist ziemlich schnell. Ich war bereits um 22.15 Uhr vor Ort, habe dann mit dem Enkel gesprochen, der mich umgehend in das Zimmer des Toten führte. Herr Bauer lag ganz friedlich mit geschlossenen Augen in seinem Bett. Es sah so aus, als wäre er im Schlaf gestorben. Ich sah mich nicht veranlasst, ihn großartig zu untersuchen“, gab der Mann zu.

„Da stellt sich mir die Frage, wieso Bernhard Bauer den Tod seines Großvaters bereits abends festgestellt hat?“ Cosima schnipste mit den Fingern. „Warum war er denn um diese Uhrzeit im Zimmer des Großvaters?“

„Das ist leicht zu erklären“, antwortete der Arzt. „Bernhard sagte mir, dass er abends immer nochmal nach seinem Großvater schauen und deshalb in sein Zimmer gehen würde.“

„Hm“, machte Cosima, „sehr merkwürdig.“

Unvermittelt stand der Arzt auf, verbeugte sich leicht und sagte überaus freundlich: „Ich wünsche Ihnen noch einen schönen Tag, Frau Kommissarin." Er zeigte mit der Hand in Richtung Ausgang. Cosima war so perplex, dass sie aufstand und ihm nach draußen folgte. Mit dem Typ ist doch was faul, dachte sie.

Kapitel 52

„Wir fahren zurück nach Friedberg“, mit diesen Worten empfing Alexander seine Kollegin, als sie zum Auto zurückkehrte.

„Warum denn das? Wir wollten doch nochmal zu dem Enkel von Bauer“, Cosima schaute ihn irritiert an.

„Stückchen hat mir von einem Banküberfall in der Kaiserstraße berichtet. Judith ist auch vor Ort. Ich habe ein ganz komisches Gefühl.“

Alexander startete den Wagen, fuhr rückwärts aus der Parklücke heraus und schaltete das Radio an.

„Das SEK hat das Gebäude gestürmt und die Geiseln befreit“, hörten sie den Radiosprecher sagen. „Den Bankräubern ist die Flucht gelungen, in dem sie sich den Weg freigeschossen haben. Dabei hat es mehrere Schwerverletzte gegeben.“

„Ach du Scheiße. Hoffentlich ist Judith nichts passiert“, Alexander war aufs Höchste beunruhigt. Nach einigen weiteren Meldungen endeten die Nachrichten. Es folgten die Wettervorhersage und die Verkehrsmeldungen. Alexander beschleunigte den BMW und fuhr so schnell es ging nach Friedberg. Cosima versuchte Stückchen zu erreichen. Doch sie antwortete nicht. Egal, wen sie versuchte ans Telefon zu bekommen, ihr Bemühen blieb erfolglos.

„Ich habe ein ganz ungutes Gefühl“, sagte Alexander wieder. Er war blass und sein Herz raste. Cosima machte sich ernsthaft Gedanken um ihren Kollegen.

Im Grünen Weg rannte Alexander die Treppe hoch. Die Türen zu den Büros standen offen, aber es war kein Beamter zu sehen.

Kapitel 53

Rund um die Bankfiliale war immer noch alles abgesperrt. Die Schwerverletzten waren ins gegenüberliegende Bürgerhospital gebracht worden. Die Einsatzkräfte der Feuerwehr hatten sich zurückgezogen. Der Einsatzleiter des SEK und Wortmann waren vor Ort geblieben. Die Bankangestellten wurden psychologisch betreut. Um die beiden Geiseln kümmerte sich ein Notarzt. Sie waren unverletzt geblieben, standen aber unter Schock.

In dem Moment, als das SEK den Schalterraum stürmte, schossen die Bankräuber auf die Glastüren, die in Tausend kleine Glassplitter zerbarsten. Sie schubsten die Geiseln auf den Boden, rannten um sich schießend auf die Straße. Jeder versuchte sich in Sicherheit zu bringen. Die Männer liefen zu einem Streifenwagen, der gegenüber dem Eingang stand. Sie sprangen in das Auto und rasten mit eingeschaltetem Blaulicht und Sirene die Ockstädter Straße entlang, durchbrachen die Absperrung an der Stadthalle und fuhren auf die B 3 in Richtung Frankfurt ohne auf die Ampelanlage Rücksicht zu nehmen. Zwei Fahrzeuge vollführten eine Vollbremsung, als der Streifenwagen auf die Straße vor ihnen schlitterte, die nachfolgenden Autos konnten nicht ausweichen und fuhren auf. Die Folge war eine Massenkarambolage mit mehreren Schwerverletzten und Totalschäden.

Die Polizisten, die die Verfolgung aufgenommen hatten, wurden durch die ineinander verkeilten Fahrzeuge auf der B 3 daran gehindert, den Bankräubern hinterher zu fahren.

Die Besatzung des Hubschraubers hatte den Befehl bekommen, den Streifenwagen zu verfolgen. Der Pilot flog so tief wie möglich entlang der B3, immer in Sichtweite des Polizeiautos, das mit hoher Geschwindigkeit in Richtung Karben raste.

Die Polizeistation in Bad Vilbel war informiert. Mehrere Streifenwagen waren unterwegs, um den Friedberger Kollegen Hilfestellung zu leisten und die Täter zu stoppen.

Weitere Einsatzfahrzeuge der Friedberger Polizei hatten ebenfalls die Verfolgung aufgenommen. In der Höhe von Ober-Wöllstadt hatten sie die Flüchtigen gesichtet, die wieder eine rote Ampel ignorierten. Mittlerweile hatten auch die Fahrer der entgegenkommenden Fahrzeuge verstanden, dass es sich hier um eine Verfolgungsjagd handelte und fuhren so weit wie möglich rechts am Straßenrand. Der Pilot des Hubschraubers hatte nun seine Taktik geändert und flog in sicherem Abstand über der B 3, dicht an dem fliehenden Polizeiwagen.

Kapitel 54

Endlich hatte Alexander seinen Vorgesetzten Wortmann erreicht. „Alexander, wo bist du?“, hatte der gefragt.

„Im Präsidium. Ich versuche seit einer halben Stunde dich zu erreichen. Was ist denn eigentlich los?“

„Kannst du zur Sparkasse kommen?“

„Warum, was ist denn?“, fragte Alexander panisch.

„Komm hierher. Dann erfährst du alles“, befahl ihm Wortmann.

„Ich will erst wissen, was mit Judith ist?“, schrie Alexander ins Telefon.

„Judith geht es gut. Komm jetzt“, Wortmanns Stimme duldete keinen Widerspruch mehr.

In Wirklichkeit wusste Wortmann nicht, ob es seiner Kollegin gutging. Es war alles so schnell gegangen. Die berstenden Scheiben, die zwei Maskierten, die mit Maschinenpistolen wahllos um sich schossen und mit dem Streifenwagen flohen. Das alles geschah in wenigen Sekunden. Einer der Täter hatte Judith angeschossen. Sie hatte sich die Hände auf den Bauch gedrückt, dann war sie zu Boden gefallen. Zwischen ihren Händen quoll Blut hervor. Zwei Sanitäter waren zu ihr geeilt und legten einen Druckverband an. Judith wurde sofort mit einer Trage ins gegenüberliegende Bürgerhospital gebracht. Seitdem hatte Wortmann nichts mehr erfahren.

Zwei weitere Personen waren angeschossen worden. Allerdings stand schnell fest, dass sie keine lebensgefährlichen Verletzungen erlitten hatten. Trotzdem wurden sie umgehend notdürftig versorgt und anschließend ebenfalls ins Krankenhaus gebracht.

Mittlerweile waren die Straßensperren auf der Kaiserstraße, Ecke Mainzer-Toranlage aufgehoben worden. Der Verkehr floss dort wieder normal. Das Abbiegen in die Ockstädter Straße war jedoch noch nicht möglich. Die Männer von der Spurensicherung waren eingetroffen und machten sich im Inneren der Bank nützlich.

Der Psychologe sprach mit den beiden Geiseln. Mehrere Schutzbeamte nahmen die Adressen der Angestellten, die im Kassenraum gewesen waren auf, ließen sie dann jedoch gehen. Sie würden sie in den nächsten Tagen als Zeugen befragen.

Obwohl man die Leute rund um die Bank aufgefordert hatte, nach Hause zu gehen, hielten sich noch unzählige Neugierige in der Nähe auf. Jeder wollte eine Information erhaschen, einige telefonierten mit ihren Mobilgeräten und teilten die Neuigkeiten Freunden und Verwandten mit.

Juliane Landmann, die Polizeisprecherin, war ebenfalls vor Ort. Sie machte sich ein umfangreiches Bild von den Geschehnissen. Der Redakteur der Wetterauer Zeitung sprach mit dem Bürgermeister, der den Überfall aus seiner Sicht schilderte.

Vor der Absperrung der Ockstädter Straße hielt nun ein blauer Sprinter mit weißer Aufschrift. Mitarbeiter des Hessischen Rundfunks waren eingetroffen.

Kapitel 55

Es war eine merkwürdige Atmosphäre in der Stadt. Überall standen Menschen zusammen und unterhielten sich über die Geschehnisse am Nachmittag. In ihren Wortbeiträgen ging es bereits um Tote, die der Banküberfall gefordert hatte. Angeblich hatten die Täter Millionen erbeutet und Geiseln genommen. Von einer Massenkarambolage auf der B 3 wurde berichtet. Sogar ein Hubschrauber sollte bei der Verfolgungsjagd abgestürzt sein. Allein der Schrecken eines Banküberfalls reichte den Schaulustigen offenbar nicht aus. Es musste doch noch so viel mehr geschehen sein. Die Gerüchteküche brodelte. Jetzt war doch endlich mal wieder was los in der Stadt, meinten einige.

Obwohl es bereits nach 18.00 Uhr war, hatten noch alle Geschäfte geöffnet. Keiner wollte nach Hause gehen, man könnte ja etwas verpassen. Einige Schaulustige hielten sich in der Nähe der Mitarbeiter des Hessischen Rundfunks auf. Sie wollten nicht nur Neuigkeiten aufschnappen, nein, sie hätten sich auch zu gern vor der Kamera über die Ereignisse geäußert.

Das Kamerateam befand sich vor der Bankfiliale und zeichnete einen Wortbeitrag von Juliane Landmann auf. Sie schilderte professionell den Banküberfall in nüchternen Worten, hielt sich an Fakten und vermied jegliche Äußerungen über die Täter. Die Aufnahmen würden noch am gleichen Abend in der Hessenschau zu sehen sein.

Plötzlich kam Bewegung in die Szene. Wortmann bediente sein Handy. Er hörte angestrengt zu und beendete das Gespräch nach kurzer Zeit. „Es gibt Neuigkeiten“, sprach er zu dem Kameramann.

Kapitel 56

Alexander saß auf einem Stuhl vor dem OP-Bereich. Er schaute immer wieder zu der Tür, wartete darauf, dass sie sich endlich öffnete und jemand kam, der ihm sagen würde, wie es Judith ging, ob die Operation erfolgreich verlaufen war.

Juliane Landmann leistete ihm Gesellschaft. Sie hatte ihn vor der Bank abgefangen und ihm geschildert, was passiert war. Alexander war entsetzt. Er hatte Wortmann angegriffen: „Wie konnte das passieren? Warum war Judith hier?"

„Beruhige dich, Alexander. Judith wollte unbedingt dabei sein. Sie hatte sogar vorgeschlagen sich gegen die Geiseln auszutauschen. Es war ein unglücklicher Zufall, dass sie in der Schusslinie stand."

Alexander drehte sich um und ging ins Krankenhaus. Sein Dienstausweis erleichterte ihm den Zugang. Juliane Landmann war ihm gefolgt. Wortmann hatte sie gebeten, sich um Alexander zu kümmern.

„Alexander, alles wird gut. Judith übersteht das", bemühte sich Juliane den Freund zu beruhigen.

„Wenn ich die Typen in die Hände kriege, dann …"

„Alexander, das ist unter deiner Würde. Die Täter kriegen ihre gerechte Strafe."

„Was weiß man von denen? Waren es Ersttäter?"

„Ich habe noch keine Informationen. Ich weiß nur, dass sie in Okarben beim Überfahren einer Ampel, die auf Rot stand, mit einem anderen Fahrzeug kollidiert sind. Der Fluchtwagen wurde so beschädigt, dass sie nicht weiterfahren konnten. Sie haben versucht, zu Fuß zu fliehen, aber sie hatten keine Chance."

Alexander schaute auf die große Uhr über der Tür zum OP. Es war bereits 21.30 Uhr. „Wie lange dauert das denn noch?", fragte Alexander nervös.

Alexanders Handy piepte. Cosima meldete sich. Sie war im Präsidium geblieben und versuchte etwas über die Bankräuber in Erfahrung zu bringen.

„Cosima, was gibt es?"

„Nur so viel. Die Täter sind beide 18 Jahre alt. Sie sind bereits auffällig geworden, hatten schon mehrfach mit dem Amtsgericht hier in Friedberg zu tun. Sie wurden in die JVA Rockenberg verbracht. Morgen werden sie dem Haftrichter vorgeführt."

„Was ist mit Namen? Wo kommen sie her?", jetzt war er wieder ganz der Ermittler.

„Darf ich dir nicht sagen. Habe dir eh schon zu viel verraten. Wortmann hat Jüngling und Eberstädter in die Ermittlungen miteinbezogen."

„Wo bist du? Es klingt so, als wenn du im Auto unterwegs bist."

„Auf dem Weg zu dir. Ich bringe ein paar belegte Brötchen mit. Du musst doch Hunger haben."

„Ich habe keinen Hunger. Bleib weg", sagte Alexander unwirsch. „Wo ist Erdmann?"

„Bei Stückchen. Sie hat ihn mit nach Hause genommen."

Alexander kamen plötzlich die Tränen. Angst um Judith, Wut auf die Bankräuber, Ärger über die aussichtslosen Ermittlungen im Fall Sebastian Pinke, gleichzeitig das Wissen, dass ihm Kollegen und gute Freunde zur Seite standen, überforderten ihn emotional.

In diesem Moment öffnete sich die Tür zum OP. Ein Arzt in grüner OP-Kleidung erschien. Er nahm sich die grüne Haube vom Kopf und schüttelte die Haare.

Kapitel 57

Es wurde eine kurze Nacht. Alexander war immer wieder kurz eingenickt. Judith wurde künstlich beatmet. Ihr Brustkorb hob und senkte sich in regelmäßigen Abständen. Immer wieder war eine Intensivschwester an Judiths Bett getreten, hatte ihre Atmung und den Kreislauf kontrolliert.

Der Operateur hatte ihm geklärt, dass die OP gut verlaufen sei, man Judith wegen der Schmerzen ins künstliche Koma versetzt habe. Sie hatte trotz der Schwere der Verletzungen noch Glück gehabt. Die Kugel hatte den Uterus verletzt und war am Rücken knapp neben der Wirbelsäule wieder ausgetreten. Dabei stellten sie fest, dass Judith schwanger war. Sie hatte viel Blut verloren. Man musste ihr die Gebärmutter entfernen. Sie war zwar stabil, erklärte ihm der Arzt, aber dennoch müsse man die Nacht abwarten. Die nächsten Stunden seien entscheidend.

Alexander betrachtete Judith. Sie sah so friedlich aus, so als ob sie einfach nur schlafen würde. Er hielt ihre Hand, streichelte ihren Arm, ihre Wange.

Judith tat ihm unendlich leid. Das hatte sie nicht verdient. Warum hatte sie sich in Gefahr begeben? Unter diesen Umständen hätte sie sich schonen, von der Bank fernhalten müssen. Wie sollt er ihr das jetzt erklären?

Sie hatten nie darüber gesprochen. Sie hatte ihm bisher auch nichts gesagt. Vielleicht hatte sie es selbst nicht gewusst. Es war nicht fair. Gestern hatten sie noch einen Ausflug in den Vogelsberg unternommen, hatten Spaß gehabt und dabei noch eine Entdeckung gemacht. Und heute, heute war alles anders. Hoffentlich würde sie über den den Verlust des Kindes hinwegkommen. Er würde alles dafür tun, es ihr leichter zu machen. Hauptsache, sie hatten sich, hielten zusammen. Dann würde schon alles gut werden.

Er war wohl wieder eingenickt. Eine Hand berührte ihn sacht an der Schulter. „Herr Kommissar, soll ich ihne mal e Frühstück bringe?"

Die Stimme kannte er. Er drehte sich um. Hinter ihm stand ein Krankenpfleger. Es war Walter, der Mann, der ihn nach seiner Entführung und Gefangenschaft nicht nur aufgepäppelt, sondern mit seiner lustigen Art aufgemuntert hatte. Walter hatte ein einfaches Gemüt, aber ein unglaubliches Gespür für Menschen.

„Hallo Walter, schön Sie zu sehen. Ich hätte nicht gedacht, dass wir uns hier noch einmal begegnen."

„Ich auch net." Er kontrollierte die Apparaturen, beobachtete die Aufzeichnungen auf den Monitoren.

„Wolle Se net amal heimgehe und sich e bissi ausruhn. Se könne hier doch nix mache. Ihr Braud schläft noch e Weilche", sagte er in seinem ihm eigenen Dialekt. „Ich bass schon uff die Kla uff."

„Das weiß ich doch, Walter. Ich wüsste nicht, bei wem sie besser aufgehoben wäre, als bei Ihnen", sagte Alexander dankbar. „Aber ich kann ohnehin nicht schlafen."

Die Schiebetür wurde zur Seite geschoben. Cosima steckte ihren Kopf durch den Spalt. „Guten Morgen die Herren", begrüßte sie die Männer. „Alexander, ich wollte dich abholen."

Alexander sah ein letztes Mal auf die schlafende Judith. „Walter, wenn sich irgendetwas an Judiths Zustand ändern sollte, rufen Sie mich bitte sofort an", bat er den Krankenpfleger und reichte ihm seine Karte.

„Alles klar, Chef. Aber mache Se sich kei Sorje. Bei mir iss ihr Braud in gude Hände."

Alexander nickte stumm. Seine Augen schimmerten feucht. Er folgte Cosima zum Ausgang.

Cosima hatte ihren Kollegen nach Hause gefahren, damit er sich duschen und umziehen konnte. Währenddessen bereitete sie ein Frühstück mit Toast, Spiegeleiern und Speck zu, brühte einen Kaffee auf und deckte den Tisch.

Alexander war gerührt von ihrer Fürsorge. Tränen liefen ihm über die Wangen. Er konnte sie nicht zurückhalten.

„Judith war schwanger", stieß er hervor. „Sie kann nie wieder Kinder kriegen." Alexander erzählte ihr von den Verletzungen und der Operation.

„Hast du von der Schwangerschaft gewusst?", fragte Cosima mitfühlend.

Alexander schüttelte den Kopf. „Ich bin nicht mal sicher, ob Judith es wusste. Es war noch ganz am Anfang." Seine Worte waren schwer zu verstehen. Ein Weinkrampf schüttelte ihn.

Cosima schaute ihren Kollegen betroffen an. So hatte sie ihn noch nie erlebt. Ohne ein Wort zu sagen, schenkte sie ihm Kaffee ein und belegte seinen Teller mit zwei Spiegeleiern und Speck.

„Danke“, schluchzte Alexander. „Ich glaube, ich kriege nichts runter.“

„Es nützt niemandem, wenn du nichts isst. Du hast gestern Abend schon das Essen ausfallen lassen. Ich bestehe darauf, dass du jetzt etwas zu dir nimmst“, sagte Cosima streng.

Alexander nickte. Nach einer Weile hörte das Schluchzen auf. Er trocknete die Tränen und schneuzte in sein Taschentuch, dann begann er langsam zu essen. „Ich muss Judiths Mutter anrufen. Sie weiß es ja noch nicht“, sagte er zwischen zwei Bissen.

„Das kann ich machen“, bot ihm Cosima an. „Wo ist die Nummer?“

Alexander reichte ihr sein Handy. „Schau bei Kontakten unter Margit.“ Cosima nahm es an sich und verließ die Küche.

Als Cosima eine Viertelstunde später die Küche betrat, hatte Alexander alles aufgegessen. Er nippte gerade an seinem Kaffee, sah sie über den Tassenrand erwartungsvoll an. „Hast du sie erreicht?“

„Ja, hab ich. Sie kommt so schnell wie möglich nach Friedberg und geht gleich ins Krankenhaus. Du sollst dir keine Sorgen machen. Sie bleibt so lange wie nötig bei Judith.“

„Hast du ihr von der Schwangerschaft erzählt?“ Alexander blickte seine Kollegin traurig an.

„Nein, das musst du schon machen. Aber überlege dir gut, ob du das tust. Falls Judith noch nichts von der Schwangerschaft wusste, ist es vielleicht besser, es ihr ganz zu verschweigen.“

„Wie könnte man herauskriegen, ob sie es gewusst hat“, überlegte Alexander laut.

„Ganz einfach. Wenn sie es wusste, war sie mit Sicherheit kürzlich bei einem Frauenarzt. Dann müsste sie einen Mutterpass haben.“

„Aha. Was ist das?“, Alexander sah seine Kollegin interessiert an.

„Da stehen alle Untersuchungstermine drin, wann die Schwangerschaft festgestellt wurde und der errechnete Geburtstermin. Wenn sie einen solchen Pass hatte, dann hat sie ihn bestimmt bei sich getragen, also bei ihren Papieren.“

„Du meinst in der Handtasche?“

„Vermutlich.“

„Ihre Handtasche ist wahrscheinlich noch im Büro“, vermutete Alexander.

„Wir sollten sowieso mal im Präsidium vorbeischauen und kurz mit Stückchen reden und schauen, was der Dackel macht. Der vermisst dich doch bestimmt.“

Alexander nickte. „Ich weiß gar nicht, wie es jetzt weitergehen soll“, sagte er mutlos.

„Du sollst wissen, dass ich dich unterstütze, wo ich nur kann“, bot Cosima ihm an. Alexander nickte. Seine Augen schimmerten feucht.

Kapitel 58

Erdmann sprang auf, rannte bellend auf den Gang. Sein Bellen ging in lautes Quietschen über. Stückchen rannte ihm hinterher. Erdmann war zwar im Präsidium geduldet, aber Wortmann bestand darauf, dass er nicht allein auf den Gängen herumlief, was ihn allerdings nicht daran hinderte, die anderen Büros nach etwas zum Fressen zu untersuchen. „Erdmann, komm sofort zurück", rief Stückchen.

„Erdmann, mein Dicker", Alexander fiel auf die Knie. „Ich habe dich vermisst." Erdmann schleckte sein Gesicht ab. Alexander ließ es sich gefallen.

„Alexander, was machst du hier?", Stückchen baute sich vor ihm auf.

Er stand auf. „Ich wollte Erdmann holen. Cosima und ich fahren in den Vogelsberg."

Stückchen zog ihren Chef an sich und hielt ihn ganz fest. „Es tut mir so leid, was Judith passiert ist. Ich drücke ganz fest die Daumen, dass sie wieder gesund wird."

Alexander löste sich aus der Umarmung. „Ich danke dir Stückchen."

„Lass den Dackel doch hier. Ich kümmere mich um ihn. Wenn es sein muss, dann fahre in den Vogelsberg. Das lenkt dich vielleicht ab. Aber wenn du zu Judith in die Klinik gehen möchtest, dann tue das." Stückchen sah ihn mahnend an.

Der Gang füllte sich allmählich. Jüngling und Eberstädter waren aus ihren Büros gekommen. Alle bedauerten die schrecklichen Ereignisse.

„Ich brauche Judiths Tasche. Weißt du, wo die ist?", fragte er seine Sekretärin.

„Komm mit. Ich gebe sie dir", Stückchen eilte in ihr Büro.

Kapitel 59

„You are always on my mind“, dröhnte die Stimme von Elvis Presley aus den Lautsprechern.

Cosima war die Musik zu laut, aber sie sagte nichts. Sie schaute stur auf die Straße. Als der Titel endete, drückte Alexander die Wiederholungstaste. Das war jetzt das fünfte Mal. So gern sie auch die Musik des King of Rock`n Roll hörte, jetzt begann es zu nerven.

Wortmann hatte Alexander angeboten, eine Auszeit zu nehmen. Aber Alexander hatte das Angebot abgelehnt. Zum einen wusste er im Moment nichts mit sich anzufangen, zum anderen wollte er endlich diesen alten Fall aus dem Kopf bekommen. Er würde abends ins Krankenhaus zu Judith fahren und ihre Mutter ablösen.

Cosima hatte in Judiths Tasche nachgeschaut, ob sie einen Mutterpass finden konnte. Sie fand nichts, auch sonst keinen Hinweis auf eine Schwangerschaft. „Das hat noch nichts zu heißen. Vielleicht ist der Mutterpass bei euch zu Hause.“

Die Füchsin rief ihn an und sagte ihm, wie leid ihr das mit Judiths Verletzungen tat. Gleichzeitig teilte sie ihm mit, dass sie im Blut von Bertram Bauer Spuren eines Betäubungsmittels gefunden hatte. Das erklärte auch, warum der alte Mann sich nicht gewehrt hatte. Jetzt galt es herauszufinden, wer ihm das verabreicht hatte. Vermutlich hatte er es mit der letzten Mahlzeit zu sich genommen. Sein noch nicht verdauter Mageninhalt zeugte von einem ausgiebigen

Abendessen. Wer hatte ihm bei seiner Henkersmahlzeit Gesellschaft geleistet? Wusste Bertram Bauer womöglich, was mit ihm geschehen sollte?

„Ist die andere Leiche auch schon bei dir?“, fragte Alexander.

„Welche andere Leiche?“, die Rechtsmedizinerin zeigte sich erstaunt.

„Erwin Feist, der Freund von Bertram Bauer wurde gestern Nachmittag tot in seiner Zelle gefunden. Er hat offensichtlich Zyankali genommen. Wir haben die Überführung in die Rechtsmedizin veranlasst. Kann sein, dass die Spusi noch nicht vor Ort war. Aber du weißt Bescheid, dass der auch noch auf deinem Tisch landet.“

„Ich habe ja auch sonst nichts zu tun“, meckerte Frau Doktor Auf der Heide.

Martin Fehl meldete sich plötzlich. Er teilte den beiden Kommissaren mit, dass der Scheunenbrand keineswegs nur von dem alten, hölzernen Plumpsklo ausgegangen war. Die Brandermittler hatten zwischen den Resten der Scheune Brandbeschleuniger gefunden. Waren die beiden Jungs nur Mittel zum Zweck gewesen? Das erklärte womöglich auch den Besitz ihrer neuen sündhaft teuren Handys. Wer hatte ein Interesse daran, dass die Scheune abbrannte? Ging es darum, dass der Wagen hinter den Strohballen endlich auftauchte oder musste die Scheune verschwinden, damit dort Ferienwohnungen entstehen konnten? Fragen über Fragen tauchten auf.

Kapitel 60

Eigentlich sollten die Zeugen ins Präsidium nach Friedberg vorgeladen werden. Doch von den damaligen Befragten, existierten nur noch wenige. Die meisten waren verstorben oder mittlerweile dement, lebten in einem Seniorenheim, einige andere waren verzogen, wie Stückchen feststellte. Bertram Bauer und Erwin Feist, die Hauptbelastungszeugen, waren tot. Es blieben nur noch die Mitglieder der beiden Familien, die zur Aufklärung des Falles beitragen konnten und die hatten sich bisher sehr ablehnend verhalten.

Vor der Gaststätte „Zum Fröhlichen Wanderer" befand sich eine Gruppe von Männern. Sie trugen Wanderkleidung und entsprechende Schuhe. Ein Zettel hing an der Eingangstür. „Wegen Todesfall geschlossen." Die Männer sprachen alle durcheinander. „Was machen wir denn jetzt? Normalerweise haben die immer auf. So was Blödes." Verärgert entfernten sie sich.

Aus dem offenstehenden Fenster der Gaststube waren laute Stimmen zu hören. „Wir haben so viel zu tun und der Depp macht sich vom Acker", war die Stimme der Wirtin zu hören. „Im Grunde genommen, können wir noch gar nichts machen, so lange die Leichen nicht freigegeben sind und das kann dauern." Diese Stimme gehörte eindeutig zu dem Enkel von Bertram Bauer, der normalerweise als Wirt hinter dem Tresen stand.

Alexander klopfte gegen die Wirtshaustür.

„Hallo, kann uns jemand aufmachen." Bauers Enkel Bertram schaute zum Fenster hinaus. „Was wollen

Sie denn schon wieder?", rief er unfreundlich. „Fakten, wir wollen Fakten", antwortete ihm Alexander ebenso unfreundlich.

„Was denn für Fakten?"

„Immer noch die Gleichen. Wer das Auto in der Scheune versteckt hat? Was mit Sebastian Pinke geschehen ist? Wer die Scheune angezündet hat? Wer Ihrem Großvater das Betäubungsmittel verabreicht hat?"

Die letzte Frage brachte den Mann aus der Fassung. „Wieso denn Betäubungsmittel?"

„Öffnen Sie uns bitte die Tür. Dann erkläre ich Ihnen alles", forderte Alexander den Mann auf.

Eine Antwort blieb aus. Stattdessen wurde das Fenster scheppernd geschlossen. Kurz darauf wurde ein Schlüssel an der Wirtshaustür von innen umgedreht. „Kommen Sie schon rein", forderte Bernhard Bauer ihn mürrisch auf.

Kapitel 61

Der Tod der beiden alten Männern hatte sich in Windeseile in Dorff verbreitet. Keiner der Bewohner trauerte ihnen nach, geschweige denn, dass sie ein gutes Wort an ihnen ließen. Alle hegten die Hoffnung, dass die Stimmung in Dorff nun besser werden würde.

Mirka Höhne stand am Fenster. Sie sah das Auto der Kommissare vorfahren, beobachtete wie sie ausstiegen und mit Bernhard Bauer diskutierten.

Sie drehte sich zu ihrem Mann um. „Die Polizei ist schon wieder bei Bernhard und Rosi“, teilte sie die Beobachtung ihrem Ehemann mit. „Uwe, du musst der Polizei sagen, was du damals beobachtet hast.“

„Ich denke ja nicht dran. Ich stehe so kurz vor der Ernennung zum Schulleiter. Ich gefährde doch nicht meine Karriere“, maulte er seine Ehefrau an.

„Ich weiß ja gar nicht, ob er es wirklich war. Vielleicht lebt der Typ gar nicht mehr. Außerdem will ich mich da nicht einmischen“, antwortete er energisch.

„Ich finde das nicht gut. Du verlangst von deinen Schülern immer Ehrlichkeit, bist es aber selbst nicht“, konterte sie.

„Ich bin doch nicht unehrlich, nur weil ich eine Beobachtung verschwiegen habe.“

„Natürlich ist es das. Du sollst deinen Schülern ein Vorbild sein. Du bist ein schlechtes Vorbild“, provozierte ihn Mirka.

„Lass mich endlich in Ruhe. Ich bin froh, dass die beiden Alten weg sind. Ich hoffe, dass nun alles besser wird und diese Gängelei und Spioniererei aufhört. Ich kann das nicht mehr ertragen."

„Meinst du etwa, ich finde das lustig? Aber wenn jetzt nicht endlich die Wahrheit ans Licht kommt, hört das hier nie auf. Die Kommissare werden so lange wiederkommen, bis geklärt ist, was es mit dem Verschwinden dieses Mannes auf sich hat. Ich warte stündlich darauf, dass die hier auftauchen. Du kannst sie dann nicht belügen."

„Seit wann spielst du eigentlich den Moralapostel?", fragte Uwe. „Du warst früher doch auch nicht so zimperlich und hast dich mit den Bullen angelegt."

„Das war etwas ganz anderes. Wir haben für eine gute Sache gekämpft."

„Und was sind wir heute?" Er beantwortete sich die Frage selbst. „Zwei Spießer."

„Wir wollten diesen Beruf ergreifen, damit wir mehr Zeit füreinander und die Familie haben. Wir wollten reisen, die Welt sehen, wenn die Kinder aus dem Gröbsten heraus sind. Wenn du jetzt Schulleiter wirst, verbringst du die meiste Zeit der Ferien in der Schule. Ich wäre nicht traurig, wenn du diesen Job nicht bekommen würdest."

„Aber wenn ich jetzt der Polizei erzähle, dass ich diesen Typen damals in Friedberg auf der Straße gesehen habe, dann ist es nicht nur mit der Karriere aus, ich kriege womöglich noch eine Anzeige wegen Behinderung der polizeilichen Ermittlungen. Deshalb hör jetzt auf mit der Diskussion. Mir ist scheißegal, ob die da drüben Ärger haben oder nicht. Ich brauche jetzt meine Ruhe und muss mich auf die bevorstehenden Gespräche vorbereiten", fauchte er seine Frau an.

Mirka drehte sich um und verließ kopfschüttelnd den Raum.

Kapitel 62

Der Mann saß mit dem Rücken nackt an einem Baum. Seine Hände waren hinter dem dünnen Stamm zusammengebunden, was ihm große Schmerzen in den Armen verursachte. Tausende von Ameisen krabbelten über seinen Körper, über sein Gesicht, in seine Nasenlöcher und Ohrmuscheln. Sein Mund war mit einem breiten Pflaster verschlossen. Es fiel ihm schwer zu atmen. Im Schatten der hohen Bäume war es zudem sehr kühl. Er fror erbärmlich.

Vom Gezwitscher der Vögel war er erwacht. Es dauerte eine Weile, bis er realisierte, wo er war. Seit Stunden musste er hier an dem Baum gefesselt sitzen.

Er konnte sich nur noch erinnern, dass er am Vorabend mit seiner Schwester und seinem Cousin in der Gaststube zusammengesessen hatte. Am frühen Abend hatte Robert Heller, der Nachbar, die Nachricht vom Tod seines Großvaters Erwin Feist überbracht. Entsetzt hatten sie die Nachricht vernommen.

Hubert war kurz auf den Hof gegangen, um frische Luft zu schnappen. Danach versagte seine Erinnerung. Jemand musste ihn betäubt und in den Wald gebracht, ihn ausgezogen und an den Baum gefesselt haben. Aber warum? Wer hasste ihn so sehr, dass er ihn mitten im Wald aussetzte, ohne eine Chance, sich zu befreien oder um Hilfe zu rufen?

Er kannte dieses Waldstück. Hier hielten sich oft Wildschweine auf. Wenn sie ihn bemerkten, wäre er seines Lebens nicht mehr sicher. Er rieb die Schnüre an seinen Händen an dem Stamm. Vielleicht konnte er sie so lösen und sich befreien.

Kapitel 63

„Wo ist Ihr Bruder?“, kam der Kommissar ohne Umschweife zur Sache.

„Das wüsste ich auch gern. Er ist seit gestern Abend verschwunden. Wir wissen nicht, wo er sich aufhält“, antwortete die Wirtin.

„Wann haben Sie ihn das letzte Mal gesehen und wo?“, mischte sich nun Cosima ein.

„Wir haben hier zusammengesessen und überlegt, was es nun zu tun gibt. Hubert wollte kurz raus, um frische Luft zu schnappen. Das macht er öfter, wenn er nachdenken muss. Aber er kam nicht wieder herein. Wir können uns das nicht erklären.“

„Ihr Bruder wohnt auch hier im Haus, richtig?“, erinnerte sich der Kommissar.

„Nein, nicht mehr. Er hat vor Jahren die Hofreite auf der anderen Seite der Straße gekauft. Dort wohnt er ganz allein mit seinem Hund.“

„Hat er keine Familie?“

„Nein, er hat nie geheiratet. Aber er hat eine Freundin. Schon länger. Bis jetzt hat er sie uns aber noch nie vorgestellt.“

„Haben Sie Kontakt mit ihr aufgenommen?“

„Nein, wie gesagt, er hat sie uns noch nicht vorgestellt. Wir wüssten gar nicht, wo und wie wir sie erreichen sollten“, beantwortete Rosi die Frage.

„Ich gehe davon aus, dass Sie in seinem Haus nachgesehen haben“, nahm sich Cosima erneut das Wort.

„Ja, aber da ist er nicht. Sein Hund war allein im Hof.“

„Wo ist der Hund jetzt?“, fragte Cosima besorgt.

„Immer noch im Hof. Dort kann er auch bleiben. Wir versorgen ihn mit Wasser und Futter. Er ist es gewohnt, dort allein zu sein“, antwortete Bernhard.

„Wo könnte Ihr Bruder denn hingegangen sein?“

„Keine Ahnung. Wie schon gesagt, wir können uns das nicht erklären. Normalerweise meldet er sich ab“, erklärte seine Schwester.

„Haben Sie noch woanders nach ihm gesucht?“, wollte der Kommissar wissen.“

„Nein, wir wissen ja nicht wo. Ihm muss irgendetwas passiert sein.“

„Die Güllegrube“, entfuhr es Rosi plötzlich. Sie sprang auf und rannte hinaus.

Kapitel 64

Laban kam schlurfend vom Nachbargrundstück. Er steckte in seiner üblichen Arbeitskleidung.

„Laban, hast du Hubert gesehen?", rief ihm die Wirtin entgegen.

Der Angesprochene schüttelte den Kopf.

„Laban, war gestern Abend die Güllegrube noch geöffnet?", fragte sie nun den alten Mann hastig.

Er kratzte sich am Kopf. „Nein, ich habe sie gestern Morgen geschlossen, als Hubert vom Hof gefahren ist." Er sprach die Worte ganz langsam, so als müsste er sie erst zusammensuchen, drehte sich um und ging zurück in Richtung des Nachbarhofes.

„Hallo, warten Sie doch mal", rief ihm Henneberg hinterher, „wir müssen mal mit Ihnen reden." Doch Laban ging unbeirrt weiter.

„Lassen Sie ihn in Ruhe. Von dem kriegen Sie eh nix raus", sagte Bernhard.

„Wieso ist die Güllegrube überhaupt offen?", fragte der Kommissar nun.

„Hubert war gestern Morgen auf dem Acker und hat Gülle ausgebracht. Dazu muss er sie aus der Grube abpumpen und dafür muss er den Deckel entfernen. Dann steht sie schon mal längere Zeit offen", erklärte Rosi.

„Aber das ist doch gefährlich. Da kann ja jemand hineinfallen", sagte Cosima erschrocken.

„Ist das schon mal passiert?", wollte der Kommissar wissen.

„Na ja, wir passen auf, wenn das Ding offensteht. Bisher ist auch noch nie etwas passiert. Außer uns ist hier ja auch keiner“, erklärte Bernhard.

Alexander nahm Cosima beiseite. „Kannst du dich daran erinnern, was uns Juliane Herz erzählt hat?“, fragte er seine Kollegin.

„Was meinst du? Ich kann dir nicht ganz folgen.“

„Juliane sagte doch, dass Erwin Feist sie zur Güllegrube geführt und zu ihr gesagt hätte, hier in Dorff regeln wir alles unter uns.“

Cosima sah ihn mit großen Augen an. „Du meinst, die Leute, die Schwierigkeiten machen, werden in die Gülle geworfen, sozusagen zur Warnung?“

„Nicht zur Warnung, sie werden dann darin entsorgt“, erklärte ihr Alexander.

Cosima überlegte eine Weile, ehe sie ihrem Kollegen antwortete.

„Das könnte ja bedeuten, dass man Sebastian Pinke in die Gülle geworfen und ihn darin ertränkt hat. Meinst du das?“

Alexander nickte ihr stumm zu. Etwas blinkte in der Sonne. Er bückte sich danach. Ein silberner Armreif lag auf dem Boden. Er hob ihn auf, betrachtete ihn. Irgendwie kam ihm das Teil bekannt vor. Wo hatte er das schon einmal gesehen?

„Wem gehört das?“, er richtete seine Frage an Rosi.

„Der Armreif gehört Hubert“, antwortete sie.

„Dann muss ihm etwas passiert sein“, sagte Bertrams Enkel.

Kapitel 65

Der Strick riss mit einem Ruck. Seine Hände waren frei. Langsam nahm er die Arme nach vorne. Sie schmerzten höllisch. Er versuchte aufzustehen. Sein Rücken schrammte an dem Stamm entlang. Etwas Warmes rann über seine Pobacken. Blut. Seine Beine zitterten. Er fror erbärmlich, fühlte sich kraftlos. Sein Rücken schmerzte. Er streckte sich langsam. Er bemühte sich, seinen Körper von den Ameisen zu befreien. Sie waren überall an seinem Körper, er schüttelte seinen Kopf, schneuzte sich, damit diese kleinen Krabbeltiere verschwanden.

Es dauerte eine Weile, bis er aufrecht stehen konnte. Langsam setzte er ein Bein vor das Andere. Wackelig stakte er wie ein Storch langsam durch den Wald. Kleine Äste, welke Blätter und Dornen ritzten die Haut an seinen Füßen auf.

Es war bereits Mittag. Die Sonne stand tief am Himmel. Vor ihm lag der Weg, der ins Dorf führte. Wut trieb ihn an. Er wollte so schnell wie möglich nach Hause, heiß duschen und eine Schmerztablette einwerfen, um seine Kopfschmerzen zu bekämpfen.

Ihm war nicht klar, wie er ungesehen in sein Haus kommen sollte. Er würde sich bis auf die Knochen blamieren, obwohl er für seinen Zustand nichts konnte.

Er hörte einen Motor, sah sich um. In einiger Entfernung fuhr ein dunkler Wagen in seine Richtung. Aus

Angst, es könnte sein Entführer sein, sprang er in den Graben. Nicht schnell genug, der Wagen stoppte neben ihm.

„Hubert, bist du das?“, rief jemand.

Hubert hob den Kopf. Robert Heller blickte auf ihn herab. „Was machst du denn da?“

Hubert krabbelte langsam aus dem Graben, bedeckte seine Männlichkeit mit den Händen. „Kannst du mich nach Hause bringen?“, er schlotterte vor Kälte.

Robert ging zum Auto und holte eine Decke aus dem Kofferraum.

„Hier, leg dir die um. Wieso bist du nackt? Und was machst du hier?“

„Irgendein Arschloch hat mich gestern Abend niedergeschlagen, betäubt und in den Wald gebracht. Ich war an einen Baum gefesselt. Ich konnte mich mit großer Mühe selbst befreien.“

„Wer tut den so was?“ Robert hielt seinem Freund die Autotür auf. Hubert setzte sich erleichtert auf den Sitz. „Danke, du hast mich gerettet. Können wir das für uns behalten?“, bat er den Nachbarn.

„Von mir erfährt niemand etwas, aber du solltest das anzeigen. Du hättest da draußen sterben können.“

„Ich weiß noch nicht, wie ich mich verhalten soll. Irgendetwas Unheimliches geht in Dorff vor sich. Letzte Woche der Brand. Dann stirbt Bertram ganz überraschend, mein Großvater nimmt sich das Leben. Ich werde gekidnappt. Das ist doch nicht normal.“

„Da muss ich dir recht geben. Das klingt nicht gut. Du musst mit der Polizei sprechen.“

Robert fuhr in den Hof. Hubert stieg aus. Asra, seine Hündin kam ihm entgegen, sprang freudig an ihm hoch. Hubert stiegen Tränen in die Augen. „Danke, Robert", er hob die Hand zum Gruß. Der Nachbar nickte, setzte das Auto zurück und verließ den Hof.

Kapitel 66

Er griff zum Telefon und drückte die Kurzwahltaste seiner Geliebten. Das Freizeichen erklang. Er ließ es lange klingeln, doch am anderen Ende wurde nicht abgehoben. Merkwürdig dachte Hubert. Sie müsste um die Zeit doch zu Hause sein. Sie hatte Spätdienst. Vielleicht schlief sie noch. Aber darauf konnte er jetzt keine Rücksicht nehmen. Er musste sie unbedingt sprechen. Vielleicht war auch sie in Gefahr. Er versuchte es unter ihrer Mobilnummer. Doch auch hier hatte er kein Erfolg. Er schrieb ihr eine WhatsApp und bat sie, sich schnellstmöglich bei ihm zu melden.

Asra sprang an ihm hoch. „Ist ja gut. Ich bin ja wieder da." Er tätschelte den Kopf seines Hundes. Asra leckte seine Hand ab.

Hubert war müde. Er fühlte sich unwohl. Obwohl er ausgiebig geduscht hatte, fühlte er immer noch die Ameisen auf seinem Körper. Sein Rücken tat ihm weh. Sein Magen meldete sich. Er hatte seit gestern Mittag nichts mehr gegessen.

Langsam schlich er in die Küche, schaute in den Kühlschrank. Außer ein paar Flaschen Licher Export fand er nur eine Tafel Schokolade. Kein Wunder. Das Essen nahm er grundsätzlich in der Gaststätte seiner Schwester Rosi ein. Aber er hatte keine Lust, auf die andere Seite der Straße zu gehen. Er wollte niemanden sehen, niemandem erklären, was passiert war.

Er nahm die in lilafarbenes Papier eingepackte Tafel Schokolade an sich, seine bevorzugte Sorte und steckte eine Rippe nach der anderen in den Mund. Normalerweise genoss er die Süßigkeit. Doch jetzt schmeckte er nichts.

Kapitel 67

Der ältere Herr hielt sich im Park, in dem der Hattsteiner Hof unterhalb der Ruine der Burg Münzenberg lag, auf. Er liebt es im Freien zu arbeiten, hatte sich bereit erklärt, die Pflege des Gartens zu übernehmen. Heute wollte er sich um die Rosen kümmern. Sie dufteten herrlich. Er hatte ganz besondere Sorten gesetzt, die er im benachbarten Rosendorf Steinfurth erstanden hatte. Rosen waren neben dem Schreiben seine große Leidenschaft. Die Geschichte dieser, als Blume der Liebe und Schönheit angesehenen, durch Kreuzungen und Züchtungen immer weiter veredelten und bis zu 30.000 Sorten umfassenden ältesten Kulturpflanze, interessierte ihn. So wusste er, dass die ersten Rosenzüchtungen und angelegten Gärten bereits vor 5000 Jahren in China entstanden. In Deutschland verbreitete sich die Rose unter anderem durch Karl den Großen. Der sorgte um 800 n. Chr. für den Anbau von Obst, Gemüse und Ziersträuchern.

Der Mann hörte ein langanhaltendes Klingeln aus dem obersten Stockwerk des herrschaftlichen Gebäudes. Die großen Fenster zum Park standen offen. Warum ging seine Nachbarin nicht ans Telefon? Sehr merkwürdig, sie musste doch da sein. Ihr Fahrrad lehnte an der Garagenwand. Das Auto stand an der Mauer, die den Park umgab. Sie würde nie das Haus verlassen, ohne die Fenster zu schließen.

Frühmorgens hatte er ein merkwürdiges Poltern vernommen. Normalerweise war alles still. Die dicken

Wände und Decken hielten alles ab, nicht nur Geräusche, sondern auch Kälte und Wärme. Heute bei Tag war ihm allerdings nichts Ungewöhnliches aufgefallen. Ob ihr etwas passiert war?

Kapitel 68

Sie waren alle wieder ins Haus gegangen. Cosima hatte die Spurensicherung angefordert. Die Männer in Weiß sollten sich auf dem Hof umsehen. Vielleicht konnten sie feststellen, was mit Hubert geschehen war. Zudem sollten sie den Güllebehälter auf Spuren von Knochen und Leichenteilen untersuchen. Dazu müsste der Behälter leergepumpt werden.

„So", begann Alexander, „wollen Sie mir jetzt nicht endlich reinen Wein einschenken? Wie viele Personen sollen denn noch zu Schaden kommen?"

„Was meinen Sie?", Wirtin Rosi sah ihn mit großen Augen an, wie eine Kuh wenn es donnert.

„Ihr Vater ist kurz nachdem Sebastian Pinke verschwunden ist, einem Verkehrsunfall, angeblich mit einem Tier im Wald, zum Opfer gefallen", wandte er sich an die Wirtin.

„Der Arzt und Vorgänger von Frau Herz ist an Krebs gestorben, wie wir ermittelt haben. Der Vorgänger von Dr. Medika ist überfahren worden. Nun sind ihre Großväter ebenfalls tot." Der Kommissar hielt einen Moment inne.

„Dann brennt plötzlich die Scheune und wie wir jetzt wissen, sind nicht die Enkel alleine an dem Feuer schuld. Es wurde mit Brandbeschleunigern nachgeholfen."

Rosi und Bernhard erschraken sichtlich. „Das wussten wir nicht. Wir nahmen an, dass es durch die Zündelei der Jungs ausgelöst wurde", antwortete Bernhard.

„Das können Sie auch noch nicht wissen. Das haben wir selbst erst erfahren“, nahm sich Cosima das Wort.

„Ihr Großvater wurde erstickt, nachdem man ihm ein Beruhigungsmittel verabreicht hat“, fuhr Alexander fort.

„Und Ihr Großvater Erwin hat sich mit Zyankali umgebracht, von dem wir noch nicht wissen, wie er die Kapsel in die JVA geschmuggelt hat. Nun ist auch noch Ihr Bruder verschwunden“, wieder sah er zu Rosi.

Der Ermittler schwieg einen Moment, blickte von Cousin zur Cousine. Beide senkten den Blick.

„Wir können und wollen nicht glauben, dass das alles nur Zufälle sind. Da steckt System dahinter.“

„Wenn ich es mir recht überlege, könnte auch bei der stillen Marta nachgeholfen worden sein“, sinnierte Cosima und schnipste mit den Fingern.

Wieder erschraken Rosi und Bernhard deutlich. „Das kann nicht sein. Der Arzt hat einen natürlichen Tod festgestellt“, stotterte Rosi.

„Den hat er auch im Fall von Bertram Bauer bestätigt. Dass er erstickt wurde, hat er entweder übersehen oder ganz absichtlich verschwiegen“, klagte Alexander an.

„Aber wir haben doch mit alledem nichts zu tun“, antwortete Rosi mit weinerlicher Stimme.

„Wann hat denn Ihr Großvater am Abend seines Todes gegessen und wer war noch im Gastraum anwesend? Wer könnte ihm denn das Betäubungsmittel ins Essen gemischt haben?“, wandte sich Cosima an Bernhard.

Rosi überlegte. „Bertram hat immer um 18.00 Uhr gegessen. Jeden Tag. Man konnte die Uhr nach ihm stellen.“

„Ich bin jeden Abend gegen 22 Uhr nochmal zu ihm gegangen und habe nach ihm geschaut", vervollständigte Bernhard die Erklärung Rosis, die zustimmend nickte.

„Bernhard", sprach Rosi nun ihren Cousin an, „da war doch noch dieser einzelne Herr. Der saß dort am Fenster", sie zeigte in die Richtung.

„Stimmt. An den kann ich mich erinnern", bestätigte ihr Cousin.

„War das ein Hausgast?" Cosima sah die Wirtin streng an.

„Nein, der Mann kommt erst seit ein paar Tagen zum Essen", erklärte Bernhard.

„Das klingt doch merkwürdig", bemerkte Cosima.

„War denn an diesem Abend irgendetwas Besonderes?" hakte Cosima erneut nach.

„Eigentlich nicht. Es waren ja nicht viele Leute da. Sonntagabends ist es meistens ruhig hier. Der eigentliche Betrieb geht erst am Donnerstag wieder los."

Rosi schlug sich gegen die Stirn. „Der Mann ist doch an den Tisch deines Großvaters getreten und hat sich den Salzstreuer ausgeliehen. Er hat sich doch noch bei Bertram entschuldigt, dass sein Salz leer sei."

„Da war ich anscheinend draußen. Zumindest habe ich es nicht mitbekommen", entschuldigte sich der Wirt.

„Wissen Sie denn, wo der Mann herkam?", wollte Alexander wissen.

„Der war sehr wortkarg. Komischer Typ. Schaute auch immer unter sich, wenn man mit ihm sprach. Ich wollte ihn mal in ein Gespräch verwickeln, wissen, ob er in der Nähe arbeitet. Aber er hat überhaupt nicht darauf reagiert", berichtete nun Rosi.

„Das ist wirklich seltsam“, meinte nun auch Alexander.

„Können Sie uns den Mann beschreiben?“, Cosima zückte ihren Block und einen Kuli. „Vielleicht können wir ein Phantombild anfertigen lassen. Es könnte sein, dass dieser Mann etwas mit der Sache zu tun hat.“

„Langsam Cosima. Diese Vermutung steht auf wackeligen Beinen“, ermahnte Alexander sie.

„Können Sie ungefähr eingrenzen, wann der Mann das erste Mal hier aufgetaucht ist?“ Cosima war nicht zu bremsen.

Bernhard kratzte sich am Kopf. „Wenn ich mich recht entsinne, war das am Tag nach dem Feuer.“

„War er auch an dem Tag des Brandes hier?“

„Nein, da habe ich ihn nicht gesehen“, sagte Bernhard.

„Denken Sie nochmal in Ruhe nach“, bat ihn Alexander.

„Sie versuchen nochmal Ihren Bruder zu erreichen“, ordnete er Rosi an.

„Jetzt fällt mir noch was ein“, rief Bernhard plötzlich.

Kapitel 69

Der Hund stupste den Mann an. Hubert schlief tief und fest. Er reagierte nicht auf Asras Versuche, ihn zu wecken. Der Vierbeiner sprang auf die Couch und leckte liebevoll sein Gesicht ab. Doch sein Herrchen wollte nicht aufwachen. Asra begann zu quietschen. Das tat sie immer, wenn sie Angst hatte. Das Quietschen ging in lautes Bellen über. Jetzt endlich kam Hubert langsam zu sich. Er blinzelte, dann öffnete er die Augen. Jetzt registrierte er auch das Klingeln. Er sprang auf und rannte in die Diele zum Telefon.

„Hallo, mein Schatz“, meldete er sich. „Schön, dass du endlich zurückrufst.“

„Seit wann nennst du mich Schatz, Bruderherz?“, hörte er seine Schwester sagen.

„Ach du bist es“, antwortete er enttäuscht.

„Du hast wohl gedacht, dass es deine Geliebte ist, die du uns seit Jahren vorenthältst, was?“, ulkte Rosi.

„Das geht dich nichts an“, schimpfte er.

„Warum meldest du dich nicht?“, wollte die Schwester wissen.

„Die Polizei will mit dir sprechen.“

„Was wollen die denn noch?“, bellte er in den Hörer.

„Das sollen sie dir selbst sagen. Also beweg deinen Arsch hierher und sprich mit ihnen und zwar ein bisschen plötzlich“, konterte sie.

„Ich habe aber keine Lust. Ich will nur noch meine Ruhe haben.“

Kapitel 70

Die Tür ging auf. Hubert kam herein. Bernhard legte den Telefonhörer auf. „Sieht man dich auch mal wieder. Wo warst du denn die ganze Nacht?“, fragte er seinen Cousin wütend.

„Ich musste alleine sein. Was ist denn los?“

„Die Kommissare wollen dich nochmal sprechen“, antwortete Bernhard.

„Wer war denn da am Telefon?“, wollte Hubert wissen.

„Unsere Aushilfe Lena. Ich habe sie gefragt, ob sie sich an diesen mysteriösen Mann erinnern kann, der seit einigen Tagen zum Essen hierherkommt.“

„Was denn für ein mysteriöser Mann? Hat der etwa was mit dem Theater der letzten Tage zu tun?“

„Es besteht der Verdacht, dass dieser Mann meinem Großvater ein Beruhigungsmittel ins Essen gemischt hat.“

„Warum sollte er das tun?“, fragte Hubert erstaunt.

„Zum Beispiel damit Großvater sich nicht wehrt, wenn man ihm ein Kissen ins Gesicht drückt, um ihn zu ersticken.“

„Ach du dickes Ei.“ Hubert kratzte sich am Kopf.

Bernhard sah erschrocken zu seinem Cousin. Er nahm Huberts rechten Arm. „Was hast du denn da gemacht?“ Er starrte auf die roten Striemen an Huberts rechtem Handgelenk.

„Was ist das?“ Jetzt griff er nach Huberts linkem Arm. „Da sind ja auch Striemen. Die sehen doch aus, als hätte man dich gefesselt“, Bernhard war entsetzt.

„Wer hat wen gefesselt?“, Rosi kam aus der Küche. „Hallo Hubert, da bist du ja wieder. Wo warst du denn?“

„Das wüsste ich auch gern. Hol die Kommissare, Rosi“, forderte Bernhard seine Cousine in unmissverständlichem Ton auf.

„Das will ich nicht“, schrie Hubert. „Lasst mich doch einfach alle in Ruhe.“ Er rannte hinaus. Die Tür knallte hinter ihm zu.

Bernhard rannte seinem Cousin hinterher und brachte ihn zurück in die Gaststube.

Kapitel 71

Die schlechten Nachrichten überschlugen sich. Cosima und Alexander hatten sich in das Kaminzimmer zurückgezogen und beratschlagten. Von Martin Fehl hatten sie bereits erfahren, dass sich der Scheunenbrand hauptsächlich durch die Brandbeschleuniger ausgebreitet hatte. Wer die dort angebracht hatte, galt es nun herauszufinden. Das war allerdings die Aufgabe von Alexanders altem Kollegen Martin.

In dem Waffenlager unter der Hütte im Wald waren nicht nur Kriegswaffen aller Art aufgetaucht, der Tresor gab Unterlagen preis, die den Skandal perfekt machten. Demnach waren die Vorfahren von Bauer und Feist während des Dritten Reiches nicht nur Mitglieder in der NSDAP, sondern hatten auch wichtige Funktionen in der Partei.

Der Urgroßvater von Hubert, Erich Feist war u.a. Gauleiter gewesen. Nur die Abgeschiedenheit des Dorfes hatte ihn davor bewahrt, verhaftet und verurteilt zu werden. Bis die Amerikaner in Dorff auftauchten, hatten die Bewohner alle Uniformen und Unterlagen verbrannt. Die Mitgliedsausweise der Partei und die Waffen hatten sie vergraben.

Nach dem Krieg war Erich Feist bis zur Gebietsreform 1972 Bürgermeister von Dorff gewesen.

Sein Sohn Erwin übernahm ab diesem Moment bis zum Eintritt seines Todes am Montag den Posten des Ortsvorstehers von Dorff.

Außer den Mitgliedsausweisen der Familien Feist und Bauer tauchten in dem Tresor noch weitere Ausweise auf, zum Teil von Dorfbewohnern, zum Teil von Personen, die hier Zuflucht gefunden hatten. Den Geburtsdaten nach zu urteilen, waren die meisten davon allerdings bereits verstorben.

Die Rechtsmedizinerin hatte gerade eben angerufen und Alexander mitgeteilt, dass sie den Verdacht hege, dass Erwin Feist das Zyankali nicht freiwillig genommen habe. Spuren am Hals würden darauf hinweisen, dass man ihm den Kiefer zusammengedrückt habe. Genaueres könnte sie aber erst nach der Obduktion des Leichnams sagen.

„Dann hatte Feist möglicherweise das Zyankali gar nicht bei sich am Körper, als er eingewiesen wurde", konstatierte Cosima.

„Das würde ja bedeuten, dass ihm jemand die Kapsel verabreicht hat", vermutete Alexander.

„Aber wer hat das Zyankali in die JVA geschmuggelt und wer hat sie ihm verabreicht?", stellt Cosima die Frage.

„Da kommt eigentlich nur einer in Frage, Robert Heller. Er hat Feist in der JVA in Empfang genommen, hat ihn in seine Zelle gebracht und sollte ihn die ganze Zeit beobachten", überlegte Alexander.

„Wir müssen mit Robert Heller sprechen. Wir sollten den Angehörigen noch nichts von dem Verdacht sagen, sondern abwarten bis wir eine stichhaltige Aussage von der Füchsin haben", schlug Cosima vor.

Rosi schaute zur Tür herein. „Können Sie bitte wieder in die Gaststube kommen. Hubert wäre jetzt da."

Kapitel 72

Die beiden Männer schrien sich an. „Was ist hier los?“, fauchte der Kommissar Hubert und Bernhard an. Die Männer hielten abrupt inne und schauten zu dem Eintretenden. Hubert streifte seine Ärmel herunter.

„Mit dem Hubert stimmt was nicht“, machte Rosi auf sich aufmerksam. „Der war gefesselt. Da, sehen Sie sich mal seine Arme an“, sie nahm Huberts rechtes Handgelenk und zog den Ärmel hoch. „Das Linke sieht genauso aus.“

Alexander trat näher und schaute sich Huberts Arme an. „Das sieht tatsächlich so aus. Wenn Sie nicht irgendwelche Fesselspiele mit Ihrer Freundin gemacht haben, dann hat man Sie irgendwo festgehalten“, er sah Hubert aufmerksam an.

„Raus mit der Sprache“, forderte Bernhard seinen Cousin auf.

Hubert senkte den Blick und begann zu sprechen. „Ich wurde gestern Abend auf dem Hof überfallen und verschleppt. Man hat mich nackt im Wald an einen Baum gebunden. Ich habe erbärmlich gefroren. Heute Mittag ist es mir gelungen, mich von den Fesseln zu befreien. Robert hat mich gefunden und nach Hause gebracht“, erzählte er stockend. Es war deutlich zu spüren, wie peinlich ihm die Sache war.

„Sie meinen Robert Heller?“, versicherte sich Cosima.

Der Angesprochene nickte. „Aber wenn Sie wissen wollen, wer mir das angetan hat, dann muss ich

Ihnen sagen, dass ich nicht die geringste Ahnung habe."

„Wir haben die Spurensicherung schon angefordert. Vielleicht finden die etwas auf dem Hof. Sie müssten den Männern zudem zeigen, wo sie im Wald gefangen gehalten wurden."

Alexander zeigte Hubert den silbernen Reif. „Ist das Ihrer?"

„Danke", Hubert wollte den Reif nehmen.

„Halt", sagte der Kommissar. „Den brauchen wir noch für die Untersuchung."

„Ich muss nochmal telefonieren." Hubert verließ den Raum.

„Kommt Ihnen das jetzt nicht alles sonderbar vor?" Alexander schaute Bernhard und Rosi an.

„Ja, da müssen wir Ihnen recht geben", antwortete Bernhard.

„Da ist noch was", Alexander schaute Cosima an. Cosima verstand und nickte zustimmend.

„Erwin Feist hat vermutlich nicht Selbstmord begangen. Es besteht der Verdacht, dass man ihm das Zyankali verabreicht hat", erklärte der Kommissar den staunenden Angehörigen.

„Das habe ich mir doch gleich gedacht, dass Opa sich nicht umgebracht hat. Der hat auch den Bertram nicht getötet. Hier will uns jemand fertigmachen", gab Rosi zu.

„Na endlich", Cosima atmete erleichtert auf, „wollen Sie uns nun helfen, herauszufinden was damals geschehen ist?"

„Aber das wissen wir doch selbst nicht“, sagte Rosi verzweifelt.

„Das stimmt“, nahm sich nun Bernhard das Wort, „wir haben nicht die geringste Ahnung, was hier läuft. Damals nicht und heute auch nicht.“

Kapitel 73

Das Freizeichen ertönte. Hubert wartete, hörte das immer wiederkehrende Tuten. Doch am anderen Ende wurde nicht abgehoben. Da stimmt etwas nicht. Er musste zu ihr fahren und nachschauen, was los war. Er rannte über die Straße. Asra empfing ihn freudig bellend im Hof. Hubert öffnete das große Tor.

„Bleib hier. Ich komme bald wieder", sagte er zu Asra. Mit quietschenden Reifen fuhr er vom Hof. Beinahe hätte er seine Nachbarin Lena überfahren, die gerade die Straße überqueren wollte.

Von unterwegs versuchte er noch einmal zu telefonieren. Wieder bekam er keine Antwort. Er drückte erneut eine Kurzwahlnummer. „Weihschedel", kam prompt die Antwort. „Hallo Bernd", sprach Hubert aufgeregt, „hast du in den letzten Tagen Juliane gesehen? War sie vielleicht im Club?"

„Nein, ich habe sie noch nie dort ohne dich gesehen. Wieso fragst du?"

„Ich versuche sie seit heute Mittag zu erreichen. Ich mache mir Sorgen", antwortete Hubert.

„Da kann ich dir leider nicht helfen", sagte Bernd.

„Wenn du sie siehst, dann sage mir bitte Bescheid."

„Klar, mache ich", kam es prompt von Bernd. Hubert drückte die Austaste.

Kapitel 74

„Jetzt haut der doch schon wieder ab“, fluchte Rosi, die zum Fenster hinausschaute. Sie sah, wie Lena, die Nachbarin von Hubert und Aushilfe in der Gaststätte gerade einen Sprung zurück machte. Hubert hätte sie beinahe überfahren. „So ein Depp“, schimpfte Rosi.

„Was ist denn los?“, wollte Cosima wissen, die etwas ratlos in der Gaststube stand. „Wann kommt denn Ihr Bruder wieder rein?“

„Der Blödmann ist gerade vom Hof in Richtung Ortsausgang abgehauen“, berichtete Huberts Schwester der staunenden Kommissarin.

Es klopfte gegen die Tür des Gasthauses. „Hallo, kann mir jemand öffnen“, hörte man das Rufen einer Frau.

„Das ist Lena“, sagte Bernhard. „Ich habe sie gebeten herüberzukommen. Sie hat diesen mysteriösen Mann ja auch gesehen. Vielleicht kann sie uns weiterhelfen.“ Er verließ den Raum, um sie hereinzulassen.

„So ein Idiot“, moserte die Aushilfe, „der hätte mich doch glatt über den Haufen gefahren.“ Die junge Frau betrat den Gastraum.

„Guten Tag“, grüßte sie die Anwesenden. „Was kann ich für Euch tun?“

„Das sind die Kommissare aus Friedberg“, erklärte Bernhard. „Es geht um diesen merkwürdigen Mann, der letzten Sonntag hier gegessen hat.“

Der Kommissar stoppte den Redefluss des Wirtes. „Schon gut, wir stellen hier die Fragen.“

„Was können Sie uns denn zu dieser Person sagen? Womöglich hat er etwas mit den Vorkommnissen in der letzten Zeit hier zu tun“, wandte sich Alexander an die Bedienung.

„Der Mann war irgendwie merkwürdig“, begann sie.

„Inwiefern?“, fragte Cosima.

„Na ja, der passte nicht hierher“, Lena überlegte, „er war sehr gut angezogen, teuer. Sein ganzes Benehmen war anders, als das der Leute hier.“

„Wie denn anders?“, Cosima sah die junge Frau aufmerksam an.

„Er sprach hochdeutsch. Er sagte nichts persönliches“, sie hielt einen Moment inne, „wissen Sie die Leute, also meistens sind es Wanderer oder Radfahrer, die hierherkommen, die sprechen immer mit mir, übers Wetter oder die Gegend. Aber der Typ hat außer Floskeln gar nix gesagt.“

„Vielleicht war er einfach nur schüchtern“, bemerkte Cosima.

„Nee, bestimmt nicht. Der war eher arrogant. Er bestellte sein Essen in einem anzüglichen Ton, übrigens immer das Gleiche, Steak mit Salat, medium gebraten, ohne Knoblauch. Das betonte er immer.“

„Das ist ja noch nicht wirklich auffällig. Ich mag auch keinen Knoblauch“, warf Alexander ein.

„Seine ganze Art war einfach unangenehm. Er kam total unsympathisch rüber. Er hat auch die Leute so taxiert“, sagte sie abfällig.

„Sie meinen, er hat sie beobachtet?“, versicherte sich Alexander.

„Das auch. Aber er hat die Leute so abschätzig angesehen, was sie anhaben, wie sie sich benehmen. Er saß da“, sie deutete auf einen Tisch am Fenster. „Von da aus konnte er alles genau sehen. Sogar während er aß, ließ er die anderen Gäste nicht aus den Augen.“

Lena war kaum zu bremsen. „Außerdem fuhr er so eine Angeberkarre, die hat er genau vor der Tür abgestellt.“

Alexander horchte auf. „Was war das für ein Wagen und haben Sie sich zufällig auch das Kennzeichen gemerkt?“

„Es war ein blauer Porsche 911. So ein Auto sieht man ja nicht alle Tage hier.“

„Wenn Sie uns jetzt noch das Kennzeichen nennen würden, hätten Sie uns echt weitergeholfen“, forderte Alexander die Aushilfe auf.

Wie aus der Pistole geschossen, nannte Lena den Kommissaren das Kennzeichen.

„Können Sie sich noch genau an Sonntagabend erinnern?“, fragte er die Aushilfe weiter aus.

„Was meinen Sie denn?“ Lena sah ihn irritiert an.

„Haben Sie gesehen, dass er sich das Salzfass von Bertram Bauers Tisch geholt hat?“

„Das war ja das Komische. Ich wollte es ihm holen, aber der ist aufgesprungen und zu Bertrams Tisch gegangen. Der hat sogar kurz mit ihm gesprochen.“

„Haben Sie gesehen, ob er dem Bertram was ins Essen getan hat?“

Lena sah den Kommissar überrascht an. „Er stand mit dem Rücken zu mir.“ Sie schüttelte den Kopf.

„Gesehen habe ich nix."
„Wer war denn an dem Abend noch hier?"
„Nur die Hausgäste und der Mann. Der ist gegen 19.00 Uhr gegangen", erklärte Lena bereitwillig.
„Sonst niemand?"
„Der Robert aus der Nachbarschaft kam später noch", meldete sich jetzt der Wirt.

Kapitel 75

Der alte Herr hörte wieder das Klingeln. Merkwürdig dachte er. Die großen Fenster standen immer noch offen. Seine Nachbarin hatte er schon länger nicht gesehen. Man sollte mal nachsehen, ob ihr womöglich etwas passiert war. Warum hatte er nicht eher reagiert?

Er konnte es sich nur so erklären, dass die Frau nie wirklich den Kontakt zu den Bewohnern des Hattsteiner Hofes gesucht hatte. Alle, die hier in dem herrschaftlichen Gebäude wohnten, pflegten ein gutes Miteinander. Mitunter half man sich auch mal oder setzte sich auf einen Kaffee zusammen.

Bisher hatte es nie irgendwelche Schwierigkeiten gegeben. Sie bildete die Ausnahme. Da sie aber nicht unangenehm auffiel, ließ man sie einfach in Ruhe. Wenn man sich im Hof begegnete, grüßte man sich freundlich, zu einem Gespräch kam es aber nie.

Ein Jeep hielt vor dem schmiedeeisernen Tor. Der Mann, den er schon öfter bei der Frau aus dem oberen Stock gesehen hatte, stieg aus.

Er kam eilig auf ihn zu. „Guten Tag“, grüßte er. Ihm war deutlich anzusehen, dass er sich Sorgen machte.

„Guten Tag“, erwiderte der alte Herr freundlich, „gut, dass Sie kommen. Sie sollten mal nach Ihrer Bekannten schauen. Ich habe sie schon eine Weile nicht gesehen. Außerdem stehen seit gestern die Fenster auf.“

„Können Sie mitkommen? Ich habe Angst, dass irgendetwas nicht in Ordnung ist“, bat Hubert den älteren Herrn.

Die beiden stiegen über die Wendeltreppe ins Obergeschoss. Die Tür zur Wohnung von Juliane Herz stand offen.

Kapitel 76

Es war kalt und stockdunkel. Es roch muffig. Sie hatte sich eingenässt. Ihre Nase war verstopft. Sie bekam kaum Luft. Das breite Pflaster über ihren Lippen hinderte sie daran, durch den Mund zu atmen. Ihre Zunge klebte an ihrem Gaumen. Sie hatte Durst und Hunger. Ihre Arme und Beine fühlten sich taub an. Die Blutzufuhr war durch die engen Fesseln, die in ihr Fleisch schnitten, eingeschränkt.

Sie vermutete, dass sie in dem Gewölbekeller unter dem großen Gutshaus gefangen gehalten wird. Die dicken Mauern hielten jegliches Geräusch von ihr fern.

Sie erinnerte sich an die Situation in ihrer Wohnung. Beim Betreten des Wohnzimmers bemerkte sie einen intensiven Geruch. Deshalb öffnete sie die drei großen Fenster zum Park, um frische Luft hereinzulassen. Plötzlich verspürte sie einen Schlag auf den Hinterkopf. Sie realisierte noch, wie sie auf dem Teppichboden aufkam. Dann wurde es dunkel. Sie erwachte wieder in dem kalten Gewölbe. Wie sie dahingekommen war, wusste sie nicht, auch nicht, wie lange sie hier schon lag.

Wer hatte ihr das angetan und warum? Sie hatte mit niemandem Streit, war keiner Person etwas schuldig geblieben, hatte auch niemanden beleidigt oder eine falsche Diagnose gestellt. Ihr fiel niemand ein, der so grausam zu ihr sein könnte.

Hubert wollte sich bei ihr melden. Wenn er sie nicht erreichte, würde er hoffentlich nach ihr suchen. Dieses Fünkchen Hoffnung musste sie am Leben erhalten.

Doch lange würde sie hier nicht überleben. Entweder würde sie erfrieren oder austrocknen. Die Schmerzen in ihrem Kopf breiteten sich immer mehr aus. Hunger zog ihre Gedärme zusammen.

Während sich Julianes Körper auf dem kalten Steinboden ihres Gefängnisses vor Schmerzen krümmte, eilte Hubert die steinerne Wendeltreppe im Hattsteiner Hof nach oben. „Juliane", rief er. Er erhielt keine Antwort.

Er betrat die Wohnung durch die offenstehende Eingangstür. Ein kalter Luftstrom schlug ihm entgegen. Er schaute in jeden Raum. Die Räume waren total ausgekühlt. Im Wohnzimmer schloss er die drei Fensterflügel und schaute sich um. Nichts deutete auf einen Einbruch hin. Nur die geöffneten Fenster und ein umgekippter Stuhl zeugten davon, dass hier etwas nicht stimmte.

Der alte Herr war ihm gefolgt. „Sie ist nicht hier. Das Telefon hat mehrfach geklingelt und nie wurde abgehoben."

„Aber wo kann sie denn sein?", Hubert war total aufgeregt. „Ich verstehe das nicht."

„Hat sie vor irgendetwas Angst gehabt in letzter Zeit?", versuchte der alte Herr zur Aufklärung beizutragen.

„Nein, Juliane war wie immer. Sie hätte mir gesagt, wenn irgendetwas nicht stimmen würde."

„Dann sollten wir jetzt die Polizei informieren", schlug Julianes Nachbar vor.

Kapitel 78

Der Streifenwagen vor dem schmiedeeisernen Tor lockte die Nachbarn an. Sie standen auf der Straße und lugten durch die Gitterstäbe. Noch nie war die Polizei in dem herrschaftlichen Anwesen erschienen. Polizeioberkommissar Schön von der Dienststelle in Butzbach war mit Hubert Feist in die Wohnung der vermissten Person gegangen, während sein Kollege Fischer mit dem alten Herrn im Hof stand.

„Wo geht es da hin?“, er deutete auf ausgetretene steinerne Treppenstufen, die zu einer schweren Holztür führten.

„Da geht es zum Gewölbekeller, den wir nutzen“, antwortete der alte Herr freundlich.

„Was ist da drin?“

„Nicht viel, nur ein paar Kisten mit Getränken und leere Kanister, ein paar Möbel“, bekam er zur Antwort.

Plötzlich bückte sich der Polizist nach etwas, das seine Aufmerksamkeit erregte. Auf der zweiten Treppenstufe zum Gewölbekeller lag ein silberner Armreif. Er hob ihn auf und betrachtete ihn.

„Gehört der Ihnen?“, er sah den Nachbar von Juliane Herz aufmerksam an.

„Nein, den habe ich noch nie gesehen“, war die Antwort.

„Können wir mal in den Keller schauen?“

„Gerne, ich hole nur den Schlüssel“, der Mann eilte davon. Fischer ging die Treppe bis zur Tür und rüttelte daran.

Juliane hörte ein Geräusch von der Tür. Jemand war auf der anderen Seite. Sie wollte schreien, doch das Pflaster hinderte sie daran. Es kam nur ein undeutliches „Hmmmmm“ aus ihrem Mund. Sie versuchte sich auf den Rücken zu drehen. Dabei stießen ihre Füße gegen einen Kanister, der scheppernd umfiel. Das Scheppern verursachte ein lautes Geräusch in dem Gewölbe.

Kapitel 79

Alexander saß an Judiths Bett und schaute sie an. Er wagte nicht, den Blick abzuwenden. Obwohl die Ärzte ihm erklärt hatten, dass es noch dauern könnte, bis Judith aus dem Tiefschlaf aufwachen würde, hatte er Angst, den Moment zu verpassen, wenn sich ihre Finger bewegten oder sie mit den Augen blinzelte, sie endlich wieder zu sich kam.

Judiths Mutter hatte den ganzen Tag an ihrem Bett gesessen. Alexander hatte sie abgelöst und sie in die Villa in der Mainzer-Toranlage geschickt. Sie wollte die nächsten Wochen in Friedberg bleiben und jeden Tag am Bett ihrer Tochter wachen.

Stückchen kümmerte sich indessen um Erdmann. Sie war nicht nur eine hervorragende Sekretärin, sondern auch eine treue Seele, die ihre Kommissare unterstützte, wo sie nur konnte.

Heute hatte sie den Dackel erneut zur Physiotherapie gebracht. Erdmanns Rücken ging es besser. Er liebte Stückchen, aber er vermisste auch Alexander und Judith.

Stückchen schloss das aus der Tatsache, dass Erdmann sich unter dem Schreibtisch des Kommissars verkroch, wenn der Dackel im Präsidium war, ab und zu auch über den Gang strolchte und vor Judiths Tür stehen blieb.

Alexander wollte auf der einen Seite die ganze Zeit bei Judith bleiben, auf der anderen Seite den aktuellen Fall aufklären.

Die Angelegenheit ließ ihm einfach keine Ruhe. 25 Jahre hatte er nicht an Sebastian Pinke gedacht, seit Tagen ließ ihn der Gedanke an den Mann nicht mehr los. War er wirklich tot? Oder hatte er sich einfach nur aus dem Staub gemacht, weil er die Verantwortung für das Kind, das seine Freundin erwartete, nicht übernehmen wollte? Vielleicht war ihm ja auch die Familie seiner Freundin zu anstrengend gewesen.

Heute hatte er von einem mysteriösen Mann erfahren, der durchaus die verschwundene Person sein könnte.

Lena, die Aushilfe in der Gaststätte hatte ihm und Cosima von dem mysteriösen Gast erzählt. Dieser war am Tag nach dem Brand das erste Mal zum Mittagessen in die Gaststätte gekommen.

Am Sonntagabend, als Bertram sein letztes Abendessen einnahm, war er ebenfalls anwesend gewesen. Sie bestätigte auch die Sache mit dem Salzfässchen, das sich der Gast von Bertrams Tisch geholt hatte. Außerdem hatte sie ihn heute Morgen mit der Wandergruppe vor der Tür „Zum Fröhlichen Wanderer“ gesehen. Er betrachtete offenbar interessiert die Mitteilung vom Todesfall.

Lena merkte sich den Autotyp und das Kennzeichen, das wie der Wagen, auffällig war. Stückchen fand heraus, dass das Auto einem Finanzmakler gehört, der in Garbenheim ein Büro hat.

Morgen würde er den Mann gemeinsam mit Cosima aufsuchen. Vielleicht brachte er Licht in das Dunkel. Außerdem mussten sie mit Hubert sprechen. Der war seit dem Mittag spurlos verschwunden. Falls er bis morgen nicht wieder auftaucht, muss eine Fahndung nach ihm eingeleitet werden. Alexander war sich sicher, dass er mehr wusste, als er bereit war zuzugeben.

Seine Gedanken wurden von Walter unterbrochen, der gerade zur Tür hereinkam. Alexander streichelte ein letztes Mal über Judiths Wange. Er nickte dem Pfleger zu. Dann ging er.

Kapitel 80

„Nimm ihn bitte mit. Der macht mich verrückt", empfing ihn Stückchen. „Die ganze Zeit war er friedlich. Hat sich nicht gerührt. Aber seit heute Morgen ist er wie ausgewechselt. Er winselt die ganze Zeit."

Erdmann lag vor Alexander, alle Viere von sich gestreckt, auf dem Boden. Von unten herauf sah er sein Herrchen aus seinen haselnussbraunen Augen an. Sein Blick war eine einzige Anklage. So können nur Dackel schauen. Alexander grinste.

„Ok, dann kommst du halt mit." Er bückte sich zu dem Ankläger und kraulte ihn hinter den Ohren. „Ich habe dich ja auch vermisst."

Jüngling kam ins Büro. „Wie weit seid ihr mit den Bankräubern?", fragte Alexander.

„Die Jungs sitzen in der JVA Rockenberg. Der eine hat alles gestanden. Der andere schweigt."

„Dann bleibt dran."

„Wir müssen heute Morgen erstmal ins Bürgerhospital. Dort wurde gestern Abend eine Frau eingeliefert, die man in einem Keller gefangen gehalten hat", entgegnete Jüngling.

„Was ist passiert?", wollte Cosima wissen, die gerade zur Tür hereinspazierte und sich sofort mit Erdmann befasste, der sich das nur zu gern gefallen ließ.

„Die Frau wurde, als sie vom Nachtdienst kam, in ihrer Wohnung überfallen, betäubt und wie ich schon sagte, in einem Keller gefangen gehalten. Sie wurde nur durch Zufall entdeckt.

Alexander reagierte entsetzt. Er ahnte Schlimmes. „Wie heißt die Frau?"

„Juliane Herz", kam es ganz arglos zurück.

Cosima reagierte erschrocken. Sie sprang auf. „Wer hat sie gefunden?"

„Ihr Freund hatte mehrfach versucht sie telefonisch zu erreichen. Als sie sich nicht meldete, ist er gestern nach Münzenberg gefahren und hat ihre Wohnung leer vorgefunden. Er hat die Polizei in Butzbach informiert. Einer der Beamten hat einen silbernen Armreif auf den Treppenstufen zum dortigen Gewölbekeller gefunden. So wurden sie auf die Frau aufmerksam."

„Weißt du, wie der Freund heißt?"

„Keine Ahnung. Laut Polizeioberkommissar Schön ist er einfach verschwunden, bevor man seine Personalien aufnehmen konnte."

„Das gibt es doch nicht", sagte Alexander wütend.

„Schöns Kollege Fischer hat nur gehört, wie die Frau seinen Vornamen hauchte."

„Und wie ist der? Mann, lass dir doch nicht alles aus der Nase ziehen", fauchte Alexander den Kollegen an.

„Was ist denn los mit dir?", wollte Jüngling wissen. „Du hast doch gar nichts mit der Sache zu tun."

„Ich befürchte doch", antwortete Cosima anstelle von Alexander.

„Heißt der Mann Hubert?", fragte Alexander genervt.

„Ja, genau. Hubert hat sie gesagt", antwortete Jüngling ahnungslos.

Kapitel 81

Jüngling und Eberstädter fuhren mit dem Aufzug auf die Station, auf der Juliane Herz lag. Kommissar Henneberg hatte ihnen genaueste Anweisungen gegeben, was sie die Frau fragen sollten und darum gebeten, ihn umgehend anzurufen, wenn sie die gewünschten Informationen erhalten hatten.

Juliane Herz lag auf dem Bett. Sie schlief. Ihr Gesicht war kalkweiß und unterschied sich kaum von der Farbe des Kopfkissens.

Die Stationsschwester hatte darauf hingewiesen, dass die Patientin absolute Ruhe brauchte. Die Kommissare ließen sich jedoch nicht davon abhalten, das Krankenzimmer zu betreten.

Eberstädter räusperte sich laut. Frau Herz schlug die Augen auf. Hob den Kopf leicht an. Mit großen Augen schaute sie die Männer an. „Wer sind Sie?“, stotterte sie.

„Guten Morgen, wir sind die Kommissare Eberstädter und Jüngling vom K 10 im Polizeipräsidium Friedberg. Wir wurden mit Ihrem Fall betraut und haben ein paar Fragen an Sie“, erläuterte Eberstädter ihre Anwesenheit.

Juliane brachte das Oberteil ihres Bettes mittels der Fernbedienung in eine aufrechte Stellung und zog die Bettdecke über ihre Brust.

„Was möchten Sie denn wissen?“, fragte sie mit schwacher Stimme.

„Wir werden Sie nicht lange belästigen, wenn Sie unsere Fragen zügig beantworten“, beruhigte sie Jüngling. „Können Sie uns kurz schildern, was passiert ist“, fuhr er umgehend fort.

Juliane überlegte eine Weile, dann begann sie langsam zu sprechen.

„Ich bin am Dienstagmorgen von der Nachtschicht nach Hause gekommen. Im Wohnzimmer war ein eigenartiger Geruch. Deshalb habe ich die Fenster geöffnet. Dann habe ich einen Schlag auf den Hinterkopf gespürt und bin zu Boden gefallen. Das ist das Letzte, an das ich mich erinnern kann.“

„Sie haben also niemanden gesehen. Ist Ihnen denn noch irgendetwas anderes aufgefallen?“, setzte Eberstädter fort.

„Nein, nichts. Es ging ja alles so schnell“, Juliane zuckte die Schultern.

„Sie haben mehrere Stunden dort in dem Keller gelegen. Haben Sie eine Idee, wer Sie dort abgelegt hat und warum?“

„Nein, nicht die geringste. Mir fällt einfach niemand ein, den ich dermaßen verärgert haben könnte, dass er mir so etwas antut“, sagte sie traurig.

„Warum ist denn Ihr Freund so schnell abgehauen, ohne seine Personalien anzugeben? Das ist schon etwas merkwürdig. Kann es sein, dass er etwas mit der Sache zu tun hat?“

„Das ist doch totaler Quatsch. So etwas würde er mir nie antun“, sagte sie aufgebracht.

„Wie heißt Ihr Freund und wo kommt er her?“

„Mein Freund heißt Hubert Feist und kommt aus einem kleinen Stadtteil von Garbenheim“, antwortete Juliane ahnungslos.

„Wie lange kennen Sie sich schon?“

„Seit ungefähr 25 Jahren.“

„Sind Sie seitdem zusammen?“

„Nein, erst seit 23 Jahren. Wir haben uns in Garbenheim kennengelernt, als ich dort eine Arztpraxis hatte, aber ein Paar wurden wir erst, als ich den Ort verließ.“

„Hat vielleicht jemand etwas gegen Ihren Freund und will sich an ihm rächen, indem er Sie umbringt?“, mischte sich jetzt Eberstädter ein.

„Ich weiß davon nichts“, Juliane schüttelte energisch den Kopf.

„Ihr damaliger Ehemann Sebastian Pinke ist vor 25 Jahren spurlos verschwunden. Obwohl nie seine Leiche gefunden wurde, haben Sie ihn zwei Jahre später für tot erklären lassen. Könnte es sein, dass Ihr Exmann vielleicht gar nicht tot ist?“

Juliane schaute die beiden Kommissare entgeistert an. „Was wollen Sie denn damit andeuten?“

„Gar nichts“, Eberstädter warf seinem Kollegen einen warnenden Blick zu.

„Wissen Sie, wo sich Ihr Freund im Moment aufhält?“

„Ich denke, er ist zu Hause auf seinem Hof.“

„Da ist er leider nicht.“

„Was werden Sie jetzt tun?“, wollte Juliane wissen.

„Sie bekommen ab sofort Personenschutz. Sobald wir Ihren Freund Hubert gefunden haben, werden wir ihn befragen. Wir vermuten einen Zusammenhang zwischen dem Angriff auf Sie und…“, Eberstädter stieß Jüngling in die Seite.

„Was denn?“, Juliane zeigte sich beunruhigt.

„Wir müssen uns nun verabschieden. Sie müssen keine Angst haben. Vor der Tür steht ein Kollege, der auf Sie aufpasst“, Eberstädter zog seinen Kollegen mit sich.

Kapitel 82

Hinter der Biegung tauchte ein Glaspalast auf. „Das muss es sein", sagte Cosima.

„Was für ein Prunkbau", staunte Alexander.

„Finanzmakler eben", konterte Cosima.

„Sie können hier nicht rein", empfing sie der Pförtner, „und der Hund muss auch draußen bleiben."

„Das ist kein Hund, sondern ein Dackel und außerdem müssen wir hier rein, ob es Ihnen passt oder nicht", meckerte Cosima.

„Sehr witzig", äußerte sich der Mann hinter dem Tresen. „Zu wem wollen Sie denn?"

„Zu Herrn Dr. Röbig", antwortete ihm Alexander.

„Haben Sie einen Termin?"

„Nein, den brauchen wir auch nicht." Alexander holte seinen Dienstausweis hervor und hielt ihm dem Pförtner vor die Nase.

Der Mann betrachtete sich den Ausweis interessiert.

„Einen Moment", sagte er schließlich und griff zum Telefonhörer. Alexander schnaufte, Cosima verdrehte die Augen und Erdmann ließ sich auf dem kühlen Marmorboden nieder.

„Frau Scheibelhut, hier sind zwei Personen von der Kriminalpolizei. Die wollen mit dem Chef sprechen", sprach er in den Hörer und lauschte. „Das habe ich denen auch schon gesagt", sprach er erneut in das Telefon.

Dann legte er auf. „Frau Scheibelhut kommt gleich herunter.

„Wir wollen aber nicht mit Frau Scheibelhut sprechen, sondern mit Herrn Dr. Röbig“, sagte Cosima patzig.

Absätze klapperten auf der Wendeltreppe, die von einer Empore in das Vestibül führte.

„Guten Tag, mein Name ist Scheibelhut. Ich bin die Sekretärin von Herrn Dr. Röbig.“ Die Frau baute sich mit verschränkten Armen demonstrativ vor den Kommissaren auf. In ihrem schwarzen Designerkostüm und den zu einem Dutt frisierten blonden Haaren sah sie wie eine Aufseherin aus.

„Herr Dr. Röbig hat keine Zeit für Sie. Ich kann Ihnen aber einen Termin in den nächsten Tagen geben“, blaffte sie die Kommissare an.

Jetzt platzte Alexander der Geduldsfaden.

„Wir sind jetzt hier und wollen jetzt mit Ihrem Chef sprechen. Wo finden wir ihn also?“

„Sagen Sie mir doch einfach, um was es geht. Ich werde dann sehen, was ich für Sie tun kann“, kam es arrogant zurück.

Alexander schob die Frau zur Seite. „Komm mit. Den finden wir auch so“, forderte er Cosima auf. Sie rannten die breite Wendeltreppe in den ersten Stock. Erdmann blieb vor der Treppe sitzen und bellte wütend.

„Er hat bestimmt das größte Büro und das liegt meistens am Ende des Ganges“, überlegte Cosima laut. „Ich geh schon mal, hol du Erdmann. Der kann bestimmt keine Treppe laufen mit seinem Rückenproblem.“

Alexander kehrte um, nahm den Dackel auf die Arme und trug ihn schnaufend die Stufen hoch. „Mann, bist du schwer. Du musst abnehmen. Das kommt davon, weil dich Judith immer so gut füttert.“

Alexander musste an seine Partnerin denken. Das machte ihn traurig.

Cosima fand den Chef des Hauses am Ende des Ganges, wie sie vermutet hatte. Vor der Tür wartete sie auf ihren Kollegen. Ohne anzuklopfen betraten sie das Büro des Maklers.

Kapitel 83

„Was fällt Ihnen ein?“, Dr. Röbig empfing sie unfreundlich. Cosima und Alexander nahmen unaufgefordert vor dem Schreibtisch Platz. Erdmann fiepte und kratzte sein Herrchen am Schienbein. Alexander nahm ihn hoch und setzte ihn auf seine Knie.

Der Finanzmakler lehnte sich in seinem pompösen Schreibtischstuhl zurück und sah sie abfällig an. „Wer sind Sie und was wollen Sie?“ Er griff mit seinen auffällig langen und gepflegten Fingern zum Telefonhörer, der vor ihm lag.

„Lassen Sie das. Wenn Sie sich uns widersetzen, nehmen wir Sie mit aufs Präsidium“, mahnte Cosima ihn.

„Sie sind also von der Polizei? Was werfen Sie mir vor, dass es Ihnen möglich macht, mich einfach so zu überfallen?“ Der Makler wählte einen anmaßenden Ton.

„Wir sind die Kriminalhauptkommissare Henneberg und von Mittelstedt vom K 10 in Friedberg und ermitteln in einem Vermisstenfall bzw. in zwei Mordfällen. Wir werfen Ihnen nichts vor, wir haben lediglich einige Fragen an Sie. Es kommt ganz auf Ihre Hilfsbereitschaft an, wie schnell wir hier wieder verschwinden“, antwortete Alexander ebenso anmaßend.

„Ach und der Hund ist einer Ihrer Mitarbeiter?“, lachte der Makler zynisch.

„Erdmann ist kein Hund, sondern ein Dackel. Und ja, er ist ein ausgebildeter Mitarbeiter der Polizei, der sofort erkennt, wenn jemand lügt.“ Erdmann bellte, als er seinen Namen hörte.

„Sozusagen ein tierischer Lügendetektor", Röbigs faltenloses Gesicht war rot vor Zorn, „wollen Sie mich verarschen?"

Alexander hatte sich die Befragung etwas einfacher vorgestellt. Der Mann war ein Kotzbrocken. Seine ganze Körperhaltung war von unglaublicher Arroganz und Ablehnung geprägt.

„Kennen Sie einen Sebastian Pinke?" Jetzt reichte es dem Kommissar.

Der Befragte hielt einen Moment inne, antwortete dann aber umgehend. „Nein, wer soll das sein?" Einem ungeübten Beobachter wäre das kurze Innehalten nicht aufgefallen, Cosima und Alexander hatten es jedoch bemerkt.

„Das ist der Mann, der vor 25 Jahren in Dorff, einem Stadtteil von Garbenheim spurlos verschwunden ist und dessen Auto kürzlich in einer abgebrannten Scheune wieder auftauchte. Sie haben sicher davon in der Zeitung gelesen."

„Nein, habe ich nicht. Solche Sachen interessieren mich nicht."

Röbig fixierte die ihm Gegenübersitzenden mit seinen stahlblauen Augen.

„Warum gehen Sie dann seit einigen Tagen in der Gaststätte „Zum Fröhlichen Wanderer" in Dorff essen?"

„Ist das jetzt verboten in einer Gaststätte essen zu gehen?"

Röbig fuhr sich mit der Rechten durch sein welliges, dunkel getöntes Haar.

„Ist es nicht", antwortete Cosima spontan. „Es ist aber ungewöhnlich, dass Sie vorher dort nie gesehen wurden und ausgerechnet immer dann aufgetaucht sind, wenn dort etwas passiert ist. Letztmalig am Sonntagabend, an dem kurze Zeit später ein 90jähriger unfreiwillig aus dem Leben geschieden ist."

Röbig schlug mit der flachen Hand auf die Glasplatte des Schreibtischs. „Wollen Sie mir jetzt einen Mord unterstellen?", schrie Röbig.

„Nein, wollen wir nicht", sagte Cosima. „Wir wollten nur wissen, was Sie mit dem alten Herrn gesprochen haben, von dem Sie sich einen Salzstreuer borgten."

„Das ist ja absolut lächerlich. Ich kann mich nicht erinnern, dass ich mit einem von der Landbevölkerung gesprochen hätte. Ich bin da immer nur zum Essen gewesen. Die machen halt sehr gute Steaks."

„Sie leugnen also, dass Sie am Sonntagabend an den Tisch von Herrn Bauer getreten sind, sich den Streuer geholt und mit ihm gesprochen haben?", hakte Alexander nun nach.

„Ja, das leugne ich. Wie ich schon sagte, ich habe nie mit diesen Menschen dort gesprochen. Einen Herrn Bauer kenne ich auch nicht. Die interessieren mich nicht. Schauen Sie sich doch hier um, sieht das hier so aus, als würde ich mit dem einfachen Landvolk verkehren. Meine Kunden sind reich. Sie verkehren in ganz anderen Kreisen." Röbig spuckte die Worte regelrecht aus.

„Das freut uns aber", kam es nun arrogant von Cosima.

„Mit Ihrem Beamtengehalt passen Sie auf jeden Fall nicht in den Kreis meiner Klienten. War es das jetzt? Ich möchte Sie bitten, jetzt zu gehen." Röbig stand auf und wies mit der Hand zur Tür. Er war ungewöhnlich groß, überragte Alexander um einen ganzen Kopf.

Erdmann bellte wütend.

Röbig wiederholte seine Aufforderung. „Oder ich hole den Sicherheitsdienst."

Kapitel 84

Der Wind bewegte die Kornähren leicht hin und her. Die Äcker breiteten sich hier bis zum Horizont aus. An den Straßenrändern wuchsen rote Kornblumen, die einen hübschen Kontrast zu dem Getreide boten. Die Luft war rein. Es roch gut nach abgemähten Wiesen, Tannennadeln und Erde.

Cosima fuhr ruhig und besonnen in Richtung Dorff. Alexander saß schweigend neben ihr. Er war stinkwütend. Erdmann brummte auf seinem Schoß, so als würde er die Wut seines Herrchens teilen.

Cosima wollte sich nicht aufregen, auch wenn es Tausend Gründe gab, sich zu ärgern. Sie musste Alexander recht geben, die Menschen in Dorff tickten anders. Sie waren stur, bockig, zurückhaltend, misstrauisch, abweisend. Mehr Adjektive fielen ihr in der Kürze nicht ein.

Es war unglaublich, wie sich die Befragten ihnen gegenüber verhielten. Sie waren kein Stück mit ihren Ermittlungen weitergekommen. Bisher gab es nur unbestätigte Vermutungen.

„So ein Arschloch“, fluchte Alexander plötzlich. „Der hat uns doch angelogen. Natürlich hat er mit Bertram Bauer gesprochen, natürlich hat er sich das Salzfass genommen und ich bin sicher, dass er ihm auch das Beruhigungsmittel in sein Bier getan hat. Warum gibt der Mann nicht zu, dass er mit ihm gesprochen hat, wenn er doch nichts zu verbergen hat?“

„Das können wir ihm aber leider nicht nachweisen. Stückchen soll mal die Vita des Mannes überprüfen. Vielleicht ergeben sich daraus neue Erkenntnisse", schlug Cosima vor.

„Ich glaube auf jeden Fall nicht an einen Zufall, dass er immer dann dort aufgetaucht ist, wenn etwas passiert. Ich werde auch Martin auf ihn ansetzen. Womöglich hat der Mann auch etwas mit dem Feuer zu tun. In dem Zusammenhang fallen mir wieder diese teuren Handys der Zwillinge ein. Woher haben sie die? Ihre Mutter hat sie ihnen bestimmt nicht geschenkt", Alexander war total aufgebracht.

„Dass die Jungs gezündelt haben, ist ja erwiesen. Aber die hatten doch bestimmt keine Brandbeschleuniger, was ja letztendlich das Feuer erst richtig angefacht hat", Cosima sah ihren Kollegen von der Seite an.

„Da gebe ich dir recht. Die hat wahrscheinlich jemand anderes dort platziert und als das Feuer dann langsam auf die Scheune übergriff, haben die den Brand erst richtig ausbrechen lassen."

„Ich kann mir aber nicht vorstellen, dass dieser feine Pinkel in seinem piekfeinen Designeranzug die Brandbeschleuniger dort hingelegt hat", vermutete Cosima.

„Das glaube ich auch nicht. Aber ich bin mir sehr sicher, dass der Typ was mit den ganzen Vorfällen zu tun hat. Das sagt mir mein Bauchgefühl und das hat mich noch nie betrogen", beteuerte Alexander.

„Der hat sich mit Sicherheit nicht die Hände selbst schmutzig gemacht, der hatte Helfershelfer. Aber wo ist das Motiv?"

„Das Motiv fehlt uns ja auch immer noch bei dem vermeintlichen Verschwinden von Sebastian Pinke.“ Alexander war ratlos.

„Das sehe ich anders. Hubert Feist könnte ein Motiv gehabt haben, Sebastian Pinke zu beseitigen“, überraschte Cosima ihren Kollegen mit einer neuen Idee.

„Wie kommst du denn darauf?“, fragte Alexander erstaunt.

„Überleg doch mal. Juliane Herz kommt nach Dorff. Sie ist gerade in der Eingewöhnungsphase, da taucht ihr Ex auf und bedrängt sie. Hubert, dem Juliane womöglich gefällt, kriegt den Ärger zwischen den beiden mit und beseitigt Julianes Ex, weil er nicht will, dass seiner Angebeteten etwas passiert. Einige Zeit später kommen die beiden dann zusammen, verheimlichen das aber viele Jahre. Warum?“

„Du hast wirklich eine blühende Phantasie. Außerdem ist Juliane doch mindestens zehn Jahre älter als Hubert“, gab Alexander zu bedenken.

„Na und, du bist doch auch zehn Jahre älter als Judith.“

„Ja, aber ich bin ein Mann. Da ist das normal, dass man älter ist.“

„Was hast du denn für Spießergedanken?“, Cosima schüttelte den Kopf.

Alexander antwortete nicht. Er bediente sein Handy. Stückchen hatte ihm eine Mail geschickt. Der Inhalt des Schreibens war schockierend.

Kapitel 85

Alexander steckte den Kopf zur Tür herein. Judiths Mutter saß mit dem Rücken zu ihm. Sie hielt zärtlich ihre Hand.

„Hallo Margit“, sagte er vorsichtig. Er wollte die Mutter seiner Partnerin nicht erschrecken. Sie drehte sich zu ihm um.

„Hallo Alexander“, sagte sie, als sie aufstand. Sie nahm ihre Tasche und klemmte sie unter den rechten Arm.

„Wie geht es ihr? Gibt es etwas Neues?“, fragte er hoffnungsvoll.

Sie schüttelte den Kopf. „Leider nicht. Ich habe ihr den ganzen Tag vorgelesen und ihre Lieblingsmusik abgespielt. Aber sie hat nicht reagiert, nicht einmal ein Zucken.“

Enttäuscht sah er Margit an. Er warf einen Blick auf die schlafende Judith. „Kannst du noch einen kleinen Moment bleiben? Ich müsste nur mal kurz mit jemandem reden“, bat Alexander sie.

„Bist du immer noch im Dienst?“

„Nein“, antwortete er. „Ja“, kam es dann gleich hinterher. „Eigentlich bin ich nicht mehr im Dienst. Aber auf der Station liegt eine Frau, die etwas mit meinem jetzigen Fall zu tun hat. Es würde gerade passen“, erklärte er ihr.

„Schon gut. Geh nur. Ich bleibe gern noch etwas“, antwortete sie.

„Danke. Ich beeile mich.“

Er schloss die Tür hinter sich und eilte zu dem Zimmer von Juliane. Er war gespannt, wie es ihr ging und, ob sie ihm weiterhelfen könnte. Der ganze Fall nervte ihn immer mehr. Er nickte dem Polizeibeamten zu, der neben der Tür auf dem Gang saß.

„War irgendetwas Auffälliges?" Der Beamte verneinte die Frage. Es sei alles in Ordnung, meinte er. Auf Alexanders Klopfen wurde mit „Herein" geantwortet.

Juliane saß aufrecht im Bett. Sie schaute ängstlich zur Tür.

„Hallo Juliane, wie geht es dir?" Alexander näherte sich dem Bett.

„Ganz gut. So wie es aussieht, kann ich am Wochenende das Krankenhaus wieder verlassen. Was führt dich zu mir?"

„Hast du eine Idee, wer dich überfallen hat?"

„Nicht die Geringste."

„Du bist also seit 23 Jahren mit Hubert Feist zusammen?", wechselte er spontan das Thema.

„Ja", sagte sie kleinlaut.

„Er hat dir doch bestimmt von dem Tod seines Großvaters und Bertram Bauer erzählt."

„Nein", Juliane war total überrascht. „Das wusste ich nicht. Ich habe ihn ja auch seit einigen Tagen nicht mehr gesehen."

„Das kann nicht sein. Er hat dich doch gestern gefunden", widersprach ihr der Kommissar.

„Ja, aber ich konnte nicht mit ihm sprechen. Er ist ja auch gleich wieder weg. Das habe ich doch alles deinen Kollegen schon erzählt."

„Und du weißt nicht, wo er hingegangen ist? Er ist für uns nicht auffindbar."

„Nein, er hat sich bei mir noch nicht gemeldet. Er geht auch nicht an sein Handy. Ich verstehe das gar nicht."

„Dann weißt du auch nicht, dass Hubert ebenfalls entführt und eine Nacht lang gefangen gehalten wurde?"

„Nein, um Himmels Willen. Was ist ihm denn passiert?", Juliane war sichtlich erschrocken.

Alexander berichtete ihr, was er über Hubert erfahren hatte.

„Es ist doch naheliegend, dass deine und seine Entführung etwas miteinander zu tun haben."

„Ich weiß zwar nicht warum, aber ich muss dir leider recht geben. Was ist denn mit den beiden Alten passiert?"

„Beide sind kurz hintereinander umgebracht worden."

„Nein", wiederholt sich Juliane, „von wem denn?"

„Ich könnte ja jetzt damit kommen, dass ich dir aus ermittlungstaktischen Gründen nichts sagen darf. Aber wir wissen es selbst noch nicht."

„Wie sind sie denn umgekommen?"

„Bertram Bauer wurde erstickt und Erwin Feist hat man Zyankali verabreicht."

„Ich bin fassungslos. Mir ist eiskalt", sie deutete auf ihren Arm, an dem sich die Haare aufgestellt hatten. „Dann erscheint auch der Scheunenbrand in einem ganz anderen Licht."

„Wie meinst du das?", Alexander sah seine ehemalige Nachbarin überrascht an.

„Ich bin ja keine Ermittlerin, aber bei diesen ganzen Vorkommnissen klingen bei mir nun alle Alarmglocken.

Auch der plötzliche Tod der stillen Marta ist in diesem Zusammenhang doch äußerst zweifelhaft."

„Glaubst du sie wurde auch umgebracht?", fragt der Kommissar sie.

„Keine Ahnung?"

„Hast du eine Ahnung, wer den Totenschein ausgestellt haben könnte?", fragte er.

„Ich nehme an, der Hausarzt aus dem Nachbardorf. Der hat doch bestimmt die ganze Familie behandelt, aber sicher bin ich nicht."

„Interessant", sagte Alexander nur. „Dann hast du ja meine Kollegin und mich ganz schön angeschmiert, als wir bei dir waren", sagte Alexander verstimmt.

„Tut mir leid, aber Hubert und ich waren uns immer einig, dass niemand von uns erfahren sollte. Wir waren immer sehr vorsichtig und ich war auch nie wieder in Dorff."

„Wie habt ihr dann zueinander gefunden, wenn du nie wieder dort warst?"

„Hubert war zuerst mein Patient in Dorff. Er hat mir viel im Haus geholfen, mal ein Bild aufgehängt, mal ein Regal an die Wand gedübelt, aber da lief nix zwischen uns. Ich habe zwar gemerkt, dass er für mich schwärmte, aber er war ja zehn Jahre jünger als ich. Deshalb habe ich mich gar nicht auf ihn eingelassen."

„Das war für dich auch ein Problem?", Alexander erinnerte sich an das Gespräch mit Cosima.

„Wieso für mich auch?"

„Schon gut, vergiss es. Wie seid ihr denn nun zusammengekommen?"

„Ich habe Hubert zufällig in Friedberg auf der Kaiserstraße getroffen. Wir sind in ein Cafe gegangen, haben uns lange angeregt unterhalten und seitdem sind wir zusammen. Es ist einfach so passiert. Aber wir haben niemandem etwas gesagt. Was glaubst du, was der feiste Erwin seinem Enkel erzählt hätte. Hubert wäre seines Lebens nicht mehr froh geworden."

„Ich habe noch nie so eine verkorkste Familie gesehen", Alexander schüttelte genervt den Kopf.

„Aber eigentlich bin ich ja auch wegen einer anderen Sache zu dir gekommen?"

„Schieß los."

Kapitel 86

In dem Intensivraum war es dunkel. Nur die roten Lämpchen an den Apparaturen und das kleine Nachtlicht ließen schemenhaft Umrisse erkennen. Das Beatmungsgerät surrte leise. Das Blutdruckgerät zeigte stabile Werte. Judith ruhte still in ihrem Bett. Ihre Arme lagen auf der Decke. Alexander streichelte sanft über ihre Haut. Sie fühlte sich warm an. Ihr Gesicht konnte er mehr erahnen als sehen, aber er wollte das Licht nicht anmachen.

Die düstere Beleuchtung passte zu seiner Stimmung. Die war nicht nur wegen Judiths Leiden schlecht, sondern wegen des aktuellen Falls. Er konnte einfach nicht abschalten, an nichts anderes denken.

Das Gespräch mit Juliane hatte ihn erschüttert, nicht nur weil sie ihn und seine Kollegin so unverschämt belogen, sondern auch weil sie wieder neue Zweifel geweckt hatte. Sollte die mysteriöse Serie schon mit dem Tod der stillen Marta begonnen haben? Wurde sie womöglich auch ermordet? Und dann war da noch dieser Dr. Röbig.

Auf dem Rückweg aus dem Vogelsberg hatte ihn eine Mail von Stückchen erreicht. Ihr Inhalt stellte alles auf den Kopf. Seine Sekretärin hatte herausgefunden, dass Dr. Röbig der jüngere Bruder von Sebastian Pinke war und im Jahr 2000 nach Hessen kam. Er heiratete eine Frau aus Fulda und nahm ihren Namen an.

Vor zwei Jahren verlegte er sein Büro von Fulda nach Garbenheim. Bis heute wusste niemand von der

Existenz des jüngeren Bruders. Nun war es nicht auszuschließen, dass dieser Mann mit all den Vorkommnissen in der jüngsten Vergangenheit zu tun hatte.

Morgen würde er wieder nach Garbenheim fahren und den Mann erneut befragen. Er befürchtete jedoch, wieder auf eine Wand der Ablehnung und des Schweigens zu stoßen.

Walter kam zur Tür herein. Er schaltete das Deckenlicht an.

„Ei Chef, warum sitze Se dann hier im Dunkele. So könne Se doch gar nett sehn, wann des Mädche aufwacht."

„Guten Abend, Walter. Wieviel Uhr ist es denn?"

„Es iss gleich dreiundzwanzisch Uhr. Wolle Se nett emal ins Bett gehn?"

Alexander stand auf und streckte sich. Ihm taten alle Gelenke weh.

„Ich überlasse Judith nun Ihnen und komme morgen wieder."

„Mache Se dess. Gude Nacht."

Alexander trat aus der Tür. Aus der gegenüberliegenden Toilette kam ein Mann. Als er den Kommissar sah, ging er zurück in die Toilette und schloss schnell die Tür. Der Kommissar wusste sofort, wer sich da vor ihm verstecken wollte.

Kapitel 87

„Was ist dir denn passiert?“, fragte Cosima ihren Kollegen mit einem Blick auf sein Gesicht, das auf der einen Seite rot und blau angelaufen war.

„Das willst du gar nicht wissen“, knurrte Alexander.

„Doch will ich“, erwiderte Cosima trotzig.

„Ich bin einem Mülleimer begegnet.“

„Wie das denn?“, fragte Cosima mitleidig.

„Als ich das Krankenhaus verlassen wollte, habe ich Hubert Feist aus einer Toilette kommen sehen. Ich bin ihm gefolgt und wollte ihn zur Rede stellen, aber das hat ihm anscheinend nicht gefallen. Er hat mir ein Bein gestellt. Ich bin hingefallen und mit dem Gesicht gegen einen Mülleimer geknallt. Bis ich mich aufgerappelt habe, war Hubert verschwunden.“

„Das ist ja krass. Dann war er wohl bei seiner Geliebten“, stellte die Kommissarin fest.

„Entweder war er dort oder wollte dort hin. Tatsache ist, dass er nun wieder verschwunden ist“, ärgerte sich Alexander. „Ich frage mich nur, warum er sich vor uns versteckt.“

„Entweder haut er immer wieder ab, weil er etwas vertuschen will oder aber, weil er vor jemanden Angst hat“, überlegte Cosima laut.

„Aber wenn er Angst vor irgendwem hat, kann er sich doch an uns wenden. Wir können ihm doch helfen“, Alexander schlug auf das Lenkrad.

„Das sehe ich auch so. Also bleibt die Vermutung, dass er etwas zu verbergen hat. Und ich glaube auch zu wissen, was das ist“, antwortete Cosima.

Kapitel 88

Alexander ignorierte den Einwand des Pförtners. „Sie können hier nicht rein." Er rannte die freitragende Treppe in den ersten Stock. Er lief den Gang entlang, knallte mit der Schulter gegen die geschlossene Tür des Chefs. Cosima bemühte sich, ihm zu folgen. Die Tür des Nebenraumes ging auf.

„Was wollen Sie denn schon wieder hier?", Frau Scheibelhut bellte wie ein Kampfhund.

„Wo ist denn Ihr Chef?", knurrte Alexander. „Weg", war die knappe Antwort.

„Wie weg?", fragte Alexander. „Weg eben", Frau Scheibelhut zog die Schultern hoch.

„Geht das auch etwas Genauer?", Cosima war genervt.

„Er ist heute Morgen nicht aufgetaucht. Wir haben versucht, ihn auf dem Handy zu erreichen. Fehlanzeige. Zu Hause war er auch nicht. Keine Ahnung, wo er steckt. Das passt gar nicht zu ihm", erklärte die Sekretärin ausführlich.

„Haben Sie mit seiner Frau gesprochen?"

„Ja, sie ist fix und fertig mit den Nerven. Er ist gestern nicht nach Hause gekommen. Sie macht sich große Sorgen."

„Sehr merkwürdig", sagte Cosima mehr zu sich selbst.

„Dann sollten wir gehen. Wenn Herr Dr. Röbig wieder auftaucht, sagen Sie mir bitte sofort Bescheid. Und wenn ich sofort sage, dann meine ich sofort", verabschiedete sich Alexander.

„Wo ist denn eigentlich Erdmann?“, fragte Cosima irritiert.

Alexander rannte die Treppe herunter. „Erdmann“, rief er laut.

„Der ist hier“, antwortete ihm der Pförtner. „Ich habe mein Frühstücksbrot mit ihm geteilt. Haben Sie dem armen Hund heute noch nichts zu fressen gegeben?“, fragte er anklagend.

Erdmann kam hinter dem Tresen hervor und schaute sein Herrchen treu an. „Du bist ein verfressenes Vieh. So wirst du nie abnehmen.“

Cosima kam die Treppe herunter. Sie stieß Alexander in die Seite. „Schau doch mal auf den Parkplatz.“ Sie richtete den Kopf in Richtung der großen Scheiben. „Dort steht der Porsche von Herrn Dr. Röbig.“

„Tatsächlich“, Alexander war verblüfft. „Wieso steht da der Wagen Ihres Chefs, wenn er angeblich nicht im Haus ist?“, blaffte er den Pförtner an.

„Der steht seit gestern Morgen hier. Der wurde keinen Zentimeter bewegt.“

„Wie ist denn Ihr Chef dann von hier weggekommen?“, wollte Cosima wissen.

„Ich weiß es nicht“, beteuerte der Pförtner.

Kapitel 89

„Den Satz – Ich weiß es nicht – streiche ich ab sofort aus meinem Sprachschatz. Ich kann das nicht mehr hören. Seit einer Woche höre ich diese Aussage immer wieder. Das gibt es doch nicht, verdammt nochmal."

Alexander trat gegen den linken Hinterreifen seines BMW.

„Ich verstehe dich ja. Ich ärgere mich auch. Aber der Reifen deines Autos kann nun wirklich nichts dafür", versuchte Cosima den Kollegen zu beruhigen.

Alexanders Handy klingelte. Er drückte auf den grünen Hörer und stellte es auf laut, als er sah, wer anrief.

„Henneberg", schrie er genervt.

„Henne, ich bin nicht schwerhörig. Was ist denn los?", hörten beide Martins Stimme.

„Sorry, Martin. Ich bin einfach nur genervt."

„Entschuldige, wenn ich euch störe. Bevor ich zu meinem eigentlichen Anliegen komme, darf ich fragen, wie es Judith geht?"

„Danke der Nachfrage. Sie ist stabil. Sie erholt sich langsam. Ihre Mutter hat mir vorhin mitgeteilt, dass man heute das Beatmungsgerät abschalten will. Aber man lässt sie noch etwas im künstlichen Koma. Mehr kann ich dir leider nicht sagen."

„Das klingt doch gut. Sie wird sicher bald aufwachen", versuchte Martin ihm Mut zu machen.

„Ja, ich denke auch", antwortete Alexander wenig überzeugt.

„Was willst du uns nun sagen?", machte sich Cosima bemerkbar.

„Danke für euren Tipp. Ich war gestern bei den Zwillingen, den Enkeln von Frau Diegelmann. Die haben tatsächlich die Handys von jemandem geschenkt bekommen, wenn sie ein bisschen auf der Toilette mit dem Feuer spielen. Sie haben bisher geschwiegen, weil sie Angst vor der Strafe hatten. Als ich ihnen erklärte, dass sie noch nicht strafmündig seien, zeigten sie sich kooperativ. Aber das Aussehen des Mannes passt nicht zur Beschreibung von diesem Dr. Röbig."

„Das wundert mich nicht. Wenn er wirklich in dieser Sache drinhängt, wird er sich nicht selbst die Hände schmutzig machen."

„Wie sieht der Mann aus, der die Zwillinge angesprochen hat?", mischte sich die Kommissarin wieder ein.

„Sie haben ihn als groß, mit kräftiger Statur, Vollbart, leicht gebräunter Haut und blauen Augen beschrieben. Sie meinten, wenn er keine blauen Augen hätte, könnte man ihn für einen Taliban halten."

Cosima schnipste mit den Fingern. „Beim Leichenschmaus habe ich so einen Typen in der Gaststätte gesehen. Ich habe genau das gleiche gedacht, wie die Zwillinge. Wenn er keine blauen Augen hätte, könnte man ihn für einen Taliban halten. Er sah nicht aus wie ein Deutscher. Ein auffälliger Typ auf jeden Fall."

„Wenn er beim Leichenschmaus war, müsste ihn ja jemand von der Verwandtschaft kennen", kam es von Martin aus dem Hörer.

„Es soll auch Leute geben, die zu Beerdigungen gehen, um sich durchzufressen", lachte Martin. „Aber nun mal im Ernst, wir werden ein Phantombild von dem Mann anfertigen lassen und dann nach ihm suchen."

„Damit haben wir einen Verdächtigen mehr. Der ganze Fall wird immer seltsamer", stellte Alexander fest. „Melde dich, sobald du mehr weißt. Wir suchen jetzt nach diesem Dr. Röbig."

„Halt", rief Cosima. „Der Mann, der die Handys gekauft hat, muss doch einen Ausweis vorgelegt haben. Das ist doch im Kaufvertrag vermerkt. Habt ihr den Namen überprüft?"

„Liebe Kollegin, ich bin auch nicht neu in dem Geschäft. Natürlich haben wir den Namen bzw. die Adresse überprüft. Aber es gibt weder den Mann noch die Adresse."

„Na toll", motzte Cosima.

Kapitel 90

„Frau Röbig, wo könnte Ihr Mann denn sein?“, Alexander sah, dass die Frau verzweifelt war. Seine linke Gesichtshälfte schmerzte.

„Ich habe nicht die leiseste Idee. Gestern Abend habe ich alle unsere Freunde angerufen. Ich bin sogar in die Tennishalle gefahren und in seinen Club. Niemand hat ihn gesehen. Sein Handy ist ausgeschaltet.“

„Kennen Sie den Bruder Ihres Mannes?“

Frau Röbig sah den Kommissar irritiert an. „Ich wusste gar nicht, dass er einen Bruder hat.“

„Waren Sie denn nie in der Heimat Ihres Mannes?“, nahm sich Cosima das Wort.

„Wieso, er ist doch aus Frankfurt.“

„Nein, ist er nicht. Ihr Mann kommt aus den neuen Bundesländern und ist erst 2000 hierher nach Hessen gekommen.“

„Das kann doch nicht sein. Wieso sollte er mich denn belügen?“

„Offenbar hat er das getan. Haben Sie von dem Scheunenbrand in Dorff vor 10 Tagen gehört?“

„Ja, das stand ja groß in der Zeitung. Alle haben darüber geredet. Aber was hat das denn jetzt mit meinem Mann zu tun?“

„In der abgebrannten Scheune wurde ein Autowrack gefunden. Es ist das Auto von einem Mann, der seit 1994 als vermisst gilt. Er heißt Sebastian Pinke und ist der ältere Bruder Ihres Mannes.“

Frau Röbig ließ sich auf einem Sessel nieder. Sie wirkte völlig hilflos. „Das verstehe ich nicht."

Kapitel 91

Das große Tor schob sich langsam zur Seite. Henneberg zeigte dem Beamten an der Pforte seinen Dienstausweis.

„Langsam müsste der mich ja mal kennen", monierte er.

Er stellte das Auto auf dem Parkplatz der Bediensteten ab und öffnete die Scheiben. „Dicker, du bleibst hier", sprach er zu Erdmann, stieg aus und ging mit Cosima zum Eingang für Besucher. Er legte seine Pistole, seinen Dienstausweis und sein Handy in das Schubfach, das ihm der Beamte hinter der Glasscheibe zuschob. Cosima tat es ihm nach.

Der Staatsanwalt, der Leiter der Anstalt und ein Beamter aus dem Justizministerium empfingen die Kommissare.

„Da haben Sie uns einen schönen Ärger eingebrockt", empfing ihn der Staatsanwalt, der für die Kommissare vom K 10 in Friedberg zuständig war.

„Wieso wir? Wir haben uns nichts zu Schulden kommen lassen", tat Henneberg ahnungslos.

„Sie hätten Herrn Feist nach Kassel in die JVA überführen müssen", antwortete der Mann.

„Warum denn Kassel?", fragte Cosima.

„Weil hier in der JVA ein Nachbar von Herrn Feist arbeitet", sagte der Staatsanwalt.

„Das wussten wir nicht, als wir ihn eingewiesen haben. Das haben wir erst später erfahren. In diesem Fall herrscht das totale Chaos. Da blickt keiner mehr durch“, maulte Henneberg. „Handelt es sich bei dem Bediensteten um Robert Heller?“

„Das sagte ich Ihnen bereits. Er hat Erwin Feist in Empfang genommen und hat ihn auch die ganze Zeit überwacht“, erklärte der Gefängnisdirektor.

„Heller hat uns berichtet, dass Personalmangel in der JVA herrscht und ihm gar nichts anderes übrig bleibt, als seinen Nachbarn zu betreuen. Dann hätte er sich an die Anstaltsleitung wenden sollen und Feist einem anderen Beamten übergeben müssen.“

„Das hätte er. Aber wir sind aktuell überbelegt, haben Personalmangel und an dem Tag haben wir gleichzeitig noch mehrere Neuzugänge gehabt, eine rumänische Bande, die Automaten gesprengt hat“, entschuldigte der Anstaltsleiter die Panne.

„Und dafür wollen Sie uns jetzt verantwortlich machen? Finden Sie lieber heraus, wer diesem Feist das Zyankali verabreicht hat.“

„Dafür sind wir vom Justizministerium zuständig“, mischte sich nun der Beamte ein.

„War es ebenfalls Heller der den Tod von Erwin Feist bemerkte?“, stellte Alexander schon die nächste Frage.

„Ja. Leider. Deshalb kriegen wir ja jetzt Schwierigkeiten. Er war der Einzige, der die ganze Zeit Kontakt mit ihm hatte. Es wäre naheliegend, dass er Feist das Zyankali verabreicht hat“, sagte der Leiter der Anstalt.

„Das ist interessant. Er hat übrigens auch den Enkel von Erwin Feist im Wald aufgefunden. Der Mann war dort an einen Baum gefesselt, konnte sich aber selbst befreien. Das kann doch kein Zufall sein“, meinte der Kommissar.

„Dann könnte man fast vermuten, dass er Hubert Feist entführt und an den Baum gebunden hat, damit er dort stirbt“, Cosima schnipste mit den Fingern.

„Wie wollen Sie jetzt vorgehen?“, fragte Henneberg.

„Heller kommt nachher zum Dienst in die JVA. Wir werden ihn hier in Empfang nehmen und befragen“, stellte der Mann vom Justizministerium fest.

„Können wir dabei sein?“, der Kommissar sah ihn neugierig an.

„Sicher, aber ich stelle die Fragen und Sie halten sich zurück“, wies er ihn zurecht.

„Wenn Heller Hubert Feist entführt hat, dann ist er auch unser Kandidat. Womöglich hat er auch Bertram Bauer umgebracht und Juliane Herz verschleppt. Da können wir uns nicht heraushalten“, meinte Henneberg.

„Aber was sollte der Mann denn für ein Motiv haben, all diese Morde und Verbrechen zu begehen? Das macht doch gar keinen Sinn“, äußerte sich Cosima.

„Ich sehe jetzt auch noch keinen Zusammenhang, aber es muss einen geben“, überlegte Henneberg laut.

Erdmann lag schlafend auf dem Rücksitz. Als die Kommissare wieder einstiegen, schaute er kurz auf und wedelte mit dem Schwanz.

Kapitel 92

Der Mann ordnete die Blumen in der Vase. „Ich muss leider gehen und werde nicht wiederkommen. Es tut mir sehr leid."

Sein Gegenüber sah ihn mit großen Augen an. Etwas Speichel floss aus seinem linken Mundwinkel, der herabhing. Wie ein Häufchen Elend saß er in seinem Rollstuhl. Schief hing er auf der rechten Lehne.

„Ich befürchte, ich bin aufgeflogen. Aber ich bringe es zu Ende. Das verspreche ich dir", versicherte er ihm in einem ernsten Ton.

Die Tür ging auf. Eine Pflegerin kam mit einem Tablett herein.

„Sie haben ja Besuch, wie schön", richtete sie sich an den Patienten. Sie stellte das Tablett auf den Tisch am Fenster und band ihm eine übergroße Serviette um.

„Wollen Sie ihm vielleicht das Essen anreichen?", richtete sie sich an den Besucher. „Wir sind schon wieder deutlich unterbesetzt. Heute Morgen haben sich schon wieder zwei Pflegerinnen krankgemeldet", plapperte sie munter drauflos. „Es wird immer schlimmer. Aber die Belastung ist einfach für viele zu hoch."

Der Besucher sah auf die Uhr. „Eigentlich habe ich nicht so viel Zeit", antwortete er. So schnell werden die Bullen wohl nicht aufkreuzen, dachte er.

„Ok, ich mache das." Er nahm die Haube vom Teller. „Heute gibt es ja wieder etwas Leckeres", sprach er, obwohl das nicht wirklich der Tatsache entsprach. Er schnitt das dünne Fleisch ganz klein und zerdrückte die Kartoffeln in der Soße. Dann begann er langsam, seinem Gegenüber abwechselnd das Fleisch und die Kartoffeln in den Mund zu schieben. Es machte ihn traurig zu sehen, wie die Hälfte der Nahrung aus dem schiefen Mund auf das Tuch vor der Brust rutschte. Er nahm die Serviette und tupfte ihm die Soße von den Mundwinkeln.

Der Mann versuchte ihm etwas zu sagen, aber es kam nur ein unverständliches Lallen über seine Lippen. Aber es klang aufgeregt, ärgerlich. Als er merkte, dass sein Besucher ihn nicht verstand, schaute er böse und wackelte wütend in seinem Sitz hin und her.

„Ist gut. Beruhige dich. Du wirst sehen, es wird alles gut", versuchte der Besucher ihn zu beruhigen und bemühte sich, das Essen weiter in den schiefen Mund zu schieben.

Eine halbe Stunde später verließ der Besucher den Patienten. Er warf einen letzten Blick zurück, bevor er die Tür schloss. „Mach's gut, alter Kumpel."

„Auf Wiedersehen", grüßte ihn die Pflegerin freundlich, als sie ihm auf dem Gang entgegenkam. „Auf Wiedersehen", antwortete er überaus freundlich.

Als die Pflegerin eine Viertelstunde später das Tablett aus dem Zimmer ihres Zöglings holen wollte, erschrak sie.

Kapitel 93

Robert Heller tauchte um 14.00 Uhr nicht zum Dienstbeginn in der JVA Gießen auf. Die Beteiligten warteten vergeblich auf den Beamten.

Mittlerweile gab es mehrere Verdächtige. Hubert Feist, der Enkel des Ermordeten war seit vorgestern verschwunden. Dr. Manfred Röbig wurde seit gestern Abend vermisst. Zudem wurde nach dem mysteriösen Fremden gesucht, der auf der Beerdigung von der stillen Marta gesehen worden war und die Zwillinge zu dem Feuer auf der Toilette angestiftet hatte, indem er ihnen ein neues Handy schenkte. Und nun auch noch Robert Heller. Nach allen vier Personen wurde eine Fahndung eingeleitet.

Die Kommissare verließen Gießen und fuhren erneut nach Dorff, um noch einmal mit Bernhard Bauer und Rosi Feist zu sprechen.

„Können wir die Gaststätte jetzt wieder aufmachen?", fragte Rosi als erstes, „wir haben Reservierungen sowohl für die Zimmer, als auch für die Tische hier im Lokal am Wochenende."

„Von mir aus. Aber das Zimmer Ihres Großvaters ist tabu. Das bleibt verschlossen", ordnete Henneberg an.

„Haben Sie Hubert gefunden?", wollte Cousin Bernhard wissen. Er stellte dem Dackel eine Schüssel mit Wasser hin.

„Nein, er ist seit vorgestern verschwunden. Wussten Sie, dass er ein Verhältnis mit Juliane Herz hat?"

„Was?“, Bernhard schlug auf den Tresen, „das ist ja der Hammer.“

„Ich wusste es nicht“, schüttelte Rosi ihren Kopf. „Er hat immer ein Geheimnis um seine Liebschaft gemacht.“

„Was haben denn Ihre Familien mit Robert Heller zu tun?“, fragte nun Cosima.

„Nichts. Er ist unser Nachbar. Kommt einmal in der Woche auf ein Bier hierher. Sonst nix“, Rosi schürzte die Lippen.

„Er ist eher ein Einzelgänger“, setzte Bernhard nach.

„Hatten Ihre Großväter mal Probleme mit ihm?“, fuhr Cosima fort.

Bernhard schüttelte den Kopf. „Da fällt mir nix ein.“

„Nee, wüsste ich auch nicht“, sagte Rosi.

„Fällt Ihnen denn zu dem Abend, an dem dieser Pinke hier war und mit Juliane Herz gesprochen hat, gar nichts mehr ein? Es muss noch irgendetwas anderes vorgefallen sein, als nur der Streit zwischen Juliane und ihrem Mann“, kam Cosima noch einmal auf das eigentliche Thema zurück.

Beide verneinten die Frage. „Sorry, aber das ist so lange her und wenn da etwas Besonderes vorgefallen wäre, also außer dem Streit zwischen den beiden natürlich, dann hätten wir das bestimmt behalten.“

„Komm Cosima. Das hat keinen Zweck mehr.“

Kapitel 94

„Herr Kommissar“, rief jemand von der anderen Straßenseite. Henneberg sah eine schlanke, blonde Frau auf sich zukommen. Der Kommissar stöhnte. Erdmann bellte wütend.

„Herr Kommissar“, rief sie erneut aufgeregt, „haben Sie einen Moment Zeit?“

„Ja, um was geht es denn?“, fragte er höflich. „Sei still“, sagte er zu Erdmann strenger als gewollt. Eigentlich war er total genervt. Er konnte sich nicht vorstellen, dass diese Frau ihm weiterhelfen konnte.

„Ich wohne da schräg gegenüber, zwischen Hubert Feist und Robert Heller“, sie zeigte mit ausgestrecktem Arm auf ein kleines Fachwerkhaus. „Ich muss Ihnen etwas sagen.“ Henneberg konnte sich gar nicht an diese Zeugin erinnern.

„Wer sind Sie denn?“

„Mein Name ist Mirka Höhne. Mein Mann und ich wohnen seit 25 Jahren hier. Wir haben das kleine Haus dort gekauft“, wieder zeigte sie auf das Häuschen. Cosima kam dazu.

„Um was geht es denn?“, fragte er ungeduldig.

„Wir waren an dem Abend, als dieser Mann verschwunden ist, kurz auf der Kirmes. Wir sind aber gegangen, als diese Frau und dieser Mann anfingen, sich zu streiten. Das war uns unangenehm. Dann haben wir gehört, dass er verschwunden ist und gesucht wird. Wir konnten ja nichts dazu sagen“, sie redete ohne Punkt und Komma.

„Ja und, was wollen Sie mir nun mitteilen?“

„Mein Mann war zu dem Zeitpunkt als Lehrer im Burg-Gymnasium von Friedberg tätig. Ein paar Tage später hat er diesen Mann, also ich weiß nicht wie der heißt, gesehen.“

Henneberg horchte auf. „Wo hat er den Mann gesehen?“

„In Friedberg vor einer Apotheke, gegenüber vom Fisch Umsonst.“

„Den gibt es ja schon ewig nicht mehr. Die Apotheke ist die Hofapotheke zum Mohren. Die kenne ich“, nickte der Kommissar.

„Was hat der Mann da gemacht?“

„Nichts. Er ist die Straße in Richtung Kreishaus gegangen.“

„Hat Ihr Mann mit ihm gesprochen?“

„Nein, warum auch? Wir kannten den Mann doch gar nicht.“

„Und Ihr Mann ist ganz sicher, dass er diesen Mann aus der Gaststätte, der sich mit der Ärztin aus Dorff gestritten hat, gesehen haben will?“, hakte Cosima nach.

„Ja, ganz sicher.“

„Warum hat er das nicht der Polizei mitgeteilt? Das wäre doch wichtig gewesen, wir haben ihn schließlich zu der Zeit gesucht“, zürnte Henneberg.

„Wir wollten nicht in die Sache hineingezogen werden. Wir waren ja neu in Dorff und wollten nicht unangenehm auffallen“, versicherte sie dem Kommissar.

„Das muss Ihr Mann zu Protokoll geben. Wir müssen festhalten, an welchem Tag, zu welcher Uhrzeit und wo genau er den Mann gesehen hat“, Henneberg sah die Frau zornig an. Er konnte nicht glauben, dass der Mann eine so wichtige Information zurückgehalten hatte.

„Das will mein Mann ja nicht. Er steht kurz vor der Beförderung zum Schulleiter. Er hat Angst, dass es dann nichts wird mit der Stelle."

„Das interessiert mich nicht. Sagen Sie ihm, dass er morgen früh um 10.00 Uhr auf dem K 10 in Friedberg erscheinen soll, um das zu Protokoll zu geben."

Henneberg stieg in seinen BMW. Er war so sauer, dass er nicht mal abwartete, bis Cosima sich angeschnallt hatte. Mit quietschenden Reifen fuhr er los.

Kapitel 95

„Willst du uns eigentlich umbringen?“, maulte Cosima. Ihr gefiel der Fahrstil von Alexander nicht. Sie wurde auf ihrem Autositz hin- und hergeschaukelt. Erdmann brummte böse im Fußraum. „Dem Dackel gefällt das auch nicht.“

„Ich bin stinksauer. Jetzt haben wir zwei Aussagen, die, wenn sie damals gemacht worden wären, wahrscheinlich zum Ziel geführt hätten“, Alexander hieb mit der Rechten auf das Lenkrad. Der BMW schlingerte gefährlich.

„Ich bin auch sauer. Aber das ist kein Grund, dass du uns mit deiner Fahrweise umbringst“, wies Cosima ihren Kollegen zurecht.

Alexander verlangsamte das Tempo. „Du hast ja recht. Entschuldige bitte.“ Er bediente den CD-Player. „Always on my mind“, erklang das Lied von Elvis Presley. In den letzten Tagen lief der Song in einer Dauerschleife. Cosima ließ ihn gewähren. Alexander wurde ruhiger. Er dachte an Judith.

„Dann ist Sebastian Pinke noch am Leben gewesen, als wir nach ihm gesucht haben. Warum hat der Mann sich nicht gemeldet? Ihm kann doch nicht verborgen geblieben sein, dass ein riesiger Polizeiapparat in Gang gesetzt wurde“, überlegte Alexander laut.

„Es ist also anzunehmen, dass Sebastian Pinke einfach verschwinden wollte. Aber warum? Und was wussten die in Dorff wirklich über sein Verschwinden bzw. was hat das mit dem Bild, auf dem er jemanden erkannt haben will, zu tun?", Cosima schnipste mit den Fingern. „Der Fall wird immer merkwürdiger."

„Ich werde gleich nochmal zu Juliane gehen. Vielleicht weiß sie, was es mit dem Bild auf sich hat. Irgendetwas muss er gesehen haben, was ihn aus der Fassung gebracht hat. Vielleicht liegt da die Lösung für sein Verschwinden."

„Und Ihr habt die ganze Zeit an ein Verbrechen geglaubt", Cosima schüttelte fassungslos den Kopf.

„Es ist ein Verbrechen, einfach zu verschwinden und alle in dem Glauben zu lassen, dass man tot sei." Alexander drückte erneut auf Play. Wieder erklang das Lied. Erst als er in Ober-Hörgern vor der alten Mühle hielt, in der Cosima seit einigen Jahren wohnte, sagte er wieder etwas. „Ich sage dir Bescheid, wie wir weiter vorgehen. Unter Umständen hängt es auch davon ab, was Juliane mir zu sagen hat. Ich melde mich."

„Ok. Grüße Judith von mir", obwohl sie wusste, dass Alexanders Partnerin noch im Koma lag, war sie überzeugt, dass die Bewusstlose genau verstand, was man zu ihr sagte.

Kapitel 96

Der Kommissar stoppte den BMW vor dem Eingang des Bürgerhospital. Er wollte schon aussteigen, da fiel ihm Erdmann ein, der im Fußraum vor dem Beifahrersitz schlief. Zu der Uhrzeit war es immer noch sehr warm draußen. Er konnte den Dackel auf keinen Fall im Wagen lassen.

Er stieg aus, ging um das Auto herum und öffnete die Beifahrertür. „Erdmann, steig aus. Wir besuchen jetzt das Frauchen. Aber erst muss ich noch Juliane etwas fragen. So lange musst du dich noch gedulden."

Erdmann war sofort hellwach und hüpfte aus dem Auto. Er lief wie selbstverständlich neben seinem Herrchen durch die Eingangshalle. Niemand hielt sie auf. Nur die Blicke der Besucher, die den Aufzug verließen, erinnerten daran, dass ein Tier im Krankenhaus nichts zu suchen hatte.

Juliane war mittlerweile in ein Einzelzimmer auf die normale Station verlegt worden. Obwohl sie sich während ihrer Gefangenschaft eine Erkältung zugezogen hatte, war der Aufenthalt in der Intensivstation nicht mehr nötig. Die Türen zu den Krankenzimmern waren alle geschlossen. Erdmann schnüffelte mit der Nase am Boden. Die Gerüche hatte er schon einmal wahrgenommen, als sein Herrchen nach seiner Entführung hier im Krankenhaus gelegen hatte. Aber sie gefielen ihm nicht, das war klar.

Vor Julianes Zimmer saß ein Polizeibeamter. Er grüßte freundlich und versicherte dem Kommissar, dass nichts

Ungewöhnliches passiert sei. „Wie sind Sie denn mit dem Hund hier hereingekommen?", wollte er noch wissen.

„Betriebsgeheimnis", zwinkerte Henneberg ihm zu, klopfte an die Tür und trat ohne abzuwarten ein.

„Hallo Alexander, schön dass du mich besuchst. Aber hast du im Moment nichts Wichtigeres zu tun, als eine alte, kranke Frau zu besuchen?", witzelte Juliane.

„Erstens bist du nicht alt und zweitens gehörst du zu meinem Fall."

„Was macht denn der Hund hier?" Juliane erschrak als sie Erdmann bemerkte.

„Erstens ist Erdmann kein Hund", wiederholte er gebetsmühlenartig seine Standardantwort erneut, „sondern ein Dackel und außerdem kann ich ihn bei der Hitze nicht im Auto lassen."

„Hoffentlich bekommst du keinen Ärger."

„Das lass mal meine Sorge sein", winkte er ab.

„Aber ich möchte gern zum Grund meines Besuches kommen", Henneberg zögert nicht einen Moment. „Kennst du einen Dr. Manfred Röbig?", fragte er unumwunden.

Juliane schüttelte den Kopf. „Nie gehört. Wer soll das sein?"

„Das ist der Bruder deines Ex-Ehemannes", beantwortete er die Frage.

„Das kann nicht sein. Der hieß doch auch Pinke mit Nachnamen."

„Und wie hieß der Bruder mit Vornamen?"

„Manfred", gab sie zu.

„Eben und dieser Manfred Pinke ist 2000 nach Hessen gekommen, hat eine Frau aus Fulda mit Nachnamen

Röbig geheiratet und hat den Namen seiner Frau angenommen", erklärte ihr der Kommissar.

„Das ist ja merkwürdig. Wie kommt ihr jetzt auf den?"

„Dazu kann ich dir aus ermittlungstaktischen Gründen nichts sagen. Tatsache ist aber ganz offensichtlich nach unseren Erkenntnissen, dass er auch mit den merkwürdigen Dingen, die in der letzten Zeit passiert sind, etwas zu tun hat."

Wieder schüttelte sie den Kopf. „Ich habe den nur insgesamt zweimal gesehen. Das erste Mal, als ich mit Sebastian in Thüringen war und das zweite Mal bei unserer Hochzeit. Nach unserer Trennung hatte ich keinen Kontakt mehr zu Sebastians Familie."

„Kannst du dich noch erinnern, wie der Kontakt zwischen den Brüdern war bzw. das Verhältnis der beiden untereinander?"

„Sie haben öfter telefoniert. Daran kann ich mich erinnern. Sebastian hat mir auch immer Grüße bestellt. Manfred war ja jünger als er und hat in Erfurt ebenfalls Medizin studiert. Ich denke, sie haben sich gut verstanden."

„Und der Vater von Sebastian war auch Mediziner, richtig?"

„Ja, wieso?"

„Der war doch im Westen geblieben nach einem Kongress, richtig?"

„Ja. Er wollte aber seine Familie in den Westen nachholen. Aber die Behörden in der DDR haben sich quer gestellt und die Familie nicht ausreisen lassen. Von da an haben die den Pinkes ständig Ärger gemacht. Deshalb hat sich ja auch Sebastians Mutter umgebracht."

„Kannst du dich daran erinnern, dass im Gastraum »Zum Fröhlichen Wanderer" ein Bild hing, auf dem Sebastian angeblich seinen Vater erkannt haben will?"

Juliane überlegte. „Jetzt wo du es sagst, fällt es mir wieder ein. Er hat mehrmals während unserer Unterhaltung auf das Bild gestarrt, auf dem mehrere Personen abgebildet waren. Er hat gesagt, der eine sieht aus wie mein Vater. Das war der Arzt, dessen Praxis ich übernommen habe." Sie überlegte eine Weile. „Das war dieser Dr. Medika."

„Weißt du noch, ob Sebastian den Wirt oder die Bedienung auf das Bild angesprochen hat?"

„Nein, das hätte ich doch mitbekommen. Hubert hat mir mal erzählt, dass Sebastian mit seinem Großvater Erwin auf der Toilette über das Bild gesprochen hat. Aber um was es da genau ging, hat er mir nicht gesagt."

„Was ist denn passiert, als Sebastian von der Toilette zurückkam?"

„Nichts. Sebastian ist wieder an meinen Tisch gekommen und hat mich weiter belästigt, bis er dann gegangen ist. Aber jetzt erinnere ich mich, dass das Bild bei meinem nächsten Besuch im Gasthaus nicht mehr dort hing."

„Das ist interessant", murmelte Henneberg.

„Was hat das alles zu bedeuten?" Juliane sah ihn mit großen Augen an.

„Das genau werden wir herausfinden. Aber sag mal, war Hubert gestern Abend bei dir?"

„Nein, da war ich doch noch auf der Intensivstation. Wie hätte er da reinkommen sollen“, antwortete sie aufrichtig.

„Er war auf jeden Fall auf dem Gang vor der Tür. Da habe ich ihn aus einer Toilette kommen sehen.“

„Hubert war hier?“, fragte sie ungläubig.

„Ja, ich wollte ihn befragen. Da hat er mir ein Bein gestellt und ich bin gegen den Mülleimer im Waschraum geknallt.“

„Daher also das Veilchen. Das tut mir leid. Aber er hat doch gar keine Chance, mich hier zu besuchen.“

„Eigentlich nicht. Aber wenn er doch kommt oder sich bei dir meldet, dann sage ihm bitte, dass er sich melden soll. Ich bin sicher, dass er in großer Gefahr ist.“

„Könnt ihr denn nicht sein Handy orten?“

„Haben wir alles schon versucht. Es ist ausgeschaltet.“

„Ich verstehe das alles nicht. Guck mal auf dem Aussiedlerhof seines Freundes nach ihm.“ Sie schrieb ihm die Adresse auf.

Kapitel 97

Der Pfleger öffnete dem Kommissar die Tür zur Intensivstation.

„Hallo Walter“, grüßte ihn Henneberg.

„Herr Kommissar, des geht jetz wirklich nett. Den Daggel müsse Se drauße lasse. Des gibt Ärscher.“

„Das weiß ich doch. Ist Judiths Mutter noch bei ihr?“

„Die watt scho die ganz Zeit uff Se.“

„Dann holen Sie sie bitte. Sie kann Erdmann mit nach Hause nehmen.“

Es dauerte ein Weilchen bis die Mutter an der Tür erschien. Erdmann bellte sie freudig an.

„Was machst du denn für Sachen? Wie soll ich denn den Hund hier rausbringen? Wenn mich einer mit ihm sieht, kriege ich doch bestimmt Ärger. Du bist unmöglich“, ereiferte sie sich.

„Margit, ist ja schon gut. Wie ich Walter kenne, hilft er dir. Aber sag mir zuerst, wie es Judith geht?“

„Ihre Werte sind stabil. Sie atmet alleine. Die Ärzte überlegen, ob sie sie aus dem Koma holen sollen.“

„Das wäre gut“, stimmte ihr Alexander zu.

„Komme Se, gnädische Frau. Ich bring Se mit dem Daggel zum Hinnerausgang“, unterbrach der Pfleger die beiden.

Alexander verabschiedete sich von Erdmann und Margit und ging in das Intensivzimmer, in dem Judith untergebracht war. Er hatte den Eindruck, dass sie nicht mehr so blass und eingefallen aussah. Als Walter wieder zurückkam, bestätigte er ihm, dass es ihr den Umständen entsprechend gut ging.

Alexander blieb noch lange bei ihr, saß einfach still an ihrem Bett und betrachtete sie. Er dachte darüber nach, wie es mit Judith werden sollte, wenn sie wieder nach Hause kam. Er würde versuchen, es ihr so leicht wie möglich zu machen. Er würde ihr jeden Wunsch von den Augen ablesen. In ihr hatte er seine große Liebe gefunden, auf keinen Fall wollte er sie wieder verlieren.

Kapitel 98

Er sah einen fremden Wagen vorfahren, wusste aber sofort, dass ein Polizist darin saß. Er nahm seine Jacke vom Haken und verließ das Haus durch die Küchentür. Sein Freund saß im Garten auf einer Bank.

„Die Polizei ist da. Ich habe keine Ahnung, wie die mich gefunden haben. Aber ich muss verschwinden."

„Pass auf dich auf. Wo willst du denn jetzt hin?"

„Da, wo mich bestimmt niemand vermutet." Er verschwand durch eine Hecke auf den angrenzenden Acker. In gebückter Haltung rannte er so schnell es seine Beine zuließen auf den naheliegenden Wald zu.

Plötzlich hörte er einen lauten Knall und etwas flog haarscharf an seinem Kopf vorbei. Er ließ sich in eine Ackerfurche fallen und wartete auf den nächsten Angriff. Verdammt, wer schoss da auf ihn? Er konnte sich nicht vorstellen, dass die Polizei ohne Vorwarnung auf ihn zielte. Aber wer sonst sollte auf ihn schießen und vor allem, warum? Das war die immer wieder kehrende Frage, die er sich seit seiner Entführung in den Wald stellte. Warum ?

Seit Tagen versuchte er sich einem unbekannten Angreifer zu entziehen. Sein Freund Thomas war seine letzte Rettung gewesen. Er hatte sich in den letzten Tagen auf dem Aussiedlerhof sicher gefühlt. Hier wollte er abwarten, bis sich die ganze Angelegenheit geklärt hätte.

Aber nun hatte man ihm wieder einen Strich durch die Rechnung gemacht. Die Polizei hatte sein Versteck entdeckt und die Person, die ihm ganz offensichtlich nach dem Leben trachtete auch. Aber wer war die Person? Jahrzehnte war nichts passiert und nun überschlugen sich die Ereignisse seit einigen Tagen.

Kapitel 99

Erdmann hatte sich die ganze Nacht dicht an ihn gedrängt. Wann immer er sich umdrehte, rutschte der Dackel wieder dicht an ihn heran. Alexander träumte vom Vogelsberg, von der Gaststätte und von der Hütte im Wald. Er sah Hubert davorsitzen, so wie er vor wenigen Tagen dessen Großvater, den feisten Erwin und seinen Freund, den Kartoffelbaron Bertram Bauer hatte sitzen sehen. Was sollte das bedeuten?

Er wurde vom Klingeln aus seinem Schlaf geweckt. Er langte auf den Nachttisch. Das Handy fiel auf den Bettvorleger.

„Erdmann", er weckte den Dackel sanft, „mein Dicker, steh mal auf." Erdmann brummte. Alexander richtete sich auf und packte seinen Vierbeiner, setzte ihn auf den Boden. Das Klingeln hörte auf. Er fischte nach seinem Telefon.

„Mist", fluchte Alexander. Er sah, dass Jüngling angerufen hatte. Er wählte die Rückruftaste, sein Kollege meldete sich sofort.

„Jüngling, was gibt es? Hast du Hubert Feist gestern noch gefunden?"

„Erstmal guten Morgen, mein Lieber. Habe ich dich geweckt?"

„Ja, alles gut. Bin gestern Abend erst spät nach Hause gekommen. Also, was ist?"

„Ich habe herausgefunden, wo sich Hubert versteckt hielt. Er war tatsächlich, wie Frau Herz vermutete, auf dem Aussiedlerhof bei seinem Freund. Aber als ich dort auftauchte, ist der Kerl stiften gegangen."

„So ein Mist", fluchte Alexander. „Jetzt haben wir wieder nichts."

„Mach dir wegen dem Feist keinen Kopf. Den kriegen wir schon. Ich habe da schon eine Idee. Der werde ich als nächstes nachgehen. Und außerdem habe ich den Taliban gefunden", sagte Jüngling.

„Wo?", fragte Alexander neugierig.

„Frühstücke du erst mal. Dann kommst du in den Grünen Weg und ich berichte dir alles."

„Das mache ich. Denke daran, dass dieser Lehrer heute um zehn Uhr ins Präsidium kommen soll, um seine Aussage zu Protokoll zu geben."

„Geht klar, Chef."

„Bis um zehn Uhr bin ich spätestens da", versprach Alexander.

Kapitel 100

Es war schon am frühen Morgen ungewöhnlich warm. Alexander duschte ausgiebig. Erdmann war unterdessen ins Erdgeschoss gelaufen und machte seine Morgentoilette im Garten. Er folgte den Spuren der Katzen, die sich hier herumtrieben und die er zu gern gefangen hätte. Er konnte Katzen nicht leiden. Sie waren ihm unheimlich, zu schnell, zu geschmeidig. Außerdem konnten sie an Zäunen und Bäumen hochklettern. Das war unfair. So hatte er keine Chance gegen sie. Nun witterte er den Duft von Eiern und gebratenem Speck. Er lief zurück in die Küche und baute sich vor Margit auf.

„Hallo Erdmann. Willst du Futterchen?" Die Frage wurde mit einem lauten Bellen beantwortet. Margit holte die Packung mit dem Trockenfutter aus der Speisekammer und füllte den Hundenapf. Sie stellte frisches Wasser daneben und betrachtete Erdmann.

„Guten Morgen, Margit. Hier riecht es ja lecker." Alexander betrat die Küche. In seinem taillierten Hemd und den engen Jeans sah er wieder umwerfend aus. Für sein Alter machte er noch eine gute Figur. Die silbernen Strähnen in seinen dunklen Haaren verliehen dem kantigen Gesicht ein aristokratisches Aussehen. In den letzten Monaten hatte er sein altes Gewicht wieder erreicht. Seine leicht gebräunte Haut ließ das Blau seiner Augen noch intensiver erscheinen.

„Guten Morgen, Alexander." Margit betrachtete ihn wohlwollend. Sie hatte ihm ein leckeres Frühstück zubereitet. Sie war ihrer Tochter sehr ähnlich. Nicht nur im Aussehen, sondern auch in ihrem Wesen. Er mochte sie.

Erdmann fraß gierig sein Futter und schlapperte anschließend das frische Wasser. Mit einem lauten Rülpsen beendete er sein Frühstück und legte sich zu Alexanders Füßen ab.

„Soll ich heute mit Erdmann zur Physiotherapie gehen? In Judiths Kalender ist ein Termin eingetragen."

„Das wäre toll, wenn du das machen würdest. Erdmann geht es seit der Behandlung viel besser. Er muss fit sein, wenn Judith nach Haus kommt."

Seine Augen schimmerten feucht.

„Das wird sie bald", tröstete ihn Margit. „Es wird schon alles gut. Ich gehe dann später zu ihr."

„Ich löse dich dann wieder ab. Es tut mir leid, dass ich mich nicht mehr um sie kümmern kann. Aber der aktuelle Fall braucht meine ganze Aufmerksamkeit. Ich muss ihn endlich lösen, sonst werde ich noch verrückt", beklagte er sich.

„Das ist kein Problem. Ich kümmere mich gern um sie und ich bleibe so lange, bis es ihr wieder besser geht."

Alexander erhob sich, gab ihr einen Kuss auf die Wange und verabschiedete sich. „Macht's gut, ihr zwei. Elena ist ja später da. Dann kann Erdmann heute hierbleiben. Aber sage ihr bitte, sie soll ihm nicht dauernd Leckerlies geben. Er wird sonst zu fett und das ist nicht gut für seinen Rücken."

Erdmann brummte unwillig. „Mach's gut Dicker." Alexander streichelte dem Dackel über den Kopf.

Kapitel 101

„Wo ist denn mein Freund?“, empfing ihn Stückchen vorwurfsvoll.

„Der muss zur Physiotherapie und bleibt dann bei Elena. Morgen kannst du ihn wieder betreuen. Ist der Lehrer Höhne schon da?“

„Nein, der Herr ist nicht aufgetaucht. Hat sich auch nicht entschuldigt“, klärte ihn die Sekretärin auf.

Alexander schlug auf die Platte von Stückchens Schreibtisch. „Das gibt es doch nicht. Sind die denn alle verrückt?“

„Ich sag Eberstädter Bescheid. Der soll sich darum kümmern“, versuchte Stückchen den Chef zu beruhigen.

„Mach das. Der soll den Depp hierherbringen und zwar pronto. Ich muss ein paar Telefonate führen. Und sag bitte Jüngling, dass ich da bin. Er und Cosima sollen ihre Hintern hierher bewegen“, sagte er aufgebracht. Stückchen schüttelte den Kopf.

Seit Beginn des Falles und der Schussverletzung von Judith war ihr Chef wie ausgewechselt. Alexander ging in sein Büro. Er griff zum Telefonhörer und rief Martin an. Der Kommissar aus Alsfeld meldete sich nicht. Alexander sprach ihm auf die Mailbox. „Martin, kannst du bitte umgehend zurückrufen.“

Jüngling und Cosima kamen herein. „Setzt euch. Jüngling kannst du mich jetzt mal aufklären, was gestern passiert ist.“

„Als ich bei diesem Thomas Mertens ankam, ist der Hubert Feist zur Küchentür raus in den Garten und über den angrenzenden Acker davongelaufen. Ich bin hinter ihm her. Dann fiel ein Schuss. Ich bin sofort in Deckung gegangen, konnte nicht sehen, was der Feist machte. Mir war das zu riskant und ich bin umgedreht."

„Hat da der Mertens geschossen?", wollte Cosima wissen.

„Ne, ne, der Schuss kam aus einer anderen Richtung. Der Mertens war genauso erschrocken."

„Weiß der denn, wer dem Hubert Feist nach dem Leben trachtet?", fragte Alexander.

„Der hat auch keine Ahnung. Aber es kommt ja noch besser. Ich bin dann dort auf die Toilette gegangen. Die war in einem großen Bad. Da stand auch eine Waschmaschine. Auf einem Wäscheständer hing die Unterwäsche und die Strümpfe von dem Typen."

„Was ist daran so besonders?", kam es nun von Cosima.

„Nichts, ich fand es nur lustig. Aber das eigentlich Interessante ist die Perücke, die ich gefunden habe. Sie lag auf der Waschmaschine. Ja, und die blauen Kontaktlinsen. Die befanden sich auf einer Konsole vor dem Spiegel. Dieser Mertens hat zwar einen Vollbart, aber auch eine Glatze und in Wirklichkeit braune Augen. Der hat sich quasi verkleidet, damit ihn niemand erkennt", berichtete Jüngling ganz stolz.

„Das beweist noch gar nichts", sagte Alexander.

Jüngling hob beide Hände wie zur Abwehr. „Halt, mein Lieber. Der Mertens hat alles unumwunden zugegeben. Er hat die Zwillinge mit den Handys bestochen, damit sie die Toilette in Brand setzen. Er hat auch die Brandbeschleuniger ausgelegt. Er wollte aber nicht so ein großes Feuer entfachen. Er dachte, wenn die Scheune etwas kokelt, muss sie abgerissen werden. Er wollte nicht, dass sie komplett abbrennt."

„Das kann man jetzt glauben oder auch nicht", Alexander verzog das Gesicht.

„Du kannst es glauben. Der Mann kommt heute Morgen hierher, um seine Aussage zu machen. Ich musste ihn nicht einmal dazu auffordern. Er hat das von selbst angeboten."

„Aber warum hat er das gemacht?", Cosimas Neugier war erwacht.

„Hubert wollte die Scheune vernichten, damit er endlich die Ferienwohnungen bauen kann, die sein Großvater immer verhindert hat. Thomas, mit dem er seit der Landwirtschaftlichen Schule befreundet ist, wollte ihm helfen. Mertens weiß, dass es nicht in Ordnung war und es tut ihm auch leid. Dass die Sache so ausufert, wollte er nicht. Er wird alles gestehen und seine Strafe annehmen."

„Dann hat das Feuer das Auto zum Vorschein gebracht und damit einen Rachefeldzug in Gang gesetzt", mutmaßte Cosima und schnipste mit den Fingern. „Aber wenn dem Mann vermutlich dort nichts passiert ist und er einfach verschwunden ist, warum geschehen alle diese Verbrechen? Ich dachte, es ging um Rache. Aber wofür?"

„Ich denke auch, es geht um Rache. Irgendetwas muss in dieser Nacht, als Pinke mit Juliane Herz gesprochen hat in Dorff passiert sein und dieser Manfred Röbig, der Bruder von Sebastian Pinke, will sich an den Verantwortlichen rächen", setzte Alexander den Gedanken fort.

„Aber er muss Helfer gehabt haben“, wieder schnipste Cosima mit den Fingern.

„Der wahrscheinlich in der Person von diesem Robert Heller zu finden ist. Hat man schon herausgefunden, wo der steckt?“

„Ist immer noch abgetaucht“, berichtete Jüngling.

„Dann suchen wir jetzt immer noch diesen Röbig, den Robert Heller und Hubert Feist.“

„Und evtl. den Sebastian Pinke, falls sich bestätigt, dass der wirklich auf der Kaiserstraße in Friedberg aufgetaucht ist“, meinte Alexander.

„Vielleicht wissen wir gleich mehr“, antwortete Jüngling und stand auf.

Kapitel 102

„Lass mich los, du Depp“, der Lehrer spie die Worte regelrecht aus.

Eberstädter zerrte den Mann hinter sich her und bugsierte ihn ins Besprechungszimmer. Alexander stieß zu den beiden, gefolgt von Cosima.

„Herr Kommissar, das ist ungeheuerlich, was hier veranstaltet wird. Ihr Mitarbeiter hat mich vor meiner Klasse blamiert. Meine Beförderung zum Schuldirektor kann ich nun vergessen.“

„Das hoffe ich. Denn eine Person, die laufende Ermittlungen blockiert, sollte keine leitende Funktion in einer Schule haben. Sie wären ein schlechtes Vorbild für Ihre Schüler.“

„Trotzdem haben Sie kein Recht, mich aus dem Unterricht zu holen. Das werden Sie noch bereuen. Ich werde mich an den Staatsanwalt wenden. Den kenne ich gut.“

„Ich auch, grüßen Sie ihn bitte von mir“, spottete Kommissar Henneberg.

„Hört jetzt endlich auf“, mischte sich Cosima ein.

„Fangt mit der Befragung an, denn wir erwarten ja auch noch einen anderen Zeugen.“

Cosima schüttelte den Kopf. Ihr Kollege benahm sich wie ein Anfänger.

„Herr Höhne, kommen wir zur Sache. Ihre Frau hat uns mitgeteilt, dass Sie den Vermissten Sebastian Pinke in Friedberg auf der Kaiserstraße gesehen haben.

Sagen Sie uns doch bitte, wann das war und wo genau Sie ihn gesehen haben."

„Ich bin doch gar nicht sicher, ob er es wirklich war. Vielleicht war das nur jemand, der dem Mann ähnelte."

„Warum haben Sie Ihre Beobachtung nicht der Polizei gemeldet?", wollte Eberstädter wissen, der an der Wand lehnte und mit den Augen rollte.

„Wie gesagt, ich bin doch gar nicht sicher, ob er es war", Höhne wurde immer kleiner.

„Wo wollen Sie denn den Mann, von dem Sie nicht wissen, ob er es war, genau gesehen haben?"

„Gegenüber von dem Fisch Umsonst. Er stand an der Ampel, die auf Rot stand. Der wollte da die Straße überqueren."

„Haben Sie ihn angesprochen?", fragte Henneberg nach.

„Nein, natürlich nicht."

„Haben Sie gesehen, wo er dann hingegangen ist, als er die Straße überquert hat?"

„Nein, ich bin ja an ihm vorbei und in Richtung Burg weiter gegangen."

„Vermutlich ist er rechts in die Straße eingebogen. Als ich mich umdrehte, war er zumindest nicht mehr zu sehen."

„Das ist interessant. War nicht die Praxis von diesem Professor Ehrenreich in dieser Ecke, bevor er nach Bad Nauheim umzog", sinnierte Henneberg laut.

„Noch eine Frage", Eberstädter sah den Lehrer eindringlich an. „Wann genau wollen Sie den Vermissten gesehen haben?"

„Das weiß ich noch ganz genau. Es war der letzte Tag vor den Ferien. Es war der 15. Juli 1994“, sagte Höhne nun wieder etwas freundlicher.

„Der Mann ist nach der Aktenlage am 9.Juli verschwunden. Wo hat er sich dann sechs Tage lang aufgehalten?“, überlegte Cosima.

Höhne zog die Schultern hoch. „Das weiß ich nun wirklich nicht.“

Kapitel 103

„Cosima, komm mit. Wir fahren nach Bad Nauheim“, forderte Alexander seine Kollegin auf.

„Eberstädter, sei so gut, nehme die Aussage von Herrn Höhne zu Protokoll. Er kann dann wieder gehen.“

„Wie soll ich denn von hier aus in die Schule kommen? Da bin ich ja ewig unterwegs“, jammerte Höhne.

„Dann soll Sie meinetwegen eine Streife zurückbringen. Verdient haben Sie es nicht.“

Cosima folgte ihrem Kollegen nach draußen. Sie meldeten sich bei Stückchen ab. „Jüngling soll sich um den Zeugen Mertens kümmern.“

„Wo geht ihr hin?“

„Wir fahren zu dem Schönheitschirurgen Professor Ehrenreich nach Bad Nauheim. Ich hoffe, da werden wir recht aufschlussreiche Dinge erfahren.“

„Kommt ihr dann nochmal rein?“

„Können wir noch nicht sagen. Ich rufe dich an. Tschüss Stückchen.“

„Tschüss“, antwortete die Sekretärin. Sie schüttelte den Kopf. Hoffentlich war der Fall bald aufgeklärt und hoffentlich wachte Judith bald wieder auf. Henne war einfach nicht zu genießen. Sie arbeitete jetzt seit über 20 Jahren für ihn, aber so eine schlechte Laune hatte er noch nie gehabt. Sie hatte ja durchaus Verständnis für seine Situation, aber dass er sich so übel gelaunt ihr und den Kollegen gegenüber verhielt, konnte sie nicht verstehen.

Kapitel 104

Er war kurz vor der Jagdhütte seines Großvaters, als er ein Motorengeräusch hörte. Ein dunkler Kleinwagen kam die alte Straße herunter und fuhr in Richtung Dorff. Das Motorengeräusch verstummte plötzlich. Dann war das Zuschlagen einer Autotür zu hören.

Hubert kam aus seiner Deckung und kletterte auf den Hochsitz, der in seiner Nähe stand. Sein Großvater hatte ihn im Sommer noch errichten lassen. Von hier aus konnte er den Wagen am Wegrand besser erkennen. Es dauerte einige Minuten, bis sich ein zweites Kraftfahrzeug von der anderen Seite her näherte. Ein Jeep tauchte auf und parkte zwischen den Bäumen. Das war Heller. Hubert kannte seinen Wagen. Was machte der denn hier?

Der Mann aus dem Kleinwagen ging auf den Jeep zu. Heller musste ausgestiegen sein, blieb aber zunächst von dem Jeep verdeckt. Plötzlich fiel ein Schuss. Hubert sah, wie Heller langsam auf den Schützen zuging, der zur Seite sprang. Heller torkelte über den Weg und fiel auf der anderen Seite der Straße zu Boden. Der Fremde beugte sich über ihn. Dann stieg er in sein Fahrzeug, wendete und fuhr in Richtung Landstraße zurück.

Hubert wollte gerade vom Hochsitz klettern, um nachzusehen, als zwei Leute den Weg herunterkamen. Er hörte die Leute aufgeregt miteinander reden. Kurz darauf hörte Hubert einen Schrei. Es war ein Schrei des Entsetzens.

Es war höchste Zeit für ihn, wieder von hier zu verschwinden. Doch wohin sollte er jetzt gehen?

Kapitel 105

Das Tor zu dem Anwesen von Professor Ehrenreich war geschlossen. Henneberg hielt davor und stieg aus. Er drückte den Klingelknopf. Doch nichts passierte. Er sah, wie sich die Gardine am Fenster zur Auffahrt bewegte. Er klingelte erneut, langanhaltend. Plötzlich knackte es in der Sprechanlage. „Ja bitte", erklang eine ältere Frauenstimme, vermutlich die der Haushälterin. Henneberg hielt seinen Dienstausweis vor das Auge der Kamera. „Bitte öffnen Sie uns das Tor. Wir müssen mit Herrn Professor Ehrenreich sprechen."

„Der Herr Professor ist nicht im Haus. Kommen Sie bitte später wieder."

„Erzählen Sie keinen Schmarrn. Das Auto des Professors steht vor dem Haus. Also ist er auch da. Jetzt öffnen Sie schon das Tor. Oder ist es Ihnen lieber, wenn wir hier ein paar Streifenwagen vorfahren und den Professor abführen lassen? Das würde den Nachbarn sicherlich gefallen."

Henneberg grinste gehässig. Der Öffner summte. Der Kommissar drückte gegen das Tor. Cosima stieg aus dem BMW und folgte ihrem Kollegen über die Auffahrt zum Haus. Der Professor höchst persönlich öffnete die Tür. Er war blass und machte einen nervösen Eindruck.

„Was wollen Sie denn schon wieder?", empfing er die Kommissare ohne einen Gruß.

„Das werden Sie uns hoffentlich gleich sagen", antwortete Henneberg unhöflich. „Dürfen wir eintreten oder möchten Sie uns hier im Freien unsere Fragen beantworten?“

„Kommen Sie schon rein“, er zog die Tür auf und ließ die beiden eintreten.

„Was wollen die hier?“, empfing sie die Hausherrin sehr undamenhaft mit schriller Stimme, als sie den Wintergarten betraten.

„Die steht im Stall und der steht daneben“, spottete Henneberg.

„Wir haben noch ein paar Fragen an Ihren Gatten“, sagte Cosima freundlich, bemüht die Situation etwas zu entschärfen, „wir werden Sie nicht lange aufhalten.“

Auf dem großen Esstisch stand noch das Frühstücksgeschirr. Die Ausgabe einer Frankfurter Allgemeinen lag ausgebreitet vor dem Platz des Professors. Er setzte sich wieder dorthin, bot den Kommissaren aber keinen Platz an. Henneberg nahm sich einen der schweren Korbsessel und setzte sich dem Hausherrn gegenüber.

„Cosima, bitte setz dich. So lässt es sich leichter reden.“ Cosima nahm widerwillig auf einem der noch freien Sessel Platz. Sie sah an dem Professor vorbei durch die großen Glasscheiben.

„Herr Professor, können Sie sich an den 15. Juli 1994 erinnern?“, begann Henneberg mit der Befragung.

„Wie soll ich mich nach 25 Jahren genau an diesen Tag erinnern?“, antwortete der Befragte unwirsch.

„Vielleicht kann ich Ihnen auf die Sprünge helfen“, presste Henneberg hervor. „An diesem Tag war Ihr Schwiegersohn in Spe, Sebastian Pinke auf dem Weg in Ihre Praxis.“

„Wer sagt das?“

„Wir haben eine ernst zu nehmende Zeugenaussage. Also hören Sie endlich mit den Spielchen auf und sagen Sie uns, was der Mann von Ihnen wollte“, forderte der Kommissar den Professor bestimmt auf.

Ehrenreich schwieg eine Weile, sah zu seiner Frau. Sie sah ihn streng an und bewegte den Kopf zur Seite.

„Sie wollen uns also nicht helfen“, stellte Henneberg fest. „Cosima, bitte fordere einen Streifenwagen an, der den ehrenwerten Professor ins Präsidium bringen soll.“ Er stand auf und ging zur Tür. Cosima bewegte sich ebenfalls in Richtung Ausgang, während sie ihr Handy bediente.

„Warten Sie“, hielt sie der Professor mit zitteriger Stimme zurück. „Setzen Sie sich bitte wieder.“

Die Kommissare drehten sich um, blieben aber demonstrativ stehen.

„Pinke war tatsächlich an diesem Tag bei mir. Ich weiß es noch so genau, weil meine Tochter am nächsten Tag Geburtstag hatte.“

„Was wollte er von Ihnen? Und warum haben Sie das nicht der Polizei gemeldet?“, schoss Henneberg eine Frage nach der anderen ab.

„Ich sollte ihm helfen. Er müsse verschwinden, sagte er. Er sei sozusagen auf der Flucht vor den Leuten aus diesem Dorf da im Vogelsberg.“ Er hielt eine Weile inne.

„Ich schlug ihm eine finanzielle Unterstützung vor und ihm eine neue Identität zu besorgen.“

„Haben Sie ihm auch ein neues Aussehen verpasst?“, mischte sich Cosima nun ein.

„Er hat das verlangt. Aber ich habe abgelehnt, ihn selbst zu operieren. Ich habe ihn zu einem Kollegen geschickt."

„Wer ist das und wo finden wir ihn?", wollte Henneberg wissen.

„Ich werde den Kollegen bitten, mit Ihnen Kontakt aufzunehmen. Er wird Ihnen alles bestätigen."

„Das wäre gut. Er soll uns auch Bilder schicken, die Pinke nach der OP zeigen", forderte ihn Alexander auf.

„Dafür sorge ich. Ich gebe Ihnen mein Wort."

„Hat Pinke denn das Geld angenommen? Und hat er Ihnen erzählt, warum er auf der Flucht war? Wo war er denn vorher gewesen? Es lagen ja zwischen seinem Verschwinden und dem Auftauchen bei Ihnen immerhin fast eine ganze Woche."

„100.000 DM hat er verlangt. Aber wieso er verschwinden wollte, hat er mir nicht gesagt. Das war mir ehrlich gesagt auch egal. Ich war ja froh, dass er meine Tochter in Ruhe ließ. Ich habe aber darauf bestanden, dass er nie wieder hier auftaucht. Ich weiß auch nicht, wo er sich in der Woche davor aufgehalten hat. Ich wollte das alles nicht wissen", Ehrenreichs Stimme klang ärgerlich. Seine Frau schäumte vor Wut, hielt sich aber raus.

„Wer hat denn die OP und seine Flucht bezahlt?"

„Dreimal dürfen Sie raten", fauchte Frau Ehrenreich. „Der Idiot hat uns viel Geld gekostet. Wir wollten uns damals eine Yacht kaufen. Aber daraus wurde nichts."

„Das tut mir aber wirklich leid", sagte Henneberg zynisch.

„Sie bleiben dabei, dass Sie diesen Pinke nie wieder gesehen haben?"

„Nein, habe ich nicht. Ich weiß auch nicht, welchen Namen er benutzte und wo er sich aufhielt. Er hat sich weder bei mir noch bei meiner Tochter gemeldet."

„Ist Ihnen eigentlich klar, dass Sie sich strafbar gemacht haben, in dem Sie uns sein Auftauchen verheimlicht haben? Wir haben einen riesigen Aufwand betrieben, um den Mann zu finden", warf ihm Henneberg vor.

„Als Sie kurz nach seinem Verschwinden bei uns waren, hatte ich wirklich keine Ahnung, dass er noch lebt", Ehrenreich senkte den Kopf. „Als er dann plötzlich vor mir stand, wollte ich ihn einfach nur wieder loswerden. Mir war vor allem wichtig, dass er keinen Kontakt zu meiner Tochter aufnimmt." Er hob den Kopf wieder und sah Henneberg böse an. „Das müssen Sie doch verstehen, dieser Mann passte nicht zu uns, nicht in unsere Kreise. Er war einfach nur peinlich. Unsere Freunde hätten ihn nie als unseren Schwiegersohn, geschweige denn als Arzt akzeptiert. Wir waren froh, dass wir ihn los waren."

Cosima schüttelte ungläubig den Kopf. „Lass uns gehen, bevor mir schlecht wird."

„Sie hören vom Staatsanwalt. Man wird Sie zur Rechenschaft ziehen wegen Behinderung der Justiz. Darauf können Sie sich verlassen." Henneberg drehte sich um und verließ mit seiner Kollegin grußlos den Raum.

Sie hörten noch bis auf die Straße das Gekeife von Frau Ehrenreich.

Alexander steckte sich eine Zigarette an und sah auf das Haus. „Die spinnen doch. Wegen solcher Idioten verschwenden wir unser Leben."

„Was heißt hier unser Leben“, konterte Cosima, „unsere Gesundheit und unsere Nerven gehen dabei flöten. Wir müssten uns heute nicht mehr mit diesem Fall beschäftigen, wenn der Herr Professor damals die Polizei informiert hätte. Ich hoffe, er wird zur Rechenschaft gezogen und bekommt eine saftige Strafe.“

„Nicht nur das. Es hätte keine Toten geben müssen, auch wenn mir dieses Ekelpaket von Erwin Feist keineswegs leidtut. Aber wie ich den Herrn Professor kenne, hat er beste Verbindungen und außer einem erhobenen Zeigefinger passiert dem gar nichts“, äußerte sich Alexander zerknirscht.

Als hätte es noch einer Bestätigung bedurft, tauchte plötzlich die Frau des Professors auf. Ihre Absätze klackerten auf dem Pflaster.

„Herr Kommissar“, rief sie und blieb auf der anderen Seite des Tors stehen. Durch die Gitterstäbe sprach sie zu Alexander.

„Ich erwarte, dass Sie nicht alles an die große Glocke hängen. Unsere Tochter darf auf keinen Fall von der Sache erfahren.“

„Das liegt nicht in meinem Ermessen. Das muss der Staatsanwalt entscheiden“, gab Alexander zur Antwort.

„Wir sind mit dem Staatsanwalt gut befreundet. Seine Frau hat sich erst kürzlich bei meinem Mann einer Gesichtsstraffung unterzogen. Der wird es nicht wagen, gegen meinen Mann Anklage zu erheben. Außerdem ist die Sache ohnehin verjährt.“

„Schon die zweite Person heute, die mit dem Staatsanwalt gut befreundet ist“, erwiderte Henneberg.

Frau Ehrenreich schnaubte und drehte sich um, eilte auf das Haus zu.

„Ich könnte kotzen“, der Kommissar warf die Kippe auf den Boden und trat sie aus.

„Ich frage mich, ob sich diese Leute manchmal selbst zuhören“, sagte Cosima zynisch.

Kapitel 106

Im Präsidium herrschte große Aufregung. Jüngling kam ihm schon auf dem Gang entgegen. „Wir haben einen Leichenfund."

„Was, wo?", Henneberg sah ihn entsetzt an.

„Die Kollegen aus Alsfeld haben sich gerade gemeldet. Im Wald oberhalb von Dorff wurde eine männliche Leiche gefunden. Vermutlich handelt es sich um Robert Heller, den vermissten Bediensteten der JVA Gießen, den Nachbarn von Feist."

„Ok, Cosima und ich fahren da jetzt hin. Was ist mit den Aussagen von Höhne und Mertens?"

„Beide haben ihre Aussage zu Protokoll gegeben. Wir haben sie nach Absprache mit dem Staatsanwalt wieder gehen lassen."

„Was ist mit Hubert Feist und Manfred Röbig? Gibt es immer noch keine Hinweise, wo die sich aufhalten?"

„Wo sich Röbig herumtreibt wissen wir nicht, aber Hubert Feist ist vermutlich dort oben im Wald. Ich habe dir ja gesagt, dass ich eine Vermutung habe. Ich wollte schon längst auf dem Weg sein. Aber jetzt kann ich mich ja auch noch um die Suche nach diesem Pinke kümmern. Cosima hat mir das Bild geschickt. Der Mann ist ja wirklich nicht wiederzuerkennen."

„Da hast du recht. Aber wer weiß, wo der wirklich steckt."

„Der Staatsanwalt hat mir aufgetragen, die Suche über Interpol laufen zu lassen", berichtete ihm

Jüngling. „Wenn er nicht auffällig wurde, wird es schwierig werden, ihn zu finden.“

„Abwarten“, beschwichtigte ihn Henneberg. „Ich habe so ein Gefühl, dass er ganz hier in der Nähe ist. Ich könnte wetten, dass er und sein Bruder Manfred für die Morde an Erwin Feist und Bertram Bauer verantwortlich sind. Vermutlich hat er auch den Bediensteten der JVA auf dem Gewissen und jagt jetzt Hubert Feist hinterher. Der ist auf jeden Fall in Gefahr. Wir müssen ihn finden.“

„Die Kollegen aus Alsfeld haben den Wald bereits abgeriegelt und suchen mit einem Mantrailer nach Hubert Feist.“

„Sehr gut“, lobte Henneberg den jüngeren Kollegen.

„Bitte verstärke den Polizeischutz für Juliane Herz. Ich bin sicher, dass Röbig und Pinke auch sie beseitigen wollen“, orderte Henneberg an. „Hier geht es ganz eindeutig um Rache.“

Alexander wandte sich um und ging in sein Büro. Cosima folgte ihm. Sie wusste, auch ohne dass Alexander etwas zu ihr sagte, was er dort wollte.

Kapitel 107

„Was hat der Staatsanwalt gesagt?“, wollte Cosima wissen, als sie auf dem Weg in den Vogelsberg waren.

„Nicht viel. Er hat sich alles angehört und meinte dann, er werde die Angelegenheit gewissenhaft prüfen.“

„Mit anderen Worten, er wird nichts gegen den Professor unternehmen.“

„In dieser Sache wahrscheinlich nicht. Aber als ich ihm erzählte, dass uns die Frau des Professors von der Gesichtsstraffung seiner Frau erzählt hat, meinte er nur, dass das den Straftatbestand der Verletzung des Arztgeheimnisses erfüllen würde“, antwortete ihr Alexander.

„Trotzdem wird er nichts unternehmen. Dann würde ja bekannt werden, dass sich seine Frau einem Gesichtslifting unterzogen hat. Das wäre ihm doch bestimmt peinlich, wenn die Öffentlichkeit davon erfahren würde. Vergiss es, dem ehrenwerten Professor wird nichts passieren.“

„Das sehe ich nicht so. Wenn die Presse Wind von der Sache bekommt, und das wird sie, erfährt ja auch die Tochter des Professors, dass ihr ehemaliger Verlobter und Vater ihres Sohnes Ben unter Umständen noch lebt und, dass ihr eigener Vater sie an der Nase herumgeführt hat. Ich denke, damit ist zumindest der Familienfrieden gefährdet.“

„Und was wohl die Freunde der Familie sagen werden?“, machte sich Cosima lustig. „Die Leute tun mir richtig leid.“

„Nicht nur der ehrenwerte Professor wird an Achtung verlieren, auch der Lehrer, der feine Herr Höhne. Der kann sich die Stelle als Schulleiter auf jeden Fall abschminken“, setzte Alexander hinterher. „Der kann einem auch leidtun. Ich frage mich, warum sich diese angeblich so gescheiten Akademiker so saudumm verhalten?“

Kapitel 108

Die Kommissare ließen den Wagen stehen und gingen in den Wald hinein.

Mehrere Streifenwagen und ein Rettungswagen standen auf dem Waldweg. Ein großer Jeep war zwischen den Bäumen geparkt. Die Klappe eines Leichenwagens stand offen. Der Tatort am Wegrand war mit rot-weißen Bändern abgesperrt, die im Wind flatterten.

Der Tote lag unter einem weißen Tuch und wartete nur darauf abtransportiert zu werden. Ein Kommissar des Alsfelder Präsidiums empfing die beiden Kommissare aus Friedberg.

„Hallo Herr Henneberg, hallo Frau von Mittelstedt, Sie wurden mir schon angekündigt", begrüßte sie der Mann, „ich bin Hauptkommissar Bergmann aus Alsfeld."

„Hallo", erwiderten Alexander und Cosima den Gruß. „Wissen Sie schon wer der Tote ist und wie er ums Leben kam?" Henneberg sah den Mann neugierig an.

„Die Überprüfung des Autokennzeichens hat ergeben, dass das Fahrzeug einem Robert Heller gehört. Leider haben wir keine Papiere und auch kein Handy im Wagen gefunden, aber ein Mann aus Dorff kam hier vorbei. Er hat uns bestätigt, dass es sich bei dem Toten um Robert Heller handelt."

„Oh je", stöhnte der Kommissar aus Friedberg, „dann weiß es gleich jeder in Dorff."

„Der Mann hat uns versichert, dass er darüber schweigen wird. Wir haben uns seine Papiere zeigen lassen, dann ist er weiter in den Wald hineingefahren."

„Was ist denn überhaupt passiert?", wollte Cosima wissen.

„Heller wurde erschossen. So wie ich das sehe, wurde der Schuss von vorne aus kürzester Nähe abgefeuert. Aber die Rechtsmedizin wird das noch genauer untersuchen."

Er nahm das weiße Laken und zog es zurück. Der Tote lag auf der Brust. Der Kopf war zur Seite geneigt. Die Friedberger Kommissare betrachteten interessiert die Leiche. Ein Loch war mitten auf der Stirn zu sehen. Die Wundränder waren dunkel gefärbt.

„Wie lange ist er schon tot?" Henneberg blickte zu Bergmann.

„Noch nicht lange. Der Notruf erfolgte gegen elf Uhr. Kurz davor ist der Schuss gefallen."

„Wer hat ihn gefunden?", wollte Cosima wissen.

„Das Ehepaar Walther aus Garbenheim. Sie sind hier durch den Wald gewandert, wollten nach Dorff in das Gasthaus „Zum Fröhlichen Wanderer."

„Der Appetit dürfte ihnen vergangen sein", meinte Henneberg bedauernd. „Wo sind die Leute jetzt?"

„Werden im Rettungswagen betreut", er deutete auf den Wagen in unmittelbarer Nähe.

Cosima machte sich auf den Weg dorthin. Ein Mann in Sportkleidung und Wanderstiefeln saß auf der Rampe des Wagens. Er rauchte und stierte vor sich hin. Auf der Liege im Inneren lag seine Frau. Sie schluchzte und zitterte am ganzen Körper. Ein Sanitäter sprach beruhigend auf sie ein. Ein weiterer Sanitäter kam gerade aus dem Wald und knöpfte seine Hose zu.

„Hallo Herr Walther sind Sie in der Lage, mir ein paar Fragen zu beantworten?“, sprach Cosima den Wanderer an. Der Mann nickte, ohne aufzublicken.

„Können Sie mir sagen, was Sie gesehen haben?“

Der Mann sagte zunächst nichts. Er starrte weiter vor sich hin, scharrte mit den Füßen auf dem Waldboden. Cosima wartete geduldig.

„Wir hatten unser Auto oben am Waldrand abgestellt und sind die alte Straße hinuntergelaufen. Wir wollten nach Dorff zum Essen“, begann er langsam zu erzählen, so als müsse er jedes Wort abwägen.

„Plötzlich hörten wir einen Schuss. Wir haben uns total erschreckt und sind sofort hinter einem Busch in Deckung gegangen. Es dauerte nicht lange, dann hörten wir eine Autotür zuschlagen und wie ein Motor gestartet wurde. Der Wagen kam den Weg hoch und fuhr direkt an uns vorbei. Wir haben uns still verhalten und haben abgewartet, bis sich das Auto entfernte.“

„Haben Sie gesehen, wer geschossen hat?“

„Nein, das haben wir nicht. Der Schuss kam ja auch von weiter weg. Durch die Bäume haben wir niemanden erkennen können.“

„Und den Fahrer des Wagens, haben Sie den erkannt?“

„Nein, wie ich schon sagte, wir versteckten uns hinter dem Busch, konnten den Fahrer gar nicht sehen und das Auto erst, als es am Gebüsch vorbei war.“

„Konnten Sie den Autotyp erkennen, vielleicht auch das Kennzeichen?“, Cosima sprach ganz behutsam zu dem Mann.

„Es war ein dunkler Kleinwagen mit vier Türen. Auf dem Nummernschild konnte ich nur die

Buchstaben VB erkennen. Mehr leider nicht. Es ging alles so schnell. Vielleicht hat meine Frau mehr erkannt. Aber sie ist völlig durch den Wind", beklagte sich Herr Walther.

„Es geht ihr schon wieder etwas besser", machte sich der Sanitäter aus dem Inneren des Rettungswagens bemerkbar. „Sie ist jetzt stabil."

„Überlegen Sie bitte nochmal, ob Ihnen etwas zum Wagentyp einfällt. Ich spreche mal kurz mit Ihrer Frau."

„Warten Sie", hielt sie der Zeuge zurück. „Es könnte ein Opel Corsa oder Renault Twingo gewesen sein, vielleicht auch ein Toyota Yaris."

„Danke, das klingt doch schon mal sehr gut. Was die Farbe betrifft, war die eher schwarz oder dunkelblau?"

„Es war anthrazit. Da bin ich mir ziemlich sicher."

Cosima nickte ihm zu und stieg in den Krankenwagen. Frau Walther hatte sich aufgesetzt. Sie machte einen ruhigen Eindruck. Ihre Pupillen waren geweitet. Das kommt vom Beruhigungsmittel, dachte Cosima.

„Guten Tag, Frau Walther. Wie geht es Ihnen?", fragte Cosima freundlich.

„Danke, es geht wieder", sagte die Frau leise.

„Frau Walther, haben Sie irgendetwas gesehen, was der Polizei weiterhelfen könnte?"

Sie schüttelte den Kopf. „Nein", kam es gedehnt aus ihrem Mund.

„Ihr Mann meinte, er hätte einen dunklen Kleinwagen gesehen. Können Sie das bestätigen?"

Sie nickte. „Ja, ein dunkler Kleinwagen."

„Haben Sie vielleicht das Kennzeichen erkannt?"

Sie überlegte etwas. „Die letzte Zahl war eine Eins. Da bin ich mir sicher. Mehr habe ich nicht gesehen."

„Den Fahrer konnten Sie nicht erkennen?"

Wieder schüttelte sie den Kopf.

„Ich denke, Frau Walther ist mit der Befragung noch überfordert", machte sie der Sanitäter aufmerksam.

„Danke", Cosima lächelte Frau Walther an und stieg wieder aus.

Die Kommissarin gab dem Zeugen ihre Karte. „Herr Walther, wenn Ihnen noch etwas einfällt, rufen Sie mich bitte an." Sie war gerade im Begriff zu gehen, da fiel ihr noch etwas ein.

„Woher wussten Sie, dass der Schuss von weiter wegkam?"

„Ich bin Sportschütze. Der Schuss kam außerdem aus einer Pistole und keinem Gewehr", antwortete der Mann selbstbewusst.

„Danke für Ihre Hilfe."

Cosima wandte sich ab und klingelte Jüngling an.

„Hallo Jüngling, kannst du mir einen Gefallen tun?"

„Dir doch immer", kam prompt die Antwort. „Was soll ich machen?"

„Finde mal heraus, was diese Frau Röbig für einen Wagen fährt. Ich vermute, dass ihr Mann damit unterwegs ist. Außerdem lass mal ihr Handy orten. Wahrscheinlich hat der feine Herr Röbig auch das mitgenommen. Der ist ja nicht blöd und kann sich denken, dass wir zuerst nach seinem Handy suchen."

„Wird gemacht. Rufe dich gleich zurück."

„Nicht so schnell", stoppte Cosima ihren Kollegen. „Finde auch mal heraus, mit wem Röbig in den letzten Tagen telefoniert hat."

„Ok, mache ich so schnell wie möglich."

„Schneller wäre mir lieber", Cosima lachte.

Sie gesellte sich wieder zu Henneberg und Bergmann, die im Gespräch vertieft waren. Der Kommissar klärte Bergmann über die Zusammenhänge der einzelnen Fälle auf. Mittlerweile waren auch die Männer von der Spurensicherung vor Ort.

„Wenn ich das richtig verstehe, dann ist dieser Röbig für die Morde an den Herren Bauer und Feist verantwortlich, hat den Hubert Feist in den Wald entführt und seine Freundin im Gewölbekeller eingesperrt. Aber warum soll er jetzt diesen Mann hier umgebracht haben?"

„Heller hat ihm vermutlich geholfen. Er ist zumindest für einen Mord verantwortlich, nämlich dem an Erwin Feist. Wir haben Grund zu der Annahme, dass er dem Alten das Zyankali in seiner Zelle verabreicht hat. Einer Befragung in der Haftanstalt hat er sich entzogen. Und jetzt kann er nicht mehr befragt werden."

„Dann hat sich dieser Röbig also hier im Wald eines Mitwissers entledigt. Sehe ich das richtig?", wollte Bergmann wissen.

„Das ist anzunehmen. Der Mann ist seit vorgestern abgängig. Es gibt eigentlich nur diese Erklärung dafür."

„Und warum das alles?", wollte er nun noch wissen. „Was hat er für ein Motiv?"

„Rache. Rache für etwas, dass man seinem Bruder angetan hat."

„Ist sein Bruder tot?“

„Das wissen wir noch nicht. Wir suchen seit gut 25 Jahren nach ihm.“

„Wo ist eigentlich der Mantrailer?“, fragte Henneberg plötzlich.

„Der war hier. Den haben wir wieder weggeschickt. Der hätte ja alle Spuren versaut. Wen sollte der eigentlich suchen?“, wollte Bergmann wissen.

„Na, den Hubert Feist. Unser Kollege hatte die Idee, dass der Mann sich hier im Wald verstecken könnte. Dass er dort hingeht, wo man ihn am wenigsten vermutet, in die Hütte seines Großvaters“, nahm sich Cosima das Wort.

„Das wäre doch blöd“, äußerte sich Bergmann.

„Nee, überhaupt nicht“, berichtigte ihn Cosima. „Wenn er hier war, wird er jetzt das Weite gesucht haben.“

Kapitel 109

„Ich habe Hunger“, sagte Cosima zu ihrem Kollegen. „Ich muss dringend etwas essen. Lass uns nach Dorff in den „Fröhlichen Wanderer“ fahren.

„Wie kannst du nur immer im Angesicht des Todes so profane Gelüste haben?“, witzelte Alexander. „Also gut, wir können hier eh nichts mehr ausrichten und bevor du ausflippst, sollten wir Nahrung aufnehmen.“

Die Kommissare verabschiedeten sich von Bergmann und den Leuten der Spurensicherung und machten sich auf den Weg nach Dorff. In der Gaststätte war nichts los. Rosi kam sofort zu ihnen an den Tisch.

„Seit sich das mit den Todesfällen bei uns herumgesprochen hat, kommt kein Mensch mehr hierher“, beklagte sie sich.

„Das stimmt so nicht ganz. Ein Ehepaar war auf dem Weg zu ihnen. Aber sie wurden etwas unsanft ausgebremst“, korrigierte sie der Kommissar.

„Wie meinen Sie das? Was ist denn oben im Wald passiert?“, Rosi schaute ganz erschrocken.

„Jetzt sagen Sie bloß, Sie wissen noch nicht Bescheid?“, fragte Alexander ungläubig.

„Ich weiß wirklich nichts. Was ist denn jetzt passiert?“, Rosis Stimme klang ungeduldig.

„Ihr Nachbar, Robert Heller ist zu Tode gekommen“, Cosima wollte nicht gleich von Mord reden.

„Hat er sich umgebracht?“

„Wie kommen Sie denn darauf?“, interessierte sich Cosima.

„Naja, er soll doch für den Tod unseres Großvaters im Gefängnis verantwortlich sein. Außerdem ist er ja seit Tagen verschwunden“, antwortete Rosi nachdenklich.

„Nein, er hat sich nicht umgebracht. Er wurde erschossen“, klärte Alexander sie auf.

„Um Gottes Willen“, Rosi schlug die Hände vors Gesicht. „Wer macht den so etwas?“

„Das werden wir noch herausfinden“, Alexander behielt seine Vermutung für sich.

„Das wird doch nicht der Hubert gewesen sein?“, kam es ängstlich aus Rosis Mund.

„Wieso sollte der das tun?“

„Naja, weil der wahrscheinlich eine Wut auf den Robert hat.“

„Trauen Sie das Ihrem Bruder zu?“

„Nein, eigentlich nicht. Aber wer war es dann?“

„Das finden wir schon heraus. War Ihr Bruder Hubert in der Zwischenzeit noch einmal hier oder hat er sich bei Ihnen gemeldet?“

„Nein, nein“, kam es eine Spur zu schnell von Rosi. Cosima sah zu Alexander. Der hob die Augenbrauen, ging aber nicht auf Rosis Reaktion ein.

„Können wir jetzt bitte erst einmal etwas zu essen bekommen?“, fragte Cosima unwirsch. „Ich habe einen tierischen Hunger.“

„Ich kann Ihnen Bellschuh und Bratkartoffeln anbieten. Dazu einen gemischten Salat.“

„Das klingt hervorragend. Wenn Sie mir jetzt noch sagen, was das ist“, Alexander sah sie neugierig an.

„Das ist ein Hackbraten mit Zwiebeln. Sehr lecker.“

„Ok, das nehmen wir“, nickte er.

„Und was möchten Sie trinken?“

„Ich trinke einen Sauergespritzten“, antwortete Alexander prompt.

„Ich einen Süßgespritzten, aber bitte tiefergelegt“, antwortete Cosima. Rosi entfernte sich.

„Was soll das denn jetzt bedeuten, tiefergelegt?“

„Da staunst du, gell“, kam es ganz untypisch in hessisch von Cosima.

„Das ist ein Süßgespritzter mit ganz viel Limonade, also ein Drittel Apfelwein und zwei Drittel Limo.“

„Aha, geht das auch mit Sauergespritztem?“

„Klar. Das ist das Gleiche, halt nur mit Wasser.“

„Woher hast du auf einmal diese Weisheit?“

„Man muss nur ab und zu in Gambach zum Adler gehen. Da lernst du so etwas.“

„Hast du Rosis Reaktion bemerkt, als du nach Hubert gefragt hast? Das Nein, nein kam etwas zu schnell“, Cosima hatte gewartet, bis Rosi die Getränke serviert hatte und dann in der Küche verschwand.

„Klar. Die weiß etwas und das werden wir noch aus ihr herauskitzeln.“

Cosimas Handy vibrierte. „Jüngling ruft an. Jetzt bin ich aber gespannt.“ Sie drückte auf den grünen Telefonhörer.

„Cosima, meine Hübsche, es gibt jede Menge Neuigkeiten“, war sogleich zu hören.

„Schieß los“, forderte sie ihn auf.

„Frau Röbig fährt einen Toyota Yaris mit dem Kennzeichen: VB-UR 11. Die Frau hat uns berichtet, dass ihr Mann vorgestern damit weggefahren ist. Seitdem hat sie nichts mehr von ihm gehört.“

„Super. Was hast du noch in Erfahrung gebracht?“ Sie hob den Daumen der rechten Hand in die Luft. Alexander nickte.

„Frau Röbig hat ihr Handy noch. Vermutlich hat ihr Mann ein Zweites, denkbar wäre ein Pre-Paid-Handy. Sie wusste allerdings nichts von einem weiteren Mobiltelefon ihres Mannes.“

„Mist. Vielleicht läuft ein zweites Handy über seine Geschäftsadresse.“

„Liebe Cosima, das haben wir bereits überprüft. Fehlanzeige“, spottete Jüngling. „Wir sind ja keine Anfänger.“

„Mist“, fluchte Cosima erneut.

„Wir haben dafür aber Hellers Handy geortet und seine Verbindungen überprüft. Er hat in den letzten Tagen mehrfach Anrufe erhalten. Die Nummer war leider immer unterdrückt. Interessant ist aber, dass er heute Morgen um zehn Uhr den letzten Anruf erhalten hat.“

„Und wo ist das Handy jetzt?“

„Wir haben gerade einen Streifenwagen zu der Adresse geschickt. Ist irgendwo in Garbenheim in einem Gewerbegebiet.“

„Du bist wirklich ein Schatz, sehr fleißig“, lobte ihn Cosima.

„Was macht eigentlich Eberstädter?“, rief Alexander jetzt über den Tisch in Richtung Handy.

„Der war bei Frau Herz im Krankenhaus. Sie wird morgen entlassen. Sie will aber nicht zurück nach Münzenberg und den Polizeischutz lehnt sie ab. Wir bringen sie morgen mit einem Zivilfahrzeug nach Frankfurt zu ihrer Schwester. Dort ist sie in Sicherheit, sagt sie.“

„Hoffentlich, noch mehr Tote können wir uns wirklich nicht mehr leisten."

„Außerdem sollt ihr sofort zurückkommen. Der Staatsanwalt hat eine PK für heute Mittag angesetzt."

Kapitel 110

Ihren Bellschuh hatten die Kommissare trotzdem noch gegessen, bevor sie endlich nach Friedberg aufbrachen. „Ich sehe nicht ein", hatte Cosima gesagt, „dass ich verhungern soll. Das ist doch ein Ammenmärchen, dass Polizisten immer gleich aufspringen und ihr Essen stehen lassen, wenn einer einen Leichenfund meldet. Ich frage mich ohnehin, was die PK soll?"

„Ich bin mir nicht sicher, aber ich habe da so eine Vermutung", Alexander grinste auffällig.

„Was weißt du, was ich nicht weiß?" Cosima sah ihn herausfordernd an.

„Na ja, die können jetzt die Informationen nicht mehr länger zurückhalten. Vor allem Eine, könnte ich mir denken, möchte der Staatsanwalt unbedingt der Öffentlichkeit mitteilen."

„Welche denn? Lass mich doch nicht dumm sterben."

„Ich denke, er will der Öffentlichkeit mitteilen, dass der ehrenwerte Herr Professor die Information, dass Pinke noch lebte und er ihm geholfen hat zu verschwinden, zurückgehalten hat."

„Wie gemein", lachte Cosima, „dann erfährt es seine Tochter auf jeden Fall und ihr Mann und ihr Sohn."

„Ja, das tut mir auch aufrichtig leid", spottete Alexander.

„Übrigens hat mich Frau Diegelmann draußen beim Rauchen angesprochen. Sie hat mir gesagt, dass diese Autorin jede Menge interessante Dinge erfahren hätte, die uns weiterhelfen könnten. Wir sollten sie unbedingt einmal aufsuchen", berichtete Alexander.

„Dann lass uns das doch mal machen. Es kann ja nicht schaden."

„Was kann die schon wissen?", äußerte sich Alexander höhnisch.

„Aber wann hast du die Frau denn gesehen? Wir waren doch die ganze Zeit zusammen. Hast du übernatürliche Kräfte?", wunderte sich Cosima.

„Als ich draußen geraucht habe, während du noch auf der Toilette warst", antwortete Alexander.

Kapitel 111

Nach der Pressekonferenz verabschiedete sich Alexander von den Kollegen und eilte ins Bürgerhospital. Judiths Mutter saß wie jeden Tag am Bett ihrer Tochter. Sie las ihr gerade aus einem Buch vor.

„Hallo Margit“, begrüßte er Judiths Mutter.

„Hallo Alexander, da bist du ja schon. Ich habe dich noch gar nicht erwartet.“ Margit erhob sich von ihrem Stuhl.

„Wie geht es Judith?“ Alexander betrachtete seine Partnerin. Sie lag genauso da wie gestern und vorgestern.

„Es geht ihr gut. Ihr Zustand ist stabil. Aber die Ärzte wollen ihr noch etwas Ruhe gönnen, bis sie sich richtig erholt hat.“ Margot lächelte Alexander aufmunternd an.

„Es hieß doch, dass man sie bald aus dem Koma holen wolle. Wie lange soll das denn jetzt noch dauern?“, fragte Alexander traurig.

„Nur noch ein paar Tage. Vertraue ihnen. Die wissen schon, was sie tun. Ich gehe dann mal in die Villa. Erdmann wird schon warten. Ich werde ihn dann noch etwas ausführen. Das wird mir auch guttun. Bist du zum Abendessen zu Hause?“

„Ich weiß es noch nicht. Ich kann mir später auch selbst etwas nehmen. Warte nicht auf mich.“ Er setzte sich auf den Stuhl und nahm Judiths Hand. Er achtete nicht mehr auf Margit. Als sich die Tür schloss, war er schon wieder in Gedanken vertieft.

Nach einer Weile begann er mit Judith zu sprechen. „Der Staatsanwalt setzt uns unter Druck. Wir sollen endlich Ergebnisse liefern. Als wenn das so einfach wäre. Wir haben jetzt drei Tote. Alle sind auf unterschiedliche Weise ums Leben gekommen. Zwei Personen wurden entführt und hätten sterben können. Auf die eine Person, die immer noch verschwunden ist, wurde zudem noch geschossen. Die Person ist in Gefahr. Und der Mann, der vermutlich für alles verantwortlich ist, ist spurlos verschwunden. Er wird jetzt von Interpol gesucht, genauso wie sein Bruder. Ich bin gespannt, wo der auftaucht. Eigentlich müsste ich die Tagesschau sehen. Dort wird der Fall vorgestellt. Aber egal", Alexander sprach immer weiter, so als ob Judith ihn verstehen würde, „morgen steht eh alles in der Presse. Stell dir vor, das Fernsehen und die Lokalpresse und sogar die Journalisten von den großen Frankfurter Zeitungen waren da. Selbst die Zeitung mit den vier großen Buchstaben war vertreten."

Alexander kratzte sich am Kopf. Er musste seine Gedanken einfach loswerden. „Stell dir vor, der Ruf des Professors ist jetzt ruiniert. Der hat all die Jahre verschwiegen, dass dieser Pinke vermutlich noch lebt. Wenn das seine Tochter erfährt, ist die ganze Familie gespalten. Ich bin sicher, dass sich seine Freunde von ihm abwenden werden. Der Mann ist ruiniert. Aber der tut mir nicht leid, genauso wenig wie seine eingebildete Frau." Alexander hielt inne. Er kam sich blöd vor. Er sprach zu seiner Partnerin, die reglos im Bett lag. Er wusste nicht, ob sie ihn hören oder gar verstehen konnte. Unter anderen Umständen hätte er abends bei einem Bier mit ihr über den Fall gesprochen. Doch wenn er jetzt nach Hause kam, war da nur Erdmann, sein treuer Vierbeiner. Aber der verstand ihn erst recht nicht und konnte ihm nicht helfen. Dennoch verspürte er Trost, wenn Erdmann ihn aus seinen dunklen Augen treu anblickte. „Judith, bitte wach wieder auf, werde wieder gesund und komm wieder zu mir zurück. Ich brauche dich. Das merke ich jetzt umso mehr."

Kapitel 112

Die Kommissare hatten sich an dem letzten freien Tisch im Freien niedergelassen. Es herrschte noch viel Betrieb auf der Kaiserstraße. Auch die Plätze in der gegenüberliegenden Eisdiele waren alle besetzt. Die Parkplätze entlang der Straße belegt.

„Schade, dass Henne nicht dabei ist. Es hätte ihm gutgetan, mal wieder mit uns auszugehen", bemerkte Jüngling.

Die Bedienung trat an ihren Tisch. „Was darf es denn sein?"

„Drei große Bier und die Speisekarte", bestellte Eberstädter.

„Ich weiß schon was ich esse", preschte Cosima vor. „Ich esse die Grillhaxe mit Kraut und Brot."

„Gute Idee. Das nehme ich auch", schloss sich ihr Eberstädter an. „Ich auch", ließ sich Jüngling vernehmen.

Als das Bier serviert wurde, waren die drei Kommissare im Gespräch vertieft. Natürlich ging es dabei um den aktuellen Fall.

„Ich bin gespannt, ob die Pressekonferenz etwas bewirkt", sagte Cosima.

„Wenn die Bilder der Verdächtigen jetzt überall auftauchen, wird sich etwas ergeben. Da bin ich sicher", Eberstädter klopfte mit dem Zeigefinger der rechten Hand auf die Tischplatte.

„Irgendwo müssen die ja auftauchen", stimmte Jüngling zu. „Ich frage mich nur, was der ganze Quatsch soll."

„Und ich finde es schade, dass Jüngling und ich nur von hier aus ermitteln dürfen. Henne hält uns von allem fern. Was ist nur mit ihm los?"

„Der ist nicht nur stinksauer wegen des Falls, er ist vor allem maßlos besorgt wegen Judith. Ich glaube, ihre Verletzungen nehmen ihn sehr mit. Bis sie wieder richtig gesund ist, wird noch viel Wasser die Wetter hinunterfließen", verteidigte Cosima ihren Kollegen.

„Aber wieso plant dieser Röbig nach 25 Jahren diesen Rachefeldzug für seinen Bruder? Dieser Pinke wollte doch offensichtlich nicht gefunden werden. Warum sonst hat er sich operieren lassen und sich eine neue Identität zugelegt?", machte sich Jüngling Gedanken.

„Damals muss noch etwas anderes passiert sein", antwortete Cosima. „Es hat etwas mit der Person zu tun, die dieser Pinke auf einem Bild in der Gaststätte erkannt haben will", berichtete Cosima ihren Kollegen.

„Was war das für ein Mann?" Jüngling wischte sich den Schaum vom Mund.

„Das war der Arzt aus Dorff, der 1994 verstorben ist und den Juliane Herz als Hausarzt ersetzte."

„Ja und?", mischte sich nun Eberstädter ein.

„Das war anscheinend der Vater von Sebastian Pinke, der sich in den Siebzigern aus der DDR abgesetzt hat."

„Das ist aber doch toll, wenn er dort seinen Vater zufällig wiedergefunden hat. Dann wusste er zumindest, wo er sich in den letzten Jahren aufgehalten hat."

„Eben nicht. Der Mann war ja tot. Sonst hätte Juliane Herz ja die Stelle nicht bekommen."

„Woran ist der Mann denn gestorben?"

„An Krebs. Er war wohl schon länger krank. Anscheinend ist er dort in Dorff abgetaucht."

„Merkwürdiger Zufall", Eberstädter nahm sein Bierglas und setzte es an den Mund.

„Der ganze Fall ist merkwürdig und erklärt immer noch nicht, warum Röbig diesen Rachefeldzug gestartet hat." Eberstädter sah die Bedienung mit dem Essen kommen. „Wir sollten jetzt erstmal essen. Morgen ist auch noch ein Tag."

Erst spät verabschiedeten sich die drei Kommissare voneinander. Cosima fuhr nach Ober-Hörgern in ihre alte Mühle. Sie setzte sich noch eine Weile auf ihre Terrasse und schaute auf die beleuchtete Ruine der Burg Münzenberg. Fledermäuse flatterten durch die Luft. In der Nähe hörte sie eine Nachtigall rufen. Hier fühlte sie sich wohl, hier war sie zu Hause und konnte sich von ihrer anstrengenden Arbeit erholen. Sie war gespannt, was der nächste Tag bringen würde.

Ihr Instinkt sagte ihr, dass sie die Autorin aufsuchen sollten. Sie würde morgen noch einmal mit Alexander sprechen und versuchen, ihn von dem Besuch zu überzeugen. Falls er nicht bereit sein sollte, würde sie sich ihm zum ersten Mal widersetzen und alleine zu der Frau gehen.

Kapitel 113

Alexander rauchte vor der Tür. Er schaute in den dunklen Himmel. Sterne waren nur vereinzelt zu erkennen. Die Lichtverschmutzung, wie es hieß, war daran schuld, dass man sie nicht sehen konnte. Er war total aufgewühlt und obwohl er hungrig und hundemüde war, verspürte er keine Lust, in die Mainzer-Tor-Anlage zurückzukehren.

Sonst hatte Judith immer auf ihn gewartet, ihm ein leckeres Essen zubereitet und ihm zugehört. Wenn er jetzt nach Hause kam, war alles dunkel. Margit würde schon schlafen. Er vermisste Judith so sehr, dass es ihm körperlich weh tat.

Sein Auto ließ er auf dem Parkplatz stehen. Er brauchte etwas Bewegung.

Schade, dass der Dicke nicht bei ihm war. Der hätte ihn jetzt auf seinem Fußmarsch über die Kaiserstraße nach Hause begleiten können. Sicher wartete er schon auf ihn, dachte Alexander und setzte sich in Bewegung.

Sein Handy vibrierte in der Hosentasche. Eigentlich hatte er keine Lust, den Anruf entgegenzunehmen, doch wenn jemand um diese Uhrzeit anrief, musste es etwas Dringendes sein.

„Henneberg“, meldete er sich mürrisch.

„Guten Abend, Henne. Sorry, wenn ich dich störe, aber es gibt Neuigkeiten“, sagte der Kollege aus dem Revier, der Nachtdienst hatte.

„Hallo Ralf, was gibt es?“

„Eine Frau aus Bad Nauheim hat sich eben gemeldet. Sie hat in den Nachrichten die Suchmeldung von Röbig und Pinke gesehen. Sie hat Röbig erkannt."

Der Kommissar war sofort hellwach. Er spürte wie Adrenalin in seine Adern schoss."

„Was genau hat sie gesagt?"

„Sie ist Altenpflegerin in einem Seniorenheim in Bad Nauheim. Auf ihrer Station ist seit fünf Jahren ein Mann, den Röbig wöchentlich besucht."

„Ja und? Das hat doch nichts zu bedeuten. Oder hält sich Röbig jetzt zufällig dort auf?"

„Nein, das nicht. Aber bei dem Mann, den er besucht hat, handelt es sich um Röbigs Bruder."

„Schick mir mal die Adresse von dem Heim aufs Handy. Ich fahre da jetzt gleich hin." Er drehte sich um und wollte zu dem Parkplatz zurückkehren, um seinen Wagen zu holen.

„Das hat bis morgen früh Zeit. In dem Heim erreichst du jetzt niemanden. Da ist nur der Nachtdienst. Die können dir auch nicht weiterhelfen. Die Pflegerin ist morgen früh ab sechs Uhr auf ihrer Station. Sie erwartet dich. Sie hat mir versichert, dass bis dahin nichts passieren wird."

„Hat sie sonst noch etwas gesagt?"

„Sie hat wörtlich gesagt, dass etwas Unerwartetes eingetreten ist und, dass die Kripo kommen soll."

„Sonst nichts?"

„Nein, sonst nichts. Irgendwie klang sie merkwürdig."

Normalerweise hätte sich Henneberg jetzt in sein Auto gesetzt und wäre nach Bad Nauheim gefahren.

Doch wem nützte es, wenn er jetzt das Pflegeheim mitten in der Nacht auf den Kopf stellen ließ.

Er holte seinen Wagen vom Parkplatz und fuhr nach Hause.

Kapitel 114

Die Uhr des Kirchturms schlug gerade sechsmal. Cosima wartete bereits vor dem Eingang auf ihn. „Guten Morgen“, empfing sie ihn müde. „Früher ging es nicht?“

„Tut mir leid. Aber ich denke, heute kommen wir endlich einen Schritt weiter“, antwortete er, ohne ihren Gruß zu erwidern.

Alexander sah schlecht aus. Seine sonst übliche Sommerbräune war verblasst, die Wangen eingefallen. Dunkle Ringe hatten sich um seine Augen gelegt. Sein dichtes Haar hing ihm wirr ins Gesicht. Normalerweise legte er großen Wert auf sein Äußeres, aber auch das ließ heute zu wünschen übrig. Seine Kleidung war verknittert und sah aus, als hätte er darin geschlafen. Cosima bemerkte das mit Sorge.

„Was machen wir hier?“, wollte sie sich kurz informieren.

„Nach der Tagesschau haben einige Leute wegen der Suchmeldung im Präsidium angerufen. Die meisten Hinweise können wir wahrscheinlich vergessen. Aber eine Pflegerin aus diesem Seniorenheim hat uns etwas Wichtiges mitzuteilen. Also lass uns reingehen.“

Cosima folgte ihm in die Eingangshalle. Sie wäre am liebsten gleich wieder umgekehrt. Obwohl alles einen gepflegten Eindruck machte, roch es hier merkwürdig.

Sie fuhren in den zweiten Stock. Als sie den Aufzug verließen, wurden sie von einer Frau in blauer Arbeitskleidung erwartet.

„Guten Morgen. Ich nehme an, Sie sind von der Kripo?"

Alexander stellte sich und seine Kollegin vor. „Sind Sie Frau Müller?"

„Ja, kommen Sie bitte mit ins Büro. Ich habe allerdings nicht lange Zeit." Cosima folgte ihr widerwillig. Hier im Gang roch es penetrant nach Urin. Die Pflegerin schloss die Tür hinter sich und bot den Kommissaren einen Platz an.

„Bitte sprechen Sie und erzählen Sie uns alles, was Sie über diesen Röbig wissen", forderte der Kommissar sie auf.

„Dieser Röbig kam seit fünf Jahren einmal in der Woche zu Herrn Gläser. Gläser war sein Bruder, der vor fünfeinhalb Jahren einen schweren Schlaganfall auf Mallorca erlitten hatte und seitdem halbseitig gelähmt war. Röbig hat seinen Bruder ein halbes Jahr später hier nach Deutschland geholt. Obwohl er ihm alle erdenklichen medizinischen Anwendungen ermöglichte, blieb der Mann ein Pflegefall und wurde hierhergebracht."

„Wissen Sie, wo dieser Gläser vorher gelebt hat?", mischte sich Cosima ein.

„Soweit ich weiß, hat er vorher lange auf Mallorca gelebt. Er hatte dort mit seiner Frau ein Restaurant. Aber mehr kann ich Ihnen auch nicht sagen."

„Wo ist der Mann jetzt? Können wir mit ihm sprechen?", wollte Cosima wissen.

„Nein, leider nicht. Er ist tot. Röbig war gestern bei seinem Bruder, ungefähr eine halbe Stunde hat er sich bei ihm aufgehalten. Als er ging, verabschiedete er sich freundlich wie immer. Nach einer Weile bin ich in

Gläsers Zimmer gegangen, um das Geschirr abzuräumen. Da saß er tot in seinem Stuhl. Erst dachte ich ja, er sei eingeschlafen. Er schlief meistens nach dem Mittagessen, aber dann kam mir seine Sitzhaltung merkwürdig vor und ich schaute genauer hin."

„Woran ist er denn gestorben?", fragte der Kommissar.

„Der Arzt hat Organversagen diagnostiziert."

„Und wo ist sein Leichnam jetzt?" Alexander befürchtete schon das Schlimmste.

„Er liegt unten im Keller. Dort werden die Toten eine Weile aufgebahrt, damit die Angehörigen Abschied nehmen können. Aber bisher haben wir Röbig nicht erreichen können. Er geht nicht ans Telefon."

„Es gibt doch sicher eine Kontaktadresse von diesem Röbig", Cosima schnipste mit den Fingern."

„Ja, die gibt es. Es ist eine Adresse hier in Bad Nauheim. Aber da öffnet niemand. Wir wissen jetzt gar nicht, was wir machen sollen. Der Mann muss ja bestattet werden."

„Woher wissen Sie, dass keiner an der angegebenen Adresse öffnet?", hakte Alexander nach.

„Ich bin gestern nach Arbeitsende dort vorbeigefahren. Ich wohne in der Nähe und dachte, ich probiere es einfach mal. Aber wie gesagt, da war niemand zu Hause. Ich habe eine Nachricht in den Briefkasten geworfen, mit der Bitte, sich umgehend bei uns im Heim zu melden."

„Ist Röbig der einzige Verwandte von diesem Gläser?"

„Nein. Am Anfang kam ab und zu seine Frau vorbei und hat ihn besucht. Aber die war schon lange nicht mehr da."

„Können wir den Toten sehen?"

„Ja, natürlich, aber ich möchte Sie bitten, noch einen Moment zu warten. Der Chef muss gleich hier sein. Er möchte selbst mit Ihnen sprechen. Ich habe gestern Abend noch mit ihm telefoniert. Er hat mich gebeten, mit der Kripo Kontakt aufzunehmen."

„Gut, dann gehen wir noch einen Moment ins Freie und warten dort", sagte Cosima erleichtert. Die Kommissarin war schon auf dem Gang, als Alexander noch etwas einfiel.

Im Freien traf Alexander seine Kollegin an. „Was ist denn los? Wieso haust du einfach ab?"

„In diesem Haus riecht es schrecklich", beklagte sich Cosima. „Ich kann mich in diesen Räumlichkeiten nicht länger aufhalten."

„Ist mir gar nicht aufgefallen", antwortete Alexander gleichgültig. Er holte eine Zigarette aus seiner Brusttasche und zündete sie an.

„Wahrscheinlich ist dein Geruchssinn von dem vielen Rauchen gestört", gab sie zu bedenken.

„Kann sein. Ist aber auch egal", sagte er tonlos. „Ich fordere jetzt eine Zivilstreife für die Überwachung der Klinik an. Ich vermute, wenn Röbig von dem Tod seines Bruders erfährt, wird er hier auftauchen. Nach Frau Müllers Aussage hat sich Röbig rührend um seinen Bruder gekümmert. Außerdem ist Eberstädter auf dem Weg hierher."

„Und was ist mit dieser Adresse hier in Bad Nauheim?", Cosima sah ihn ärgerlich an.

„Sobald wir mit dem Heimleiter gesprochen haben, fahren wir dorthin. Jüngling wartet bereits dort auf uns."

„Wann hast du das alles organisiert?", fragte Cosima beeindruckt. Ihr Kollege war ihr manchmal unheimlich.

„Eben gerade, als du hier die frische Luft genossen hast." Cosima sah auf ihre Uhr. Sie hatte tatsächlich geschlagene zwanzig Minuten hier draußen gestanden.

„Und was hast du eigentlich noch mit Frau Müller zu besprechen gehabt?"

„Ich habe mir das Zimmer von Gläser zeigen lassen und sie gebeten, es abzuschließen. Die Spusi muss sich da umsehen."

„Ok, ich informiere die."

„Ist auch schon erledigt", Alexander grinste schief.

Kapitel 115

Ein schweres Motorrad rauschte um die Kurve. Eberstädter saß auf dem Bock. Schnell stieg er ab und befreite sich von seinem Helm.

„Moinsen“, begrüßte er seine Kollegen, die immer noch vor dem Eingang auf den Heimleiter warteten. Er benutzte gern die Begrüßung, die Kommissar Thiel aus dem Münster-Tatort wählte.

„Hallo Eberstädter“, sprach Alexander seinen Kollegen an. „Schön, dass du so schnell kommen konntest. Halte dich bitte in der Eingangshalle auf und beobachte genau, wer rein- und rausgeht. Ich bin sicher, dass Röbig hier auftaucht. Auf der Straße wird sich noch eine Zivilstreife postieren. Die Kollegen müssten auch gleich da sein. Sobald der Mann hier erscheint, setzt ihr ihn fest und bringt ihn in den Grünen Weg“, nannte der Kommissar die Aufgabe, die er für Eberstädter angedacht hatte.

„Und was ist mit diesem Pinke oder wie immer der jetzt heißt?“, wollte er noch wissen.

„Der liegt vermutlich unten im Keller. Der ist tot“, erklärte Alexander dem Kollegen.

„Aha. Was hast du eigentlich Jüngling zugedacht? Oder darf der ausschlafen?“, fragte Eberstädter grinsend.

„Nee, den habe ich schon an eine Adresse hier in Bad Nauheim beordert“, erklärte ihm Alexander. Frau Müller hatte ihm diese genannt.

„Beschwer dich nicht“, nahm sich Cosima das Wort. „Ihr wolltet doch unbedingt an dem Fall beteiligt werden.“

Kapitel 116

Um halb acht tauchte endlich der Heimleiter auf. „Guten Morgen, tut mir leid, wenn ich so spät komme. Aber ich musste noch meine Tochter in den Kindergarten bringen. Sie wollte aber nicht, das ich gehe. Naja, Sie wissen ja wie das ist mit den Kleinen", entschuldigte er sich. „Immer wenn man es eilig hat, lassen sie nicht los."

Nein, das wussten die Kommissare leider nicht. Sie hatten alle keine Kinder. Cosima hatte vor Jahren eine Fehlgeburt gehabt. Alexanders Partnerin hatte durch den Überfall ebenfalls ihr Baby verloren. Auch Eberstädters Ehe war bisher kinderlos geblieben. Sie würden also nie in den Genuss kommen, ein Kind in den Kindergarten zu bringen.

„Was kann ich jetzt für Sie tun? Haben Sie schon mit Frau Müller gesprochen?", fragte er hektisch.

„Mit ihr haben wir schon alles geklärt. Das Zimmer von Herrn Gläser bleibt vorerst unter Verschluss. Das muss sich die Spurensicherung ansehen", erklärte ihm der Kommissar.

„Wieso das denn?", fragte der Heimleiter entsetzt.

„Nun, der plötzliche Tod von Herrn Gläser kommt uns etwas merkwürdig vor. Wir würden ihn jetzt gern sehen."

„Muss das denn sein? Was glauben Sie denn, was die Heimbewohner und die Angehörigen von so einer Aktion halten. Wenn bekannt wird, dass die Polizei im Haus ist, wird das unserem guten Ruf schaden", sagte der Mann ärgerlich. Er eilte den Kommissaren voraus ins Kellergeschoss.

Dort öffnete er eine Tür, die zu einer Art Kapelle führte. An der Rückwand hing ein großes Kreuz. In der Mitte des Raumes, der stark gekühlt war, lag der Tote aufgebahrt auf einem Tisch. Die Kommissare betrachteten den blassen Leichnam. Der linke Mundwinkel hing herab. Das Gesicht war verzerrt. Der Mann war total abgemagert. Seine knochigen Hände lagen neben dem Körper. Es war kein schöner Anblick. Verglichen mit dem Bild, das nach der OP gemacht wurde, war es wirklich schwer, den Mann als Sebastian Pinke zu erkennen.

Cosima sah sich den Toten genauer an. Die Leichenstarre hatte sich bereits gelöst. Sie schob die Augenlider des Toten nach oben. Die Pupillen waren trüb. Sie öffnete den Hemdkragen, betrachtete seinen Hals. Hob den Kopf an, um nach verdächtigen Spuren auf der Hinterseite zu suchen.

„Frau Müller sagte uns, dass der Arzt Organversagen diagnostiziert hat. Ist das richtig?", fragte sie nun. Sie hätte gern das Jackett aufgeknöpft, stattdessen schob sie die Hosenbeine etwas nach oben und untersuchte die Knöchel und die Waden.

„Ja, das trifft zu. Herr Gläser ging es schon längere Zeit nicht gut. Er ist immer wieder mal kollabiert. Sein Kreislauf war nicht sehr stabil. Unter der Hitze leiden die Alten und Kranken sehr. Aber wegen der Patientenverfügung durften wir ihn nicht in eine Klinik einweisen."

„Was soll das heißen?", fragte Henneberg entsetzt.

„Das heißt, dass alle lebensrettenden Maßnahmen zu unterbleiben haben, keine künstliche Ernährung oder Beatmung, keine medikamentöse Behandlung."

„Wer hat die Patientenverfügung unterschrieben?"

„Er selbst und seine Frau. Sie wurde bereits lange vor seinem Schlaganfall ausgestellt. Sein Bruder hat sie uns vorgelegt."

„Haben Sie denn nicht mal gefragt, warum seine Frau nicht mehr gekommen ist?"

„Da müssen Sie das Pflegepersonal fragen. Ich habe ja mit den Patienten nichts weiter zu tun."

„Haben Sie denn eine Kontaktadresse auf Mallorca?"

„Nein, die einzige Adresse, die wir haben, ist die hier in Bad Nauheim. Wir mussten bisher ja keinen Kontakt aufnehmen. Herr Röbig kam ja regelmäßig, genau wie die Zahlungen pünktlich eingingen. Es gab ja bisher keine Probleme."

„Wer hat denn den Aufenthalt hier im Heim bezahlt?"

„Laut Vertrag hatte das Herr Röbig übernommen."

„Wir müssen den Leichnam beschlagnahmen. Wir lassen ihn nach Gießen in die Gerichtsmedizin bringen", sagte Cosima ganz unvermittelt und sah Alexander an.

„Aber wieso das denn?", erschrak der Heimleiter.

„Die Vermutung liegt nahe, dass hier nachgeholfen wurde", äußerte sich Cosima. Alexander hielt sich zurück.

„Wie nachgeholfen?", stellte sich der Heimleiter ahnungslos.

„Wie, das weiß ich noch nicht. Aber das soll ja die Gerichtsmedizin feststellen", antwortete ihm Cosima bestimmt.

Kapitel 117

Jüngling wartete bereits auf Alexander und Cosima. Er stand auf der anderen Seite der Straße und betrachtete das Haus, das einer Frau Gläser gehörte. Die Rollläden waren alle geschlossen. In der Einfahrt stand kein Auto.

„Hallo ihr beiden", er lächelte sie an und zwinkerte mit den Augen. Sein jungenhaftes Gesicht verriet nicht, dass er im Herbst seinen 40igsten Geburtstag begehen würde. Er war immer noch ledig. Bisher hatte er sich nicht für eine seiner Auserwählten entscheiden können. Aber das schien ihm nichts auszumachen. Er war immer gleichbleibend freundlich und verbreitete gute Laune.

„Hallo Jüngling", Cosima freute sich den jungen Kollegen zu sehen.

„Hallo du Schöne", antwortete er. Cosima lachte, Alexander wunderte sich ob der Anrede.

„Hast du irgendetwas herausgefunden?", richtete sich Alexander an den Jüngeren.

„Hier ist alles dicht. Ich bin mal ums Haus herumgegangen. Auf der Rückseite sind auch alle Läden geschlossen. Von der Terrasse hat man einen hammerhaften Ausblick auf die Stadt und die ganze Umgebung."

„Was hast du außer der hammerhaften Umgebung noch festgestellt?", fragte Alexander zynisch. Jüngling sah zu Cosima. Die zog wie zur Entschuldigung für Alexanders merkwürdiges Verhalten die Schultern hoch.

„Die Nachbarin“, er zeigt nach oben zu einer Balkonbrüstung, „war sehr auskunftsfreudig. Sie bat mich zu ihr zu kommen, hat mir sogar einen Kaffee gekocht. Sehr nette Frau und sehr gesprächig.“

„Komm auf den Punkt, Jüngling und strapaziere nicht unnötig meine Nerven“, presste Alexander hervor.

„Die Frau erzählte mir“, kam es jetzt lustlos von Jüngling, „dass die Besitzerin schon lange nicht mehr hier gewesen sei. Dafür kam regelmäßig ein Mann. So ein feiner Pinkel, wie sie meinte. Der hat aber nie zu ihr hingeschaut, hat ihr immer nur den Rücken zugewandt und ist immer sofort ins Haus gegangen. Er hat dann wohl dort einmal durchgelüftet und ist nach einer Weile wieder verschwunden. In den letzten Wochen war er wohl öfter hier. Wie er heißt, weiß sie leider nicht. Wie gesagt, er hat sie nicht beachtet. Die anderen Nachbarn haben sich ähnlich geäußert.“

„Hast du mal geklingelt?“, unterbrach ihn Cosima.

„Klar, was denkst du denn?“

„Auf der Nummer, die uns der Heimleiter für Notfälle gegeben hat, meldet sich auch niemand“, klärte ihn Alexander auf. „Ich habe bereits eine Handyortung veranlasst.“

„Hast du die Nummer vor kurzem angerufen?“, wollte Jüngling wissen.

„Ich habe es mehrfach versucht, vor zehn Minuten das letzte Mal“, sagte Cosima.

„Dann liegt das Handy wahrscheinlich im Haus. Ich habe es klingeln hören. Lass uns reingehen“, schlug Jüngling vor.

„Komm mir nicht wieder mit Gefahr in Verzug. Lass dein Besteck mal schön stecken. Ich setze mich mit dem Staatsanwalt in Verbindung. Ihr zwei haltet so lange die Füße still. Ist das klar?“, Alexander sah seine Kollegen streng an.

Kapitel 118

Eine halbe Stunde später erschien ein Mann von einem Schlüsseldienst. Problemlos öffnete er in Sekunden die Haustür. Der Staatsanwalt hatte grünes Licht gegeben. Er hatte ausdrücklich gesagt: „Henneberg, tun Sie alles, was uns weiterhilft."

Die Kommissare betraten mit gezückter Waffe das Haus. Es war zwar eher unwahrscheinlich, dass sich Röbig dort aufhielt, dennoch wollten sie kein Risiko eingehen. Als sie alle Räume gesichert hatten, öffneten sie die Jalousien und schalteten die Deckenlichter aus.

Jüngling und Cosima streiften sich ihre Handschuhe über und sahen sich in den Räumen vorsichtig um, damit sie keine Spuren vernichteten.

Alexander telefonierte indessen mit Stückchen.

„Der Schwiegervater von diesem Röbig hat hier angerufen. Er muss mit dir sprechen. Ich schick dir mal seine Telefonnummer aufs Handy."

„Was will der denn jetzt?", fragte Alexander genervt.

„Er hat sich bitter beschwert, dass man ihn nicht informiert hat, dass sein feiner Schwiegersohn bundesweit gesucht wird. Er hat sich fürchterlich darüber aufgeregt, dass Röbigs Gesicht in den Tageszeitungen abgebildet war."

„Wir sind doch nicht verpflichtet, ihn zu informieren. Was bildet der Mann sich denn ein? Es reicht doch, wenn Röbigs Frau Bescheid weiß. Die hätte ihren Vater doch informieren können."

„Ruf ihn bitte an. Er hat mir eine Adresse genannt, wo sich sein Schwiegersohn aufhalten könnte. Die schicke ich dir ebenfalls."

„Mache ich. Kannst du bitte die Spusi für mich informieren. Sie sollen, wenn sie mit Gläsers Zimmer in der Klinik fertig sind, hierherkommen."

Kapitel 119

Alexander war total genervt. Er bat Cosima mit ihm zu der Adresse zu fahren, die der alte Röbig Stückchen genannt hat und wo er seinen Schwiegersohn vermutete. Von unterwegs rief der Kommissar den Mann an.

Alexander ging gar nicht auf seine erneut geäußerten Vorwürfe ein, sondern bat ihn gleich zur Sache zu kommen.

„Meine Frau und ich waren schon länger nicht mehr dort. Meine Tochter und unser feiner Schwiegersohn“, sagte der Mann geringschätzig, „haben das Ferienhaus aber öfter genutzt. Es könnte sein, dass sich Manfred dort aufhält.“

„Warum hat uns Ihre Tochter das nicht gesagt? Sie wusste doch, dass wir ihren Ehemann suchen. Die ganze Aktion hätten wir uns dann sparen können“, schimpfte der Kommissar.

„Meine Tochter ist eine dumme Gans. Sie ist ihrem Mann total verfallen. Sie würde alles für ihn tun“, kam es wieder abfällig aus dem Hörer.

„Er ist absolut manipulativ, ein Soziopath. Ich konnte ihn von Anfang an nicht leiden. Aber auch meine Frau ist auf den Idioten hereingefallen. Sie hat ihn regelrecht vergöttert. Jeder zweite Satz war, Manfred hat gesagt, Manfred meint. Sie können sich das gar nicht vorstellen.“

„Wussten Sie, dass er einen Bruder und eine Schwägerin hatte?“

„Nein, das habe ich heute Morgen auch erst aus der Presse erfahren. Ich bin echt platt, stinksauer. Wenn ich noch irgendetwas tun kann, um den Drecksack ausfindig zu machen, lassen Sie es mich wissen."

Der Mann war auch nicht besser. Sein feiner Schwiegersohn Alexander beendete einfach das Gespräch.

Kapitel 120

Den Mann hatten sie an der genannten Adresse nicht vorgefunden. Das etwas abseits gelegene Holzhaus hatte offensichtlich schon länger keinen Besucher mehr gehabt. Der Zugang war total zugewuchert, die Läden geschlossen, die Tür verrammelt. Nichts deutete darauf hin, dass sich Röbig hier aufhielt.

„Verdammt", fluchte Alexander. „Jetzt habe ich aber bald die Schnauze voll. Wo steckt dieser Mann nur?"

„Beruhige dich, wir werden ihn schon finden."

„Ja, finden werden wir ihn. Ich befürchte nur, dass er dann tot ist, genauso, wie er es in dem Brief, den ihr gefunden habt, angekündigt hat", Alexander schlug auf das Lenkrad. Der Wagen machte einen Schlenker.

Cosima und Jüngling hatten in dem Haus in Bad Nauheim mehrere Aufzeichnungen und Papiere von Röbig entdeckt. Unter anderem einen Brief, in dem Röbig seinen Freitod ankündigte, wenn er alle beseitigt hätte, die ihm und seiner Familie großen Schaden zugefügt hatten.

„Ich glaube nicht, dass er sich umbringt. Ich denke, dass er uns auf eine falsche Fährte locken will. Der ist wahrscheinlich ganz hier in der Nähe und beobachtet, was die Polizei macht. Der lacht womöglich über uns."

„Da kommt wieder die Seelenklempnerin durch, wie?", frotzelte Alexander.

„Das Wort mag ich gar nicht. Aber es hat tatsächlich etwas mit der Psyche des Mannes zu tun", konterte

Cosima. „Er ist ein Soziopath. Es macht ihm Spaß, uns an der Nase herumzuführen und womöglich will er beenden, was er begonnen hat."

„Was meinst du?", erschrocken sah er seine Kollegin von der Seite an.

„Er will Juliane Herz und Hubert Feist tot sehen. Die beiden sind in höchster Gefahr", stellte Cosima fest.

„Ich hoffe nur, dass der junge Feist vorsichtig ist. Juliane bekommt Polizeischutz in Frankfurt, ob sie will oder nicht", antwortete Alexander.

„Lass uns jetzt endlich nach Dorff fahren. Ich muss etwas essen und dann gehen wir zu der Autorin. Vielleicht weiß sie wirklich etwas, das uns weiterhelfen könnte", versuchte sie ihren Kollegen zu überzeugen.

„Aber sie weiß mit Sicherheit nicht, wo wir Röbig finden. Das kann ich mir beim besten Willen nicht vorstellen."

Alexander folgte Cosimas Bitte und fuhr schnell mit ihr nach Dorff. Sie betraten die Gaststätte „Zum Fröhlichen Wanderer". Dieses Mal waren die meisten Tische besetzt. Hinter dem Tresen stand der Enkel von Bertram Bauer und zapfte Bier. Hier schien wieder alles beim Alten zu sein.

Rosi kam sofort auf sie zu. „Hallo, gibt es etwas Neues?"

„Nicht wirklich", antwortete Alexander. Er würde den Teufel tun und Rosi Ermittlungsergebnisse verraten. „Wir wollen nur etwas essen. Was ist heute das Tagesgericht?"

„Kotelett mit Bratkartoffeln und Salat. Darf ich euch das bringen?", ging sie in die vertraute Form über, die sich viele Wirtsleute zu eigen machten.

„Ja, bringen Sie uns das Kotelett und für mich bitte ein Bier“, gab Alexander die Bestellung auf. „Für mich bitte eine große Cola“, sagte Cosima. „Ich brauche was Süßes für meine Nerven.“

Als Rosi die Getränke brachte, sagte sie zu den Kommissaren: „Wir haben die Nachricht erhalten, dass die Leichname unserer Großväter freigegeben wurden. Wir dürfen sie beerdigen.“

„Das ist ja schön. Gibt es eine Feuer- oder eine Erdbestattung?“, wollte Cosima wissen.

„Unsere Großväter haben verfügt, dass sie eine Erdbestattung erhalten. Jetzt fügt es sich, dass sie nebeneinander auf dem Friedhof liegen. Ihr ganzes Leben haben sie nebeneinander gewohnt und alles miteinander geteilt. Ist das nicht schön, dass sie jetzt auch im Tod vereint sind?“

„Wie man`s nimmt“, konnte sich Alexander nicht verkneifen. Rosi wandte sich ab.

„Du hast manchmal den Charme eines Betonpfeilers, Henne“, zischte Cosima.

Vor der Tür rauchte Alexander seine übliche Zigarette. Er beobachtete das Haus gegenüber. Das Tor zu der Hofreite stand auf. Irgendetwas irritierte ihn. Hubert Feist besaß doch einen Hund. Der hat doch sonst bei jeder Kleinigkeit angeschlagen, wenn jemand vorbeiging oder das Lokal verließ, erinnerte er sich jetzt. Wo war der jetzt eigentlich? Ein Hundebesitzer würde doch niemals einen Hund einfach so zurücklassen.

„Du, Cosima, fällt dir nichts an dem Hof gegenüber auf?“

„Nee, was soll mir denn da auffallen?"

„Wo ist denn der Hund? Den hört und sieht man gar nicht."

„Den wird jemand zu sich genommen haben", vermutete sie.

„Das kann ich mir nicht vorstellen", Alexander warf seine Zigarette in die Gosse und ging zurück in die Gastwirtschaft. Cosima folgte ihm widerwillig.

Rosi sah erschrocken auf, als die Kommissare erneut den Gastraum betraten. Mittlerweile waren nur noch zwei Tische besetzt. Die anderen Wanderer waren bereits wieder aufgebrochen.

„Rosi, kann ich Sie noch einmal kurz sprechen", rief der Kommissar ihr zu. Die Angesprochene nickte, sah sich aber hilfesuchend nach ihrem Cousin um, der schnell in die Küche verschwand.

„Rosi, wo ist denn der Hund Ihres Bruders?", kam Alexander gleich zur Sache.

„Keine Ahnung", sie lief rot im Gesicht an.

„Das glaube ich Ihnen nicht", fuhr Alexander sie an. „Der Hund ist nicht im Hof. Wo ist er dann? Wer kümmert sich um ihn?"

„Ich weiß es wirklich nicht", stotterte sie.

„Rosi, sagen Sie uns die Wahrheit. War Hubert noch einmal hier und hat den Hund geholt?", fragte Cosima nun eine Spur freundlicher.

Rosis Cousin kam aus der Küche. „Rosi, jetzt sag schon, was du weißt. Dir kann doch nix mehr passieren."

Rosis Gesicht glühte. „Der Hubert war tatsächlich nochmal hier. Ich wollte gerade abschließen, da habe ich gesehen, wie er aus dem Hof fuhr. Ich habe ihm gewunken und er hat angehalten."

„Was hat er zu Ihnen gesagt?"

„Nur, dass er verschwinden muss, so lange, bis der Mörder gefasst ist. Wir sollen uns keine Sorgen machen."

„Mehr nicht? Hat er Ihnen wirklich nicht gesagt, wo er hingeht?"

„Ich habe ihn danach gefragt, aber er sagte nur, es sei besser, wenn ich es nicht weiß", gab sie zu.

„Vergiss nicht das Nummernschild zu erwähnen", ermahnte der Cousin sie.

Rosi stöhnte. „An seinem Auto war ein anderes Nummernschild angebracht. Es sah aus, wie eines aus dem Ausland. Aber ich weiß nicht aus welchem Land", gab sie kleinmütig zu.

„Können Sie das Kennzeichen beschreiben? Haben Sie die Buchstaben und Zahlen gesehen?", forschte der Kommissar nach.

„Nein, dass ging alles viel zu schnell. Aber es war weiß, die Buchstaben und Zahlen waren dunkel. Aber mehr kann ich Ihnen dazu nicht sagen."

„Da können wir natürlich lange nach dem Fahrzeug suchen", bemerkte Alexander wütend.

„Rosi, denken Sie nochmal nach", bat Cosima sie, „falls Ihnen noch etwas einfällt, rufen Sie uns an. Ok?"

Rosi nickte verlegen.

Kapitel 121

Auf dem Weg durch das Dorf schimpfte Alexander wie ein Rohrspatz. „Wieso hat die Frau uns nicht gesagt, dass ihr Bruder Hubert noch einmal hier war und den Hund geholt hat und dann mit einem fremden Kennzeichen am Auto verschwunden ist? Was ist hier eigentlich los?“

„Die hat halt Angst“, versuchte Cosima ihn zu beruhigen.

„Wovor denn? Ihr Großvater ist tot. Der kann ihr doch nichts mehr anhaben. Die könnten doch alle jetzt mal etwas kooperativer sein. Ich verstehe das einfach nicht.“

„Die sind halt so erzogen“, erklärte ihm Cosima. „So wie ich die Dorfbewohner jetzt einschätze, hatten die alle den Mund zu halten.“

Das Haus der Autorin lag am Ende der Dorfstraße. Das alte Herrenhaus, in dem viele Jahre die Dorfärzte praktizierten, war Anfang 2010 an sie verkauft worden. Seitdem kam sie mehrere Wochen im Jahr hierher, um an einem Roman zu schreiben. Neben dem Portal, das über eine breite Steintreppe zu erreichen war, stand in großen Lettern der Name der Bewohnerin, Jule Heck, Freie Autorin.

Das Haus war liebevoll renoviert worden. Oberhalb des Sockels aus grauen Basaltsteinen waren die Fenster, die zur Straße gingen sowohl im Parterre, als auch im Obergeschoss in regelmäßigen Abständen in den weißgetünchten Wänden angeordnet.

Henneberg betätigte den Türklopfer, ein Löwenkopf aus massiver Bronze. Hinter der Tür war Hundegebell zu hören. Es dauerte eine Weile, bis geöffnet wurde. Ein älterer Herr, groß und schlank mit weißem Haar und haselnussbraunen Augen, die die Ankömmlinge durch eine randlose Brille anblickten, grüßte sie höflich mit einer tiefen Stimme. „Guten Tag, was kann ich für Sie tun?“

Ein rotbrauner Dackel stürzte sich bellend auf die Störenfriede. „Amy, aus.“ Amy ließ sich nicht beirren, stellte aber ihr Bellen ein und beschnüffelte die Kommissare.

„Guten Tag, wir möchten gern mit Frau Heck sprechen“, sprach Henneberg zuerst.

„Wer möchte das nicht?“, antwortete der Hausherr belustigt.

Henneberg räusperte sich. „Ja, ist sie jetzt zu sprechen oder nicht?“ Er beugte sich herab und tätschelte dem Dackel den Kopf. „Ist ja schon gut, du Süße.“

„Wer will das wissen?“, fragte der Weißhaarige.

„Ich bin Kommissar Henneberg vom K 10 in Friedberg und das ist meine Kollegin, Frau von Mittelstedt“, antwortete Henneberg höflich.

„Die Chance, meine Frau zu Hause anzutreffen, ist genauso gering, wie einen Sechser im Lotto zu ergattern“, erklärte der Hausherr.

„Ok, sie ist also nicht zu Hause. Wann kommt sie denn wieder?“, wollte nun Cosima wissen.

„Sie hat gesagt, dass sie kurz ins Dorf geht. Aber kurz heißt bei meiner Frau ca. 2 Stunden. Sie ist sehr kommunikativ, müssen Sie wissen. Sie trifft immer viele Leute und spricht mit allen", der alte Herr zwinkerte Cosima zu. „Aber kommen Sie doch herein. Sie ist ja schon anderthalb Stunden weg. Sie haben gute Chancen, dass sie in der nächsten halben Stunde hier auftaucht."

Amy rannte schwanzwedelnd vor den Gästen in die Wohnhalle und sprang auf einen Sessel. Von hier aus hatte sie den besten Überblick.

Herr Heck bat die Kommissare Platz zu nehmen. Cosima sah sich neugierig um. Der große Raum mit der hohen Stuckdecke machte einen gemütlichen Eindruck. Ein mannshoher Kamin aus gemauertem Sandstein zierte die Stirnseite. Im Inneren war Holz aufgeschichtet, das bei kaltem Wetter sicher entzündet wurde und den Raum mit warmer Luft erfüllte.

„Sie haben es sehr schön hier", bemerkte Cosima und ließ ihren Blick weiter schweifen. Sie bewunderte die geschmackvolle Einrichtung und die großen Bilder.

„Es freut mich, dass es Ihnen gefällt. Meine Frau und ich haben viel Geld und Energie in das Haus gesteckt. Es stand einige Jahre leer und war ziemlich heruntergekommen", berichtete der Mann nicht ohne Stolz.

„Wem hat das Haus denn vorher gehört?", tat Henneberg ganz ahnungslos.

„Es gehörte der Gemeinde. Hier waren immer die Dorfärzte untergebracht. Die letzte Ärztin verließ 1996 ganz überraschend die Gemeinde und dann hat die Kassenärztliche Vereinigung den Kassensitz an einen Arzt verkauft, der sich in der Stadt, also in Garbenheim direkt, niedergelassen hat", gab Heck preis.

„Das ist ja wohl eher ungewöhnlich, dass in einem so kleinen Ort ein Arzt praktiziert", überlegte Cosima laut.

„Da stimme ich Ihnen zu. Das fanden meine Frau und ich auch seltsam. Aber wenn Sie eine Weile hier in Dorff wohnen, stellen Sie fest, dass die Uhren hier anders ticken als anderswo."

„Das habe ich schon 1994 festgestellt und mein Gefühl sagt mir, dass es immer noch so ist", bestätigte Henneberg.

„Fühlen Sie sich denn wohl hier?", fragte Cosima neugierig.

„Wenn wir hier sind, schreibt meine Frau und ich lese, gehe ab und zu mal in den Wald, vor allem im August und September, wenn die Pilze wachsen. Ich habe nicht viel mit den Dorfbewohnern zu tun. Meine Frau kennt sie schon eher, wie ich schon sagte, sie ist sehr gesprächig. Freunde haben wir hier aber nicht gefunden. Man ist hier Fremden gegenüber eher reserviert. Aber das ist uns gerade recht so. Wir suchen ja die Ruhe."

„Aber was meinen Sie denn damit, dass die Uhren hier anders ticken als anderswo? Es muss doch einen Grund geben, dass Sie sich so äußern", fuhr Cosima fort.

„Naja, wie ich schon sagte, man ist eher reserviert. Man grüßt, aber ein Gespräch mit den alten Leuten oder sagen wir mal mit den Alteingesessenen kommt nur selten zustande."

„Wie kann denn dann Ihre Frau so lange im Dorf unterwegs sein, wenn die Leute hier so ablehnend sind?", wunderte sich Henneberg.

„Naja, es gibt ja mittlerweile einige, die wie wir zugereist sind. Vor allem mit denen spricht meine Frau", erklärte Heck willig.

„Sie war doch auf der Trauerfeier von der stillen Marta. Die kannte sie, obwohl sie doch eine Alteingesessene war, offenbar auch."

„Der Kontakt kam über die Enkelin von Marta zustande. Die liest mit Begeisterung die Bücher meiner Frau. Eines Tages kam sie hierher, um Jule kennenzulernen. Seitdem ist meine Angetraute mit ihr und der Familie Diegelmann befreundet. So kam auch Marta mit meiner Frau zusammen. Marta war sowieso anders, als die Leute hier. Sie kam gern zu meiner Frau und erzählte ihr ganz viel über die Entstehung des Ortes und die Menschen. Der Ort war ja viele Jahre regelrecht isoliert. Man wollte hier keine Fremden und die Alten wollten nicht, dass die Jungen rausgehen. Die wollten immer alle schön unter sich bleiben."

„Aber warum denn?", Cosima konnte ihre Neugierde nicht bremsen.

„Hallo, ich bin wieder da", war es aus der Diele zu hören. Die Haustür fiel mit einem Knall ins Schloss.

„Meine Frau, unüberhörbar. Sie kann einfach nicht die Tür in die Hand nehmen", sagte der Ehemann der Autorin leicht genervt.

Amy sprang vom Sessel und lief ihrem Frauchen entgegen. Sie bellte und winselte abwechselnd, so als ob die Frau des Hauses tagelang weggewesen sei.

„Du hast Besuch. Kannst du bitte ins Wohnzimmer kommen?", rief er ihr zu.

„Na das ist ja mal eine Überraschung. Der Herr Kommissar persönlich", sie lächelte die Gäste freundlich an. „Guten Tag, Herr Henneberg. Wo haben Sie denn Ihren Dackel gelassen?"

Der Angesprochene erhob sich vom Sofa, etwas irritiert ob der freundlichen Begrüßung und reichte der Autorin die Hand.

„Guten Tag, Frau Heck. Erdmann hat Rückenprobleme. Leider kann ich ihn nicht überall mit hinnehmen.

„Das ist aber schade. Amy hätte sich sicher gefreut. Sollten Sie uns noch einmal die Ehre erweisen, bringen Sie ihn doch bitte mit."

Sie wandte sich an Cosima. „Entschuldigen Sie bitte Frau von Mittelstedt, dass ich Sie nicht zuerst begrüot habe, aber ich denke im Zeitalter der Emanzipation ist es erlaubt, erst einmal die armen unterdrückten Männer zu begrüßen." Die Autorin lachte herzlich.

„Warum hast du unseren Gästen nichts zum Trinken angeboten?", richtete sie die Frage an ihren Mann.

„Wir sind doch gerade erst gekommen. Machen Sie sich bitte keine Umstände. Wir wollen nicht lange stören", antwortete Cosima spontan.

„Kommt ja überhaupt nicht in Frage. Möchten Sie einen Kaffee oder lieber etwas Kaltes?"

„Wenn Sie mich so fragen, dann würde ich einen Kaffee bevorzugen", antwortete Alexander freundlich. Cosima schloss sich ihm an.

„Ich gehe schon", der Ehemann stand auf und verschwand in Richtung Küche. Die Autorin nahm gegenüber den Kommissaren Platz. Sie hatte sich kaum gesetzt, als Amy auf ihren Schoß sprang und mit dem Kopf ganz dicht an ihr Gesicht kam. Sie streichelte den Dackel über den Kopf. „Ist ja gut, mein Schatz. Die Mama ist ja wieder da. Setz dich brav hin." Alexander schmunzelte. Solch ein Verhalten konnten nur Menschen verstehen, die selbst einen Vierbeiner besaßen.

„Frau Heck, man hat uns mehrfach ausgerichtet, dass wir uns einmal an Sie wenden sollen. Bei unserem letzten Treffen mit Frau Diegelmann hat sie uns erzählt, dass die stille Marta Ihnen ihre Tagebücher anvertraut hat. In den Tagebüchern sollen einige Dinge, die hier in Dorff passiert sind, Erwähnung finden. Frau Diegelmann meinte, dass der Inhalt der Tagebücher uns bei dem aktuellen Fall weiterhelfen könnte“, begann der Kommissar.

„Das ist richtig, die stille Marta hat mir kurz vor ihrem Tod einen Kasten mit ihren Tagebüchern gebracht. Da diese in Sütterlin-Schrift verfasst wurden, habe ich eine Bekannte, eine ehemalige Lehrerin hier aus Dorff gebeten, mir diese quasi verständlich zu machen.“

„Das sind ja bestimmt recht viele. Das dauert doch ewig, bis die alle in lesbaren Text umgewandelt sind“, gab Cosima zu bedenken.

„Nein, ich lasse nicht alles sofort in die heute gängige deutsche Schriftform übertragen, sondern erstmal nur die wichtigsten Stellen“, trug Heck zur Aufklärung bei.

„Aber woher wissen Sie denn, was die wichtigsten Stellen sind?“, wieder war es Cosima, die sich meldete.

„Marta hat die Stellen für mich gekennzeichnet. Sie meinte, die solle ich unbedingt lesen. Die hat Frau Bechermann nun in deutscher Schrift niedergeschrieben. Alles andere hat Zeit, obwohl ich die anderen Seiten auch noch lesen möchte. Es ist unglaublich interessant, was Marta niedergeschrieben und uns überlassen hat. Daraus könnte man ein Buch machen."

„Denken Sie denn, dass uns diese Stellen weiterhelfen können?", fragte Alexander.

„Auf jeden Fall. Ich habe die Blätter schon für Sie kopiert und gebe Sie Ihnen mit. Lesen Sie zunächst die Stelle, wo Sebastian Pinke in die Gülle gestoßen wird und was dann geschieht. Dann kann man nachvollziehen, warum das alles passiert ist. Verstehen Sie mich aber bitte nicht falsch, ich finde es natürlich nicht richtig, was vorgefallen ist."

Hecks Ehemann kehrte mit einem Tablett in den Händen zurück. Er platzierte es mitten auf dem Tisch, der zwischen den Sitzmöbeln stand. Er reichte jedem eine schwere Tasse aus Steingut. „Vorsicht heiß", sagte er, „benötigt noch jemand Milch und Zucker?"

Alle verneinten. „Nehmen Sie sich doch bitte auch Kekse."

„Er wurde also tatsächlich in die Gülle gestoßen?", Alexander sah die Autorin aufmerksam an und fuhr dann fort, „Juliane Herz hat uns erzählt, dass Erwin Feist sie einmal an den Güllebehälter geführt und zu ihr gesagt hätte: Wir hier in Dorff regeln alles unter uns."

„Das trifft es auf den Punkt. Das ist in der Vergangenheit öfter passiert. Aber wenn ich dem Inhalt von Martas Tagebüchern Glauben schenken darf, dann ist das nicht nur zur Abschreckung passiert, sondern man hat tatsächlich in der Gülle Menschen sterben lassen oder sie zumindest entsorgt. Dieser Feist war ein Despot, ein Tyrann, ein durch und durch bösartiger Mensch. Wer sich gegen ihn stellte, bekam das bitter zu spüren."

„Das ist ja entsetzlich", Cosima rutschte aufgeregt auf ihrem Sessel herum.

„Da Sie ja offensichtlich schon Vieles wissen", können Sie uns dann sagen, was mit Sebastian Pinke in dieser Nacht 1994 passiert ist?"

Der Kommissar hatte offensichtlich seine ursprüngliche Abneigung gegen die Autorin begraben.

„Wenn Sie noch etwas Zeit haben, will ich Ihnen gern berichten, was Marta dazu aufgeschrieben hat. Alles andere können Sie ja dann nachlesen."

Ihr Mann reichte den Teller mit Keksen herum. „Nehmen Sie sich doch bitte, das kann noch dauern." Dafür erhielt er einen strafenden Blick seiner Frau. Alexander und Cosima griffen zu und konzentrierten sich dann ganz auf die Worte von Jule Heck.

Kapitel 122

Eberstädter langweilte sich. Seit Stunden saß er hier im Eingangsbereich des Pflegeheimes und wartete darauf, dass dieser Röbig auftauchen würde. Es war ja nur eine Vermutung, dass der Mann hierherkommen könnte.

Die Pflegerin, Frau Müller hatte am Vorabend eine Nachricht für ihn in den Briefkasten geworfen. Den Zettel mit der Todesnachricht hatten die Beamten bei der Durchsuchung des Hauses von Frau Gläser nicht gefunden. Also musste Röbig die Nachricht aus dem Briefkasten geholt und gelesen haben.

Cosima nahm an, dass der Mann in das Heim zurückkehren würde, um seinen Bruder noch einmal zu sehen und Abschied zu nehmen. Das war allerdings eine Vermutung, die auf sehr wackeligen Beinen stand. So dumm konnte dieser Röbig doch nicht sein. Er war ja unter Umständen für den Tod des Bruders verantwortlich. Wenn Gläser alias Pinke nicht eines plötzlichen Herztodes erlegen war, sondern von Röbig umgebracht wurde, die Rechtsmedizin war an dem Fall dran, würde der Mörder doch nicht so leichtsinnig sein, noch einmal hier im Heim aufzutauchen. Der hatte doch wahrscheinlich bei seinem letzten Besuch schon Abschied von seinem Bruder genommen.

Eberstädter konnte das alles nicht nachvollziehen. Der Tote war längst in der Gerichtsmedizin in Gießen. Die Füchsin war mit Sicherheit schon damit beschäftigt, den Toten aufzuschneiden und seine Organe auf

Spuren eines Giftes zu untersuchen. Aber das wusste Röbig ja nicht.

Im Haus von Frau Gläser, das nach Aussage der Nachbarn nur noch von Röbig genutzt wurde, hatte man außer Waffen auch Substanzen eines tödlichen Giftes gefunden. Also war es nicht von der Hand zu weisen, dass er seinen Bruder damit getötet hatte. Aber warum?

Eberstädter überlegte, ob Röbig vielleicht davon ausging, aufgegriffen zu werden und dann für immer im Gefängnis zu landen. Vielleicht wollte er den Bruder dann nicht allein zurücklassen und hatte ihn mit dem Gift erlöst. Oder aber, er würde tatsächlich den Freitod wählen, so wie er es in einem Brief, den sie in Gläsers Haus gefunden hatten, ankündigte. Was auch immer mit Röbig geschah, er wollte seinen Bruder nicht alleine zurücklassen.

Der ganze Fall war sehr merkwürdig. Zum wiederholten Male stand er auf und trat vor die Tür, um eine Zigarette zu rauchen. Es war ein wunderschöner Sommertag und er musste im aufgeheizten und schlecht riechenden Foyer dieses Pflegeheimes ausharren. Zwei Kollegen saßen in einem Zivilfahrzeug gegenüber der Zufahrt des Parkplatzes. Sie konnten sich wenigstens miteinander unterhalten, Musik hören oder die Klimaanlage einschalten.

Immer wieder kamen Besucher ins Haus, vorwiegend Frauen. Der Pförtner kannte fast alle mit Namen. Der Mann hatte ihm erzählt, dass er seit dreißig Jahren in der Einrichtung beschäftig sei und er die meisten persönlich kannte, nicht nur mit Namen, sondern auch mit ihrer Lebensgeschichte. „Sie glauben gar nicht, was einem die Leute so alles erzählen“, hatte er Eberstädter gesteckt.

Ein älterer Herr, auf einen Gehstock gestützt, kam langsamen Schrittes in leicht gebeugter Haltung auf den Eingang zu. Seine Kleidung ließ darauf schließen, dass es sich um einen Geistlichen handelte. Es war sicher nicht ungewöhnlich, dass ein Pfarrer seine Schäfchen im Heim besuchte.

Der Mann lüpfte den Hut von seinem weißen Haupt und grüßte freundlich. Er ging an Eberstädter vorbei ins Haus. Der Kommissar grüßte ebenfalls, beachtete ihn nicht weiter, rauchte seine Zigarette zu Ende und nahm wieder im Foyer Platz. Der Pförtner kehrte gerade von der Toilette zurück.

„Wollen Sie noch einen Kaffee haben oder ein Stück Kuchen?“, fragte er freundlich den Kommissar. Den ganzen Tag über hatte man ihn mit Getränken und Essen versorgt. Die Pflegerinnen, die kamen, um ihren Dienst anzutreten oder nach Arbeitsschluss gingen, musterten ihn aufmerksam, waren aber angehalten, ihn nicht anzusprechen. „Danke, es ist alles gut. Aber ich hätte da mal eine Frage.“

„Schießen Sie los, was wollen Sie wissen?“ Der Pförtner betrachtete ihn wohlgefällig.

„Sagen Sie mal, ist es üblich, dass ein Pfarrer die Alten und Pflegebedürftigen hier im Heim besucht?“

„Wie kommen Sie denn jetzt darauf?“, fragte der Pförtner verblüfft.

„Eben kam ein älterer Herr, also ein Geistlicher. Kommt der öfter hierher?“

„Ich war gerade auf der Toilette. Den habe ich nicht gesehen. Ab und zu kommt mal ein Pfarrer, aber der muss sich bei mir anmelden und eintragen“, wunderte sich der Mann. „Das wissen die doch eigentlich.“

Eberstädter sprang wie elektrisiert auf. Er warf einen Blick auf den Aufzug. Die Kabine war offen und stand still. Auf der Treppe ins Obergeschoss war niemand zu sehen.

„Das war Röbig“, rief er entsetzt. „Wo könnte der hin sein?“

In diesem Moment hörten sie im Kellergeschoss eine Tür zuschlagen.

„Das ist die Tür zur Kapelle. Dort werden die Toten aufgebahrt. Da muss der Mann hingegangen sein“, rief der Pförtner aufgeregt.

„Sie bleiben hier. Schließen Sie bitte die Eingangstür. Lassen Sie niemanden heraus oder herein. Was ist mit dem Hinterausgang? Ist die Tür offen?“

„Die muss immer offen sein.“

„Verflucht. Können Sie dafür sorgen, dass alle Eingänge verriegelt werden.“

„Ich tue mein Bestes, aber theoretisch kann man auch über eine Terrassentür das Haus verlassen.“

Eberstädter griff zum Handy und tippte auf eine Kurzwahlnummer. „Kollegen“, sprach er, „der Mann ist im Haus. Es ist der Pfarrer, der soeben das Heim durch den Vordereingang betreten hat. Er ist in der Kapelle im Keller. Einer bleibt vor dem Eingang stehen. Einer geht zum Hinterausgang und fordert Verstärkung an“, ordnete er an.

Bevor er die Treppe hinabstieg, sagte er noch zu dem Pförtner: „Blockieren Sie den Aufzug.“ Er zog seine Pistole aus dem Halfter und stieg leise Stufe um Stufe nach unten.

Kapitel 123

Der Dackel schlief friedlich auf dem Schoß seines Frauchens. Sein regelmäßiges Schnarchen verriet, dass er sich pudelwohl fühlte. Alexander betrachtete die Szene genüsslich und musste an Erdmann denken. Er vermisste seinen vierbeinigen Freund. Sobald die Therapie anschlug und Erdmann fit war, würde er ihn wieder mit an die Tatorte nehmen. Er musste an den Spruch denken – ein Leben ohne Dackel ist möglich, aber sinnlos. Erdmann würde mit seiner bedingungslosen Treue und Liebe auch Judith bei ihrer Genesung helfen.

Cosima boxte ihn in die Seite. Sie hatte bemerkt, dass er mit seinen Gedanken woanders war. „Alexander, Frau Heck hat dich etwas gefragt. Hast du nicht zugehört?“, keifte sie und warf ihm einen bösen Blick zu.

„Entschuldigen Sie bitte, ich war tatsächlich einen Moment mit meinen Gedanken woanders. Wie war nochmal die Frage?“

„Kann Hubert Feist jetzt noch bestraft werden, weil er diesen Pinke in die Güllegrube geworfen hat?“, fragte die Autorin.

„Nein, das kann gar nicht bestraft werden. Das war allenfalls grober Unfug. Er wollte ja nicht, dass der Mann darin zu Tode kommt. Martas Tagebücher sagen ja aus, dass er ihm nur eins auswischen und dann wieder rausholen wollte. Wenn sein Großvater ihn nicht davon abgehalten und in die Gastwirtschaft geschleift hätte, hätte er Pinke ja auch wieder befreit.

Aber der Großvater wäre dran gewesen, wenn Pinke darin erstickt wäre."

„Wie ist er denn wieder aus der Grube herausgekommen? Er kann sich doch nicht selbst befreit haben?", fragte Cosima neugierig.

„Laban, der Knecht, der für Feist und Bauer tätig war, hat das aus seinem Unterschlupf gesehen. Er war ja immer dort in der Scheune und im Kuhstall oder auf dem Hof unterwegs, hat sich aber so gut es ging, immer im Hintergrund gehalten. Er ist sehr scheu, geht anderen Menschen aus dem Weg, allen voran diesen beiden Monstern."

„Der hat ihn also aus der Gülle gezogen und was ist dann passiert?", fragte Cosima ungläubig.

„Laban hat ihn im Kuhstall erst einmal abgespritzt, damit die Gülle von ihm ablief. Der muss trotzdem ganz fürchterlich gestunken haben. Dann hat er ihn zu der Hütte von Feist in den Wald gebracht. Dort hat sich Pinke über Nacht versteckt und so gut es ging gereinigt. Laban hat ihm noch in der Nacht Kleider von Martas Mann gebracht. Am nächsten Morgen hat man ihn dann weggebracht. Darüber hinaus habe ich aber noch keine Kenntnis. Ich habe noch nicht alles gelesen", die Autorin hielt inne.

„Aber warum hat Hubert den Pinke überhaupt in die Gülle gestoßen? Was hatte er ihm denn getan?", Cosima konnte das alles nicht nachvollziehen.

„Hubert war offensichtlich eifersüchtig. Er hatte sich in Juliane Herz verliebt. Er wollte sie beschützen und dachte halt, wenn er dem Pinke eins auswischt, dass der dann verschwindet."

„Ok, das verstehe ich. Aber warum hat Erwin Feist den Pinke umbringen wollen? Das wollte er ja wohl, warum sonst hat er den Güllebehälter abgedeckt, so dass Pinke sich nicht alleine hätte befreien können?"

„Nachdem was Laban der stillen Marta erzählt hat, ging es wohl um den Mann, den Pinke auf einem Bild in der Wirtschaft erkannt hat. Pinke war der Überzeugung, dass es sich dabei um seinen Vater handelt, den er da erkannt haben will. Erwin Feist hat Hubert beim Weggehen angeschrien. „Der Mann bleibt in der Gülle. Der muss verschwinden. Was glaubst du was passiert, wenn rauskommt, wie dieser Dr. Medika hierherkam und wie der gestorben ist. Du hältst die Klappe. Hast du das verstanden?"

Die Autorin ließ die Worte eine Weile wirken. Dann sagte sie noch: „Und dann hat er ihn am Schlafittchen gepackt und in das Gasthaus gezerrt. So hat es Laban der stillen Marta berichtet und sie hat es aufgeschrieben."

„Das hat Laban tatsächlich alles gehört und gesehen?", fragte Cosima zweifelnd.

„Ja, so hat er es der stillen Marta erzählt. Ich weiß, was Sie jetzt denken. Der Knecht ist doch etwas minderbemittelt." Sie schüttelte den Kopf. Die blonden Strähnen ihres Haares wirbelten durcheinander.

„Nein, das ist er nicht. Der Mann ist sehr clever, um nicht zu sagen intelligent. Aber er hat es auf Grund seiner Herkunft und seiner Erlebnisse als Kind im Krieg und seiner Gefangenschaft als Jugendlicher in der Haftanstalt von Rockenberg vorgezogen, immer in Deckung zu bleiben, nur nicht aufzufallen und schon gar nicht preis zu geben, was für ein intelligenter Mensch er ist. Ich bin sicher, wenn Laban unter anderen Umständen groß geworden wäre, dass aus ihm etwas hätte werden können“, sprach Jule Heck voller Überzeugung zu den Kommissaren.

Cosima sah die Frau mit offenem Mund an. Tränen schimmerten in ihren Augen. Sie war sichtlich ergriffen von dem Bericht.

Alexander räusperte sich. Auch er war sichtlich ergriffen. „Darf man hier rauchen?“, fragte er nach einer Weile der Stille.

„Kommen Sie mit mir in den Garten“, sagte Herr Heck zu ihm. „Nach dem Schock brauche ich auch erstmal etwas Nikotin.“

Kapitel 124

Eberstädter lag auf der Liege des Rettungswagens. Sein Kopf schmerzte. Ein großer Verband zierte sein Haupt. Die Sanitäter hatten ihm starke Schmerz- und Beruhigungsmittel gegeben. Sein Blutdruck war auf über 180 zu 140 hochgeschossen. Er fühlte sein Herz in der Brust hämmern.

„Oh Mann", stöhnte er. „Das ist ja nicht zum Aushalten."

„Es wird Ihnen gleich besser gehen, wenn die Medikamente beginnen zu wirken", tröstete ihn einer der Sanitäter.

Sie hatten ihn am Boden liegend im Kellerflur des Pflegeheimes aufgefunden. Er war nicht ansprechbar gewesen. Eine Platzwunde am Kopf hatte sein Haar rot gefärbt.

Neben Eberstädter lag Röbig. Seine Hände waren auf dem Rücken mit Handschellen fixiert. Sein Stock lag zerbrochen neben ihm. Röbig verhielt sich still. Er sagte nichts, als die Zivilfahnder ihn vom Boden hochhoben und zu dem Streifenwagen führten. Er zeigte keinerlei Reaktion, wehrte sich auch nicht gegen die Beamten.

Jüngling erschien am Tatort. „Mensch Eberstädter, was machst du denn schon wieder für Sachen?", ulkte der Kollege.

„Mir ist schlecht", lallte Eberstädter. Seine Augenlider flatterten.

„Der Kollege wird gleich ein Nickerchen machen. Wir bringen ihn jetzt ins Hochwaldkrankenhaus. Die Platzwunde muss genäht werden."

„Was ist denn überhaupt passiert?“, fragte er den Verletzten.

Doch Eberstädter schwebte offensichtlich schon im Reich der Träume. Er antwortete nicht mehr.

„Hallo Jüngling“, sprach ihn einer der Zivilfahnder an. „Dein Kollege hat ganze Arbeit geleistet. Beinahe wäre uns dieser Röbig durch die Lappen gegangen.“

„Könnt ihr mir sagen, was genau passiert ist?“

„Wir können es nur ungefähr erahnen.“

„Da bin ich gespannt“, Jüngling schaute die Kollegen aufmerksam an.

„Röbig kam als Pfarrer verkleidet hierher. Keiner von uns hat geschnallt, dass sich hinter der perfekt aufgemachten Verkleidung dieser Verbrecher versteckte. Der Pförtner hat Eberstädter eigentlich darauf gebracht, dass der Pfarrer Röbig sein könnte. Zu der Zeit war der Mann schon im Keller verschwunden. Eberstädter hat veranlasst, dass alle Türen, die nach außen führen, verriegelt und der Aufzug blockiert wurde. Er hat uns informiert und um Verstärkung gebeten. Dann ist er selbst mit gezückter Pistole langsam die Kellertreppe hinuntergegangen. Was unten genau vorgefallen ist, können wir nur aus dem Wenigen, was uns dein Kollege unter Schmerzen mitgeteilt hat, wiedergeben. Als er in den Keller kam, war Röbig nicht zu sehen. Eberstädter hat dann die Tür zur Kapelle geöffnet. Röbig hat hinter der Tür auf ihn gewartet und ihn mit dem Stock attackiert, hat ihn mehrfach auf die Schultern und den Kopf geschlagen. Wie Eberstädter es geschafft hat, den Mann am Boden festzuhalten und ihm die Handschellen anzulegen, wissen wir nicht.“

„Das wird er uns verraten, wenn er wieder zu sich kommt. Die Hauptsache ist, dass wir diesen Mistkerl endlich haben. Könnt ihr die Spusi verständigen? Die sollen sich unten umsehen. Ich informiere mal Henne."

„Die Spusi hat gerade erst vor zwei Stunden das Gebäude verlassen."

„Gute Arbeit, Jungs", verabschiedete sich Jüngling und fuhr dem Krankenwagen hinterher.

Kapitel 125

„Das ist wirklich starker Tobak, was uns Ihre Frau da erzählt. Ich habe ja in meiner dreißigjährigen Laufbahn schon so allerhand erlebt, aber das schlägt wirklich dem Fass den Boden aus“, sagte Alexander zwischen zwei Zügen an seiner Zigarette. Er bewunderte die Rosen, die im Garten in voller Blüte und Schattierungen des Farbkreises in runden Beeten standen.

„Das ist noch gar nichts. Wenn Sie die einzelnen Stellen lesen, packt Sie das kalte Grausen. Das kann ich Ihnen versichern“, sagte Heck daraufhin.

„Zumindest kenne ich jetzt das Motiv von Röbig. Aber das rechtfertigt nicht diese Gewalttaten. Der Auslöser war wohl die abgebrannte Scheune, wo das Auto zum Vorschein kam“, sinnierte Alexander laut.

„Das würde ich auch vermuten.“ Heck sah den Kommissar aufmerksam an.

„Das hat ja schon lange nicht mehr gebimmelt“, meinte Alexander als sich sein Handy bemerkbar machte. „Entschuldigen Sie bitte, da muss ich mal rangehen. Das ist unser Kollege aus Friedberg.“

„Kein Problem. Ich lasse Sie mal alleine und gehe wieder rein. Sie können ja dann nachkommen.“ Heck verschwand durch die Küchentür.

„Jüngling, was gibt es?“

„Hallo Henne, wenn ich dir das erzähle, wird sich deine Laune hoffentlich gleich um 100% steigern“, kam es aus dem Lautsprecher

Kapitel 126

Der Kommissar riss die Tür zur Küche auf und eilte zum Wohnzimmer. „Cosima“, sagte er hastig, „wir müssen uns leider verabschieden. Eberstädter hat Röbig gefasst.“

„Super. Ich komme.“ Cosima sprang auf.

Jule Heck schaute den Kommissar erfreut an. „Das ist ja toll.“ Sie stand auf und setzte Amy auf den Boden. Der Dackel schüttelte sich und rannte voraus zur Haustür.

„Tut uns leid, dass wir Ihre Gastfreundschaft nicht länger genießen können“, entschuldigte sich Alexander.

„Das ist schon ok. Sie können aber jederzeit gerne wiederkommen. Hier nehmen Sie die Papiere mit. Da haben Sie noch etwas als Bettlektüre.“

Jule Heck reichte Cosima einen Packen Papier.

„Vielen Dank nochmal, Frau Heck. Ich komme sehr gern wieder“, verabschiedete sich Cosima.

„Ich komme auch mit. Ich bin echt beeindruckt“, musste auch Alexander zugeben. Jule Heck lachte und ließ die beiden gehen. „Ich wünsche Ihnen viel Erfolg.“

„Das ist ja ein Ding. Dann können wir nun endlich den Fall aufklären“, freute sich Cosima auf dem Weg zum Auto.

„Du hattest mal wieder recht, du alte Seelenklempnerin“, frotzelte Alexander. Seine Laune hatte sich wirklich gebessert.

„Wenn du noch einmal dieses Wort benutzt, kündige ich dir die Freundschaft“, antwortete Cosima schelmisch. „Tue mir bitte jetzt einen Gefallen und fahre dem Verkehr angepasst. Wir können uns Zeit lassen“, ermahnte sie den Kollegen mit erhobenem Zeigefinger.

Kapitel 127

Unterwegs blätterte Cosima in den Unterlagen, die ihr die Autorin mitgegeben hatte. Sie las verschieden markierte Stellen vor.

„Das ist unglaublich, was hier steht“, sagte sie zu Alexander. „Hör doch mal zu.“ Sie begann langsam zu lesen, was die stille Marta 1979 niedergeschrieben hatte.

„Sie hatten unseren Arzt mit dem Kopf nach unten aufgehängt, diese Barbaren und waren einfach davongegangen. Unser Doktor schrie und fluchte gleichzeitig, aber das half ihm nichts. Erwin und Bertram kehrten nicht zurück, um ihn herunterzuholen. Ich lief zurück ins Dorf und wollte Hilfe holen. Ich wusste, dass der arme Mann nicht lange überleben würde. Doch Erwin fing mich ab.

„Du kleines Luder, wo kommst du denn her?“, schrie er mich an. „Das geht dich gar nichts an“, erwiderte ich. Erwin schlug mir ins Gesicht und zerrte mich ins Haus. Er ahnte, wo ich herkam.

„Wenn du auch nur ein Sterbenswörtchen verlierst, bringe ich dich um.“ Ich zitterte vor Angst und wagte nicht, das Haus wieder zu verlassen.

Cosima übersprang einige Zeilen.

„Am nächsten Morgen war unser Arzt tot. Erwin verbreitete überall die Nachricht, dass unser Doktor einen

Unfall gehabt hätte. Aber das stimmte nicht. Ich wusste es besser. Der arme Mann dachte ich. Er musste qualvoll sterben, weil er den Pfarrer liebte. Ich hatte die beiden Männer einmal zusammengesehen, wie sie sich küssten und umarmten. Man spürte die Vertrautheit und die Liebe zwischen ihnen. Aber ich behielt mein Wissen für mich. Es war verboten, einen gleichgeschlechtlichen Partner zu haben. Aber was war denn daran so schlimm, dachte ich. Wenn man sich liebt, ist es doch egal, wer der Auserwählte ist. Was ist das nur für eine traurige Welt. Ich konnte mich niemandem anvertrauen. Ich musste schweigen. Ich weiß nicht, wie Erwin und Bertram es herausgefunden haben, aber das war wohl der Grund, warum sie unseren Doktor loswerden wollten.

Eine Woche später, nachdem die Polizei hier gewesen war, kam Laban zu mir. Der gute Laban. Er war so ein liebenswürdiger Mensch, aber er hatte es schwer. Er wurde immer nur gehänselt und von Erwin und Bertram schikaniert. Laban tat mir unendlich leid. Wenn er zu mir kam, gab ich ihm immer etwas zu essen. Er liebte meinen Kuchen. Laban war an diesem Tag sehr traurig. Er zitterte am ganzen Körper.

„Sie haben den Doktor ermordet, schimpfte er unter Tränen.

„Laban“, sagte ich, „so etwas darfst du nicht sagen. Du begibst dich in Gefahr.“

Doch Laban schwieg nicht. „Aber sie haben ihn an den Füßen aufgehängt und die ganze Nacht hängen lassen. Am Morgen haben sie ihn heruntergenommen. Da war er tot.“

Laban weinte fürchterlich. Seine Schultern zuckten wie verrückt. Ich nahm ihn in den Arm.

„Laban, du darfst dich nicht so quälen. Du musst vergessen, was du gesehen hast. Wenn sie herausfinden, dass du weißt, was sie gemacht haben, machen sie mit dir das Gleiche. Versprich mir, dass du schweigen wirst."

Laban nickte, aber er sprach unter Schluchzen weiter. „Sie haben den Doktor einfach auf die Straße gelegt, als sich ein Auto näherte. Der Fahrer hat gebremst und dann ist sein Auto in den Graben gerutscht. Sie haben ihn herausgezerrt und ihn angeschrien. Sie haben gesagt, er hätte unseren Doktor totgefahren." Ein Weinkrampf schüttelte ihn. Ich hielt ihn im Arm und tröstete ihn, wie ein kleines Kind.

Der Mann, der angeblich unseren Doktor totgefahren hat, wurde unser neuer Arzt. Er heißt Doktor Medika. Was für ein merkwürdiger Name. Er kommt von drüben und ist geflohen.

Erwin und Bertram haben ihn unter Druck gesetzt. Sie haben ihm gesagt, dass er unseren Doktor überfahren hat und, dass sie über den Unfall Schweigen bewahren, wenn er hier in Dorff bleibt und die Stelle des toten Arztes übernimmt. So haben sie es Berta erzählt, als niemand mehr im Gastraum war. Ich habe gerade die Küche geputzt und alles mitgehört. Ich bin aus Versehen gegen den Putzeimer gestoßen. Der ist mit Scheppern umgefallen. Erwin kam zu mir in die Küche und hat mir eine Ohrfeige verpasst. „Halt ja deinen Mund, sonst..." Er sprach seine Drohung nicht zu Ende und verließ die Küche wieder. Ich habe ja nie viel geredet, aber von da an beschloss ich zu schweigen. Ich sprach einfach nicht mehr mit den Menschen in Dorff, außer mit meiner Familie und mit Laban. Aber sie taten immer so, als würde ich mit ihnen auch nicht sprechen. Von da an nannten sie mich die stille Marta.

„Das ist doch unglaublich, findest du nicht", endete Cosima.

Alexander hielt vor dem Präsidium. „Ich könnte kotzen. Wenn das wirklich stimmt, was die stille Marta erlebt hat und nicht irgendeiner Phantasie entspringt, ist das das Traurigste, was ich jemals gehört habe", äußerte sich Alexander tief betroffen.

Kapitel 128

„Herr Röbig, welche unerwartete Freude Sie wiederzusehen“, verhöhnte Henneberg den vermeintlichen Täter.

„Die Freude kann ich nicht bestätigen“, antwortete Röbig.

„Das kann ich verstehen, aber wir werden in den nächsten Tagen noch öfter miteinander zu tun haben. Ich gehe davon aus, dass meine Kollegen Sie auf Ihre Rechte hingewiesen haben. Benötigen Sie einen Anwalt.“

„Nein, ich brauche keinen dieser Ärmelschoner“, sagte er abfällig.

„Oha, wir sind zu Witzen aufgelegt“, entgegnete der Kommissar.

„Mitnichten. Ich kann mich jedoch alleine verteidigen.“

Alexander tippte mit dem Zeigefinger der rechten Hand auf die Tischplatte. „Sie sind für den Tod von vier Menschen verantwortlich sowie für die Entführung von zwei Personen. Glücklicherweise wurden die beiden Entführten rechtzeitig gefunden. Heute Mittag haben Sie noch meinen Kollegen attackiert. Er liegt jetzt mit einer Kopfverletzung und Prellungen im Krankenhaus“, weiter sprach Henneberg nicht, schaute Röbig aber unentwegt an. Röbig widerstand dem Blick des Kommissars. Ein harter Knochen, dachte Henneberg. Wenn der sich nicht kooperativ zeigt, wird es anstrengend werden.

„Der Staatsanwalt wird Sie schon zum Reden bringen, verlassen Sie sich darauf. Wenn Sie uns jetzt nichts zu sagen haben, laden wir Sie ein, bei uns zu übernachten. Morgen werden Sie dann dem Haftrichter vorgeführt." Henneberg verließ den Raum ohne ein weiteres Wort zu Röbig.

„Abführen", sagte er zu den beiden Beamten, die vor der Tür standen.

Kapitel 129

„Ach de Herr Kommissar iss ach mal widder da“, wurde Alexander von Walter empfangen.

„Hallo Walter. Gibt es etwas Neues von meiner Partnerin zu berichten?“

„Des Mädche schläft immer noch. Abber die Ärzte wolle Se jetz bald aufwecke. Wird auch Zeit. Der muss ja langweilisch sein“, witzelte er.

„Ihren Humor hätte ich auch gern“, meinte Alexander und ging in das Intensivzimmer. Nur ein Schlauch hing noch an ihrer Vene, über den ihr Flüssigkeit zugeführt wurde.

Er setzte sich und betrachtete sie lange. Sie sah so friedlich aus. Er freute sich, dass er bald wieder mit ihr reden konnte. Wie er Judith kannte, wollte sie bestimmt wissen, was in der Zwischenzeit alles geschehen war. Da gab es viel zu berichten.

Wichtig war, dass endlich wieder normale Verhältnisse einkehrten, dass Judith wieder nach Hause kam, dass Erdmanns Rücken besser wurde und dass sie endlich diesen völlig abstrusen Fall ad acta legen konnten.

Seine Gedanken schweiften schon wieder ab. Er musste an Röbig denken. Der Staatsanwalt wollte morgen früh die erfolgreiche Festsetzung von Röbig auf einer Pressekonferenz verkünden. Die bisherigen Ermittlungsergebnisse waren eindeutig. Dennoch war Röbig ein harter Knochen. Freiwillig würde der nichts zugeben. Aber das war auch nicht nötig. Sie hatten genügend Beweise und Zeugen, die gegen ihn aussagen konnten.

Aber wo war Hubert Feist und warum meldete er sich nicht? Hoffentlich hatte Röbig ihn nicht erwischt und umgebracht. Am Ende lag sein Leichnam irgendwo und war bereits im Stadium der Verwesung.

Juliane Herz war am frühen Morgen nach Frankfurt zu ihrer Schwester gebracht worden, hatte Stückchen ihm mitgeteilt. Eigentlich war das jetzt gar nicht mehr notwendig. Sie könnte durchaus wieder nach Münzenberg in den Hattsteiner Hof zurückkehren. Aber das musste die Frau selbst entscheiden. Vielleicht tat es ihr ganz gut, eine Weile bei ihrer Schwester zu wohnen und mit ihr zu reden, alles zu verarbeiten.

Auf jeden Fall hatte sie unglaubliches Glück gehabt, da man sie rechtzeitig in diesem Kellergewölbe entdeckt hatte, genauso wie Hubert Feist, der sich selbst befreien und nach Hause zurückkehren konnte. Wenn er noch lebt, könnte er jetzt wieder auftauchen. Er musste keine Angst mehr vor Röbig haben, vor einer saftigen Strafe wegen Anstiftung zur Brandlegung schon. Aber woher sollte Hubert wissen, dass Röbig in Haft war. Das würde erst morgen früh offiziell verkündet. Hoffentlich, hoffentlich lebte er noch.

Verdammt, dachte Alexander. Jetzt habe ich die ganze Zeit schon wieder an die Arbeit gedacht. Judith lag friedlich in ihrem Bett und hatte von seinen Gedanken nichts gespürt. Er streichelte über ihren Kopf, gab ihr einen Kuss und verließ das Zimmer.

Alexander ging gegen seine Gewohnheit nicht nach Hause. Er lief die Kaiserstraße in Richtung Burg entlang und ließ sich in der nächstbesten Kneipe am

Tresen nieder. Er brauchte jetzt ein Bier und Abstand, Abstand zu den vielen abscheulichen Dingen, die er in den letzten Tagen gehört und gesehen hatte. Judith würde das verstehen.

Kapitel 130

Cosima hatte Jünglings Einladung auf eine Pizza abgelehnt. Sie wollte den Abend allein auf ihrer Terrasse verbringen und die Aufzeichnungen der stillen Marta lesen.

Außerdem wollte sie Jüngling keine Hoffnung machen, dass sie auf seine erneuten Avancen eingehen könnte. Sie wusste, dass der Jüngere für sie schwärmte. Sie fühlte sich durchaus geschmeichelt.

Sein Alter störte sie nicht. Warum sollte sich eine ältere, erfahrene Frau nicht auf einen jüngeren Mann einlassen? Warum sollte dieses Privileg nur den Männern vorbehalten sein, wenn sie sich viel jüngere Partnerinnen suchten? Nein, damit hatte ihre Ablehnung nichts zu tun. Aber eine Verbindung unter Kollegen wurde nicht gern gesehen. Das erschwerte nur die Zusammenarbeit.

Alexander bildete da eine Ausnahme. Bisher hatte er es geschafft, Judith von seinen Fällen fernzuhalten, auch wenn sie danach gierte, endlich als Kommissarin in die Ermittlungen miteinbezogen zu werden.

In nächster Zeit würde das mit Sicherheit nicht geschehen. Judith musste sich erst einmal von ihren Verletzungen erholen. Außerdem würden ihr die psychischen Folgen noch eine Weile zu schaffen machen. So schnell könnte sie nicht in den Arbeitsalltag einer Kommissarin zurückkehren.

Cosima wünschte ihr und Alexander alles Gute. Sie schätzte die beiden sehr und hoffte, dass ihr Kollege nun wieder bessere Laune bekam, nachdem man den Täter festgesetzt hatte. Ihr war aber auch klar, dass die Verhöre schwierig werden könnten. Da kam noch einiges an Arbeit auf sie zu.

Sie biss herzhaft in ihre Pizza, die sie sich von ihrer Lieblingspizzeria in Gambach geholt hatte und konzentrierte sich auf die Unterlagen, die ihr die Autorin überreicht hatte. Was sie hier zu lesen bekam, eignete sich mindestens für einen weiteren Krimi.

„Berta ist durch und durch böse. Sie passt zu ihrem Mann Erwin. Für ihn beobachtet sie unseren neuen Doktor und spioniert ihn aus. Der arme Mann hat sich nach ihr zu richten. Als Arzthelferin macht sie die Termine. Aber sie stellt auch eigenständig Rezepte aus. Dabei hat der Doktor die Patienten gar nicht zu Gesicht bekommen, für die sie die Rezepte ausstellt. Berta regelt alles. Zwei Männer aus dem Dorf haben nun eine Schwerbehinderung bekommen. Berta hat die bei einem Amt beantragt. Dabei sind die Männer kerngesund. Sie arbeiten auf den Feldern von Bertram, der sie dafür bezahlt. Ich verhalte mich still, höre und sehe nur, was die dicke Berta so treibt. Wenn der Doktor sich bei ihr beschwert, sagt sie immer nur, er soll sich nicht so aufregen. Es ist alles gut so, wie es ist, sagt sie. Sie hält immer schön die Hand auf. Von jedem nimmt sie für ihre Gefälligkeiten Geld. Ich verachte sie."

Das ist ja ungeheuerlich dachte Cosima. Das Arztpraxen mitunter auch Dinge bei den Krankenkassen in Rechnung stellen, für Leistungen, die nicht erbracht wurden, war ja nicht neu. Aber hier in Dorff wurde offensichtlich im großen Stil betrogen, aber nicht von dem Arzt selbst, sondern von seiner Helferin, der dicken Berta. Stellt sich nur die Frage, warum Dr. Medika das mitgemacht hat?

Ihre Frage wurde auf der nächsten Seite beantwortet. Zwischen dem letzten Eintrag und dem Jetzigen lagen ein paar Jahre.

„Dr. Medika weigert sich, Bertas Machenschaften weiter hinzunehmen. Sie fälscht ständig seine Unterschrift, nicht nur auf den Rezepten, sondern auch auf allen möglichen Anträgen. Es geht immer um eine Rente oder einer Schwerbehinderung, sogar die Versicherungen betrügt sie. Ich verstehe davon zu wenig. Aber ich weiß, dass Berta etwas Verbotenes macht. Heute Morgen haben sie sich wieder gestritten. Dann kam Erwin in die Praxis. Er hat Dr. Medika damit gedroht, dass er der Polizei von dem Unfall erzählt, wenn er nicht stillhält. Dann kommt alles raus und du wanderst in den Knast, hat Erwin zum Doktor gesagt."

Auf der nächsten Seite stand: „Dr. Medika tut mir leid. Er ist eigentlich ein netter Mensch. Die Patienten mögen ihn. Er ist gut zu ihnen. Immer öfter kommen Leute von weit her in die Praxix. Sie sprechen immer mit Berta. Dann gibt sie ihnen ein Rezept. Dr. Medika schimpft mit ihr, aber Berta interessiert das nicht."

Auf der nächsten Seite las sie weiter. Es waren ein paar Monate vergangen.

„Dr. Medika ist krank. Er hat Krebs. Man hat ihn operiert. Einmal in der Woche fährt er zur Chemotherapie. Berta führt die Praxis in seiner Abwesenheit weiter. Der Doktor ärgert sich sehr darüber. Aber er ist zu schwach, sich gegen Berta aufzulehnen. Er ist oft müde. Sein Körper ist abgemagert."

Cosima merkte nicht, wie die Dämmerung einsetzte und die Vögel ihren Gesang einstellten. Sie konnte nicht aufhören mit dem Lesen.

„Unser Doktor ist tot. Berta hat ihn heute Morgen gefunden. Er lag im Bett mit geschlossenen Augen. Sie sagt, er ist an seinem Krebs gestorben. Aber das glaube ich nicht. Es ging ihm in den letzten Wochen besser. Ich glaube, sie hat ihn getötet, weil der Doktor zur Polizei gehen wollte. Aber ich kann es nicht beweisen."

Cosima streckte sich. Ihr tat alles weh. Aber sie wollte jetzt unbedingt wissen, wie es in Dorff weiterging.

„Gestern Abend ist die neue Ärztin eingetroffen. Berta hat mich heute Morgen bestellt, damit ich im Doktorhaus putze. Niemand hat mit der Frau so schnell gerechnet. Sie ist nett und lässt mich einfach machen. Erwin hat sie hierher nach Dorff geholt. Wie ist er nur so schnell an die Frau gekommen? Das ist mir ein Rätsel. Hoffentlich ist die anders und lässt sich nicht alles von der dicken Berta gefallen."

Cosima war gespannt, wie es weitergeht.

„Heute war Hubert wieder da. Ich glaube, er ist in die Frau Doktor verliebt. Er kommt immer wieder in die Praxis wegen Kleinigkeiten. Mal hat er Bauchweh, mal ist es der Rücken, der ihn plagt oder er hustet. Berta sagt immer zu ihm: Was willst du denn schon wieder? Du hast doch gar nix. Aber Hubert lässt sich nicht abweisen. Aber zwischen dem Hubert und der Frau Doktor ist nix. Das würde die Berta auch nicht dulden. Auch der Robert kommt oft in die Praxis. Der ist auch in die Frau Doktor verliebt."

Cosima nahm die nächste Seite auf.

„Heute haben sich die Frauen gestritten. Die Frau Doktor hat die Berta zur Rede gestellt. Sie verbietet ihr, eigenmächtig Rezepte auszustellen."

Ein paar Zeilen weiter liest Cosima:

„Die Frau Doktor hat jetzt einen Computer. Da schreibt sie alles hinein. Der kann auch Rezepte ausdrucken. Berta ist stinksauer. Sie kann den Computer nicht bedienen. Sie kennt den Code nicht. Jetzt ist es vorbei mit ihrer Eigenmächtigkeit, hat die Frau Doktor gesagt. Sie darf nur noch Termine vergeben, alles andere macht die Frau Doktor selbst."

Cosima rieb sich die Augen. Sie musste bald aufhören. Sie war müde und fühlte sich regelrecht erschöpft. Die Aufzeichnungen der stillen Marta machten sie traurig und wütend zugleich. Dennoch nahm sie das nächste Blatt zur Hand.

„Heute ist die Polizei nach Dorff gekommen. Sie suchen einen jungen Mann. Er heißt Sebastian Pinke und ist der Mann unserer neuen Ärztin. Er war am Kirmesabend im Gasthaus „Zum Fröhlichen Wanderer“. Seitdem ist er verschwunden. Nach seinem Besuch hier in Dorff hat ihn niemand mehr gesehen. Alle wurden befragt. Ich auch. Keiner weiß etwas. Erwin hat zu den Dorfbewohnern gesagt: Ihr haltet das Maul. Ihr habt nichts gesehen.“

Cosima nahm sich die nächste Seite vor.

„Heute Nacht ist die Hütte im Wald abgebrannt. Die Sirene hat geheult und die Feuerwehr ist ausgerückt. Alle sind in den Wald gelaufen und haben zugesehen, wie Erwins Hütte vom Feuer aufgefressen wurde. Von dem Haus ist nur noch das Gerippe stehen geblieben. Was für ein komischer Zufall. Ich habe Laban gefragt, ob er die Hütte angezündet hat. Er hat mir nicht geantwortet. Ich denke, er wollte verhindern, dass man herausfindet, wo er diesen Mann hingebracht hat.“

Erst als sie die Buchstaben nicht mehr richtig erkennen konnte, stand Cosima auf und schaltete das Licht ein. Sie schaute über die Baumkronen am Fußballstadion in Richtung Burg. Die Beleuchtung der alten Ruine strahlte bereits die beiden Bergfriede an. Dann las sie weiter.

„Die Polizei ist im Wald. Sie suchen dort nach dem jungen Mann und seinem Auto. Sie sind mit Hunden unterwegs. Aber sie haben den Mann nicht gefunden. Auch sein Auto bleibt verschwunden. Tagelang sind sie hier und schauen in jeden Winkel. Erwin beobachtet sie immer, ist immer an ihrer Seite. Als Ortsvorsteher, sagt er, muss er das machen. Aber die Polizisten sind nicht begeistert. Sie mögen ihn nicht. Das merkt man."

Cosima übersprang die Seite mit der Notiz über den Besuch von Laban bei der stillen Marta, als er ihr erzählt hatte, was mit Sebastian Pinke wirklich geschehen war. Das hatte Jule Heck ihnen bereits heute Mittag bei sich zu Hause vorgelesen.

Es war unglaublich, was sie hier in den letzten Stunden erfahren hatte. Nun nahm sie sich die letzte Seite vor.

„Die Frau Doktor ist weg. Ich habe ihr gesagt, dass sie gehen soll. Sie sind in Gefahr, habe ich ihr gesagt. Sie hat mir geglaubt, weil die Kisten mit den Akten von Dr. Medika übers Wochenende aus dem Keller verschwunden sind. Jetzt haben wir keinen Doktor mehr in Dorff. Erwin tobt. Er darf nie erfahren, dass ich daran schuld bin."

Wer weiß, was die Frau noch alles erfahren hat. Sie konnte ihr Wissen nie preisgeben, also hat sie es aufgeschrieben. Das war für sie die einzige Möglichkeit mit der unbefriedigenden Situation umzugehen. Dadurch, dass sie ihre Tagebücher kurz vor ihrem Tod der Autorin überlassen und die für die Polizei interessantesten Stellen markiert hatte, kann nun einiges bewiesen und aufgeklärt werden.

Cosima ging ins Bett. In dieser Nacht fand sie keinen Schlaf. Die Ereignisse, die die stille Marta in ihren Tagebüchern festgehalten hatte, beschäftigten sie zu sehr. Sie muss gewusst haben, dass sie bald sterben wird, dachte Cosima. Obwohl sie eher ein einfaches Gemüt hatte, war sie doch clever genug ihre Tagebücher jemandem zu geben, der wusste, was man damit anfängt.

Kapitel 131

Am Morgen trafen sich alle wieder im Präsidium. Stückchen informierte die Kommissare über den Anruf der Rechtsmedizinerin aus Gießen. Frau Dr. Auf der Heide hätte mitgeteilt, dass sie im Körper des Patienten Gläser Spuren von Gift gefunden hätte. Daran wäre er auch gestorben. Aber er hätte ohnehin nicht mehr lange gelebt, so die Rechtsmedizinerin, denn sein Körper sei voller Metastasen gewesen. Den Ursprungskrebs hätte sie nicht ausfindig machen können, aber sie könne bestätigen, dass der Mann vor vielen Jahren eine Gesichts-OP gehabt hätte.

Cosima berichtete ihren Kollegen, was sie in den Unterlagen, die die Autorin ihr überlassen hatte, gelesen hatte. „Das erklärt einiges", sagte Henneberg, bevor er in den Vernehmungsraum ging.

Röbig wurde vorgeführt. Der Staatsanwalt begann mit der Vernehmung des Mannes.

„Herr Röbig, Sie wissen, was wir Ihnen zur Last legen. Wenn Sie ein Geständnis ablegen, könnte sich das positiv auf das Urteil auswirken."

„Was für ein Quatsch. Für das, was ich getan habe, komme ich so lange in den Knast, dass ich den nur noch mit den Füßen voran verlassen werde."

„Wie darf ich das verstehen? Wollen Sie Ihr Gewissen erleichtern?", fragte nun Henneberg.

Röbig sah den Kommissar lange an. Henneberg wollte schon aufgeben und ihn zurück in seine Zelle schicken, als der Mann plötzlich zu sprechen begann.

„Ich werde gestehen. Es ist mir wichtig, dass Sie verstehen, warum ich so gehandelt habe." Er sah traurig in die Runde. Seine Arroganz war verschwunden. Es war das erste Mal, dass der Mann einen menschlichen Zug an sich hatte.

„Ich gestehe", begann er, „dass ich meinem Bruder Sebastian Pinke alias Max Gläser Gift verabreicht habe. Ich wollte ihn erlösen. Er hatte Krebs. Ich wollte nicht, dass er alleine zurückbleibt, wenn ich nicht mehr da bin."

Henneberg und der Staatsanwalt tauschten einen Blick, unterbrachen den Mann aber nicht.

„Ich gebe zu, ihren Kollegen geschlagen und verletzt zu haben. Aber das tut mir nicht leid. Er hätte mich einfach gehen lassen sollen, dann hätte ich vollenden können, was ich von Anfang an geplant hatte."

„Sie wollten sich umbringen", stellte der Staatsanwalt fest. Er hatte den Abschiedsbrief von Röbig gelesen, den Jüngling in dem Aktenordner gemeinsam mit einem Testament im Haus von Frau Gläser gefunden hatte.

„Ja. Das wollte ich. Ich wollte auf keinen Fall ins Gefängnis", beteuerte der Mann.

„Nun, dafür ist es jetzt zu spät und wir werden dafür sorgen, dass Sie verurteilt und Sie Ihre Strafe absitzen werden", sagte der Staatsanwalt.

„Sie sind auch für den Tod von Erwin Feist und Bertram Bauer verantwortlich", klagte Henneberg den Mann an.

„Die habe ich nicht umgebracht", sagte Röbig. „Ich habe Bauer nur ein Schlafmittel in sein Bier getan, als ich an seinen Tisch getreten bin. Es war so leicht, den alten Mann abzulenken. Robert Heller hat das erledigt. Er hat Bauer erstickt und Feist das Zyankali verabreicht."

„Woher hatte Robert Heller denn das Zyankali?"

„Aus der Hütte von Erwin Feist im Wald. Er war mal mit Hubert in der Hütte. Der hatte ihm den Bunker gezeigt und was da so alles herumlag. Robert ist dort letzte Woche eingestiegen und hat die Kapsel geholt."

„Einfach so?"

„Wie er das gemacht hat, kann ich Ihnen nicht sagen."

„Dafür haben Sie ihn dann umgebracht?" Der Staatsanwalt zog die Augenbrauen hoch.

„Ich konnte nicht anders. Er hat immer mehr Geld verlangt", sagte er mitleidslos.

„Wie sind Sie überhaupt auf Heller gekommen? Kannten Sie ihn schon länger?", hakte Henneberg nach.

„Als ich die Morde plante, habe ich mich in Dorff umgesehen. Heller ist mir dabei aufgefallen. Ich habe mal ein bisschen recherchiert und festgestellt, dass er hoch verschuldet ist. Er hat sein ganzes Geld in diversen Clubs auf den Kopf gehauen. Es war ein Leichtes, ihn für meine Sache zu gewinnen."

„Sie haben ihm also Geld angeboten, damit er für Sie die Drecksarbeit erledigt?", fragte Henneberg.

„Ja, das habe ich. Er hat sofort angebissen."

„Wieviel hat er bekommen?"

„Vorab habe ich ihm 50.000 Euro gegeben. Als Bauer und Feist tot waren, hat er weitere 50.000 Euro pro Mord bekommen."

„Wer hat Juliane Herz und Hubert Feist entführt?"

„Das war auch Heller. Ich hätte gar nicht die Kraft dazu gehabt. Dafür sollte er nochmal 100.000 Euro bekommen. Aber nachdem die beiden wieder aufgetaucht sind, habe ich eine weitere Zahlung abgelehnt."

„Ich nehme an, Heller hat das nicht akzeptiert", sagte der Staatsanwalt.

„Ja, der Dreckskerl hat mir aufgelauert und mir gedroht meine Frau umzubringen, wenn ich die zweite Rate nicht beibringe. Das musste ich verhindern. Meine Frau hat mit der ganzen Sache nichts zu tun."

„Dann haben Sie ihn in den Wald bestellt und eiskalt erschossen", stellte Henneberg wiederum fest.

„Ich musste das tun. Er hätte mich daran gehindert, meine Tat zu vollenden. Es war ganz leicht", sagte der Mann eiskalt.

„Wieso haben Sie all diese Menschen umgebracht? Die haben Ihnen doch gar nichts getan", Henneberg sah ihn herausfordernd an.

„Und warum jetzt?", fügte der Staatsanwalt eine weitere Frage hinzu.

„Ich wollte Gerechtigkeit für meinen Bruder. Sie haben Sebastian gedemütigt und außerdem unser ganzes Leben zerstört."

„Das ist doch Quatsch mit grüner Soße", fauchte Henneberg. „Sie wollten keine Gerechtigkeit, Sie wollten Rache."

„Und warum jetzt? Warum nicht 1994, als das passiert ist?", fragte der Staatsanwalt noch einmal.

„Sebastian hat mich damals über das, was ihm zugestoßen ist informiert. Ich bin dann hierher nach Hessen gekommen. Bevor er zur OP an den Bodensee gereist

ist, haben wir Feist im Wald aufgelauert. Wir wollten ihn umbringen, haben es wie einen Jagdunfall aussehen lassen. Aber wir haben den Falschen erwischt. Es war nicht Erwin Feist, der mit seinem Moped gestürzt ist und zu Tode kam, sondern sein Sohn Fritz, wie wir ein paar Tage später erfahren haben. Er war ja ein Unbeteiligter und deshalb haben wir unseren Plan, die Männer büßen zu lassen, erstmal verworfen."

„Warum haben Sie sich nicht den zukünftigen Schwiegervater, Professor Ehrenreich vorgenommen? Der hat Ihren Bruder doch zurückgewiesen."

„Den haben wir uns schön warmgehalten", sagte Röbig mit einem frechen Grinsen.

„Das müssen Sie uns erklären", forderte der Staatsanwalt ihn auf.

„Der hat Sebastian 100.000 DM gegeben. Außerdem hat er seine OP und die falschen Papiere bezahlt. Aber etwas später haben wir ihn noch einmal zur Kasse gebeten. Sebastian lebte mittlerweile auf Mallorca. Dort hat er seine Frau kennengelernt und geheiratet. Die beiden wollten ein Restaurant dort eröffnen. Dazu fehlte meinem Bruder noch die eine oder andere Mark. Sie glauben gar nicht, wie schnell der gute Professor die Kohle locker gemacht hat."

Henneberg fasste es nicht. Professor Ehrenreich hatte ihm hoch und heilig versichert, dass er Sebastian Pinke nie wiedergesehen hatte.

„Merkwürdig", sagte er nun. „Ehrenreich will Ihren Bruder nie wiedergesehen haben."

„Hat er ja auch nicht. Ich habe das erledigt. Mein Bruder hatte kein Kontakt mehr mit Ehrenreich."

„Warum hat Ihr Bruder diesen Erwin Feist nicht einfach angezeigt?“

„Ich glaube, Sie unterschätzen diesen Mann. Der hätte Sebastian niedergemacht.“

„Warum? Was hätte er denn Ihrem Bruder anhaben können?“ Auf diese Frage ging Röbig nicht ein.

„Wissen Sie was das eigentlich Schlimme an der ganzen Sache ist?“, fuhr Röbig schließlich fort.

„Nein, vielleicht klären Sie uns endlich einmal auf, denn ich kann die ganze Sache einfach nicht verstehen. Ich kenne immer noch nicht Ihr Motiv. Nur weil jemand Ihren Bruder in die Gülle schmeißt, bringt man doch keine Leute um“, sagte Henneberg sarkastisch.

„Lassen Sie es mich Ihnen erklären.“ Röbig zeigte sich reumütig. „Unser Vater ist in den Siebzigern nach einem Aufenthalt im Westen nicht in die DDR zurückgekehrt. Er wollte uns in den Westen nachholen. Aber das haben die Behörden in der DDR verhindert. Meine Mutter, Sebastian und ich hatten daraufhin große Schwierigkeiten. Auf einmal meldete sich mein Vater nicht mehr bei uns. Wir konnten nicht verstehen, warum er uns im Stich gelassen hatte. Das passte nicht zu ihm. Wir erfuhren auch nicht, wo er war. Meine Mutter hat sich aus Verzweiflung umgebracht. Wir beiden sind allein zurückgeblieben. Unsere Familie gab es nicht mehr. Nach dem Mauerfall haben wir unseren Vater hier im Westen gesucht. Leider vergeblich. Sebastian ist dann hier im Westen geblieben und hat in Frankfurt Medizin studiert. Ich bin im Osten geblieben und habe in Erfurt Medizin studiert. Als Sebastian damals nach Dorff kam, um mit seiner Frau Juliane zu sprechen, erkannte er unseren Vater auf einem Bild, das über dem Stammtisch dort in der Kneipe hing. Als er auf die Toilette ging, kam Erwin Feist ihm nach. Der hatte bemerkt, dass sich Sebastian für das Bild interessierte. Sebastian gab seine Vermutung, dass es sich bei dem Mann auf dem Bild um unseren Vater handeln könnte, preis. Das war ein großer Fehler. Feist erzählte ihm, dass es sich um den ehemaligen Dorfarzt handelte, der 1979 nach Dorff gekommen und im Frühjahr 1994 an Krebs gestorben sei. Er sagte ihm auch, dass er besser keine weiteren Fragen stellen solle, denn der Arzt hätte einen anderen Menschen totgefahren. Er hat meinem Bruder auch berichtet, dass unser Vater nicht freiwillig in Dorff geblieben sei. Man hätte etwas nachgeholfen und ihn daran gehindert, dass er mit seiner Familie Kontakt hält."

„Das hat Erwin Feist so Ihrem Bruder gesagt?" Alexander konnte das Gesagte gar nicht glauben.

„Ja, genau so hat er es meinem Bruder in einem süffisanten Ton gesagt. Er hat ihm gedroht, dass ihm etwas zustoßen würde, wenn er die Sache nicht ruhen lässt."

Das Bild spielte eine Rolle, erinnerte sich Henneberg. Er schwieg eine ganze Weile. Auch der Staatsanwalt blieb ruhig.

„Hubert hat dann Ihren Bruder in die Gülle gestoßen, wollte ihn aber wieder herausholen. Erwin Feist hat ihn daran gehindert, wie wir nun aus Aufzeichnungen erfahren haben", ging Henneberg noch einmal auf den mysteriösen Abend ein.

„Ja, wenn dieser alte Mann ihn nicht aus der Güllegrube gezogen hätte, wäre Sebastian darin qualvoll erstickt", sagte Röbig zornig. „Sebastian verdankte ihm sein Leben. Dieser alte, bedauernswerte Mann hat ihm geholfen, von dort wegzukommen. Hat ihm Kleidung und Geld gegeben."

„Woher hatte der alte Mann das?"

„Keine Ahnung. Aber er wird schon jemanden gehabt haben, der ihn unterstützt hat."

„Wieso haben Sie 25 Jahre gewartet, bis Sie Ihrem Gerechtigkeitswahn wieder folgten?", wollte Henneberg abschließend noch wissen.

„Mein Bruder hatte vor fünfeinhalb Jahren einen Schlaganfall erlitten. Ich habe ihn nach Deutschland geholt. Seine Frau konnte sich nicht um ihn kümmern. Ich brachte ihn in dem Pflegeheim in Bad Nauheim unter. Es war schrecklich für mich mit anzusehen, wie er immer mehr aus dem Leben glitt. Wir waren immer füreinander da. Als dann vor einiger Zeit diese Scheune abbrannte und das Auto auftauchte, war mir klar, dass nun alles wieder von vorne losgehen würde. Ich hielt das nicht aus. Ich war so von dem Gedanken besessen, Sebastian Gerechtigkeit widerfahren zu lassen. Ich konnte an nichts anderes mehr denken. Mir war alles egal, auch mein Leben. Ich hätte es beendet, wenn Sie mich nicht daran gehindert hätten."

Der Staatsanwalt und der Kommissar hatten mit großer Betroffenheit zugehört.

„Ihr Vater hat den Arzt damals gar nicht überfahren. Erwin Feist und Bertram Bauer haben das Ihrem Vater eingeredet und ihn damit erpresst, damit er in Dorff bleibt", berichtete ihm Henneberg nun die Wahrheit.

Röbig schaute den Kommissar ungläubig an. Das Leben seiner Familie wurde wegen einer dreisten Lüge zerstört. Wenn Feist und Bauer seinen Vater hätten gehen lassen, hätten nicht so viele Menschen leiden und sterben müssen.

Röbig wurde in seine Zelle zurückgebracht und Stunden später dem Haftrichter vorgeführt. Man verlegte ihn in die JVA Butzbach.

Henneberg verließ um die Mittagszeit das Präsidium.

In den darauffolgenden Tagen überschlugen sich die Informationen zu dem Cold Case und dem darauffolgenden Kriminalfall in den Nachrichten und den Lokalzeitungen. Einige Boulevardblätter berichteten ausführlich über die Ereignisse.

Kapitel 132

Erwin Feist und Bertram Bauer wurden einige Tage später auf dem Friedhof in Dorff in schlichten Holzsärgen beigesetzt. Rosi und ihr Cousin verzichteten auf eine kirchliche Bestattung. Sie bestellten eine Trauerrednerin, die trotz der Umstände der Beisetzung einen würdigen Rahmen verlieh. Schließlich waren es ihre Großväter, auch wenn sie nicht gerade die nettesten Menschen gewesen waren.

Wie Rosi es bereits erwähnt hatte, wurden ihre Särge nebeneinander in der Erde versenkt. Allerdings hatten sie und ihr Cousin bei der Friedhofsverwaltung von Garbenheim beantragt, dass die beiden in einer entfernten Ecke des Friedhofs ihre ewige Ruhe fanden. Andernfalls hätten die beiden Gräber direkt neben dem der stillen Marta gelegen. Das fanden die beiden nicht angemessen. Denn jeder wusste hier in Dorff, wie die Männer die stille Marta schikaniert hatten.

Obwohl keine Traueranzeigen in der Zeitung veröffentlicht wurden und man auch auf Blumen verzichtete, kamen viele Leute aus Dorff und der Umgebung, um der Beisetzung zu folgen. Unter den Gästen waren auch die Autorin Jule Heck und ihr Mann Gernot. Alle brachten Blumen und Kränze mit, aber weniger um die Verstorbenen zu würdigen, sondern um den Hinterbliebenen Trost zu spenden. Alles lief still und friedlich ab.

Danach luden die beiden Enkel die Trauergäste zum Leichenschmaus in das Gasthaus „Zum Fröhlichen Wanderer“ ein. Denn die Toten müssen richtig verabschiedet werden, so Rosi, sonst können sie keine Ruhe finden.

Hubert und Juliane erschienen ebenfalls zur Beerdigung und wurden von Rosi herzlich begrüßt. Sie war froh ihren Bruder wieder bei sich zu haben. Sie freute sich riesig, als sie erfuhr, dass Juliane künftig mit Hubert auf seinem Hof wohnen wolle.

Cosima, Jüngling und Eberstädter waren ebenfalls gekommen. Sie staunten nicht schlecht, als sie die Menschenmassen auf dem Friedhof vorfanden. Sie kamen mit zum Leichenschmaus und ließen sich Streusel- und Petzkuchen schmecken.

Kapitel 133

Hubert Feist meldete sich nach der Beerdigung seines Großvaters auf dem K 10 in Friedberg. Bis dahin hatte er sich bei der Schwester von Juliane Herz in Frankfurt aufgehalten. Er übernahm die Verantwortung für das Feuer in der Scheune, die komplett niedergebrannt war und gab zu Protokoll, dass er seinen Freund Thomas Mertens zur Brandlegung angestiftet hatte. Er beteuerte jedoch mehrfach, dass er von dem Auto, das Sebastian Pinke gehörte und dort seit 25 Jahren versteckt wurde, nichts wusste.

Cosima hatte noch einige Frage an ihn. „Herr Feist, wir wissen jetzt ja, dass Sie den Sebastian Pinke in die Gülle gestoßen haben, um ihm eins auszuwischen. Ihr Großvater hinderte Sie aber daran, ihn wieder rauszuziehen. Sie müssen doch davon ausgegangen sein, dass der Mann in der Gülle ums Leben gekommen ist. Das erfüllt den Tatbestand der Beihilfe zum Mord. Hat Sie denn nicht das schlechte Gewissen geplagt?“, wollte Cosima wissen.

Hubert Feist überlegte einen Moment. „Nein, ich hatte kein schlechtes Gewissen. Ich war ja sicher, dass er der Gülle entkommen ist. Ich habe am nächsten Morgen auf dem Hof nachgesehen. Da waren eindeutige Spuren auf dem Boden, die mir bewiesen, dass er aus dem Güllebehälter rausgekommen und zum Kuhstall gelaufen ist. Außerdem war sein Auto verschwunden. Ich bin davon ausgegangen, dass er damit weggefahren ist.“

Nach einer Weile sprach er weiter. „Außerdem schlich Laban ja immer auf dem Hof herum. Ich war mir sicher, dass er die Auseinandersetzung verfolgt und dem Mann geholfen hatte."

„Haben Sie denn mit jemand anderem über den Vorfall gesprochen?"

„Nur mit meinem Vater. Ansonsten habe ich die ganze Sache einfach verdrängt."

Epilog

Judith wurde schrittweise aus dem Koma geholt. Die Medikamente, die sie in den Tiefschlaf versetzt hatten, wurden nach und nach reduziert. Als sie nach ein paar Tagen zu sich kam, saß Alexander an ihrem Bett.

Es fing damit an, dass sich ihre Finger auf der Bettdecke bewegten. Alexander war sofort in höchster Alarmbereitschaft. Wenig später öffnete Judith die Augen. Zunächst schaute sie zur Decke, dann neigte sie den Kopf in Alexanders Richtung. Er beugte sich etwas vor und streichelte ihre Wange.

„Da bist du ja wieder“, sagte er liebevoll. Der Arzt hatte ihm eingeschärft, sie nicht gleich mit Worten zu bombardieren. Man muss dem Patienten Zeit lassen, zu sich zu kommen. Es kann durchaus sein, dass sie am Anfang noch verwirrt ist, erklärte er Alexander.

Alexander saß so lange an ihrem Bett, bis sich Judiths Zustand stabilisiert hatte und sie auf die Regelstation verlegt werden konnte. Judith erholte sich schnell. Bereits eine Woche später brachte man sie in eine Rehaklinik für Unfallverletzungen und Traumata in Bad Pyrmont.

Alexander nahm sich unbezahlten Urlaub und mietete sich ein Zimmer in einer kleinen Pension in der Nähe der Klinik. Erdmann, dem es Dank der Physiotherapie wieder besser ging, begleitete ihn.

In ihrer freien Zeit, außerhalb von Anwendungen und Gesprächstherapien, kümmerten sich Alexander und Erdmann liebevoll um sie. Die körperlichen

Verletzungen hatte Judith gut überstanden. Über den Verlust des Babys sprachen sie nicht. Nach drei Monaten kehrten sie nach Friedberg zurück.

Sie heirateten in aller Stille. Nur Cosima, Stückchen und Erdmann waren auf dem Standesamt anwesend. Alexanders Kollegin und seine Sekretärin waren die Trauzeugen für das Paar und Erdmann trug ein Körbchen mit den Eheringen.

Judith kehrte nicht in den Polizeidienst zurück und machte eine Ausbildung zur Physiotherapeutin für Tiere.

Cosima verabredete sich schließlich doch mit Jüngling und stellte fest, dass der Altersunterschied keine Spaßbremse sein muss.

Manfred Röbig entzog sich seiner Verurteilung durch den Tod. Er hatte entschieden zu sterben, legte sich in seiner Zelle aufs Bett und hörte nach ein paar Tagen auf zu atmen.

In Dorff war Ruhe eingekehrt. Die Bewohner fühlten sich wie befreit. Das Gasthaus „Zum Fröhlichen Wanderer" wurde nun auch von den Neubürgern genutzt. Die Alteingesessenen und die Zugezogenen näherten sich an und feierten fröhliche Feste.

In der Weihnachtszeit fuhren Alexander und Judith, gemeinsam mit Erdmann nach Dorff, um die Autorin Jule Heck zu besuchen. Alexander bedankte sich bei ihr für die Hilfe bei dem zurückliegendem Fall.

Ohne die Tagebücher der stillen Marta, die die Autorin lesbar machen ließ, hätte man nie hinter die trügerische Idylle des abgelegenen Dorfes blicken können.

„Ich weiß ja, dass Sie wenig von meinen Kriminalgeschichten halten. Aber es freut mich, dass ausgerechnet ich es war, die Ihnen bei der Aufklärung des Falles helfen konnte." Diesen Kommentar konnte sich Jule Heck augenzwinkernd nicht verkneifen.

Personenverzeichnis

Hauptfiguren:

Erster Kriminalhauptkommissar Alexander Henneberg vom K 10 in Friedberg, genannt Henne
Erdmann, Rauhaardackel von Kommissar Henneberg
Kriminalhauptkommissarin Cosima von Mittelstedt vom K 10 in Friedberg, genannt Co
Kommissare Eberstädter und Jüngling vom K 10
Frau Stückrath, Sekretärin im K 10, genannt Stückchen
Frau Dr. Auf der Heide, Rechtsmedizinerin aus Gießen
Juliane Landmann, Pressesprecherin des K 10
Judith Stroh, Kommissaranwärterin im K 10, Lebensgefährtin von Alexander Henneberg
Elena, Haushälterin von Alexander Henneberg
Martin Fehl, Kriminalhauptkommissar aus Alsfeld
Erwin Feist, Ortsvorsteher, Landwirt und Gastwirt aus Garbenheim im Vogelsberg
Berta Feist, Erwins Frau und frühere Mitarbeiterin von Dr. Medika
Fritz Feist, Sohn von Erwin und Berta
Elisabeth Feist, Frau von Fritz, Mutter von Hubert und Rosi
Hubert und Rosi Feist, Kinder von Fritz, Enkel von Erwin und Berta
Bertram Bauer, Kartoffelbauer, Nachbar und bester Freund von Erwin Feist
Bernhard Bauer, Enkel von Bertram Bauer

Lissy, Tochter von Bernhard Bauer, Urenkelin von Bertram Bauer

Lena, Aushilfskellnerin im Gasthaus „Zum Fröhlichen Wanderer"

Die stille Marta, Bewohnerin von Garbenheim

Frau Diegelmann, Tochter der stillen Marta

Jeanette Marquardt, Tochter von Frau Diegelmann

Zwillinge, Söhne von Jeanette, Enkel von Frau Diegelmann, Urenkel der stillen Marta

Laban, Knecht auf dem Hof von Bertraum Bauer

Robert Heller, Nachbar von Hubert und Erwin Feist

Uwe und Mirka Höhne, Nachbarn von Hubert und Erwin Feist

Juliane Herz, Ärztin im Bürgerhospital von Friedberg, ehemalige Dorfärztin in Garbenheim

Sebastian Pinke, Arzt und Ehemann von Juliane Herz

Professor Ehrenreich, Schönheitschirurg aus Bad Nauheim und seine Frau

Charlotte, Tochter des Ehepaars Ehrenreich, ihr Mann und Sohn Ben

Dr. Manfred Röbig, Finanzmakler aus Garbenheim und seine Frau

Frau Scheibelhut, Sekretärin von Dr. Röbig

Thomas Mertens, Landwirt und Freund von Hubert Feist

Frau Müller, Pflegerin im Alten- und Pflegeheim in Bad Nauheim

ebenfalls von Jule Heck erschienen ist:

ISBN Print: 978-3-86468-578-1
Taschenbuch, 12,5 x 19,0 cm,
398 Seiten, Preis: 12,90 €

ISBN E-Book: 978-3-86468-586-6
EPUB und PDF, Preis: 6,99 €

ebenfalls von Jule Heck erschienen ist:

ISBN Print: 978-3-86468-827-0
Taschenbuch, 12,5 x 19,0 cm,
481 Seiten, Preis: 12,90 €

ISBN E-Book: 978-3-86468-846-1
EPUB und PDF, Preis: 6,99 €

ebenfalls von Jule Heck erschienen ist:

ISBN Print: 978-3-96014-088-7
Taschenbuch, 12,5 x 19,0 cm,
394 Seiten, Preis: 12,90 €

ISBN E-Book: 978-3-96014-115-0
EPUB und PDF, Preis: 6,99 €

ebenfalls von Jule Heck erschienen ist:

ISBN Print: 978-3-96014-209-6
Taschenbuch, 12,5 x 19,0 cm,
440 Seiten, Preis: 12,90 €

ISBN E-Book: 978-3-96014-223-2
EPUB und PDF, Preis: 6,99 €

ebenfalls von Jule Heck erschienen ist:

ISBN Print: 978-3-96014-357-4
Taschenbuch, 12,5 x 19,0 cm,
420 Seiten, Preis: 12,90 €

ISBN E-Book: 978-3-96014-380-2
EPUB und PDF, Preis: 6,99 €

ebenfalls von Jule Heck erschienen ist:

ISBN Print: 978-3-96014-512-7
Taschenbuch, 12,5 x 19,0 cm,
412 Seiten, Preis: 12,90 €

ISBN E-Book: 978-3-96014-520-2
EPUB und PDF, Preis: 6,99 €

ebenfalls von Jule Heck erschienen ist:

ISBN Print: 978-3-96014-635-3
Taschenbuch, 12,5 x 19,0 cm,
409 Seiten, Preis: 12,90 €

ISBN E-Book: 978-3-96014-659-9
EPUB und PDF, Preis: 6,99 €

ebenfalls von Jule Heck erschienen ist:

ISBN Print: 978-3-96014-635-3
Taschenbuch, 12,5 x 19,0 cm,
462 Seiten, Preis: 12,90 €

ISBN E-Book: 978-3-96014-767-1
EPUB und PDF, Preis: 6,99 €

ebenfalls von Jule Heck erschienen ist:

ISBN Print: 978-3-96014-939-2
Taschenbuch, 12,5 x 19,0 cm,
171 Seiten, Preis: 12,90 €

ISBN E-Book: 978-3-96014-947-7
EPUB und PDF, Preis: 6,99 €

ebenfalls von Jule Heck erschienen ist:

ISBN Print: 978-3-96014-845-6
Taschenbuch, 12,5 x 19,0 cm,
396 Seiten, Preis: 12,90 €

ISBN E-Book: 978-3-96014-861-6
EPUB und PDF, Preis: 6,99 €

von Jule und Gernot Heck erschienen ist:

ISBN Print: 978 3-96014-565-3
Taschenbuch, 12,5 x 19,0 cm,
412 Seiten, Preis: 12,90 €

ISBN E-Book: 978-3-96014-596-7
EPUB und PDF, Preis: 6,99 €